CHRIS ALMEIDA Y CECILIA AUBREY

CONTRA Medida

UNA NOVELA DE LA SERIE CONTRAMEDIDA

INCLUYE LA PEQUEÑA PRECUELA

A LA DERIVA

A La Deriva

En la breve precuela de CONTRAMEDIDA, el amor es la máxima emoción cardinal y brilla con luz propia mientras que Conor y Maeve Brennan luchan por tomar una decisión que cambiará sus vidas. Captando un destello del corazón de los Brennans, podrás ver la fuerza de un amor sin igual—un amor que trasciende lo correcto e incorrecto. Un amor que sigue siendo indiscutible hasta la fecha.

Contramedida

En la primera novela de la SERIE CONTRAMEDIDA, la tenaz ex agente de la CIA, Cassandra James, se encuentra metida en un gran lío. Un ladrón cibernético ha robado información confidencial del principal cliente de su padre—información que ella debía salvaguardar—y ahora podría perder su trabajo, incluso si es la hija del jefe. La única persona que puede ayudarla a recuperar los datos robados es el sexy analista de la NSA, Trevor Bauer, un genio de los ordenadores que se ha abierto paso a través de su seguridad personal y que podría también abrirse paso hasta su corazón.

Trevor está buscando respuestas al misterio que rodea la desaparición de sus padres. A raíz de una pista prometedora en los archivos sustraídos de Bristol, accidentalmente se cruza en el camino de una mujer demasiado complicada con la que tratar... y un mercenario dispuesto a hacer cualquier cosa para impedir que ambos recuperen esos archivos.

Para localizar al ladrón, Trevor y Cassandra deben embarcarse en una desgarradora aventura que les llevará al otro lado del océano a un mundo de intriga, peligro y pasión. Pero al acercarse a su objetivo, su relación comenzará a hervir, poniendo en peligro su misión, así como sus propias vidas. ¿Aprenderán a confiar en sus instintos—y entre sí—con tal de sobrevivir?

ISBN 978-1-927554-28-9

Print Edición

TODOS LOS DERECHOS RESERVADOS

Contramedida © 2011 Chris Almeida y Cecilia Aubrey/ Éire Publishing, LLC

Editado por Emmanuelle Hertel

Portada por Chris Almeida

Traducido por Monica Ocaña

Publicado por Éire Publishing, LLC

Primera publicación en enero de 2012

Segunda edición en agosto de 2013

Edición en español en julio de 2014

Esta re-edición ha experimentado solo algunas pequeñas correcciones del texto original. Es esencialmente la misma que la edición original, aunque existan algunas pequeñas variaciones.

Contramedida e *A la Deriva* son obras de ficción. Los nombres, personajes, lugares e incidentes son producto de la imaginación de los autores o son usados de manera ficticia. Cualquier parecido con personas reales, vivas o muertas, eventos o lugares es pura coincidencia.

AGRADECIMIENTOS DE MARCA

Los autores agradecen a los propietarios de nombres comerciales de las siguientes marcas mencionadas en esta obra de ficción:

Star Wars: LucasArts

Guinness: Diageo Ireland Private Unlimited Company

Nombres de los Superheroes de Marvel y similares: Marvel

AGRADECIMIENTOS

Nuestro viaje hacia la publicación de *Contramedida* ha sido largo y curioso, por lo que nuestra lista de agradecimientos es igualmente larga y curiosa. Nos gustaría agradecer a las siguientes personas que han jugado un papel clave en el nacimiento de nuestra serie.

Al Role Playing group Order of the Midnight Breed (OMB), por haber confiado en nosotros y haber hecho que volviéramos a enamorarnos de la escritura, por reavivar las llamas y nuestro deseo de hacer llegar a nuestros lectores nuestro particular mundo de fantasía.

Por todo el aliento e increíble apoyo, y por ser nuestros fans oficiales, lectores primerizos, correctores, y animadores de esta serie: Candy Chapman, Harriet Vallero y Micquleta Williams.

Por la corrección y ayuda con nuestra investigación en Francia y todo lo relacionado con el francés, Anders y Nina Karlsson.

Un gran agradecimiento a Lisa Fitzpatrick para su gran visión sobre la industria farmacéutica.

A Alan Langford por las muchas discusiones y consultas sobre las tecnologías utilizadas en el libro.

A Joann McGee, Sarah Davis, Heather Von Ohlen, Hope Sloper, Karen Lorio Piper, Sandra Zapp, Lori Freeman y Jennifer Murray Thompson, por las continuas risas y amistad durante la escritura de la serie.

Y, por supuesto, a nuestras familias por ser el impulso detrás de la maquina.

Os queremos a todos.

Tabla de Contenidos

CHRIS ALMEIDA & CECILIA AUBREY

A LA
Deriva

UNA HISTORIA CORTA DE
CONTAMEDIDA: BYTES DE VIDA

El Calor Del Romance Comienza con un Sí Quiero

"No hay despedidas, donde quiera que vayas, estarás en mi corazón."

–Ghandi

Capítulo Uno

Hasta Siempre

~~~~~

Dublín, Irlanda – 13 de septiembre de 2006

*L*A MIRADA DE CONOR VAGÓ POR EL cielo azul sin nubes sobre Dublín. A lo lejos, los cristales verde-azulados de la International Financial Services Centre House brillaban al sol como piedras preciosas pulidas y se reflejaban sobre las turbias aguas del Liffey. La tarde estaba descendiendo inexorablemente, pero el sol todavía tenía el poder de cortar a través de la frialdad del día. La línea de árboles a lo largo del río ya había cambiado de color y, desde su punto de vista en el piso superior del Brennan Enterprises, parecía una cinta de oro delante de los majestuosos edificios de hormigón y vidrio en Custom House Quay.

Sus pensamientos derivaron hacia los recuerdos de los acontecimientos vividos en los últimos meses, concretamente en los que tuvieron lugar en las últimas semanas. Las decisiones adoptadas en virtud de un aluvión de emociones fuertes solo generaban problemas. Él entendía las futuras consecuencias del camino que ambos habían tomado y lo necesario que había sido—ambos lo hacían, y sin embargo, en su desconsuelo, no podía evitar preguntarse sobre las pocas opciones que habían tenido.

Un golpe en la puerta lo sacó de sus reflexiones internas. Se volvió justo cuando Stephan Connellan, su amigo durante más de doce años, entró con una sonrisa divertida en su rostro.

"Espero que ese ceño fruncido no signifique que estás preocupado por dejar la firma en mis manos mientras que Maeve y tú estáis fuera." Stephan se dejó caer en una de las sillas frente a su escritorio con una cómoda familiaridad que hablaba de las muchas horas que ambos habían pasado en esa misma habitación discutiendo sobre el futuro de la Brennan Enterprises y sus respectivas visiones de la empresa.

"No, en absoluto. Sé que está en buenas manos. Es la única cosa que no me preocupa."

"¿Qué quieres decir con" la única cosa"? ¿Pasa algo?"

Conor se dio cuenta de que había hablado más de lo que debía. Se burló despectivamente. "No. Es solo que este proyecto está haciendo mella en mi cordura. Hay demasiados aspectos a tener en cuenta y parece que mi cabeza no puede abordarlo todo."

"Lo que necesitas, mi buen amigo, es un descanso para relajarte y reagruparte. Apuesto a que lo descubrirás mientras que ambos salís a la cubierta del barco y respiráis el vigorizante aire del mar."

"Estoy seguro de que lo haré, pero ya me conoces. Me preocupo demasiado."

"Eso no te lo voy a negar, Con," Stephan se rio. "Entonces, ¿a qué hora salís mañana?"

Lo más temprano posible. Maeve está ultimando los últimos detalles en este momento. Solo una advertencia: ya ha invitado a una amiga a cenar con nosotros después de que regresemos. Creo que se trata de la misma cena a la que tú has sido invitado a asistir y cuya invitación ya has aceptado." Conor sonrió Cuando el pánico se encendió brevemente en los ojos de Stephan. "Lo siento, compañero. Creo que estáis tratando de enredarme en una cita a ciegas."

Stephan negó con la cabeza mientras que una pequeña sonrisa levantaba las comisuras de su boca. "Estaré listo cuando regreséis en un par de semanas." Se alisó la raya de la manga de su chaqueta. "Podría surgirme algún asunto personal urgente al que atender que me impidiese cenar contigo y nuestro pequeño casamentera. Ya veremos."

"Qué malvado," Conor se echó a reír. "Sabes que no va a rendirse tan fácilmente. Es su misión asegurarse de que te cases pronto y tengas un montón de niños colgando de tus pantalones."

Conor vio cómo la mirada de Stephan se oscurecía, como solía suceder siempre que el tema del matrimonio y los hijos salía en la conversación.

"Tú eres el que debería preocuparse sobre la parte de tener hijos. Mantén a tu mujer ocupada. Dale a Trevor algún hermano. Tal vez así vendría a casa más a menudo."

El comentario de Stephan tocó un su fibra sensible. No era como si no lo hubieran intentado. Una cuerda angustiosa se enredó alrededor de su corazón. "No creo que eso vaya a suceder. Tenemos la esperanza de que Trevor se una a la empresa algún día y siente la cabeza. Que nos dé un nieto al que malcriar más pronto que tarde. Maeve no descansará hasta que ocurra. Entonces podrá preocuparse por cualquier simple resfriado o rodilla magullada." Su ceño se profundizó cuando sus propias palabras apretaron la cuerda en torno a su corazón. Jamás vería a esos queridos hijos nacer o crecer.

"¿Conor?" La voz de Stephan le alejó del caos en su cabeza.

"Lo siento. Estaba pensando en los últimos preparativos. ¿Qué has dicho?"

"He dicho que si no te preocupa el tiempo que va a hacer. He oído en las noticias que se acerca un huracán hacia el Atlántico."

"En realidad no. Me he estado informando, y al parecer hemos navegado con temporales mucho peores en el pasado."

"Sí, recuerdo ese primer año después de que Trevor comenzara el MIT. Maeve y tú os visteis atrapados en la cola del Isaac en la Bahía de Galway." Stephan sacudió la cabeza con incredulidad. "Siempre escoges la peor época del año para salir a navegar."

Conor se detuvo un momento. Estaba en su naturaleza encontrar lo que quería y conquistarlo, pero sabía, por desgracia, que no todas las adversidades podían ser conquistadas por mucho que uno pusiera de su parte. "En eso consiste la aventura." No quería revelar lo que estaba pensando, ni el desafío al que se estarían enfrentado muy pronto. "Las dificultades durante el curso del viaje hace que el final sea más gratificante."

"Pareces ansioso por ponerte en marcha. ¿Qué te parece si vamos a comer algo a O'Neal? Entonces podrás marcharte desde allí. Yo me encargaré de mantener el fuerte durante el resto del día."

"Excelente." Mientras cogía su chaqueta de la percha, Conor le dio un último vistazo a todo el lugar, rozando cada pieza de mobiliario con los ojos en señal de solemne despedida, y siguió a Stephan por el pasillo hasta los ascensores.

Capítulo Dos

Preciados Momentos

*L*A CASA QUE UNA VEZ HABÍA SIDO TAN RE-
CONFORTANTE NO PODIA hacer nada para aliviar la
agitación que Maeve sentía correr por sus venas. Las
habitaciones estaban llenas de tantos recuerdos. Buenos y preciosos
momentos. Su respiración se detuvo cuando se paró en la puerta de
su dormitorio, las maletas estaban sobre su cama, como mandíbulas
de tiburón abiertas esperando para devorarla.

Dejó que sus ojos vagasen por la habitación que había compartido con Conor durante más de quince años, los muebles de roble
macizo, la luz, las ligeras cortinas, su gran cama con dosel. Respiró
profunda y desigualmente mientras que las imágenes de su vida
juntos pasaban por delante de sus ojos.

Su casa en Dublín había sido comprada con las ganancias del
primer gran contrato con el que Conor se había topado. Su impara-
ble impulso por tener éxito había hecho que hubiese firmado muchos
más importantes contratos de ahí en adelante. Habían vivido muchos
maravillosos años dentro de esas paredes—las fotografías que las
adornaban daban fe de ello.

Todavía disfrutaban de la vieja casa en Sligo donde habían comenzado su vida juntos y habían vivido tantos memorables años. El nacimiento de Trevor, sus primeros pasos y palabras, sus primeras heridas en las rodillas, todo ello estaba vinculado a la casa de Sligo. Habían pasado cada día de fiesta alrededor de la vieja chimenea. El olor a madera quemándose en el fuego del hogar evocaba siempre los buenos recuerdos de aquellos días. Unos días maravillosos.

Otro pedazo de su corazón se rompió—era la única explicación del dolor que irradiaba de su pecho. La confusión llenaba su mente con más preguntas que respuestas, pero confiaba en Conor con su vida. Si la elección que había hecho por los dos era su única opción, ella le creía y la aceptaba. Especialmente si eso significaba que Trevor estaría a salvo.

Con el corazón encogido, se acercó a la cama y cogió el montón de ropa a la espera de ser metida en la maleta. Ropa que no necesitarían. Cada elemento era como una sentencia de muerte que resonaba en su cabeza mientras que cuidadosamente lo doblaba y dejaba caer en la bolsa. Incluso había comprado comida para su viaje de dos semanas. Comida que nunca probarían. Todo era una artimaña para mantener las apariencias y desviar la atención de lo que realmente tenían planeado—de lo que debían hacer.

Maeve se calmó y se sentó en el borde de la cama. Sus ojos se llenaron de lágrimas y sus dedos se enterraron en el suéter que sostenía. Sin que Conor lo supiera, habían ido en contra de sus deseos. Había roto su regla de oro. Pero no le había quedado otra escapatoria. Impulsada por el amor de una madre, le había escrito una carta y la había escondido en un lugar donde solo él la encontraría. Tal vez algún día lo haría. Arrojó el suéter en el interior de la maleta, se secó las lágrimas de sus ojos, y continuó haciendo el equipaje. Tal vez algún día su hijo entendería el por qué y encontraría la forma de perdonarles.

Cuando terminó, subió la cremallera de la última maleta y la dejó junto a la puerta. Pasó la mano por las suaves y arrugadas sábanas y por las esponjosas almohadas como de costumbre. Mientras que caminaba por el rellano hacia la escalera, acarició con sus ojos los cuadros colgados en las paredes. Eran fotografías que documentaban sus vidas; una larga fila de amplias y traviesas sonrisas.

Sus dedos rozaron el cristal liso al pasar por cada una de ellas. La sonrisa desdentada de Trevor cuando dio sus primeros pasos. Su corazón se contrajo mientras que sus ojos se iluminaban al ver a Conor y Trevor acostados en el verde césped de su casa en Sligo. La siguiente era de un fin de semana en el que habían estado navegando y mirando las estrellas. Otra, de todos ellos montando en bicicleta en la carretera hacia Knocknarea. Haciendo surf en la playa de Strandhill.

Su vida había girado en torno a Trevor. Era todo para ellos—y lo seguiría siendo, aun cuando no estuvieran allí para apreciar y capturar más de esos momentos felices con él. Solo esperaba que su hijo nunca dudase de su amor.

Respirando hondo, se acomodó en su silla de lectura para esperar a Conor.

Capítulo Tres

En Marcha

*E*L PRIMER PENSAMIENTO DE CONOR MIENTRAS QUE ENTRABA en la casa fue lo tranquila que siempre estaba desde que Trevor se marchó. La idea de que una vez que todo estuviese dicho y hecho, su hijo podría volver a la casa que un día se haría eco con el golpeteo de unos pequeños pies y se llenaría de nuevas risas, le consoló.

Su segundo pensamiento fue que no oía a Maeve trajinando en la cocina ni podía oler los deliciosos aromas que solían flotar alrededor de la casa. Una profunda arruga se marcó en su frente mientras subía las escaleras hacia el segundo piso en busca de su mujer. Un frío gélido corrió a través de sus venas. *¿Le había presionado demasiado? ¿Habría cambiado de opinión?*

Su temor fue arrasado por una sensación de alivio cuando entró en la habitación y la encontró durmiendo pacíficamente en su sillón de lectura. La culpa le consumió cuando vio sus mejillas surcadas de lágrimas. Habían estado juntos durante casi veinticinco años, y en todos esos años, la única vez que había visto lágrimas de tristeza en los ojos de Maeve fue cuando perdieron a sus bebés.

Trevor había sido quien había curado su tristeza en ese entonces, y era posiblemente la razón de sus lágrimas ahora. Sabía que la decisión que habían tomado era demasiada dura para ella, y que su amor por Trevor era la única cosa que le había hecho aceptar sin oponerse, incluso si él era también la razón para no seguir adelante con ello.

Conor se hundió en el borde de la cama frente a ella y le acarició la cara con los ojos, dejando que su mirada viajase sobre su cabello dorado oscuro que enmarcaba su rostro con rizos salvajes, y luego sobre sus rasgos faciales. Estudió las arrugas de su risa alrededor de sus labios. Habían tenido una buena vida. No había ninguna duda al respecto.

Casi como si sintiendo su presencia, Maeve abrió los ojos y la preocupación se filtró a través de ellos. "¿Conor? ¿Qué haces en casa tan temprano? ¿Ha cambiado alg—"

"No," interrumpió él abruptamente. No quería darle tiempo para pensar demasiado. *Ellos* no podían permitirse el lujo de que ella cambiase de opinión. Su plan estaba en marcha. Harían lo que tenían que hacer. "Nos iremos mañana tal como estaba previsto. Stephan ya sabe nuestro itinerario y todo está cubierto." Los ojos de Maeve le buscaron, pero él evitó su mirada. La vergüenza había sido su compañera habitual en los últimos tiempos y no quería que ella la viera reflejada en sus propios ojos. Por mucho que él no podría haber previsto la evolución de los acontecimientos, todavía se culpaba del caos que había generado.

Maeve cogió su mano y la apretó con fuerza. "Te amo, Con."

"Nunca he dudado ni un solo segundo de ello durante todos estos años que has estado en mi vida. Yo también te quiero, Mae."

El sonido estridente del teléfono celular en su bolsillo rompió el silencio, sobresaltándoles a ambos. Sus miradas se encontraron y ambos las mantuvieron. Conor metió la mano en su bolsillo y sacó el dispositivo. Bajó la vista y se quedó mirando la pantalla durante un momento. Número oculto. No le hacía falta el identificador de llamadas para saber quién era. Su estómago se revolvió. Tomando aire con fuerza, respondió. "Brennan."

"Tiene un día más, Brennan."

Los ojos de Maeve permanecieron sin pestañear fijos en él. Conor vio florecer la esperanza en sus profundidades por un breve segundo antes de que se alejara al escuchar su respuesta. "Ya te lo he dicho. Me lo estoy pensando."

"No hay nada que pensar. Ya sabes lo que pasará si no aceptas mis condiciones."

"Lo dejó muy claro, sí."

"Espero tener noticias tuyas mañana. No me decepciones."

"Mañana, entonces."

Los ojos de Maeve brillaron con lágrimas no derramadas mientras Conor colgaba. Sin decir una palabra, él la sacó de la silla y la sentó sobre su regazo, envolviéndola en sus brazos. Hundió la cara en su pelo y aspiró su aroma, una mezcla de lavanda y aire libre al que se había acostumbrado a despertar oliendo, un aroma que sabía que estaría con él hasta el final.

Retirándose lo suficiente para poder mirarla a los ojos, apartó un mechón de su cabello por detrás de su oreja. "¿Tienes hambre? Podemos pedir algo o salir a cenar si quieres."

Maeve negó con la cabeza. "No. Quiero cocinar para ti." Su voz flaqueó. "¿Qué tal un guiso?" Sabía que a él le encantaba la receta que ella había perfeccionado bajo la atenta mirada de su abuela irlandesa.

"Eso sería perfecto."

Color la siguió escaleras abajo y se instaló en la mesa de la cocina para observar sus fluidos movimientos mientras que ella preparaba la cena. Con una mente brillante para los negocios, Maeve le había guiado mucho en sus negociaciones. La estrategia era su fuerte. Pero había decidido llevar una vida menos orientada hacia los negocios; aunque le encantaban los desafíos que el mundo de los negocios ofrecía, su verdadera fuente de disfrute era los momentos que pasaba haciendo que su casa fuera un hogar para Trevor y para él.

"¿Te arrepientes de no haber estudiado una carrera?" Las palabras se le escaparon sin previo aviso.

La única señal que indicó que ella le había oído fue la gentil sonrisa que se dibujó en sus labios mientras que ella seguía moviéndose alrededor de la cocina. "Nunca," finalmente respondió. "Ya hablamos sobre negocios lo suficiente. Ejerzo...ejercía mi mente todos los días." La pausa no habría sido apenas perceptible por nadie más que él.

Conor se reprendió mentalmente. Debería haber mantenido la boca cerrada. Debería haber sabido que cuestionar sus decisiones pasadas llegados a este punto no cambiaría su situación presente ni lo que iba a suceder en el futuro. Se acomodó en el silencio y la miró, apreciando su forma de moverse, llena de seguridad en sí misma.

Una hora después, estaban sentados a la mesa disfrutando de su plato favorito. A pesar de que estaba tan delicioso como siempre, sabía como a cenizas en la lengua. Él la ayudó a lavar los platos y a recoger la cocina antes de tirar de su mano. "Vamos arriba." Una dulce sonrisa viajó desde los labios de ella hasta sus ojos y asintió.

Conor entrelazó sus dedos con los de ella y la llevó hasta el dormitorio. De pie junto a la cama, tomó su cara con reverencia entre sus manos y la besó en los labios. El simple toque envió un familiar incendio corriendo por sus venas. No hizo falta ninguna palabra mientras la ayudaba a desnudarse con el mismo temor que había sentido cuando la poseyó por primera vez. Ella siempre le haría sentir joven y lleno de vida.

Maeve se quedó sin aliento cuando la última de sus prendas cayó al suelo. Dio un paso más cerca de Conor y deshizo cada botón de su camisa mientras que él mismo se ocupaba de sus pantalones. Su cuerpo todavía tenía el poder de hipnotizarla. Dejó que sus ojos vagasen sobre él, desde sus apretados y musculosos brazos, pasando por sus duros abdominales, hasta los definidos músculos de sus muslos, todo él parecía estar esculpido gracias a los años de navegación con su yate y a su amor por las actividades al aire libre. Tragó saliva cuando sus ojos se encontraron finalmente, y ella se dirigió hacia sus expectantes brazos.

Ella le abrazó y suspiró cuando sus respectivas pieles se fundieron. Cuando ella apoyó la cara contra su pecho, los latidos de su corazón contra su mejilla la llamaron. Dejó que su mano deambulase hacia arriba, y que sus dedos se cerniesen alrededor de su cuello en forma de copa, tirando de su rostro hacia el de ella. Maeve acarició su mejilla, la rugosidad de su barba de dos días de antigüedad envió un hormigueo a lo largo de su columna vertebral antes de que él capturase su boca en un firme beso. Incluso después de todos estos años, ella todavía se derretía bajo su fuerte y seguro toque.

Con un suspiro, ella se entregó a su beso, a la exploración de su lengua trazando el interior de su boca, a su roce contra la suya. Perdió el hilo de sus pensamientos cuando su mano acarició su nuca, y él profundizó el beso. Su desgarradora alma necesitaba llegar a ella a través de sus sentidos y ella necesitaba corresponderle con los suyos. "Con," murmuró contra su boca. "Yo—"

"Shhh, Maeve. Necesitamos esto. Será la última vez en nuestra casa. En nuestra propia cama."

Conor la dejó dulcemente sobre la cama y el corazón de Maeve saltó a su garganta, ahogándola. Un sollozo escapó de sus labios mientras que clavaba los dedos en sus hombros y le atraía hacia ella. Él tenía el poder de deshacerla con las más sencillas palabras. Su corazón se aceleró y la humedad quemaba la parte interior de sus párpados. Pero ella cerró los ojos para contener las emociones hirviendo fuera de control en su pecho, con ganas de disfrutar de lo que Conor le estaba ofreciendo.

A Conor le encantaba la forma en la que el cuerpo de Maeve cobraba vida bajo su toque. Quería amarla, aliviar las lágrimas de sus ojos. Reemplazarlas con los jadeos de deleite que ansiaba escuchar mientras que hacían el amor. Conor rodó sobre ella y se apoyó sobre uno de sus codos sin apartar los ojos de ella.

Nada había cambiado en los años que habían estado juntos. Maeve movía tanto sus sentimientos como lo había hecho desde el principio. Su amor se había convertido en algo hermoso. Con los años, su relación también se había convertido en un fluido baile. Un toque de su sedosa piel contra la suya, o de sus finos dedos, podían mandarle sobre la cima. Pero esta noche era diferente. Había una urgencia que vibraba bajo la superficie. La respiración de ambos era entrecortada. Sus manos temblaban mientras llegaban al otro. Mientras se acariciaban. Besaban. Casi como si quisieran recordar cada centímetro de sus respectivos cuerpos.

Conor trazó la línea de sus costillas hasta la cadera. Dejó caer su cabeza y lamió el pulso vibrando fuera de control en la base de su cuello mientras deslizaba su dedo dentro de ella. "Te quiero, esposa mía." La respiración de Maeve se aceleró cuando Conor encendió su fuego interior. Él exhaló bruscamente cuando ella alcanzó su orgasmo mientras que se tragaba su grito ahogado cuando el calor se apoderó de ella. Esto era lo que él quería, darle placer, regocijarse en su satisfacción.

Maeve se entregó a Conor y surfeó las olas de placer barriendo en su contra. Pequeñas descargas eléctricas la dejaron sin aliento e hicieron que su furiosa sangre ascendiera a sus oídos. Lo necesitaba tanto o más que él a ella. Entonces. Y ahora. Él era su vida. Su alma. Levantando sus caderas, ella le sostuvo contra su pecho. "Con, por favor."

Conor bajó la boca a la de ella. "Siempre," sopló sobre sus entreabiertos labios, y luego hundió la lengua en su boca a la par que se hundía profundamente en su acogedora carne.

Ambos gimieron ante su unión y Maeve le abrazó, recibiendo y ofreciendo hasta que no le quedó nada más que dar. Ella era suya en su totalidad. Se deleitó con su beso mientras que él se corría y clavaba las uñas en su muslo, tirando de ella con fuerza hacia él.

El corazón de Maeve martilleaba contra sus costillas cuando un gemido de satisfacción vibró de su pecho. Cansado, Conor metió la cara en la curva de su cuello y Maeve apretó sus brazos alrededor de él, no dejándole ir. Permanecieron en silencio, cuerpo con cuerpo, corazón con corazón, hasta que la respiración dificultosa de ambos fue volviendo a la normalidad. Cuando la calma les invadió, Conor envolvió sus brazos alrededor de ella como si su vida dependiera de ese abrazo, de su unión. El pulso de Maeve saltó como reacción cuando ella se dio cuenta de que así era.

Capítulo Cuatro

Navegando

~~~

L A MAÑANA LLEGÓ, ARRASTRANDO CONSIGO una tristeza que hacía juego con su estado de ánimo y el de Conor. Unas nubes negras y pesadas rodaban en el cielo, una clara advertencia de que la naturaleza no estaba de su parte. El aire, cargado de un zumbido eléctrico que bailaba a lo largo del vello de sus brazos, se sumaba al tono ominoso del día. Aunque el viento azotaba y se arremolinaba a su alrededor, no era lo suficientemente malo para evitar su salida. Tendrían que ponerse manos a la obra si querían mantener sus planes y zarpar esa misma tarde.

El equipaje estaba al lado de la puerta, junto a otras provisiones. Conor hizo un par de llamadas de negocios de último minuto, y con cada segundo que pasaba, la resolución de Maeve se hacía más fuerte. No podía, no debía, irse sin despedirse de Trevor.

Cuando Conor salió de la biblioteca que usaba como despacho, se detuvo en seco cuando vio la determinación en los ojos de su mujer. Se acercó a ella, tomó su mano en la suya y la apretó. "Es la hora. No podemos posponer esto por más tiempo."

"Lo sé." Ella le devolvió el apretón. "*Necesito* hablar con él antes de irnos."

"Mae—"

"—No voy a hacer nada estúpido, Conor." Su voz adquirió una dureza que él rara vez había escuchado en su pasado. "Entiendo las consecuencias." Ella lo miró a los ojos, casi pidiendo un indulto. "Déjame hablar con él."

"Muy bien." Le entregó su teléfono celular y se puso a su lado mientras que ella marcaba el número al que tantas veces había llamado en los últimos siete años.

Ella esperaba que Trevor, cinco horas por detrás de la hora de Dublín, estuviese todavía en la cama.

"¿Hola?" La querida voz de su hijo, aturdido por el sueño, hizo que su corazón se contrajera.

"Buenos días, dormilón."

"Mamá. ¿Qué pasa? ¿Ocurre algo? ¿Por qué llamas tan temprano?"

"No pasa nada, Trevor. Vamos a salir a navegar en breve y quería llamarte para hacértelo saber y despedirme. No sé cuándo podremos hablar de nuevo. Ya sabes lo irregular que es la recepción en el mar abierto."

Maeve oyó el ruido de las sábanas y un amortiguado bostezo. "Cierto. ¿Cuánto tiempo vais a estar lejos esta vez?"

"Lo de siempre. Un par de semanas más o menos." Maeve se aferró a sus emociones. Trevor era demasiado audaz, y cualquier desliz por su parte alzaría la bandera roja. *Tan igual a su padre.*

"Me gustaría haberme podido tomar unos días libres y haberme ido con vosotros. Echo mucho de menos el mar." Su voz se volvió melancólica, nostálgica.

Maeve cerró los ojos con fuerza. Tenía tanto que decirle, y a la vez, era necesario que muchas cosas quedaran sin ser dichas. "La próxima vez será. Asegúrate de traer a una chica bonita contigo."

Una risita conmovedora llegó desde el otro lado de la línea. "Alguien que es una casamentera, no deja nunca de serlo. Tengo mucho tiempo para encontrar a la adecuada, mamá. Además, la búsqueda de la mujer perfecta lleva su tiempo. No todo el mundo es tan afortunado como papá cuando la mujer de sus sueños cruzó el océano y se topó con él."

Maeve negó con la cabeza. "Solo tienes que levantar la nariz de la pantalla del ordenador y mirar a tu alrededor con más frecuencia. Necesitarás una buena mujer a tu lado cuando te hagas cargo de la empresa." Por un segundo pensó que su hijo podría cuestionar sus palabras; haber notado su sutileza. Percibió el brusco movimiento de la cabeza de Conor, su profundo ceño fruncido y la estrechez de su mandíbula—signos de preocupación porque ella fuese a decir algo que no debía. Ella lo tranquilizó con una mirada firme y él relajó su postura.

"Solo estás tratando de presionarme para que siente la cabeza y te dé esos nietos que dices con tanta insistencia que quieres tener. Todo llegará, señora Brennan, todo llegará."

Maeve casi podía imaginar la mirada pícara en su rostro, y la agitación en su pecho creció, entumeciéndola. "Muy bien. Ya paro. No quiero molestarte más."

"Como si no hubiera oído eso antes." Casi podía verlo voltear sus ojos hacia arriba.

"Eres un listillo." Maeve no pudo impedir que una triste sonrisa curvase sus labios. Sus ojos viajaron para encontrarse con Conor, donde vio el reflejo de sus propias furiosas emociones en los ojos de color azul oscuro de su marido, iguales a los de Trevor.

Otra gran bostezo sonó al otro lado del teléfono. "Quizás pueda ir a veros en Halloween."

"¡Eso es una gran noticia! Ya me informarás al respecto más tarde. Tenemos que irnos, mi amor. Tu padre ya me está acribillando con su mirada. Tenemos que apresurarnos antes de que venga el mal temporal. Cuídate mucho."

"Siempre, mamá."

Sus dedos se apretaron alrededor del teléfono. Se detuvo el tiempo suficiente para recobrar la compostura. "Te quiero, Trevor."

"Yo también te quiero."

"Adiós, hijo."

"Dile a papá que le quiero."

"Lo haré."

Ella se quedó mirando el teléfono agarrado en su mano por un momento antes de devolvérselo a Conor. "Ahora estoy lista." Los atormentados ojos de Conor la seguían en cada movimiento que ella hacía mientras ayudaba a su marido a cargar el equipaje en el coche.

EL TRÁFICO ESTABA BASTANTE DESPEJADO mientras que se dirigían al sur, hacia el puerto deportivo, donde el yate, su fiel compañero de muchos viajes, les esperaba. Un espeso silencio, tan pesado que se podía cortar con cuchillo, se cernía sobre ellos. Un escalofrío de aprensión recorrió la columna vertebral de Maeve y su mano se deslizó instintivamente hasta la pierna de Conor, en busca de consuelo. El calor familiar radiante bajo su palma calmó el frío que se había fijado en sus extremidades.

Maeve lo estudió por el rabillo del ojo. Perdido en sus pensamientos, sus ojos se centraban en el camino por delante. A Maeve no le importaba. Sus propios ojos ardían con lágrimas saladas y sabía que si él le mirase, no podría seguir conteniéndolas por más tiempo. Se desmoronaría. Miró por la ventanilla mientras dejaban Dublín atrás—mientras dejaban todo atrás.

Ella respiró profundamente y parpadeó varias veces para contener las lágrimas que amenazaban con derramarse a la vez que apoyaba la cabeza contra la ventana. El exuberante paisaje a lo largo de la carretera se hizo una nebulosa ante sus vidriosos ojos. El corazón le dio un vuelco cuando Conor puso la mano sobre la suya y la apretó. Tantas palabras dichas en un solo toque. Una pesada lágrima rodó por su mejilla y por su barbilla antes de caer y explotar al entrar en contacto con su mano.

CONOR ESTACIONÓ CERCA DE LA oficina del puerto

deportivo. Al salir del coche, el capitán, Simon O'Brian, lo aclamó. "¡Buenos días! Parece que el tiempo no va a ser muy favorable."

Conor miró su reloj Yacht-Master Oyster atado a su muñeca con impaciencia, un preciado regalo que le hicieron Trevor y Maeve en su último cumpleaños. Con su ya conocido don elocuente, el hombre podría retrasar su salida.

Abrió el maletero, sacó las maletas y se las entregó a Maeve. "Sí. Queremos salir antes de que el tiempo empeore."

"Maeve," asintió Simon.

Maeve le dirigió una sonrisa amistosa. "Simon. ¿Cómo está Roisín? ¿Aún prodigando su amor entre sus nietos?"

Una sonrisa se dibujó en el curtido rostro del hombre. "Le dan mucho trabajo. Esos pequeñajos la dejan sin aliento pero ella adora cada segundo que pasa con ellos."

"Salúdala de mi parte." Conor vio la tristeza que reemplazó la sonrisa de su mujer mientras que caminaban hacia las puertas.

"Lo haré, Maeve." Los penetrantes ojos de Simon pasaron de las maletas en sus manos a la caja de provisiones en las de Conor. "Veo que vais a estar lejos durante un largo tiempo."

Conor esbozó una sonrisa. "Nah. Solo el de costumbre. El tiempo suficiente para reagruparse y recargar las pilas." Equilibró la caja entre sus manos y alargó el brazo para cerrar el maletero.

"Espera, deja que te ayude." Simon se apresuró a cerrarlo.

El viento se levantó y azotó la chaqueta de Conor, como si quisiera recordarle que necesitaba apresurarse. Alzó los ojos hacia las oscuras nubes que hervían por encima de ellos y trató de evaluar a lo que se enfrentarían. "Será mejor que nos marchemos cuanto antes. Parece que se avecina una gran tormenta." El capitán caminó a su lado mientras se dirigían a la oficina del puerto deportivo y hacia los muelles. "Ha pasado mucho tiempo desde la última vez que nos tomamos una pinta. Llamaré a tu puerta en cuanto estemos de regreso."

Simon cerró la puerta detrás de él. "Lo estaré esperando, Conor."

Conor exhaló un suspiro de alivio y se despidió con la mano

cuando Simon entró en la oficina. El pesar de que nunca compartirían esa pinta como bienvenida a casa era como una pesada losa sobre sus hombros. La onda expansiva de sus problemas afectaría a mucha gente. Era consciente de ello, pero no había nada que pudiera hacer al respecto. Ver a Maeve hablando por teléfono con su hijo casi había quebrantado su espíritu para siempre. Lo único que tenía sentido en este momento era el resultado final. Y ese era el único pensamiento que impedía que acabase de desmoronarse. Lanzó una última mirada en dirección a la oficina y se fue por el muelle.

Cuando llegó al yate, Maeve ya había abordado la nave y estaba en el piso de abajo. Se reunió con ella cuando entró en la cocina y dejó la caja sobre el mostrador. Le dio un beso en la frente. "Voy a preparar el barco para zarpar. Saldremos en muy poco tiempo."

"Yo me encargaré de guardarlo todo mientras tanto." Maeve intentó sonreír, pero fue un esfuerzo en vano.

Epílogo

A La Deriva

20 de septiembre de 2006

L A LLUVIA TORRENCIAL FORMÓ UNA CORTINA OSCURA que fluía sobre las olas del agitado mar. Las pesadas gotas golpeaban contra el agua salada, creando un manto blanco sobre el masivo y ondulante cuerpo. Un rayo de luz cruzaba las olas una vez, dos veces, hasta que se encontró con su objetivo.

A bordo de la Riviera del barco pesquero, el capitán estaba apoyando en la barandilla, siguiendo el progreso de sus hombres, mientras que estos enfocaban sus luces reflectantes hacia el poderoso buque de diez metros de longitud a la deriva en la tormenta. Un resplandor cortó la lluvia y rebotó en la brillante pintura azul oscura de su casco.

El yate de lujo se balanceaba en el agua como un juguete para niños. Su proa pinchaba el aire a medida que surfeaba las grandes olas y se iba hundiendo poco a poco a su paso. El casco del buque parecía en buen estado y lo mantenía a flote en el tormentoso mar. Sus velas estaban estibadas como si el capitán hubiese decidido zarpar en la cola del huracán Gordon, pero no hubiese tenido tiempo para anclarlo. El oscuro interior se añadía a la inquietante escena.

El capitán ordenó a sus hombres que asegurasen el yate y llamaran por radio en señal de auxilio a la Guardia Costera de Marruecos, proporcionándoles las coordenadas de su hallazgo. "Está aquí flotando. No hay nadie a bordo. Por suerte, la tormenta no lo ha arrastrado hasta la arena."

"¿Puede darnos la bandera y el nombre?"

"El nombre del barco es El Morrígan y la bandera ondeante es la bandera irlandesa. ¿Qué debemos hacer?"

"Remolquen el barco. Empezaremos desde ahí."

FIN

CHRIS ALMEIDA & CECILIA AUBREY

CONTRA *Medida*

UNA NOVELA DE LA SERIE CONTRAMEDIDA

"Una historia de espías fascinante e inteligente llena de intriga.
Espionaje de hoy en día y un tórrido romance."
—Misty Evans, galardonada autora de suspense romántico

"Acepta las cosas a las que el destino te une, y ama a la gente a la que el destino te junta, pero hazlo con todo tu corazón."

—Marco Aurelio

Prólogo

La Hora Más Oscura

~~~

L A NOCHE ERA DE UN TONO NEGRO COMO EL ALQUITRÁN. Una manta oscura de nubes cubría el cielo estrellado, bloqueando la luz de la luna. El rugiente mar golpeaba contra el costado del buque, y zarandeaba al yate de diez metros de largo de un lado a otro como si fuera un juguete para niños. Por su parte, el trueno y el clamor de la lluvia eran ensordecedores al chocar contra el agua, pero los gritos de miedo también llenaban el aire—gritos que salían de la cabina del yate y se disipaban en el estruendo de la tormenta, lo que hacía que el momento fuese aún mucho más espeluznante. Entre sus gritos y lamentos para que Dios les ayudase, una mujer rezaba. Sus palabras, de alguna manera, escuchadas claramente por encima de la furia de la naturaleza, eran deliberadamente aisladas y dirigidas a un público inexistente. En las proximidades de la cabina, la escena se desenredaba como si fuera una película de cine. Se escuchó otra voz—la voz de un hombre cuya desesperación era casi palpable.

"¡Maeve!" Gritó en el caos.

"¡Conor! ¡En la cocina!"

El hombre luchó contra los bruscos movimientos del yate y el agua que salpicaba del mar y el cielo para llegar a ella.

La escena del estrambótico espectáculo propio de una película, era el centro de la pantalla en estos momentos. Un hombre de pelo oscuro entró tambaleándose en la cabina de la cocina mientras que una mujer pequeña y rubia se adelantaba a su encuentro. Tomándola con fuerza en sus brazos, el hombre la besó suavemente en la frente mientras las lágrimas corrían por su rostro, mezclándose con el agua salada del mar del que estaba empapado.

La pareja gritó con el profundo dolor que emanaba de su abrazo.

Él tomó su cara entre sus manos. "No creo que seamos capaces de llegar más cerca a la costa que esto, *a ghrá.*"

"No creo que pueda hacer esto Conor." Su voz estaba llena de dolor y nostalgia. "No puedo dejarle atrás de esta manera," añadió mirando a los ojos del hombre.

"No vamos a lograrlo, Maeve…tenemos que hacerlo de esta manera." Él la abrazó con fuerza mientras que ella comenzaba a llorar. Sus gritos fueron magnificados por el aullido del viento y la lluvia golpeando el yate.

"¿Estás seguro de que no podemos encontrar otra manera, por remota que sea, de salir de esta pesadilla?" Sus temblorosas palabras pincharon un nervio, como un cuchillo de sierra cortando profundamente a través de la carne.

"Haré todo lo que pueda para evitar causarle, ni a ti, ningún tipo de dolor, *a ghrá*…pero no tenemos otra salida." Su voz tembló también mientras recordaba la extrema situación en la que se encontraban. "Lo siento, Maeve…siento que todo tenga que acabar de esta manera." Envolvió un brazo alrededor de su delgada cintura, tomó su cabeza con la mano y la apretó contra su pecho. "Tenemos que intentarlo, Maeve…al menos eso. Él ya es un hombre. Estará bien." Conor dijo las palabras para tranquilizarles a ambos.

"Sé que es un hombre, pero sigue siendo mi hijo—¡mi hijo, Conor!" Exclamó ella con desesperación. "No puedo…no puedo…" El pánico se filtraba en sus palabras. Conor sabía que tenía que actuar rápidamente para apagar su indecisión y seguir adelante en su posible salvación. No había otra manera de hacerlo.

La sacudió suavemente y bajó los ojos al nivel de los suyos, como si estuviera hablándole a un niño. "Maeve, mi amor...sé que es doloroso, pero tenemos que salir de este barco, ¡ahora!" Las palabras fueron dichas con firmeza, sacándola del momento de pánico y acallándola. "Ahora, Maeve. Vámonos." Tomó su mano entre las suyas y se dirigió hacia las escaleras que llevaban a cubierta.

El extraño zoom cinematográfico sucedió de nuevo, pero esta vez se centró cerca, muy cerca, en el rostro de Maeve. Sus ojos se alzaron. Ella miró directamente a lo que habría sido el objetivo de la cámara. "No les creas, Trevor."

Trevor Brennan saltó en la cama. Un grito se congeló en su garganta, su corazón comenzó a latir a mil por hora, y un sudor frío empapaba todo su cuerpo. Se frotó la cara con las manos y luego se cubrió los ojos con ellas. Apoyó los codos en sus rodillas dobladas, mientras trataba de controlar su respiración e irregular ritmo cardiaco. "¡Joder!"

Había tenido pesadillas con sus padres antes, pero nada tan realista, tan detallado. Un montón de preguntas y dudas plagaban a Trevor incluso después de todos estos años—desde el día en que Stephan Connellan, el mejor amigo de su padre y su mano derecha en Brennan Enterprises, le había informado de su desaparición hace cuatro años. Stephan había albergado preguntas similares desde el primer día, pero a medida que pasaba el tiempo sin rastro sobre los padres de Trevor, su esperanza se había disipado hasta que la última pequeña llama fue extinguida por la incertidumbre. Para Trevor y Stephan, la vida continuaba, sin importar lo doloroso que fuese para ambos seguir adelante sin ellos.

Pero después de la pesadilla de esta noche, la esperanza y la necesidad de cerrar el caso, volvieron a despertar en Trevor. Necesitaba saber, necesitaba estar seguro. Se tumbó en la cama y planeó el curso de su acción. "No dejaré ni una sola piedra sin levantar." Sus palabras resonaron en la habitación.

Capítulo Uno

Segundas Oportunidades

C ASSANDRA JAMES PASÓ DE MALA GANA SU INSIGNIA contra la placa de identificación en la puerta de entrada y se precipitó hacia los ascensores. Reprimiendo una palabrota, apretó el botón para solicitar la cabina. "Es la tercera vez que me he quedado dormida. Bob va a lincharme," murmuró presionando la tecla con la flechita hacia arriba varias veces. Cuando las puertas se abrieron, se apresuró a entrar en el cubículo de acero y apretó el botón del quinto piso, donde se encontraba la James Security Agency, seguido por el botón que se supone, ha de cerrar las puertas de inmediato. "Vamos, vamos, ciérrate ya, maldita sea," murmuró en voz baja, golpeando el botón de nuevo con impaciencia, y soltando un suspiro de alivio cuando las puertas finalmente se cerraron.

Cassandra se apoyó en la barandilla y se frotó distraídamente la cicatriz en su cadera izquierda. Uno podría pensar que la herida no le supondría ningún problema después de dos años. Pero a decir verdad, el dolor que le causaba el tejido cicatricial era el motivo por el que había llegado tarde esta mañana. Se había pasado toda la noche dando vueltas en la cama, con molestias durante largas horas. Era preocupante, ya que últimamente solo le dolía cuando algo estaba a punto de suceder—como si fuera una especie de dispositivo raro de presentimiento atado a su cadera.

El ding de la campana del ascensor la sacudió de sus reflexiones y salió por las puertas cuando se abrieron. Kelly, la asistente de su padre, habló en voz alta mientras que Cassandra se apresuraba hacia su escritorio, "¡Llegas tarde!"

Cassandra hizo un gesto de desdén con la mano y siguió caminando. "Dime algo que no sepa."

Kelly se puso de pie, se inclinó sobre su escritorio, y agregó una sutil advertencia, "Tu padre no está de buen humor. La reunión ya ha comenzado en la sala de conferencias número tres."

Dándole las gracias, Cassandra miró a través del cristal y vio al equipo sentado alrededor de la mesa de la sala de conferencias escuchando atentamente a su padre, Robert James. Respiró hondo para centrarse y en silencio entró en la habitación, tomando la silla más cercana.

Al igual que un halcón, Robert volvió la cabeza hacia ella, levantó las cejas, y le dio unos toquecitos a su reloj. Cassandra se encogió de hombros, le dedicó una sonrisa, y se dispuso a escuchar las novedades de la mañana.

De pronto sintió una patada por debajo de la mesa y miró a través de ella hacia Jessica Forrester, su mejor amiga, quien articuló, "¿Qué te pasa?" Ella sacudió la cabeza y dijo en un susurro, "Más tarde," antes de volver su atención a la parte delantera de la sala donde su padre se encontraba dando explicaciones.

Bob, como a ella le gustaba llamarle, no había cambiado mucho en los últimos años. Con cincuenta y cinco años, su pelo castaño apenas mostraba signos de envejecimiento, y sus severos ojos marrones todavía brillaban de energía. Hoy iba vestido con una camisa abotonada hasta arriba y unos pantalones de color caqui. A través de su vestimenta se podía ver que el ex Navy SEAL mantenía su cuerpo en forma.

"Tenemos un par de clientes nuevos," dijo, y procedió a describir cada uno en detalle.

Mientras que Robert continuaba con su exposición, los ojos cansados de Cassandra pronto comenzaron a cerrarse. Cuando ella cambió de posición para mantenerse despierta, algo rebotó contra su nariz. Frotándosela, miró a su alrededor y vio una bola de papel que había aterrizado en la mesa frente a ella. Miró al otro lado de la mesa y se encontró con una amplia sonrisa en la cara de Jessica. *¿Qué demonios?* Ante su mirada inquisitiva, Jessica garabateó rápidamente algo en su cuaderno y, cuando Robert se giró de nuevo de espaldas, lo empujó sobre la mesa en su dirección.

Al tirar del cuaderno hacia ella, Cassandra miró hacia abajo y leyó, "¡Despierta, dormilona! Cassandra frunció el ceño y miró a Jessica, quien inmediatamente dejó caer su cabeza, cerró los ojos, e imitó un ronquido silencioso manteniendo la boca abierta. Lentamente, levantó la cabeza y se limpió la baba imaginaria de la comisura de sus labios.

Cassandra reprimió una risa y tomó la jarra de agua en el medio de la mesa de conferencias. Se sirvió un vaso, con la esperanza de que la ayudara a mantenerse despierta hasta el final de la reunión.

Mientras que Robert describía a sus nuevos clientes empresariales y sus respectivas necesidades, Cassandra contuvo un bostezo y pensó en la razón de su agitada noche: la última misión de la Agencia Central de Inteligencia.

Podía recordar claramente los cuatros años en los que había estado trabajando para la CIA después de haber ido reclutada durante su tercer año en la Universidad de Stanford. Era una de las pocas veces en las que había estado agradecida por las lecciones que Robert le había enseñado en los últimos años—de ataque y auto-defensa, junto con las armas y el entrenamiento de supervivencia. Esas habilidades, junto con su licenciatura en Ciencias Políticas y Psicología, habían puesto a Cassandra en el radar de la Agencia.

Durante sus tres años en Stanford, Cassandra había puesto todos sus esfuerzos y había trabajado duro para completar todas sus competencias, lo que le había permitido graduarse con honores un año antes. Su último año había sido agotador. Entre los estudios y las exigencias de precalificación de la CIA, hubo muchas veces en las que había pensado que iba a derrumbarse bajo la presión. Había pasado la mayor parte del tiempo haciendo malabares entre sus clases, sus proyectos, y haciendo algo de tiempo para las numerosas entrevistas de la CIA, el mes de pruebas psicológicas y los exhaustivos exámenes físicos y de polígrafo.

También había sido un poco desconcertante saber cuán profunda había sido la verificación de sus antecedentes. Vecinos, amigos de la infancia y antiguos compañeros de trabajo le habían llamado para comunicarle que habían recibido extrañas llamadas telefónicas preguntando por ella—Qué si se drogaba; qué si se solía meter en problemas—Gracias a Dios que ella era tan aburrida como a Jessica le gustaba recordarle burlonamente durante aquellos días. Siempre temerosa de la posible reacción de Robert, Cassandra había aprendido a comportarse correctamente desde que era una niña. Dios, lo que se había quejado Jessica el año pasado por su constante ausencia en las fiestas y reuniones, pero ella se había centrado y había decidido lograr su objetivo.

El período de Cassandra con la CIA comenzó dos días después de su graduación. Ella voló a través del curso de introducción, donde se enteró de qué era la CIA como organización y cómo recogía la inteligencia y la analizaba. Durante esa pequeña introducción, Cassandra puso todo su empeño en ser asignada a la Dirección de Inteligencia. Estaba intrigada por el proceso de recolección de inteligencia e hizo grandes progresos en su análisis.

Después de haber sido entrenada para el puesto de trabajo—un entrenamiento que la dejó machacada—Cassandra y sus compañeros novatos fueron enviados a la Granja, centro de entrenamiento de la CIA se encontraba cerca de Williamsburg, Virginia, donde pasaron meses ahogándose en entrenamientos paramilitares. Fue allí dónde se ganó el reconocimiento por las duras lecciones que Robert le había enseñado.

Todos los aspectos de la preparación física y las armas fueron un paseo por el parque para ella—que había sido entrenada por un supervisor Navy SEAL y sus amigos. Por otro lado, los aspectos psicológicos de la formación, específicamente los interrogatorios, habían sido una pastilla difícil de tragar. Pero todos los años en los que ella había contenido sus emociones, le habían ayudado mucho. Aprobó el examen final y comenzó su carrera como profesional de seguridad de la CIA, desarrollando aún más las habilidades en seguridad personal, física y técnica y en asesoramiento informativo.

Después de aproximadamente un año en el trabajo, Cassandra ascendió a la posición de oficial de seguridad multi-disciplinado, donde sus habilidades en las armas de fuego y tácticas de defensa eran muy requeridas. Sus tareas se solían centrar en la recopilación y análisis de la seguridad o de la información relacionada con el contraespionaje, pero su mayor placer vino del apoyo a otras agencias del gobierno de EE.UU. con sus requisitos de seguridad, en el que pudo aportar sus habilidades y conocimientos al máximo.

Sus cuatro años con la CIA habían sido maravillosos. Había apostado muy alto en la vida, siendo siempre retada por su puesto de trabajo, y había forjado una gran amistad durante su primer año. Por fin se había sentido como una adulta, no como una niña en constante búsqueda de aprobación o atención por parte de su padre.

Ella era una mujer independiente ahora, capaz de hacer cosas significativas. Pero todo había terminado en una pesadilla llena de dolor y traición el día que la dispararon en medio de una asignación. Después de haberse recuperado, se dio cuenta de que había perdido la confianza en sus compañeros de equipo, algo de vital importancia para las operaciones, por lo que dejó la Agencia para entrar a formar parte de la empresa de seguridad de su padre, donde podría ser más selectiva, y rodearse de la gente en la que confiara hasta la médula.

Robert le haba dicho nada más llegar, que si iba a trabajar para él, tendría que empezar desde abajo, y Cassandra no lo habría hecho de ninguna otra manera. Trabajó duro y se quedó hasta altas horas de la madrugada, decidida a demostrar su valía. Hasta día de hoy, la mayoría de sus funciones habían consistido en el apoyo interno a la empresa y solo había trabajado en una asignación bajo la estricta mirada de Robert. Lo cual también había sido decepcionante, una indicación de que su padre no confiaba en sus habilidades. Saber eso melló su auto-estima y e hizo que se cuestionara constantemente las decisiones que tomaba.

Mientras permanecía allí sentada y tomaba un sorbo de agua, Cassandra se dio cuenta del silencio en la habitación y de que los ojos de todo el mundo estaban vueltos hacia ella en expectación.

Robert se aclaró la garganta mientras dirigía su mirada más enfáticamente hacia ella. "Cassandra, ¿cuál es tu respuesta?"

Ella le miró fijamente por un momento, sin entender su pregunta. "¿Cómo, señor? ¿Qué pienso sobre qué?"

La irritación cruzó la cara de su padre mientras la observaba desde el otro lado de la mesa. *Oh, demonios…seguro que ya me he vuelto a perder algo.* Miró a Jessica en busca de ayuda, solo para ver la simpatía en sus ojos y su encogimiento de hombros.

"Cassandra Cristina." Ella hizo una mueca ante el tono de su padre. "Te he preguntado qué piensas respecto a las necesidades de seguridad de los Productos Farmacéuticos Bristol, nuestro nuevo cliente."

Tratando de buscar una respuesta inteligente, Cassandra vaciló por un momento, y el ceño fruncido de Robert se profundizó cuando no respondió con la suficiente rapidez. "Pienso que tú deberías encargarte de los detalles de este caso." Robert dejó caer la gruesa carpeta sobre la mesa y la empujó hacia ella. "Léete todos los documentos y quiero tu evaluación para las doce horas."

Cassandra detuvo la carpeta de un manotazo cuando llegó a ella. Tuvo que esforzarse para mantener una expresión severa y la seriedad en su voz. "Sí señor. Para el mediodía."

Con una última mirada en su dirección, Robert se volvió al conjunto de la sala y les despidió, dándoles el beneplácito de que continuasen con sus respectivas tareas.

CASSANDRA PERMANECIÓ DE PIE AL lado de la puerta de la sala de conferencias, esperando a Jessica. Trató de ocultar su vergüenza por la reprimenda verbal que había recibido de su padre, y mantuvo una expresión serena mientras que los otros miembros del equipo salían de la habitación evitando mirarla a los ojos. Los toques de atención solían ser un fracaso para ella. Había sido la misma historia desde que su madre, Cecilia, murió en un accidente de coche. Después de todos estos años, Cassandra ya se había acostumbrado a ello. Lo que le molestaba, sin embargo, era que, dado la forma en que Robert la trataba, el resto de los empleados no mostraban ningún respeto hacia ella, a pesar de tener un cargo superior al suyo. En James Security, había tratado de pasar desapercibida para demostrar que no estaba bajo las faldas de su padre.

Tenía que centrarse en el proyecto. Cassandra se sorprendió un poco de que Robert se lo hubiera asignado y no sabía muy bien qué hacer al respecto—definitivamente no era algo que ella pensara, fuese a ocurrir pronto desde que había empezado a trabajar para él. *Tiene que tratarse de una prueba*, pensó mientras Jessica se acercaba a ella, y entrelazaba el brazo con el suyo antes de que ambas mujeres se tropezaran entre sí.

"Maldita sea, chica, es la tercera vez que llegas tarde en dos semanas," comentó Jessica mientras entraban en la oficina de Cassandra.

"No me lo recuerdes," replicó ella, sacudiendo el archivo en el escritorio y caminando alrededor de la silla, haciendo una ligera mueca mientras tomaba asiento.

Jessica se dejó caer en la silla de enfrente y frunció el ceño. "La cicatriz te está molestando de nuevo, ¿no es así?" Cassandra la miró, y Jessica estrechó los ojos. "¿Estás volviendo a tener las mismas pesadillas?"

Cassandra se encogió de hombros y cogió el archivo Bristol.

"¿Cassie? Tendrás que hablar de ello en algún momento." El tono de Jessica era bajo y persuasivo.

Ella miró a su amiga. "Eso no va a suceder, así que déjalo estar."

Cassandra volvió a concentrarse en el archivo, lo abrió y comenzó a leer la información y a echarle un vistazo a las fotos.

Suspirando, Jessica observó atentamente a su amiga. "De acuerdo, pero sabes que estoy aquí por su cambias de opinión, ¿verdad?"

Cassandra asintió mientras seguía examinando el expediente de la empresa que reunía los datos para los que habían sido contratados para proteger.

Jessica conocía muy bien a Cassandra y sabía que su amiga no daría su brazo a torcer. Suspiró de nuevo ante su terquedad, se puso de pie, y se detuvo en la puerta. "¿Comemos juntas?"

"Sí, Jess, eso estaría bien. Nos vemos en los ascensores a las 12:30, después de mi encuentro con Bob."

"Es una cita. Hasta luego," dijo Jessica mientras salía.

Una vez a solas, Cassandra centró su atención en el archivo y comprobó que Productos Fármacos Bristol, el cliente, estaba usando los mejores servidores de su centro de datos en la empresa y un proveedor de tercera categoría, EXClinic, para gestionar sus ensayos clínicos. Lo protocolos de seguridad de los servidores eran bastante estándar, y Cassandra echó una ojeada a las especificaciones muy rápidamente.

Se dio cuenta de que no había ninguna mención sobre con qué tipo de fórmulas farmacéuticas estaban trabajando, pero tenía que ser algo importante para que la empresa estuviera tan preocupada por su seguridad, principalmente porque otros pudieran robarle su investigación de vanguardia. Su preocupación no era demasiado sorprendente, dado lo feroz que era la industria farmacéutica.

El proceso de descubrimiento y desarrollo de fármacos era muy caro, y si un fármaco fallaba a lo largo del proceso, se incurría en grandes costos y en ningún ingreso. El costo del desarrollo de un nuevo fármaco podría variar entre miles de millones de dólares. No obtener ningún tipo de retorno en una inversión de este tipo podría hacer que una empresa quebrase, sobre todo si un competidor daba a conocer un medicamento "me-too"—medicamento con compuestos químicos similares, pero sin la misma inversión detrás del proceso inicial. Sería hacer un gran y profundo corte en sus ganancias.

Cassandra anotó un par de notas en el margen y miró el reloj. Ya estaba cerca de la fecha límite del mediodía—la fecha límite de Robert. Cogió su cuaderno y el archivo y se dirigió por el pasillo hacia el despacho de su padre, a un ritmo rápido pero no frenético. Cuando llegó a la puerta, hizo una rápida comprobación mental de última hora—cuaderno, archivo, su ropa estaba presentable—y miró el reloj: justo a tiempo. Llamó a la puerta.

Después de unos segundos, Robert gritó, "Adelante."

Su padre estaba de pie junto a la ventana con el ceño fruncido en su rostro. Cassandra respiró profundamente mientras tomaba su silla de invitados, y dejaba su cuaderno y el archivo sobre la mesa antes de sentarse con los brazos cruzados en su regazo. Algunos comportamientos arraigados no cambiaban nunca.

Sin saber nada acerca de cómo educar a una hija, su esposa había delegado tal responsabilidad en Robert, un ex Navy SEAL de la Marina, quien le había contado historias militares en vez de cuentos de hadas; la había entrenado en tácticas de supervivencia—sí, los campamentos era muy divertidos—en lugar de hacer fiestas de pijamas con sus amigas, y le había instruido en el uso de armas y en defensa personal en vez de dejarla jugar a las Barbies.

Mientras que los recuerdos de su madre se habían desvanecido hacía mucho tiempo, Cassandra se preguntaba a día de hoy qué le habría deparado la vida, o si la relación con su padre habría ido diferente, si hubiese tenido un rol femenino en el que fijarse mientras crecía.

Algunos de sus comportamientos eran casi automáticos, como llamar a sus superiores "Señor" o "Señora," la postura perfecta, los modales perfectos, y la puntualidad—todo al estilo militar—habían hecho que fuera el blanco de muchas mofas de sus amigos y miembros del equipo. Había algunos que también la consideraban una "pelota" y la trataban como tal. No entendían que era el comportamiento que siempre se había esperado de ella desde que era una niña. Siempre la observaban y esperaban a que metiera la pata, algo que no sucedía muy a menudo.

Sin darse cuenta, su mano se desvió de nuevo hacia su cicatriz, que quemaba con los más desagradables recuerdos. Uno en particular la atravesaba como un cuchillo caliente cortando mantequilla. Había sido traicionada por uno de sus propios miembros del equipo de la CIA. Durante un trabajo, él había retenido una pieza crítica de información que habría sido causa suficiente para abortar. Sin embargo, habían continuado con el fatídico encuentro que dio lugar a que ella resultase herida. Fue solo causalidad que Nathan Nelson, un buen amigo desde su primer día con la CIA, hubiese divisado al francotirador.

Cuando él había gritado para advertirla, ella, al estar en el punto más cercano a la acción, se había convertido en el escudo, bloqueando su designación del peligro. Los recuerdos de la traición se arremolinaron en su mente. Perdida en sus pensamientos, incoscientemente seguía frotando su herida.

Cassandra todavía podía sentir el dolor, el shock, y aún podía oír los gritos de su nombre una y otra vez hasta que todo se volvió negro. Fue un milagro que nadie hubiera sido asesinado. Fue un milagro que *ella* no hubiera sido asesinada. Sabía que el culpable había sido castigado, pero sus acciones habían hecho que ya no pudiera confiar en los demás. Ahora contaba solo con ella misma.

Capturando un movimiento por el rabillo del ojo, Cassandra volvió al presente. Juntó las manos en su regazo y esperó a que su padre tomara asiento. Frente a ella, Robert entrelazó los dedos en una torre y la contempló. Ella mantuvo el contacto visual y trató de no retorcerse en su asiento cuando escuchó las reprimendas de su padre en su cabeza.

"Cassandra," su padre finalmente rompió el silencio con una exasperada voz.

"¿Sí, señor?"

"Durante las últimas dos semanas has llegado al menos tres veces tarde. Eso no es propio de ti."

"Lo sé, señor. No sucederá de nuevo. Lo prometo."

Cassandra tomó su lápiz y abrió la carpeta. Robert se echó hacia atrás y abandonó el tema, no sin antes darle una dura y larga mirada.

"Ha solicitado una briefing sobre mis conclusiones después de revisar el archivo Bristol. ¿Quiere escucharlo?"

Robert hizo un gesto con la mano dándole paso para comenzar. Cassandra miró rápidamente a través de sus notas y procedió a dar su informe.

"Parece que la empresa está utilizando servidores muy fiables, pero lo que me pareció interesante es que, aun con todo ese poder, todavía están usando una fuente externa para administrar, supervisar y ejecutar sus pruebas clínicas. Esto los hace vulnerables a la piratería. Demasiados cocineros revolviendo la olla. Demasiadas oportunidades para que alguien pueda meter la cabeza en su archivo de datos, tanto interna como externamente, a través de EXClinic, el proveedor de terceros."

Al levantar la mirada, ella pensó que alcanzó a ver una medio-sonrisa en el rostro de su padre, pero no podía estar segura.

"Llévate a Jessica y a quién más necesites y comprobad ambas empresas. Una vez que sepas los días y las horas de la misión, házmelo saber y yo les notificaré que vais a ir."

Robert se giró en su silla para mirar por la ventana. Sintiéndose ignorada, Cassandra cogió el archivo y su cuaderno, y se dirigió hacia la puerta. Se detuvo y miró hacia atrás. "¿Señor?"

Robert miró en su dirección, "¿Sí?"

Ella oyó la distracción en su voz. "Gracias por darme esta oportunidad. Prometo que no le fallaré."

"No lo harás, Cassandra. No lo harás." Robert se volvió hacia la ventana.

Ella cerró la puerta del despacho de Robert y suspiró de alivio porque la reunión ya hubiese pasado. Desde que era una niña, su instinto de supervivencia siempre emergía a la superficie en lo que se refería a su padre. Su entrenamiento militar y las altas expectativas habían sido algo inquebrantable para ella, hasta hoy, nunca había hecho nada para molestarle. *Algún día tal vez las cosas cambiarán y dejaré de sentirme como una niña en su presencia.* El fugaz pensamiento pasó por su cabeza, pero en el fondo de su corazón sabía que debía ocurrir un maldito milagro para que eso sucediera.

De vuelta en su oficina, Cassandra tiró el archivo sobre su escritorio, agarró el bolso y se dirigió hacia la puerta para encontrarse con Jessica.

Jessica estaba de pie a la salida del edificio dando golpecitos con el pie impacientemente, un duendecillo de energía como de costumbre.

Cassandra sonrió mientras observaba a su gran amiga. Una bajita duendecilla de pelo rubio y grandes ojos azules, Jessica siempre había sido tranquila y despreocupada—tan diferente de Cassandra en todos los sentidos.

Diez años atrás, se habían convertido en grandes amigas después de que Cassandra abordase y humillase al abusón de la escuela, que había estado acosando a la chica rubia. Ambas aún se reían cada vez que recordaban lo roja que se le había puesto la cara y lo que se habían reído sus amigos de él por no poder quitarse a Cassandra de encima. Fijando sus antebrazos al suelo con las rodillas, Cassandra se había negado a ceder hasta que el chico le aseguró que iba a dejar en paz a su amiga.

Jessica siempre contaba la historia de cuando Cassandra la liberó del matón de la escuela. Pero en realidad, Jessica no sabía que era ella quien había salvado a Cassandra cuando le abrió los ojos a un mundo sin menos reglas y mucho más divertido. Desde ese día, la misión autoproclamada de Jessica en la vida había sido romper la cáscara de mojigata de su amiga—aunque por el momento solo había conseguido cascarla.

"Ya era hora, Cassie," suspiró Jessica.

"Oh, por favor, Jessie. Solo me he retrasado un minuto. Además, no es como si no supiéramos adónde vamos; te morirías si no vamos al restaurante Fuego en el Callejón de México."

Riendo, Jessica la tomó de la mano y la arrastró por la calle. "Bueno, hacen las mejores enchiladas de toda la ciudad. ¿Qué puedo decir? No se puede superar la perfección."

Su paseo hasta el restaurante se produjo a paso ligero, y Jessica mantuvo a Cassandra entretenida con la descripción de su siesta durante la reunión de Robert de esta mañana. Parece que hubo un montón de cabezas cayéndose hacia delante involucradas, para disgusto de Cassandra.

Llegando a su destino, caminaron a través de la puerta del restaurante y saludaron a Eduardo, su habitual camarero, mientras se dirigían a su mesa favorita. En cuestión de minutos, el té, las patatas fritas y la salsa fueron servidas en su mesa mientras que Eduardo les aseguraba que su comida estaría lista en breve.

Sacudiendo la cabeza, Cassandra sonrió a Jessica. "Maldita sea. Te tiene que encantar un sitio en el que nada más entrar por la puerta tienes todas la necesidades cubiertas."

Jessica se rio a carcajadas. "Bueno, no todas las necesidades. Eso será cuando entremos por la puerta y dos fantásticos hombres nos estén esperando."

"No, eso no va a pasar." Cassandra tomó una patata, la mojó en la salsa, y se la metió en la boca. "No estoy interesada en una relación. Los hombres requieren de mucha atención, y las relaciones con ellos solo traen sufrimiento."

Jessica le lanzó una patata a la cara y se recostó sobre su silla. Su expresión se volvió sobria mientras miraba a su mejor amiga. "En serio Cassie, ni siquiera tú te crees eso."

Cassandra sacudió la patata de su regazo, donde había aterrizado. "Sí, lo creo. Mira Bob. Mi madre no ha estado con él desde…hace toda una vida, y él nunca ha vuelto a mirar siquiera a ninguna otra mujer. No quiero pasar por ese tipo de dolor."

Jessica sacudió la cabeza y de repente sonrió ampliamente. Al ver su sonrisa, Cassandra le lanzó una mirada inquisitiva.

"Oh, vamos, Cassie. Cuando él entre por la puerta, caerás rendida a sus pies."

Cassandra, aún sin entenderlo, miró detrás de ella hacia la puerta del restaurante. "¿Quién? ¿Qué puerta?"

Jessica dejó escapar una profunda carcajada. Cuando por fin pudo respirar jadeó, "El hombre que te va a levantar en brazos, hermana. ¿Y la puerta? La que mantienes tan cerrada alrededor de tu corazón. Algún día pasará. Te doy mi palabra."

Cassandra volteó los ojos hacia arriba y se inclinó hacia atrás para que Eduardo pudiera servirles la comida. Dándole las gracias, Cassandra inhaló el tentador aroma de la enchilada. Cuando el camarero se fue, cogió el tenedor y lo apuntó en dirección a Jessica, refunfuñando, "No me interesa, Jessie. Ya tengo suficientes problemas."

Dejaron el tema del amor a un lado y se zambulleron en la deliciosa comida. Durante la siguiente media hora, comieron en un cómodo silencio mezclado con un suave gemido cada vez que Jessica daba un mordisco.

Cassandra se sentó en su silla y gruñó. "Maldita sea, estoy llena."

Mirando a su amiga que todavía estaba comiendo con gusto, recordó cómo la hora de comer era otra tarea militar cuando era niña, una necesidad que siempre se llevaba a cabo en silencio. Jessica había introducido a Cassandra en la "delicia culinaria," y le había mostrado lo que verdaderamente era comer—disfrutar de una buena comida y unas bebidas en compañía de buenos amigos.

Jessica se recostó contra su silla y se desabrochó el botón superior de sus pantalones. "Estaba buenísimo, pero ahora creo que voy a estallar." Tomando un sorbo de té, captó la mirada de Cassandra. "Bueno, ¿cómo te fue con Bob?"

Cassandra se mordió el labio un segundo antes de responder. "Bueno, lo creas o no, voy a dirigir la investigación y tú también has sido designada para el proyecto, así que despierta, Jessie. No puedo cagarla."

Contemplando a su amiga, todos los signos de humor desaparecieron de la cara de Jessica. "Cassie, eres muy buena en lo que haces. *Tienes* que dejar de machacarte tanto."

Cassandra sabía que su amiga tenía razón, sin embargo, la promesa que se había hecho a sí misma después de haber recibido un disparo, cruzó su mente. Para evitar otra posible traición, no delegaría jamás. Se había convertido en su política explorar personalmente todos los resultados posibles hasta el más mínimo detalle cuando estuviera trabajando en algún caso—no dejar ninguna piedra sin remover. "Lo sé, Jessie, pero más fácil decirlo que hacerlo. De todos modos, ¿quieres saber a qué nos enfrentamos?"

Jessica asintió y Cassandra comenzó a ponerla al día. Sonrió ante el estilo militar de leer el informe que tenía su amiga. "Nuestro cliente es Bristol, una gran compañía farmacéutica. Están llevando a cabo la Fase IV de pruebas clínicas en una fórmula revolucionaria que promete hacer que ganen mucho dinero. Ya se han gastado miles de millones en las fases iniciales. Parece que los accionistas están contentos con el futuro de su fuente de ingresos. Debido a la utilización y ramificaciones en todo el mundo de la nueva fórmula, existe la preocupación por la seguridad de sus datos."

Jessica procesó toda la información. "¿Entonces cuál es el problema? Entramos, comprobamos si hay trampas y puertas traseras, las taponamos, y nos vamos."

Cassandra asintió, "Puede parecer así de fácil. Pero resulta que Bristol está utilizando un servidor de terceros para ejecutar, administrar y analizar sus últimos ensayos y datos. Ahí es donde radica el riesgo. EXClinic fue fundada en 2000. Sus productos están diseñados para apoyar el proceso de gestión de datos clínicos de principio a fin, desde su puesta a prueba, pasando por su aplicación, hasta su almacenamiento. La mayoría de sus clientes son grandes compañías farmacéuticas, fabricantes de productos médicos, y algunas organizaciones de investigación clínica. Esta es la pieza del archivo en la que nos centraremos, asegurándonos de que todos los protocolos de seguridad se siguen correctamente. Tenemos que reunirnos cara a cara con la gente de Bristol para coger los códigos de acceso y las nombramientos convencionales que hayan utilizado para los ensayos clínicos."

Confundida, Jessica preguntó, "¿Qué quieres decir con 'nombramientos convencionales'?"

Levantando la mano para llamar la atención de Eduardo y pedir-le la cuenta, Cassandra continuó, "En la industria farmacéutica, la paranoia corre furiosamente, por lo que se tiende a asignar una cadena aleatoria de letras y números en lugar de nombres a los medicamentos que están siendo testados. A veces se les pone nombre como en las películas—ya sabes, como las drogas Quimera y Belerofonte en *Misión Imposible*. Eso también se hace en la industria en la vida real. Una vez que tengamos toda la información que necesitamos, podremos comprobar los protocolos de seguridad de EXClinic en profundidad. No quiero dejar nada al azar."

Pagaron la cuenta y salieron del restaurante, despidiéndose de Eduardo a la salida. Al entrar en la luz del brillante sol, Cassandra dijo, "Le diré a Bob que programe la reunión con Bristol para pasado mañana."

Caminaron a la corta distancia hasta la oficina en silencio, ambas perdidas en sus propios pensamientos. Una vez de vuelta en el trabajo, se separaron y despidieron con un abrazo, después de acordar que se reunirían al día siguiente para preparar la visita a Bristol.

★ ★ ★ ★ ★

DESPUÉS DE VARIAS HORAS DE estudiar el análisis en profundidad, Cassandra se dio cuenta de que el tiempo había pasado volando. Era tarde. Sentada en su silla, se estiró e hizo movimientos circulares con sus hombros. Robert había llamado antes para confirmar que la reunión tendría lugar en dos días. Estaba más que preparada para ello. Repasando su lista de tareas pendientes, comprobó alguna de ellas: notificar a Jessica sobre la reunión; crear al archivo del proyecto Bristol, informar y verificar los antecedentes de los empleados clave que figuran en el expediente. La última cosa en la lista era hacer la compra.

Maldita sea. Cassandra se frotó el puente de la nariz, y murmuró, "odio tener que hacer la compra." Continuó murmurando para sí misma mientras se descargaba el archivo del proyecto en su puerto

USB, y cerraba sesión. Hizo un inventario mental de su nevera—restos de comida china, restos de pizza, gelatina, y una Guinness. Se animó ante la imagen de la Guinness en su cabeza y se echó a reír, "Apuesto a que eso no puede ser considerado como un sustitutivo de la comida."

Dejando que el UB cayera en su bolso, se lo puso al hombro y salió. Incluso haciendo una parada para comprar algo de comida, Cassandra se la arregló para llegar a casa en tiempo récord. Probablemente era el único beneficio de trabajar hasta tan tarde—nunca tenía que preocuparse por quedarse atrapada en el tráfico de la hora punta.

Fue directamente a la cocina, dejó la bolsa con la caja de cartón en una esquina del mostrador, y se quitó los zapatos. Jessica la había llamado antes para preguntarle si quería salir, pero Cassandra había rechazado su oferta, poniendo su falta de sueño como excusa.

Era la verdad—estaba rota. Lo cual era también el motivo para la caja de cartón. Al no tener energía suficiente para ir a hacer la compra, Cassandra se había detenido en su bar & grill favorito de camino a casa. Había pedido un sándwich de carne para llevar, que aún seguía tentándola con su delicioso aroma. Sacando el USB de su bolso, lo metió en el bolsillo de su pantalón antes de sacar un plato del armario y llenarlo con el bocadillo y las patatas fritas de la casa.

Sacó la Guinness de la nevera, abrió la botella, cogió el plato, y llevó ambos a su oficina en un fluido movimiento. Dejó el plato sobre la mesa y arrancó su ordenador. A la espera de que iniciase, tomó un trago de cerveza y disfrutó del suave sabor a nuez a medida que fluía sobre su lengua.

Una vez iniciada la sesión, sacó su pendrive del bolsillo, lo enchufó, y rápidamente abrió el archivo del proyecto Bristol. Su plan era trabajar hasta que ya no pudiera mantener los ojos abiertos. Tal vez conseguiría dormir de un tirón durante las últimas horas de la madrugada.

DURANTE LAS PRÓXIMAS HORAS, entre bocado y bocado de su sándwich, Cassandra amplió el archivo del proyecto. Frotándose los ojos, marcó uno de los comentarios para buscar vídeos e imágenes de los empleados en la lista. Después agregaría un estudio de sus expresiones.

Cassandra había desarrollado sus habilidades en la interpretación de las expresiones faciales en Psicología, y como parte de su formación y trabajo con la CIA. Hay muchas cosas que se dicen con el lenguaje no verbal, y cada movimiento facial podría estar asociado con una emoción. Entre la información actual agregada al proyecto, la verificación de antecedentes, iniciado esta noche, y el análisis facial, su equipo tendría un montón de información sobre la que basar su enfoque para salvaguardar los datos de Bristol.

Bostezó, con la esperanza de que eso significase que por fin iba a dormir un poco. Decidiendo irse a la cama, cerró todas las ventanas del navegador, guardó los cambios hechos en el proyecto, y copió el archivo modificado en el USB. Llevó su plato y la botella vacía a la cocina, encendió la alarma de casa, y apagó las luces en su camino hacia el dormitorio.

A la espera de que el sueño se apoderase de ella, Cassandra miró hacia la oscuridad y corrió mentalmente a través de la información que había recogido. Muchos minutos más tarde, todavía despierta, soltó el aire por la boca con fuera, en señal de frustración, y se puso de lado. Miró el reloj de su mesita de noche para asegurarse de que había puesto la alarma correctamente. No quería volver a llegar tarde al trabajo. Preocupada porque la alarma no fuese a despertarla, cogió su teléfono móvil de la mesita, y rápidamente le mandó un SMS a Jessica para que la llamase cuando se levantara—por si acaso. Satisfecha de que todas las bases estuvieran cubiertas, Cassandra enterró su cabeza en la almohada y deseó poder solo desactivar su mente como había hecho con las luces. Finalmente, su respiración y sus párpados se volvieron pesados y cayó en un profundo sueño mientras revisaba el plan de contingencia por cuarta vez.

Capítulo Dos

Identidades Ocultas

REVOR BAUER NADÓ la última de sus vueltas en la piscina olímpica ubicada en su complejo de viviendas. Cuando terminó su kilómetro diario, salió y se dirigió a los vestuarios para ducharse y ponerse su ropa habitual de trabajo— un par de pantalones vaqueros descoloridos y una camiseta que por lo general llevaba una declaración o una broma friki. Se colgó la cuerda de seguridad con su tarjeta de acceso y su identificación del cuello, y la metió por dentro de su camiseta. Estaba listo para su rápido viaje al trabajo.

Al salir de la instalación privada, parpadeó varias veces ante la cegadora luz del sol. El día de verano era soleado y el aire era fresco. Una ligera brisa soplaba a través de los árboles de los alrededores, agitando suavemente sus ramas. Trevor montó en su bicicleta y pedaleó hacia su lugar de trabajo, la sede de la Agencia de Seguridad Nacional en Fort Meade. Recorrió la corta distancia hacia la entrada a un ritmo rápido, como hacía cada mañana, con sus músculos acostumbrados a las quemaduras por los giros y las vueltas de la carretera.

Hijo de un brillante ingeniero de software irlandés y de una mujer estadounidense con ascendencia irlandesa, Trevor, un prodigio de las matemáticas y la ciencia, se había graduado de la escuela antes que la mayoría de los estudiantes. Tenía dieciséis años cuando llegó a los Estados Unidos de su Sligo natal, un condado del noroeste de la República de Irlanda, donde sus padres habían fijado su residencia, y desde donde su padre había desarrollado su empresa biométrica de software y hardware.

El padre de Trevor, Conor Brennan, un as en el campo de la biometría, tenía la esperanza de que Trevor siguiera sus pasos, y asistiese al Instituto de Tecnología de Dublín, pero Trevor tenía otras ideas. Con el fin de distanciarse de la compañía de su padre, Brennan Enterprises, y allanar su camino en la vida, Trevor había decidido tomar el apellido de soltera de su madre y comenzar sus estudios en el país de origen de la misma, en el Instituto de Tecnología de Massachusetts.

Su padre no había entendido muy bien su cabezonería por tener éxito por su cuenta cuando podría fácilmente haber usado el nombre y la reputación de la familia, que le habría ayudado a ascender en el escalafón muy rápidamente, pero Conor y su esposa Maeve habían admirado la intención de Trevor de conseguir sus propios méritos, y le habían dado sus bendiciones y el espacio para afrontar el reto de frente.

Cada día de fiesta y en las vacaciones, Trevor volaba a casa de sus padres para pasar algo de tiempo con ellos, disfrutando de la dicotomía de su vida—tan sencilla y arraigada a una pequeña ciudad llena de historia y tradición, pero al mismo tiempo tan adelantada a su tiempo, con todo el esfuerzo de investigación y desarrollo puesto en aplicaciones que serían utilizadas en años venideros.

Conor siempre había estado interesado en el progreso de Trevor, en los proyectos en los que había estado involucrado, y en las cosas que había aprendido que podrían ser utilizadas en interesantes aplicaciones futuras. Su sueño de hacer algo nuevo, y algo único que beneficiase a muchos, siempre estaba a la vanguardia de sus conversaciones. Hablar con su padre acerca de estos proyectos le había dado

Trevor una maravillosa sensación de logro.

Sus padres habían sido la pareja perfecta, una que sus amigos siempre habían elogiado; la típica pareja que nunca parece enfadarse. A pesar de haber sido un niño precoz, Trevor no podía recordar ninguna ocasión en la que su madre hubiese perdido la paciencia o le hubiera levantado la voz por sus travesuras. Ambos siempre le habían guiado con amor y habían fomentado su mente inquisitiva, alimentando su curiosidad y respondiendo a sus preguntas con hechos y verdades. Trevor siempre tuvo un profundo sentido de pertenencia a Sligo, donde todos los recuerdos de su infancia eran sólidos y felices. A pesar de que había disfrutado de sus años en el MIT, había una constante atracción de vuelta a casa. Siempre que tenía algo de tiempo libre, allí se dirigía.

Había estado trabajando su camino a través del MIT cuando fue abordado por los reclutadores de la NSA. Impresionados por sus notas y tesis sobre el análisis de la comunicación digital, le habían ofrecido todo lo que siempre había querido—la emoción y la satisfacción de trabajar para la Agencia Nacional de Seguridad, la oportunidad de trabajar con una de las agencias de inteligencia más importantes del mundo, y la posibilidad de hacer una diferencia en la vida de millones de personas a un nivel mucho más alto de lo que jamás habría imaginado—fue mucho más que suficiente para inscribirse sin dudarlo. Era una oportunidad única en la vida.

Trevor se había graduado con honores de la MIT a los diecinueve años y se trasladó de inmediato a la NSA, un trabajo que requería la curiosidad de un detective y la persistencia de un pit bull, dos cualidades que Trevor tenía en abundancia.

Su trabajo implicaba la más alta tecnología disponible en el mundo, y le encantaba ser parte de proyectos ultra secretos de todo tipo. Los empleados de la NSA eran fantasmas que vivían en la más silenciosa oscuridad. Alguien una vez bromeó acerca de lo que significaba ser un empleado de la NSA: "Tú no existes, no tienes trabajo. ¿Alguna pregunta? No hagas preguntas." Era una manera cómica pero bastante precisa de describir la vida de un empleado de la NSA.

Trevor se fundió con el tráfico de la mañana, en su mayoría compuesto por empleados de la NSA que iban hacia sus puestos de trabajo. Siempre era difícil, pero se las arreglaba para llegar a uno de los cuatro carriles sin ser atropellado por ningún coche. Esperó pacientemente detrás del coche situado delante de él para poder andar junto a su bicicleta y obtener su autorización. No eran en absoluto fácil acceder al perímetro del edificio. Era imprescindible que todos los empleados y visitantes tuvieran identificadores con el fin de acceder a las instalaciones. Con el tiempo, el acto de mostrar sus documentos de identidad en los puestos de control, deslizar sus tarjetas por los lectores, y teclear los códigos PIN, se había convertido en una segunda naturaleza.

Trevor se acercó a la ventana, sacó su tarjeta de acceso por fuera de su camiseta, y sonrió de forma amistosa al guardia de turno mientras mostraba su identificación. "Hola, Mark. ¿Terminaste la partida de Medal of Honor online el sábado?"

"No Trev, Cathy quería ver una película de chicas en la televisión, y tuve que renunciar a la pantalla grande, hombre." El guardia negó con la cabeza, con una expresión que indicaba que creía que era el pecado más grande que cualquier persona pudiese cometer.

Riendo, Trevor volvió a subir a su bicicleta y se marchó. "Nos vemos mañana."

Más tarde esa noche, Mark sería reemplazado por otro guardia de seguridad. Aunque la rotación era constante, la actitud abierta de Trevor y su amabilidad irlandesa hacía que fuera conocido y querido por todos los guardias de la entrada principal. Siempre acudían a él cuando necesitaban ayuda con sus ordenadores o videoconsolas, o incluso para simplemente obtener más información sobre la programación en general—y él era de los que nunca decía que no a un amigo.

Trevor siguió el camino hacia la parte delantera del gran edificio de espejos. Sin problemas de maniobrar en una plaza de aparcamiento para bicicletas, la dejó allí sin ponerle la cadena de seguridad. Si un ladrón tenía el valor y la capacidad de robar una bicicleta en el estacionamiento de la sede de la NSA sin que nadie se diera cuenta, o sin ser capturado, sin duda se merecía llevarse el maldito vehículo.

Al entrar en el edificio, se dirigió a las escaleras que tomaba todas las mañanas. Subió los escalones de dos en dos hasta que llegó a su piso, y se dirigió con confianza en dirección hacia la sala de control que compartía con varios hombres y mujeres de su equipo, encontrándose con más gente en el camino y dando los buenos días a aquellos que conocía. Después de haber trabajado en el mismo edificio durante ocho años, había hecho muchos amigos.

Trevor completó la estricta exploración detallada de los procedimientos de seguridad—comprobación de huellas digitales, la correcta introducción de claves, y el almacenamiento de los artículos personales que eran custodiados a su vez por el personal de seguridad—todo ello para acceder a la sala de control, donde pasaba la mayor parte del día.

"¡Hola! ¿Cómo te ha ido el viaje?" Le preguntó su buen amigo, George Miller, mientras se acercaba a su mesa.

Trevor y George se habían unido a la NSA una semana después de haberse graduado en el MIT. A pesar de que se habían visto por el campus de forma esporádica, no habían sido amigos hasta que empezaron a trabajar en la NSA. Trabajando juntos día tras día, se había dado cuenta de que tenían metas y temperamentos muy similares, aunque personalidades completamente diferentes. Durante sus años en el MIT, Trevor había sido el estudiante con un expediente académico excelente, del agrado de todo el mundo, mientras que George había sido el genio introspectivo que fácilmente pasaba desapercibido. Pero ambos eran sabuesos cuando se trataba de un análisis de datos digitales e infiltraciones en el servidor.

Durante las primeras semanas de su trabajo para la NSA, se habían hecho grandes amigos, y, cuando surgió la oportunidad de compartir un alquiler, saltaron sobre ella. Habían pasado ya cinco años y todavía ninguno se había arrepentido de tal decisión. Era bueno vivir tan cerca del masivo completo de edificios, al que podían acceder fácilmente en coche, bicicleta o a pie. Amos se sentía aliviados de encontrarse en las proximidades de su puesto de trabajo, ya que ninguno parecía ser capaz de hacer que una sola alarma funcionase en toda la casa, y tenían que salir en estampida casi todas las mañanas.

Otra ventaja de compartir casa era que tenían un poco de libertad respecto a la estricta regla impuesta por la NSA de no discutir ningún asunto de trabajo fuera de Crypto City, como los empleados llamaban cariñosamente al complejo de la NSA. Desde que trabajaban juntos en el Sistema de Seguridad Informática y el grupo de Análisis de Señales, en los mismos casos, y se dedicaban al trabajo por igual, a menudo discutían sobre sus proyectos y disfrutaban intercambiando ideas entre sí.

George y Trevor tenían diferentes horarios de trabajo, pero sus ratos en la oficina se superponían. Mientras que George solía llegar de madrugada y salía alrededor de media tarde, la jornada de Trevor era de nueve a cinco, pero la mayoría de los días se le podía encontrar en su puesto de trabajo hasta altas horas de la noche cuando estaba trabajando en algún proyecto complejo o desconcertante.

"Bien. Nadie ha tratado de pasarme por encima hoy," respondió Trevor con una sonrisa mientras se sentaba en su escritorio. De inmediato, volvió su atención hacia la pantalla, e inició el proceso de identificación del iris de su ojo que le autorizaba a usar su ordenador, y procedió a abrir la cola con los últimos registros generados por los muchos superordenadores, que contenían listas de conversaciones marcadas que eran filtradas por analistas de carne y hueso como él.

"Bueno, ¿qué tenemos aquí?" Se preguntó en voz alta, mirando mientras que los datos se deslizaban por la pantalla. Pronto estuvo completamente absorto tecleando una de las transcripciones y procedió a analizar los datos de entrada, anotando la información necesaria adquirida a partir de los archivos de registro que serían transmitidos a los contactos operativos de cada caso.

Las responsabilidades generales de Trevor eran las mismas que la de cualquier otro empleado, pero su especialización en el seguimiento y análisis de datos, las infiltraciones en el servidor, y la vigilancia digital, hacía de él un activo invaluable para la Agencia. Trabajar para la NSA era un trabajo de ensueño para cualquier persona en su campo—un sueño que venía con la ventaja añadida de tener acceso a herramientas que nadie más tenía, y a la más alta tecnología en el planeta.

La NSA, además de ser responsable de la mayor parte de los satélites de espionaje de los Estados Unidos, era también responsable de la cuota de vigilancia americana de Echelon, la madre de todas las redes de vigilancia. Cada palabra de cada mensaje dentro de las frecuencias y canales recogido por las muchas antenas y satélites que formaban parte y eran ejecutados en nombre de Echelon, era seleccionada de forma automática, clasificada en base a unas palabras clave—lista que no solo contenía las palabras clave elegidas por su organismo de partida, sino también las prestadas por cada una de las cinco agencias que componían el Reino Unido—Acuerdo de Seguridad Estadounidense—y era desechada o redirigida para su posterior análisis. Además de la detección de las palabras en la lista roja, Echelon también era responsable de la vigilancia específica, lo que hacía posible que las comunicaciones de un conocido terrorista fuesen proyectadas, dejando potencialmente al descubierto una conspiración o guarida.

Ser parte de un grupo que en realidad encontraba pistas y pruebas que a su vez ponían a los malos entre rejas y salvaban vidas, hacía que Trevor se sintiera como un héroe, incluso cuando todo lo llevaba a cabo delante de la pantalla de un ordenador. En secreto, deseaba estar en el campo de acción, pero sus habilidades altamente especializadas en la búsqueda de esas pistas digitales elusivas, hacían que fuera la persona idónea para estar siempre detrás del escritorio, siempre siendo muy competente y exitoso. La mayoría de los días, contento de ser el fantasma detrás de la pantalla, se alegraba de poder ayudar a varios departamentos de defensa de los Estados Unidos a alcanzar sus metas desde la seguridad de su silla.

Su trabajo en la NSA también incluía la proyección de datos de alto nivel adquiridos a través de satélites de vigilancia de geolocalización. Los objetivos eran determinados por las peticiones de varias agencias del gobierno, pero la mayoría de las solicitudes procedían directamente de la CIA y el FBI, cuyas listas no eran cortas.

Trevor amaba su trabajo. Cada día era un subidón de adrenalina, lleno de emoción y de tensión. El único punto oscuro en su brillante horizonte era la desaparición de sus padres. Mientras observaba el desplazamiento de datos en la pantalla, la pesadilla que apenas había comenzado tres meses atrás, cruzó su mente. Todavía tenía el poder de hacerle temblar y romper a sudar frío. La idea de que todavía podrían estar vivos en algún lugar, en cautiverio—o que habrían sido asesinados y no precisamente víctimas de un accidente en alta mar, era aún mucho más repugnante. Desde esa noche, había rastreado todos los medios posibles para obtener más detalles sobre el caso, pero hasta ahora no había encontrado nada que pudiera ser considerado una pista sólida.

Su mente viajó de nuevo a ese verano de hace cuatro años, cuando sus padres habían desaparecido mientras navegaban, atrapados en medio de una tormenta tropical en aguas internacionales frente a la costa de África del norte. Se había tomado un mes libre en el trabajo y había volado a Irlanda tan pronto como había recibido la noticia, y se había quedado allí para mantenerse al día sobre las noticias que fueran surgiendo respecto a la investigación del caso.

Las autoridades irlandesas no le habían tomado en serio cuando les había dicho que se negaba a creer que sus padres hubiera muerto, poco convencido por las teorías de la Garda de lo que habría ocurrido en su yate aquella noche. Su enfado, y a veces palabras desesperadas, habían sido interpretados por los investigadores como su forma de expresar su dolor y desolación.

En ese momento, había confiado en los detalles del caso que había ofrecido la Garda, y en lo que Stephan le había contado en base a la información adquirida a través de los investigadores privados que el amigo de su padre había contratado, pero aún no se podían juntar todas las piezas del rompecabezas sobre lo que les habría sucedido.

Trevor no había tomado las riendas de la investigación, sobre todo debido a su negación y conmoción, pero también por miedo de lo que habría encontrado si hubiese indagado más. Después de que el fuego de su ira se hubiese apagado, Trevor había cerrado sus sentimientos bajo llave. Se había negado a aceptar que sus padres se habían ido, sobre todo porque no había cuerpos a los que enterrar ni llorar. No hubo ningún funeral irlandés. Ni familia ni amigos que se unieran a él para recordar sus vidas. El caso no estaba cerrado.

Sin querer aceptar todavía la realidad de su desaparición, una vez que sus días libres se acabaron, dejó la compañía de su padre en las capaces manos de Stephan y regresó a los Estados Unidos. De vuelta a la NSA en su posición como líder del equipo, se había volcado en su persistencia habitual para completar sus responsabilidades, alejándose de todo sentimiento.

Ni una sola vez se había comentado o discutido sobre los detalles del caso de sus padres con George. No porque no se fiara de su amigo—sabía que podía contar con él como si fuera un hermano carnal, pero simplemente no podía superar el hecho de que sus padres no estuvieran a un correo electrónico o a una llamada de distancia. Así que, después de que Trevor hubiese vuelto a casa, solo había compartido la información oficial acerca de ellos: habían muerto en un accidente de barco. Los recuerdos eran todavía demasiado crudos, y hablar de ello era todavía demasiado duro para soportarlo.

Por si acaso eso no fuera suficiente angustioso, el hecho de que no pudieran ser declarados legalmente muertos le tenía dividido entre dos bandos. Una parte de él quería seguir adelante con su vida, a pesar de que siempre estaría vacía sin el humor de su madre y la brillantez de su padre, y la otra parte, la parte rebelde que se cuestionaba todo, no podía aceptar las explicaciones y teorías sin fundamento de la Garda.

Ahora que estaba trabajando activamente en busca de pistas, su mente seguía analizando los resultados de su búsqueda—su expedición, como a él le gustaba llamarlo. Su mente también recorrió los escenarios y las teorías plausibles que figuraban en los resultados oficiales de la investigación judicial.

La primera teoría era que se podían haber caído al mar—un simple resbalón en la cubierta mojada en medio de una tormentosa noche; una muerte causada por un descuido. Pero su padre, un navegante experimentado, siempre había apurado tanto tiempo de su apretada como podía para llevar a la familia a navegar en alta mar. Como resultado de ello, su madre también se había convertido rápidamente en una experta marinera con el fin de por experimentar por sí misma la libertad que Conor encontraba en el mar.

Pensar que no habrían usado los chalecos salvavidas en la cubierta en medio de una tormenta era casi como decir que un veterano policía no se habría puesto el chaleco antibalas durante su patrulla en un conocido peligroso barrio durante la noche. Esa teoría le había parecido imposible desde el momento en que la había oído.

La segunda teoría le resultaba aún más extraña. Trevor conocía a su padre muy bien. Siempre habían sido una familia muy unida y, aun con Trevor viviendo en los Estados Unidos, siempre habían mantenido contacto de manera regular a través de correos electrónicos, videollamadas, y por teléfono. Pensar que sus padres estaban deprimidos y habían decidido suicidarse, tal como habían especulado las autoridades, era más que ridículo. Su padre adoraba a su madre. Nunca habría hecho nada que la hubiera puesto en peligro. Era inconcebible pensar que Conor Brennan habría acabado con su vida, y mucho menos con la de su esposa, ni siquiera bajo coacción.

Stephan había estado en contacto directo con su padre hasta el día antes de que hubieran navegado fuera de Dublín. Le había mencionado a Trevor que su padre hizo hincapié en más de un proyecto en el que se encontraba inmerso, razón por la que había decidido emprender ese viaje para despejar su mente y relajarse con Maeve. Nunca hubo ninguna indicación de que Conor estuviera preocupado, asustado, o con intenciones de suicidarse. Stephan había descrito a un Conor alegre y feliz durante su último día en la oficina.

Conor y Stephan habían almorzado juntos ese día para hablar sobre el trabajo y los detalles del proyecto de los que se tendría que ocupar Stephan mientras que Conor estaba ausente. Incluso Conor le había invitado a cenar después de que volvieran del viaje; Stephan le había dicho a Trevor que Maeve había estado haciendo de casamentera otra vez: había invitado a una amiga recientemente divorciada a la misma cena para que ella y Stephan pudieran conocerse. La cena, por supuesto, nunca tuvo lugar.

Recordar la descripción que le había hecho Stephan de ese último día, trajo una sonrisa a su cara. Trevor no se arrepentía de los años de trabajo para la NSA, que le habían mantenido tan alejado de ellos. Su trabajo sentaba las bases para su futuro. Tanto Conor como Maeve le habían enseñado a preocuparse por su educación y a trabajar duro para poder cosechar los frutos de sus esfuerzos en el futuro. Le habían enseñado bien.

De lo que sí se arrepentía Trevor era de no haber presentado a sus padres a George cuando tuvo la oportunidad. Debido al estricto código de la NSA que tenían que acatar, cuantas menos personas supieran sobre sus empleados, mejor. Los padres de Trevor sabían a qué se dedicaba su hijo, pero no eran conscientes de lo que abarcaba su trabajo ni de quiénes eran sus compañeros. Solo el personal autorizado tenía acceso a las descripciones de las funciones laborales de los empleados de la NSA y sus directrices. Sin embargo, podía imaginar lo bien que se lo hubieran pasado los cuatro juntos.

Volviendo su atención a la pantalla, Trevor miró a George sentado en su escritorio a través del suyo, y recordó sus primeros días en la NSA, y cuándo surgió su amistad. Debería habérselo contado todo desde el principio. Su apellido, el legado de su padre de una empresa informática de gran éxito especializada en software y equipos biométricos que ahora se utilizan en todo el mundo en todo tipo de aplicaciones, y, más tarde, los detalles sobre la supuesta muerte de sus padres. Compartir todo con George posiblemente le habría ayudado a aliviar su frustración e incertidumbre acumulada, pero Trevor no podía decidirse a abrirse a nadie a estas alturas del juego. Creía que ya era tarde para hacerlo, y que George se molestaría por habérselo estado ocultando durante tanto tiempo. *Tal vez estoy pensando demasiado. Tal vez solo debería decírselo.* Desde que la pesadilla había vuelto, esos pensamientos habían cruzado su mente cada vez más a menudo. Trevor necesitaba un juego extra de ojos y oídos que le ayudasen con su investigación, y no había nadie en quien confiase más que en George. Aún así, las dudas del pasado siempre lograban imponerse y hacían que mantuviera la boca cerrada.

Más tarde ese mismo día, George se detuvo ante el escritorio de Trevor en su salida. "Oye, ¿te apetece que vayamos esta noche a la Cabeza de Ram?"

Trevor levantó la vista de su pantalla con una sonrisa. "Claro. Creo que estaré en casa alrededor de las cinco."

"Genial. Entonces, te veo luego. Necesito tu opinión sobre algunas cosas en las que estoy trabajando." George cogió sus llaves y tarjeta identificativa, y gritó un adiós rápido al resto del equipo antes de salir de la sala de control. Su amigo se había vuelto más extrovertido desde que compartían apartamento, pero últimamente su atención se había centrado en el trabajo y en sus proyectos vigentes, lo que le recordaba a Trevor al George que había vivido de espaldas al mundo durante sus días del MIT.

Trevor sacudió la cabeza ante la impaciencia de George para hablar de trabajo. La mayoría de la gente no se lo pensaría dos veces a la hora de irse de su puesto de trabajo al final de la jornada. Pero en lo que a ellos respectaba, el hecho de que pudieran colaborar tanto dentro como fuera de la oficina era una ventaja. Mostraba su total dedicación al trabajo y a los retos que se presentaban cada día.

Apartándose de sus preocupaciones sobre su falta de sinceridad con su amigo, Trevor volvió al trabajo. Las cinco llegaron antes de lo esperado. Trevor guardó todas sus cosas y salió. Tenía gana de una noche llena de conversaciones frikis, buena comida y cerveza.

La Cabeza de Ram era su lugar favorito, con sus filetes de carne Angus y buenas birras. Al menos un par de noches a la semana, a Trevor y a George les gustaba comer y pasar el tiempo allí, relajándose después de un largo día de trabajo.

Los dos guapos solteros siempre eran la atracción del bar, pero rara vez hacían algo más que coquetear e intercambiar algún que otro teléfono. Era una manera de escapar de las incertidumbres y los secretos que Trevor llevaba sobre sus hombros. Por un par de noches, podía ser Trevor Bauer, el despreocupado friki de los ordenadores que gustaba a todo el mundo. Aunque sabía que la noche haría que olvidase sus problemas por un rato, también sabía que no podía esconderse de la realidad para siempre.

Trevor se preguntaba a menudo si alguna vez volvería a sentir que su vida era completa, si alguna vez encontraría a alguien que calmase su dolor, con quien poder hacer cosas en conjunto. Pero en ese momento, su preocupación por el trabajo y su casi obsesión con el caso de sus padres, eran dos serios obstáculos para cualquier tipo de relación romántica. Eso solo complicaría las cosas, y ciertamente no necesitaba más complicaciones—ya era suficiente el estar ocultándole una información personal muy importante a su mejor amigo, estar obsesionado por encontrar pistas que pudieran vincularse a la desaparición de sus padres, y ser un adicto de manual al trabajo.

Trevor montó en bicicleta a través de uno de los varios puestos de control en su salida del enorme complejo de oficinas. El viaje a casa rápido se llenó de preguntas que aún no podía responder, pero esperaba poder hacerlo pronto. Decidió que ya era hora de emprender una investigación global. Algo tenía que aparecer en algún lugar. "Más pronto que tarde," murmuró.

Cuando tomó la curva hacia su calle vio a George—al parecer impaciente por salir por ahí—apoyado en su coche y sonriendo. Todo apuntaba, sin duda, a que iba a ser una noche llena de diversión.

Capítulo Tres

El Encuentro

~~~~~

ASSANDRA ESTABA DE PIE EN LA SALA DE CON-
FERENCIAS en Productos Farmacéuticos Bristol mirando
por la ventana. Estaba medio-escuchando a Drew Caldwell,
Director de Seguridad de la empresa, mientras les daba una visión
general de la misma y la nueva fórmula que estaban desarrollando. El
ligeramente calvo CSO les estaba dando la información que ellos ya
habían recopilado previamente y ya estaba en su archivo de proyecto.

Cassandra tenía plena confianza en su equipo. Jessica, aunque no
había sido entrenada por la CIA, se había graduado con honores de
Stanford un año después de Cassandra. Durante una serie de puestos
de trabajo, la chica había perfeccionado sus habilidades de TI
(Tecnología Informática), antes de empezar a trabajar en James
Security Agency. Mateo Hollister, conocido por la oficina como
Wonder Boy, acababa de salir de la universidad y era lo mejor que
tenían para los Tests de Penetración. Él había sido la elección
perfecta para el control de Bristol, y la búsqueda de los defectos y las
debilidades de los sistemas de EXClinic. A Jessica le gusta bromear
diciendo que Matt era un niño de summa cum laude más laude más
laude en la escala de frikis.

Jessica resopló con frustración, haciendo que Cassandra volviera al presente. Escuchó la conversación durante unos minutos para ponerse al día, y luego miró directamente a Caldwell.

"Vayamos al grano, señor Caldwell. No estamos interesados en la teoría, o en todo lo que les llevó llegar a este punto de su desarrollo. Nos han contratado para asegurar su fórmula, no para aprender cómo hacerla."

Cassandra evitó la mirada de "dale duro" que tanto Jessica como Matt le lanzaron mientras se dirigía a la mesa de conferencias y tomaba asiento. Abrió su archivo y lo examinó de nuevo. "Lo que necesitamos en este momento es la confirmación de los nombres de los empleados que actualmente tienen acceso a los datos aquí en Bristol y el protocolo de seguridad de la empresa contratada para ejecutar los ensayos. Usted tiene una copia de su esquema de seguridad, supongo."

Ella golpeó su bolígrafo sobre la mesa y miró a tiempo para ver a Caldwell diciendo que sí con la cabeza. "Mis socios obtendrán los identificadores de usuario y contraseñas del personal de Bristol con acceso remoto a los ordenadores de EXClinic."

"También necesitaremos los nombres de los empleados encargados de su proyecto en EXClinic mientras está siendo manejado por ellos durante la próxima fase de la puesta a prueba," añadió Jessica.

Matt levantó la vista de su cuaderno de notas. "Nos gustaría tener toda la información de los archivos de datos, el servidor en el que se almacenan, los códigos de acceso, el nombre de los archivos, y el código de la fórmula. "Volvió a mirar sus notas y luego añadió, "Una cosa más—con el fin de hacer una prueba a fondo, tenemos que tener el diagrama de la red y la información de rango de direcciones IP para su infraestructura."

Cassandra se sentó en su silla y observó en silencio el juego de emociones que se estaba reproduciendo en el rostro de Caldwell mientras que su mirada pasaba de Jessica a Matt y viceversa, como si estuviera viendo un partido de ping pong cada vez que uno de ellos lanzaba una solicitud. A Cassandra le resultaba interesantemente desconcertante, ya que, como CSO, debería haber previsto las solicitudes de información por parte de su equipo.

Por defecto profesional, sin quitar los ojos del hombre, Cassandra comenzó a tomar notas basadas en lo que leía en su rostro, y subrayó la palabra *preocupación*. Luego escribió *ira* después de que observase sus cejas bajadas, la rigidez de sus labios, y el resplandor de sus ojos.

Caldwell habría sido un tema interesante de estudio. Sus reacciones actuales podrían atribuirse a su falta de preparación, a pesar de que debería haber previsto la mayoría de las peticiones, y haber tenido la información preparada para todo lo que hubiera podido surgir en su contra durante la reunión.

Cassandra cerró su cuaderno y trató de calmar los ánimos. "Está bien señor Caldwell. Como puede ver, necesitamos muchas cosas. Sé que parece como si estuviéramos cuestionando su competencia, pero solo estamos aquí para hacer nuestro trabajo."

Caldwell se frotó el puente de la nariz. "Soy consciente de ello, señorita James. Su equipo ha venido definitivamente preparado para esta reunión. Necesitan unan lista de detalles impresionantes, y la mayor parte de ellos son muy delicados. Sin embargo, creo que tendremos todo lo que ha solicitado. Haré que mi equipo se ponga con ello de inmediato."

Cassandra, dándose cuenta de que la reunión había llegado a su fin, volvió a meter sus archivos y cuaderno en su bolso. Siguiendo su ejemplo, el resto del equipo también comenzó a guardar sus cosas. Ella sacó un trozo de papel y su tarjeta de visita, los dispuso sobre la mesa y los desplazó hacia Caldwell. "Aquí está mi tarjeta y una lista detallada de lo que necesitamos. Una vez que su equipo lo haya reunido todo, envíeme un correo electrónico con un archivo cifrado."

Cassandra percibió una micro-expresión de preocupación en el rostro de Caldwell. "Hemos firmado los acuerdos de confidencialidad, señor Caldwell. Le doy mi palabra, así como la de la James Security Agency, de que toda su información estará segura con nosotros."

"Gracias señorita James. Su organización fue sumamente recomendada, y puedo ver que acertamos con la elección."

Cassandra estudió su rostro por un momento—algo en su tono de voz le puso los pelos de punta, pero, teniendo en cuenta la delicada naturaleza de la tarea en cuestión, tenía sentido que el hombre estuviera preocupado por su empresa.

Acompañando a Cassandra y su equipo al vestíbulo, Caldwell les dio las gracias y les aseguró que recibirían la información solicitada tan pronto como fuera posible.

DE VUELTA EN EL CENTRO de datos de James Security, o en la sala de guerra, como les gustaba llamarlo, Cassandra, Jessica, y Matt se zambulleron en el trabajo. La habitación parecía como si una operación militar estuviera en marcha. Matt estaba escaneando los servidores de Bristol y EXClinic, buscando debilidades operativas en los procesos y las contramedidas técnicas que cualquiera de las dos empresas estuvieran usando. Jessica estaba al otro lado de la habitación frente a otro terminal, tarareando en voz baja mientras verificaba los antecedentes de aquellos empleados de Bristol a los que el equipo habían considerado susceptibles de ser analizados en una mayor profundidad. Drew Caldwell también había sido incluido en esta lista ya que tenía la autorización de seguridad más alta en toda la empresa. Cassandra estaba investigando al mismo tiempo el servidor de hosting EXClinic y sus protocolos de seguridad, ejecutando una serie de exploraciones, y comprobando la posible existencia de anomalías en los archivos de datos intercambiados entre las dos compañías. Ella sabía en su interior que Bristol era vulnerable debido al valor del fármaco en cuestión. Una *fórmula anti-envejecimiento. No podía ser menos.*

Leyó a través de los detalles de la fórmula. *¿Por qué iba alguien a consumir un fármaco para jugar con su aspecto físico?* A medida que iba descubriendo más información, se dio cuenta de que había mucho más que solo el aspecto estético del mismo. Si funcionaba como era esperado, se generarían grandes cantidades de dinero, debido a su alta demanda. La droga iba a ofrecer un respiro para varias enfermedades relacionadas con la edad, y si las pruebas resultaban exitosas, atraería un gran interés por parte de los gobiernos de todo el mundo gracias a potencial para ayudar a reducir los costos de sistema médico nacional.

Cassandra se encogió de hombros. Con la información recibida de Caldwell, comenzó a iniciar sesión para acceder el servidor de EXClinic. En base a su experiencia con la CIA, sabía que por la cantidad de dinero adecuado, cualquier hacker aceptaría el reto de robar a una gran compañía farmacéutica. Sería una pluma en el sombrero del pirata informático, que se añadiría a su reputación y le daría derecho a presumir.

Otro riesgo era que la información privilegiada podría verse comprometida. En el mundo farmacéutico feroz, una empresa rival podía tener entre sus objetivos salvaguardar la fórmula y sus resultados mediante la contratación de científicos de una empresa o empleados en malas condiciones laborales, con la promesa de una mejor remuneración a cambio de la recuperación de la totalidad del proyecto de los servidores.

Cassandra apostaba por la existencia de una infiltración, y su equipo estaba de acuerdo con ella. Sabían que ningún hacker sería capaz de resistirse a un trabajo como este por la descarga de adrenalina que experimentaría explotando las debilidades de Bristol y los sistemas de EXClinic. Ella esperaba que su proceso de infiltración fuera similar a las vigilancias rutinarias en las que ella había participado durante su período con la CIA: se analizarían los puntos débiles que requieren de una gran variedad de herramientas, incluyendo programas de hackeo de contraseñas de red y analizadores de puertos. Si el escáner de puertos mostraba que había una puerta abierta no demasiado segura, la usarían para colarse, lo que les permitiría acceder al sistema mediante control remoto como si estuvieran físicamente en el edificio.

Cassandra tenía a Matt trabajando incansablemente tratando de entrar en Bristol y en los sistemas de EXClinic, usando lo que ellos llamaban hacking ético. Si el equipo podía encontrar los puntos débiles primero, podrían solucionar el problema y prevenir cualquier posible hackeo al servidor.

Finalmente iniciada sesión en el servidor del EXClinic, Cassandra hizo una comprobación para estar segura de que todas las actualizaciones de software habían sido descargadas y que su firewall era sólido y estaba funcionando, elementos de rutina que todas las buenas empresas tendrían que llevar a cabo. Una vez que completo su tarea, levantó la vista y se dio cuenta del ceño fruncido en el rostro de Matt.

"¿Qué pasa Matt? ¿Algo no está bien?"

"No, nada de momento, Cass."

Al ver la concentración en su rostro, advirtió, "Ten cuidado, ¿de acuerdo? No queremos tener ningún resbalón. Bob nos cortará la cabeza si sucede algo así."

Matt se llevó las manos al corazón como si le doliera profundamente, y se burló, "Maldita sea, Cass…¿por qué quieres romperme el corazón?—mujer de poca fe. No me llaman Wonder Boy por nada."

Ella volteó los ojos hacia él y oyó la risita de Jessica. "Lo que tú digas, me aseguraré de decirle a Bob que eras el único culpable si la cosa va a pique."

Cassandra le vio regresar a su tarea con una gran sonrisa en su rostro. Ella se volvió hacia Jessica quien sonrió, "Antes de que preguntes Cassie, la respuesta es no. Hasta ahora, todos los empleados están limpios, pero necesitan ayuda desesperadamente. Al parecer, todos ellos sufren de un caso extremo de aburriditis."

Riendo, Cassandra volvió su atención a la pantalla y regresó a su tarea. "Qué graciosa. Sigue buscando, Jessica."

★ ★ ★ ★ ★

UNAS HORAS MÁS TARDE, todo el mundo se congregó en la pequeña y abarrotada sala frente a la oficina de Cassandra.

"Menudo fracaso," gruñó Matt antes de relajarse en su silla.

Jessica sonrió y le dio un codazo. "Sí, solo estás de capa caída porque no has encontrado nada de acción en ningún sistema de ambas compañías."

La decepción nubló su rostro y Matt hizo un mohín, "Maldita sea, ¿qué hay de divertido en eso?"

Sacudiendo la cabeza, Cassandra observó el intercambio entre sus compañeros. "Bueno gente, en este caso, es algo bueno. Voy a resumir nuestros hallazgos y se los remitiré a Caldwell. Pero no podemos asumir nada. Matt, crea algunas exploraciones de rutina para controlar los sistemas de ambas compañías—cuanto antes mejor, ya que no tenemos más remedio que tener que codearnos con Caldwell a través de la siguiente serie de pruebas clínicas que están llevando a cabo." Ella miró su reloj y se levantó. "De acuerdo. Buen trabajo, chicos. Ya hemos terminado aquí. No sé vosotros, pero yo estoy hambrienta y muerta de cansancio."

Matt se dirigió a la puerta. "Voy a configurar esas exploraciones y luego me iré. Tengo una cita con un avatar que está buenísima en World of Warcraft."

Cassandra y Jessica se rieron al unísono del movimiento de sus cejas antes de dirigirse hacia el pasillo. Caminando juntas, Jessica cogió el brazo de Cassandra y tiró de él para llamar su atención. "Oye, ¿te apetece una hamburguesa? Roscoe está abierto veinticuatro horas."

En ese momento, el estómago de Cassandra rugió en señal de protesta y un lado de su boca se arqueó. "Maldita sea. Es la una de la madrugada. No me extraña que tenga tanta hambre. No he comido nada desde ayer por la mañana."

"Entonces, ¿eso es un sí?"

"Me parece bien. Dame media hora. Tengo que acabar esta actualización y entonces podemos marcharnos."

"Perfecto. Eso me dará tiempo para agregar el último de los perfiles de los empleados en el archivo del proyecto," comentó Jessica mientras se dirigía en dirección a su oficina.

Cassandra la despidió con la mano, y volvió a su propia oficina para redactar el informe. Justo cuando se cumplieron los treinta minutos, lo envió. También remitió una copia a Bob, añadiendo una nota rápida para hacerle saber que estaban preparados para monitorizar ambas empresas de ahí en adelante. Su teléfono sonó y ella lo cogió. Como era de esperar, era un mensaje entrante de Jessica.

¡De prisa, de prisa! Me muero de gusa. Como no te presentes aquí ya mismo, tendré que darte un bocado en la pierna.

Cassandra se rio en voz alta. Rápidamente escribió su respuesta: *Voy para allá, mujer caníbal.*

UNA HORA MÁS TARDE, Cassandra entró en su casa, se quitó los zapatos nada más cerrar la puerta, y gimió. Tanto ella como Jessica se habían puesto hasta arriba de hamburguesas y patatas fritas, coronándolas luego con un par de batidos de chocolate. Estaba a punto de explotar. Se puso una ropa más cómoda que pudiera adaptarse mejor a su hinchado vientre, y caminó descalza hasta su pequeña oficina para ponerse al día con su correo electrónico y comprobar las actualizaciones de Matt antes de irse a la cama.

Se sentó y encendió el ordenador. Una vez iniciada la sesión, ella abrió su programa de correo electrónico y encontró diez mensajes no leídos. Algunos eran e-mails spam que fueron eliminados de inmediato, varios eran de Nathan Nelson, un ex miembro del equipo de la CIA y buen amigo, y el más reciente era de Matt.

Miró primero el de Matt. Su actualización de estado indicaba que aún o había habido ningún cambio desde la última vez que habían hablado. Volvió su atención a los correos electrónicos de Nathan, se mordió el labio, y se debatió entre abrirlos ahora o esperar a mañana.

Cassandra todavía podía recordar con claridad el día que conoció a Nathan Nelson. Fue su primer día en el trabajo con la CIA. En un apuro y desesperado intento por encontrar el aula del Curso de

Introducción a la CIA, se perdió en un laberinto de cubículos. Al doblar la esquina al final del pasillo, cuando había pensado que por fin había encontrado la salida, se topó contra una pared de ladrillos— el sólido y musculoso cuerpo de un hombre.

En el impacto, había rebotado, y él la había cogido de los brazos rápidamente para evitar que cayese de culo. Una vez que hicieron las presentaciones, Nathan le mostró dónde estaba la clase.

Él la había salvado de llegar tarde y, con su encanto juvenil, la había convencido en cuestión de minutos de que cenara con él más tarde esa noche.

Cualquier mujer hubiese caído a los pies de ese hombre americano de metro, ochenta y cinco, de pelo rubio, ojos verdes, y sonrisa descarada, pero Cassandra, desinteresada en cualquier tipo de relación, había mantenido una amistosa camaradería, eligiendo ignorar cualquier señal de atracción por parte de Nathan. Con el tiempo, llegó a verlo como a un buen amigo y le quiso como al hermano que nunca tuvo.

Finalmente terminaron trabajando juntos en la misma unidad en las tareas que se centraban en la recogida y el análisis de información relacionada con la seguridad y la contrainteligencia. Fue cuando estaban en una misión especial que implicaba una simple inspección ocular de un objetivo, cuando las cosas habían dado un extraño giro entre ellos.

La supuestamente sencilla asignación se fue a pique en cuestión de segundos cuando el objetivo al que estaban siguiendo vio a Nathan y, en un momento de pánico, abrió fuego contra él. Cassandra había visto lo que estaba sucediendo desde el otro lado de la calle desde donde estaba supervisando a su equipo. Escondiéndose detrás de un coche aparcado, Nathan sacó su arma y no fue capaz de cargarla para devolver el fuego. Cassandra inmediatamente proporcionó la cobertura de fuego mientras se abría paso por la calle hasta el coche detrás del que se había escondido su compañero y, agachándose a su lado, había seguido disparando.

Cuando dejó de escuchar disparos, Cassandra respiró hondo, se puso de pie, y salió de detrás del coche. Rápidamente se acercó al escondite del objetivo, y cuando este asomó la cabeza por la esquina, ella logró darle con un preciso disparo en el hombro.

Antes de que pudiera dar un paso en la dirección del objetivo, Nathan la había agarrado del brazo, había tirado de ella hacia sí mismo, y la había besado con fuerza en la boca. En la emoción del momento, Cassandra le había devuelto el beso, pero incluso antes de que terminara, lo había lamentado. Su reacción fue impulsada por la adrenalina y la emoción del momento, no por el deseo.

Más tarde, Nathan le había confesado que tenía sentimientos hacia ella. Cassandra sabía que si alguna vez iniciaba una relación, sería con alguien en quien pudiese confiar, a quien pudiera respetar y confiar en él en un momento de dificultad—alguien que la cuidase, la amase por quien era, y la tratara como a un igual. Por mucho que se preocupaba por Nathan, él no era ese hombre. Ella no le quería y se lo había dicho en varias ocasiones, esperando que él lo aceptase.

Para complicar aún más las cosas, ella casi le había matado más tarde esa noche en la oficina cuando él se había acercado a ella y le había confesado que había estado descuidado conscientemente el cuidado y limpieza de su arma—razón por la cual la pistola había fallado. El simple hecho de que Nathan hubiese puesto su vida deliberadamente en peligro, casi destruyó su amistad. Aunque ella no quería ver a un buen amigo en suspensión, su educación con influencia militar, su sentido del honor inculcado por su padre, y su necesidad de seguir el protocolo, la pudieron. Ella había incluido la digresión de su compañero en su informe, lo que dio lugar a su suspensión.

Ella sabía que Nathan se había sentido herido por su rechazo y por haber sido reportado, sin embargo, entendía que no podía haber hecho otra cosa. Se había limitado a informar sobre lo sucedido. Más tarde, le había dicho que había sido una llamada de atención y que gracias a eso, había salvado su carrera. Finalmente llegaron a un acuerdo y decidieron dejar el episodio detrás de ellos. Su amistad se vio fortalecida por el incidente, y desde entonces, él nunca le había fallado ni le había vuelto a poner en ninguna otra situación comprometida.

Cuando ella había salido de la CIA hace un año, había mantenido el contacto mediante correos electrónicos con los amigos más cercanos, entre ellos Nathan. Pero recientemente se habían estado comunicando con más frecuencia, y Cassandra se preocupaba de que aún pidiera tener sentimientos románticos hacia ella después de todo ese tiempo.

Ella salió de sus divagaciones y se preguntó cuál sería el motivo de tantos mensajes. Habían pasado como mucho dos días desde su última correspondencia, por lo que los cinco correos electrónicos consecutivos le pillaron un poco por sorpresa.

Cassandra abrió el primero de ellos. Lo miró por encima, y se dio cuenta de que solo hablaba de lo que había pasado en su vida últimamente. Bueno, *no está tan mal*, pensó.

A continuación, abrió el que le había enviado un par de horas más tarde, *¡Por cierto! Voy a estar en tu área para una visita rápida la próxima semana.*

Cassandra frunció el ceño y abrió el siguiente correo electrónico, *Por lo que te iba a preguntar, ¿quieres que quedemos un día para cenar mientras que estoy allí?*

Ella entrecerró los ojos ante el monitor y se preguntó a qué vendría la repentina visita de Nathan a la zona de la bahía. *Más vale que sea un viaje de negocios y no una excusa para verme*, pensó, abriendo el último. El mensaje le hizo saber que llegaría la próxima semana e incluía su itinerario. *Mierda*. Cassandra no quería comprometerse con nada, por lo que respondió simplemente, *Cuando llegues y te instales, llámame.*

Cassandra bostezó, miró el reloj en la pantalla de su ordenador, y se dio cuenta de que tenía que levantarse en un par de horas. La cena tardía con Jessica y los correos electrónicos le habían demorado mucho más de lo que pensaba. Cerró la sesión en su equipo y se fue a la cama. Tendida en la oscuridad no podía dejar de pensar en Nathan. *Ya lo tiengo. Si al final terminamos cenando juntos, le diré a*

Jessica que venga con nosotros. ¿Quién sabe? Tal vez se caen bien.

CASSANDRA ESTABA SENTADA EN SU despacho mientras miraba fijamente la pantalla de su ordenador y consideraba los acontecimientos de las últimas dos semanas. Las responsabilidades de ser líder en el trabajo de Bristol, junto con el hecho de que Nathan aún no se había marchado de la ciudad de su supuesta, "visita rápida," le hacían desconfiar. La opinión de Jessica de que el chico solo estaba tratando de obtener algo de ella, hacía que Cassandra tuviese la sensación de que algo estaba a punto de suceder.

Abrió los últimos informes sobre el proyecto Bristol y los escaneó por centésima vez. A simple vista, todo parecía que los resultados de los ensayos iban como un reloj. *Algo se nos está escapando*, pensó de nuevo. *Si solo pudiera determinar con precisión de qué se trata.*

Cogió el teléfono y llamó a Matt. "Oye, ¿has notado algo raro en cualquiera de tus exploraciones? ¿Algún archivo sospechoso? ¿Nuevos procesos?"

"Vamos, Cass. ¿Qué? ¿Acaso crees que soy un novato? He estado llevando un control permanente y si hay el menor indicio de actividad extraña lo sabré enseguida. Incluso estoy monitorizando los puertos TCP y UDP."

"Está bien, está bien. Te he escuchado. Lo tienes todo cubierto. Llámame si algo—quiero decir, *cualquier cosa*—salta," reiteró Cassandra antes de colgar.

Ella sabía que la fórmula era demasiado apetitosa para dejarla pasar, y que alguien podría estar por ahí al acecho, esperando el momento adecuado para entrar y tomar lo que quisieran. *Debo estar paranoica*, pensó mientras se frotaba la cicatriz. Le dolía de nuevo y, a su vez, hizo que su cuestionara todo por segunda vez. *¿Estaré dándole demasiada importancia a todo esto?¿Quizás tratando de ver algo donde no hay nada?*

Sonó el teléfono, lo que la sacudió de sus cavilaciones. Echó un vistazo a la pantalla y supo inmediatamente quién era.

"Hola, Nate."

"Hola, preciosa. ¿Qué tal si cenamos juntos esta noche? Y no digas que estás muy ocupada. He hablado con Jessica y me ha dicho que esta noche no tenías pensado quedarte trabajando."

Cassandra dio unos golpecitos con los dedos sobre la mesa en señal de frustración. No había manera de zafarse de esta cena. Había rechazado las propuestas de Nathan durante los últimos tres días, incluso le había sugerido que saliese con Jessica. Tenía la esperanza de que conectaran y entonces ella pudiese librarse de quedar con él. Esta vez, sin embargo, él estaba decidido a verla. *¿Le estaré dando demasiada importancia a esto también? A Bob parece gustarle. Tal vez debería darle una oportunidad más. Tal vez las cosas podrían ser diferentes entre nosotros después de todo este tiempo.*

"Vale, vale, está bien. ¿Dónde y cuándo?"

"¿Qué tal a las siete en mi hotel? El restaurante se supone que es muy bueno," respondió Nathan con un toque de triunfo en su voz.

"De acuerdo, nos vemos luego." Cassandra colgó, se apartó de su escritorio, caminó por el pasillo hasta la oficina de Jessica, y asomó la cabeza por la puerta.

Jessica se fijó en ella de inmediato. "¿A qué viene esa mirada de *¿qué pasa contigo?*?"

Cassandra terminó de entrar en su oficina. "Te miró así porque le has dado a Nate toda la información detallada sobre lo que iba a hacer esta noche, y ahora no puedo librarme de ir a cenar con él."

Cassandra frunció el ceño cuando una amplia sonrisa se extendió por la cara de Jessica a la vez que volvía a centrar su atención en la pantalla del ordenador evitando mirar a su amiga. "Cassie, es obvio que el chico está enamorado de ti. Es tu amigo. No sé, tírale un hueso. Cena, diviértete. ¿Quién sabe? Quizás estéis hechos el uno para el otro."

Cassandra se sentó en la silla junto al escritorio y apoyó la barbilla en sus entrelazadas manos. "¿No crees que si hubiese algo ya habría surgido a estas alturas? Tú misma lo dijiste: cuando aparezca, caerás rendida a sus pies. Bueno, no caí rendida a sus pies por aquel entonces, y no he caído ahora."

Jessica levantó la vista de nuevo de su ordenador y sacudió la cabeza. "Solo sal por ahí y pásalo bien, ¿lo harás? Todo va viento en popa con el asunto de Bristol. Tenemos todas las bases cubiertas y un muy buen amigo tuyo está de visita en la ciudad. *Relájate* por una vez, Cassie."

CUANDO CASSANDRA LLEGÓ AL RESTAURANTE más tarde esa noche, las palabras de Jessica seguían resonando en sus oídos. A medida que el camarero la conducía a la mesa, se alisó nerviosamente su falda de cuero negro, que había combinado con un top ceñido al cuerpo. La cara de Nathan se iluminó cuando la vio y una chispa se encendió en su mirada. De pie mientras que ella se acercaba, le hizo un gesto al camarero para que se retirara y separó la otra silla de la mesa para que ella pudiera tomar su propio asiento.

Una Guinness fría y espumosa la estaba esperando. Sonriendo, ella tomó un largo trago. "Gracias, lo necesitaba."

Nathan lanzó una sonrisa. "Tus deseos son órdenes para mí."

Cassandra dejó su vaso sobre le mesa y se dio cuenta de que Nathan estaba haciéndole señas al camarero. Para su sorpresa, una ensalada verde de la casa, con aderezo de queso azul, fue servida rápidamente en el centro de la mesa. Tras un momento de vacilación, Cassandra se encogió de hombros, se sacudió de todo pensamiento, y dejándose llevar por la corriente, cogió el tenedor.

Con una satisfecha sonrisa, Nathan pinchó un poco de lechuga y la conversación comenzó con un hogareño, "¿Cómo te ha ido el día? ¿Ha pasado algo interesante?"

Durante la siguiente hora, Cassandra y Nathan disfrutaron de una velada tranquila, de buena comida y una entretenida conversación. Recordaron el día que se conocieron en la CIA y cómo les iba a los amigos que habían hecho en común. Después de tomar un postre, ella y Nathan se relajaron con una taza de café en un cómodo y silencioso ambiente.

"Cass. ¿Por qué no subes a mi habitación y tomamos una copa?" Propuso Nathan, rompiendo el silencio.

Cassandra vio el destello regresar a sus ojos. Las palabras de Jessica—*quizás estéis hechos el uno para el otro* y *relájate por una vez, Cassie*—se arremolinaban en su cabeza. Finalmente, tomó una decisión. "Claro. Puedo quedarme un poco más."

Nathan sonrió mientras se levantaba de su silla y la ayudaba con la suya. Con una mano apoyada posesivamente en su espalda, la condujo a través del restaurante hacia el ascensor. Mientras esperaban, acarició su espalda trazando un camino arriba y abajo con su pulgar. El mensaje que querría trasmitir con su contacto le preocupaba, pensando que sería una señal de que querría algo más que una simple copa.

Cuando las puertas del ascensor se abrieron, Cassandra se acercó a la parte trasera de la cabina y se apoyó en la barandilla para evitar cualquier otro contacto mientras organizaba sus pensamientos. Nathan la siguió, pulsó el botón de su piso, y dio un paso atrás para estar junto a ella.

Durante el corto trayecto, Cassandra le miró por el rabillo del ojo. ¿Por qué no se le aceleraba el corazón cuando le miraba o cuando él la tocaba? ¿No era así como se suponía que funcionaba? Cuando el ascensor se detuvo y las puertas se abrieron, Cassandra siguió a Nathan hasta su habitación. Una vez en el interior, se trasladó a la ventana del balcón y miró hacia la vista.

En el fondo, pudo oír a Nathan servir dos bebidas y caminar hacia ella. Con un profundo suspiro, Cassandra se volvió y aceptó su copa, sujetándolo con ambas manos, como un ancla. Tomó un sorbo lentamente. La combinación de Coca-Cola y whisky dejó un rastro ardiente a lo largo de su garganta. Por encima del cristal, estudió a su amigo. Su pelo rubio estaba un poco más largo que antes, rozando el cuello de su camisa, y sus suaves ojos verdes le devolvían su escrutinio. Cassandra miró alrededor de la habitación. Siendo consciente de la gran cama de matrimonio, se sentó en la silla más alejada.

Cassandra rompió el silencio. "Bueno, ¿Cuándo regresas?"

Nathan rastreaba cada uno de sus movimientos mientras permanecía apoyado contra la ventana del balcón, como un depredador estudiando en silencio a su presa. Su respiración se detuvo un poco cuando su falda se deslizó hacia arriba, permitiéndole echar un rápido vistazo a la sedosa piel de sus muslos mientras que ella permanecía sentada.

"Depende." Tomó un largo trago y cruzó los brazos a la altura del pecho mientras apuraba su copa.

"¿De qué?" Cassandra tomó otro sorbo de su bebida.

Nathan siguió observando atentamente a Cassandra a través de sus entornados ojos. Su cabello castaño caía en ondas suaves alrededor de la curva de su cara y por debajo de sus hombros. El marrón whisky de sus ojos y las pecas extendidas a los largo el puente de su nariz habían hecho mella en su corazón desde aquella primera vez cuando chocaron en aquel laberinto de cubículos todos esos años atrás.

Nada había cambiado para él. Se había enamorado de ella desde ese entonces. Su corazón se contrajo en su pecho. Todavía recordaba cuando le confesó sus sentimientos y ella le rechazó. Sabía que nunca podría ganarse su corazón, pero, incluso después de todos estos años, no estaba dispuesto a renunciar a seguir intentándolo.

El día que supo que había perdido un montón de puntos con ella, era un recuerdo que estaba grabado a fuego en su cerebro. Había querido patear su perezoso culo día tras día por no haber cuidado su arma en condiciones. Podía recordar los golpes en sus oídos al pensar que alguien podría haberla disparado gracias a su idiotez. Siempre había creído que su deber era cuidar de ella, protegerla, salvaguardarla de cualquier peligro.

Estaba casi seguro de que ella sería suya a día de hoy si no hubiese sido por ese estúpido incidente. En cambio, le había dicho que nunca habría nada entre ellos. Había decidido darle su espacio para que se diese cuenta por sí misma que era su destino estar juntos, pero dado que ya le había dado tiempo suficiente y nada había pasado, estaba dispuesto a conquistarla tal y como había planeado. Sabía que no tardaría en ver la luz. Estaba seguro de que era solo cuestión de tiempo y esfuerzo en cortejarla y mostrarle que era el hombre adecuado para hacerla feliz.

Cuando la posibilidad de viajar hasta California, el Área de la Bahía, y la casa de Cassandra, se presentó, se aseguró de que su jefe le enviara a él. Sería una especie de vacaciones mientras llevaba a cabo el plan de contingencia que le habían asignado, y aquí estaba ahora, por fin a solas con ella.

Nathan dejó el vaso sobre la mesa y se acercó a ella. Cassandra le miró y se echó hacia atrás en su silla cuando él se apoyó en los reposabrazos, a escasos centímetros de sus labios. "Depende de ti."

"Nate, nosotros…" comenzó a protestar ella, pero Nathan capturó sus labios en un beso antes de que pudiera terminar.

Al principio, Cassandra vaciló y mantuvo la boca cerrada, pero él persistió, tentándola hasta que finalmente ella suspiró y dejó que su lengua partiese sus labios. Nathan rápidamente aceptó su rendición. Metió su lengua profundamente en su boca, y gimió al tener la oportunidad finalmente, una vez más, de saborear la boca cuyo recuerdo le había perseguido todos estos años. Retrocediendo lentamente, tomó su mano y la instó a ponerse en pie mientras daba un paso atrás.

Cumpliendo con su silenciosa petición, Cassandra se levantó. Las manos se él se movieron hasta su cintura y la atrajeron hacia él de nuevo y mientras capturaba sus labios en un beso profundo y húmedo. A medida que continuaba asaltando su boca, les fue moviendo lentamente hacia la cama. En un calmoso baile, él la hizo girar para que le diese la espalda a la cama.

Sin aliento, Cassandra rompió el beso. "Nate, creo que no deberíamos hacer esto."

"No pienses, Cass," ordenó, bajando rápidamente la cabeza una vez más y besándola con firmeza y seguridad, impidiendo cualquier otra susceptible protesta. Después de unos segundos persuasivos más,

Cassandra le devolvió el beso. Nathan deslizó sus manos de su cintura a su espalda donde la acarició mientras tiraba de ella aún más cerca. Durante un largo rato todo lo que hicieron fue besarse, explorar la boca del otro mientras que sus lenguas danzaban y se enredaban entre sí. Nathan movió entonces sus dedos a su falda de cuero, y el corazón de ella se aceleró mientras que él forcejeaba con los botones y la cremallera, para luego empujar la prenda lentamente por sus caderas. Llevó sus manos hasta su trasero y saboreó la sensación y forma del mismo. Excitado, agarró cada cachete con fuerza y tiró de sus caderas con más firmeza aún contra su dura erección.

Cuando sus manos alcanzaron el dobladillo de su camiseta, tiró de ella por su cabeza y Cassandra levantó los brazos para ayudarle. Antes de que la prenda golpease la alfombra, ella alcanzó el botón de sus pantalones mientras que él comenzaba a desabrocharse la camisa a toda prisa. Nathan se quedó desnudo con cuestión de segundos con su ayuda. Rápidamente, la empujó sobre la cama y se unió a ella. Apoyando la cabeza en su mano y encontrándose con su mirada, Nathan pasó uno de sus dedos por el encaje de su sujetador y a lo largo de la sedosa piel de su pecho.

Sus brillantes ojos verdes se volvieron de un color bosque oscuro mientras que lentamente se inclinaba para saborear la piel que sus dedos acababan de recorrer. El corazón de Cassandra dio un vuelco cuando su lengua trazó un camino a lo largo del encaje y sus dedos liberaron su pecho de la copa de su sujetador.

El calor de su lengua y la frescura del aire hicieron que su pezón se endureciera y, con otro gemido, Nathan pasó su lengua sobre él y lo chupó dentro de su boca. Cassandra dejó escapar un suave gemido a la vez que arqueaba la espalda un poco lejos de la cama y sus manos se apoderaban de un gurruño de sábanas a cada uno de sus lados.

Cuando su mente trató de analizar la situación, ella lo impidió, negándose a pensar demasiado. Su sangre se calentó y una sensación de hormigueo en su clítoris hizo que sus caderas se movieran incansablemente contra él. Había pasado mucho tiempo desde la última vez que había intimado con alguien. Prometiéndose que nunca tendría una relación profunda con nadie, había permitido que el trabajo gobernase su vida. Ahora su cuerpo la estaba traicionando, haciendo que ansiase el contacto físico que había evitado durante tanto tiempo.

En busca de alivio, Cassandra movió sus caderas de modo que Nathan quedó atrapado entre sus piernas. Luego bajó un brazo entre ellos para envolver la mano alrededor de su erección.

"Maldita sea, Cass, espera," dijo Nathan ásperamente. Él se movió un poco y trató de llegar al cajón de la mesita de noche y a los paquetes de aluminio guardados en su interior. Con dedos temblorosos, arrancó uno y deslizó rápidamente el preservativo sobre su pene. Tiró de sus bragas por sus caderas y luego agarró su pene y lo posicionó en la raja de su vagina, para segundos más tarde frotar la punta de la cabeza a lo largo de ella.

"Jesús. He soñado tantas noches con esto, Cass," jadeó antes de conducir su polla profundamente dentro de ella a la vez que agarraba sus caderas para hundirse en su interior una y otra vez.

Cassandra podía sentir que estaba estirándola por dentro, lo cual le dolió un poco porque no estaba completamente preparada para él. Con un gruñido, el cuerpo de Nathan se puso rígido y tembloroso antes de empezar a bombear fuera de control. "Dios, Cass, he esperado este momento durante tanto tiempo."

Cassandra estaba entumecida. No tenía nada similar que decirle. A Nathan no le llevó demasiado tiempo alcanzar su liberación, dejándola insatisfecha. Molesta, Cassandra se apartó y Nathan se derrumbó a su lado en la cama. Espontáneamente, rodó sobre su espalda y dejó que su antebrazo descansara sobre sus ojos. Después de unos momentos, le apretó la mano y se dirigió al baño.

Cassandra se quedó mirando al techo, llena de decepción y remordimiento. Sentía tristeza de que, aunque inicialmente su cuerpo ansiase el contacto físico, su corazón no hubiese estado involucrado ni por un segundo.

La cama se hundió levemente Cuando Nathan regresó, pero no

hubo palabras de amor, ni ninguna interesante conversación intercambiadas. Con el tiempo, el sonido de su respiración constante irrumpió en su conciencia: Nathan estaba profundamente dormido. Girando sobre su lado, Cassandra se cubrió con las mantas y trató de quedarse dormida, pero su mente no la dejaba en paz.

Sabía que una relación con Nathan complacería a Robert. También había esperado que este encuentro rompiese la barrera alrededor de su corazón, y que pudiese mirar a Nathan como más que un amigo, y así matar dos pájaros de un tiro. Pero no lo había hecho. Todos estos años de reforzar su corazón contra el amor tras presenciar el duelo de su padre, habían hecho demasiada mella en su interior.

Capítulo Cuatro

Hastíada

A LLISON DAVIS SE ASOMÓ por la puerta de su oficina, y trató de ver si aún quedaba algún noctámbulo como ella en el edificio. No eran muchos los científicos se soliesen quedarse hasta tan tarde a menos que estuvieran supervisando algunas pruebas importantes relacionadas con los productos más cercanos a la producción en masa, por lo que no era muy probable que se encontrara con nadie. Una vez comprobó que la costa estaba despejada, salió de su oficina sigilosamente y se dirigió rápidamente a la sala principal del servidor donde se encontraban los ordenadores que albergaban los datos de las pruebas farmacéuticas.

Había planeado metódicamente sus pasos. Hacerse con un nombre de usuario y su contraseña había sido fundamental para el éxito de su plan. Había tardado un poco más de lo que había esperado, ya que no había muchos empleados que tuvieran acceso al completo al proyecto de Bristol y a los archivos que necesitaba copiar. Ella sabía que la paciencia y la persistencia finalmente darían sus frutos. Y eso se aplacaba a la totalidad de su objetivo actual.

Steve Baylor no tenía ni idea de que ella había visto y memorizado su nombre de usuario y contraseña, después de haberse identificado para mostrarle los resultados que habían recibido de uno de los proyectos en el que estaban trabajando juntos. El fin justificaba los medios, se había dicho a sí misma mientras había mirado la pantalla por encima del hombre de su compañero. Steve era por lo general bastante cuidadoso con la seguridad de sus credenciales, por lo que ella había sido extremadamente afortunada de haberle pillado en un momento de descuido probablemente causado por su agotamiento tras varias noches sin dormir dado que acababa de tener un hijo.

Su conciencia la taladró un poco, pero estaba segura de que Steve, que ahora estaba lejos disfrutando de unas muy necesarias vacaciones, sería absuelto de la violación con el tiempo, puesto que podría probar que había estado fuera de la ciudad, sin acceso a sus sistemas.

En cuanto a ella, pasaría mucho tiempo antes de que descubrieran que accedido a los servidores. Allison no tenía ninguna duda de que lo harían. EXClinic no había escatimado en su seguridad de alta tecnología y la vigilancia. Sabía que esta era su única oportunidad de llegar a lo que quería. Tendría que ser rápida y largarse de la ciudad sin decir una palabra tan pronto como fuera posible.

Todo el mundo que la miraba, solo veía a la seria y fiable Allison Davis; nunca veían a la persona apasionada que se escondía bajo su bata blanca de laboratorio. Y ella era apasionada. Tenía una profunda pasión por los derechos humanos y había participado en numerosos proyectos humanitarios. Así fue como se había enterado de la promesa que ofrecía el medicamento que estaba siendo desarrollado por Productos Farmacéuticos Bristol. Se había sentido profundamente decepcionada al enterarse de la forma en que la compañía planeaba comercializar el fármaco en el mundo.

Cuando ella se acercó primero con respeto a la tarea, se había negado inicialmente a la oferta de trabajar en ella. Le había parecido como un simple truco capitalista por parte de una empresa para robar a otra y sacar un beneficio económico de ello. Sin embargo, cuando el reclutador le había revelado los beneficios de la fórmula y los planes de Bristol para la misma—venderla solo como un producto cosmético—su ira se había despertado al pensar en las muchas personas que se verían privadas de los frutos de tal importante investigación cuyo potencial sería curar enfermedades que amenazaban la vida de las personas. Fue en ese momento cuando ella entendió que era su oportunidad de hacer las cosas bien, y había cambiado de idea.

El recuerdo de todo eso todavía hacía que su sangre hirviese. *Nadie* tenía derecho de retener ningún tipo de información sobre lo que un medicamento podría proporcionar a los que sufrían. Estaba decidida a asegurarse de que todo el mundo que lo necesitase, tuviera acceso a él.

Su pulso se aceleró cuando ella llegó a la puerta cerrada y tecleó el código de usuario y pase necesario para acceder a la sala. Escuchó un pitido al mismo tiempo que la luz en el teclado junto a la puerta cambiaba de rojo a verde. Inmediatamente después de que la luz cambiase, un zumbido le indicó que la puerta estaba completamente abierta.

No había ninguna duda en su mente de que habría algún tipo de investigación. Cuanto más tardaran en encontrar su rastro, mejor. Ella podría no tener una gran ventaja, pero si dejaba la menor cantidad de huellas posibles, al menos tendría un día o dos antes de que la encontraran.

Estaba bastante segura de que Bristol no implicaría a la policía. Eso daría lugar a una atención no deseada. Estarían más preocupados por el impacto que una fuga en los medios de comunicación tendría sobre sus posibles acciones. En su lugar, ellos posiblemente contratarían a unos investigadores privados que mantuvieran la boca cerrada mientras la encontraban, o al menos mientras lo intentaban.

Allison había planeado meticulosamente su huída. Confiaba que no serían capaces de encontrarla hasta que estuviera a salvo en un país que no tuviese un acuerdo de extradición con los Estados Unidos. Dios, se sentía muy bien de poder por fin hacer algo a lo grande por los más desfavorecidos. Recordaba lo emocionada que había estado cuando entró en el campo de la investigación farmacéutica. Le hizo mucha ilusión empezar a trabajar con EXClinic. Le gustaba la idea de ayudar a asegurar que los ensayos transcurriesen sin problemas para las empresas que—había creído—tenían como objetivo primordial curar los males del mundo.

Después de años de trabajar en el campo, se enteró de la dura verdad. Las compañías farmacéuticas no se preocupaban por los que estaban enfermos, o sufriendo, o rezando por un milagro. A las empresas solo les preocupaba una cosa que se reducía a dinero y más dinero. Allison ya se había hartado.

Le ponía enferma pensar que una gran cantidad de gente pobre que sufría de las llamadas Enfermedades Huérfanas nunca vería una cura. Ellos no tenían los números para convencer a las empresas para que se gastasen millones de dólares en investigación y desarrollo.

Allison fue transportada de nuevo al presente por el suave sonido del desbloqueo de las puertas. Antes de pasar, rápidamente tiró de las mangas hacia abajo sobre sus manos y limpió las teclas que había pulsado, al igual que había visto hacer en televisión. Se había convertido en toda una Mata Hari, lo que trajo una gran sonrisa a su cara.

¿Y qué si estaba cometiendo un delito? ¿Y qué si era espionaje industrial? El quid de la cuestión era que si triunfaba, las personas que realmente necesitaban el medicamento, tendrían acceso a él por una pequeñísima parte de lo que Bristol planeaba cobrar por su nuevo y milagroso producto estético. En su mente, ella era Robin Hood.

Allison se deslizó dentro de la gélida habitación y cerró la puerta detrás de ella. La frialdad de la sala envió unos escalofríos por su espina dorsal, y se su piel se erizó a lo largo de los brazos. Frotándose sus extremidades para mantener el calor, vio varios mainframes en fila y el ordenador central. Caminó rápidamente hacia la computadora mientras miraba hacia arriba para comprobar dónde estaban las cámaras. Para su sorpresa, no encontró ninguna. Con el ceño fruncido, se sentó y se quitó el boche del pelo, sacudiéndolo libre.

Recuperando el flash drive que había incrustado la horquilla, lo insertó en el puerto USB y se acercó el teclado para poder iniciar la serie de comandos que necesitaba para abrir los archivos que estaba buscando.

El reclutador había sido directo y específico con respecto a lo que esperaba recibir en Italia. Él quería, y estaba esperando, absolutamente todo—los compuestos específicos de la fórmula de la droga, y toda la documentación asociada a sus estudios actuales. Alison abrió el archivo y confirmó que los resultados estaban actualizados antes de copiar todas las carpetas de los datos existentes en la unidad flash. Había una gran cantidad de datos. *Tendrán que analizarlos ellos mismos*, pensó mientras esperaba a que los archivos terminaran de transferirse.

Una vez que hubiese cumplido con su parte del trato, tenía la intención de trasladarse a Vietnam, donde ella ya había encontrado un trabajo perfecto con una fundación humanitaria. Estaría supervisando inoculaciones y que los más desfavorecidos allí recibieran la atención médica necesaria. *Tal vez algún día les estaría entregando la milagrosa droga que secretamente había ayudado a producir en masa.* Ese pensamiento hizo que completara su tarea con éxito.

Una vez que terminó de copiar los documentos y lo dejó todo como lo había encontrado cuando entró, limpió todas las superficies que había tocado, y salió de la habitación—tomo toda advertencia y precaución adicional en la que pudo pensar para asegurarse de seguir llevando la delantera en su plan por fugarse.

Regresó a su oficina a paso acelerado, y tomó la caja donde había estado guardando los artículos personales que no estaba dispuesta a dejar atrás. Pequeños símbolos que representaban buenos recuerdos que se había traído al trabajo y había clavado en su tablón de corcho, un par de libros, y una foto de ella con sus padres y la familia de su hermana. Después de apagar las luces, echó un último largo vistazo a la habitación a oscuras y salió.

Capítulo Cinco

La Fuga

ASSANDRA SE DESPERTÓ SOBRESALTADA cuando escuchó un fuerte ruido. Al darse cuenta de que provenía de su móvil, salió escopetada de la cama en busca de su bolso. Dándose cuenta de que estaba en una silla junto a la cama de Nathan, fue para allá corriendo, lo sacó, vio el reloj en la pantalla que mostraba que eran las 4:47 de la mañana, y respondió a la llamada. Antes de que pudiera decir nada, la voz de pánico de Matt empezó a fluir por los altavoces.

"¡Cass! ¡Menos mal que te encuentro!"

"¿Matt? ¿Qué pasa?" Preguntó ella, inmediatamente despierta y tratando de encontrar su ropa.

Localizó su camiseta, se la puso rápidamente, y se llevó de nuevo el teléfono a la oreja a tiempo para oír a Matt gritar, "¡Código Rojo, Cass! Ha pasado algo terrible. Han transgredido los archivos de EXClinic. Los datos actualizados. La fórmula. Lo han copiado todo."

"¡Mierda!" Dijo Cassandra un poco demasiado fuerte, lo que despertó a Nathan, que perezosamente se incorporó sobre su codo y la miró con el ceño fruncido.

"¿Quién es?" Susurró.

Ella levantó un dedo para detener sus preguntas mientras se ponía la falda como podía y sostenía el móvil entre la oreja y el hombro. "Matt, ¿no dijiste que no habías encontrado nada en la exploración continua? Maldita sea. ¿Dónde están mis zapatos?"

Cassandra buscó por el suelo y encontró uno que asomaba por debajo de la cama y otro cerca. Mientras que se los ponía, Matt le explicó, "Nos centramos en una infiltración externa, y teníamos eso cubierto, pero la fuga vino del interior. Una persona no autorizada ha accedido a los archivos a las 12:20 de la noche." La ansiedad en la voz de Matt indicaba claramente que la situación era crítica.

"¿Qué quieres decir con una 'persona no autorizada'? Nos aseguramos de que solo el personal autorizado tuviera acceso a los archivos." Cassandra estaba perpleja. La lista de los empleados autorizados no era demasiado larga. Los habían estudiado a todos y todos habían superado el control de antecedentes. ¿Qué había fallado?

"Tienes que verlo con tus propios ojos. Trae tu culo aquí inmediatamente." Su voz era frenética y ella pudo imaginárselo con la cara tan blanca como el papel.

"No jodas, Matt. Ya mismo voy para allá. Si aún no has llamado a Jessie, hazlo y dile que vaya ahora mismo para allá."

Cassandra colgó y cogió su bolso a la par que un Nathan ya vestido se unía a ella. Ella le miró mientras guardaba su móvil en el bolso. "Me tengo que ir. El proyecto Bristol en el que te dije que estoy trabajando...ha sido infiltrado."

"Iré contigo," declaró Nathan con firmeza.

Cassandra no tenía más tiempo, así que no se molestó en discutir. "Está bien. Vamos."

Cassandra adoptó su voz de mujer de negocios cuando salió al pasillo y caminó rápidamente hacia los ascensores. Todos los acontecimientos de las últimas semanas fueron marginados en su mente a la luz de los crecientes problemas ante ella. El primero de todos sería la decepción de su padre cuando le informase sobre la fuga.

Temiendo la confrontación, Cassandra decidió pasar por ello

cuanto antes. Sacó de nuevo el móvil de su bolso, buscó el número de Robert, y le llamó a casa. Nathan la alcanzó justo cuando las puertas del ascensor se abrieron. Simplemente Ella le miró y le vio hacer una mueca de dolor al oír las palabras: "Señor, tenemos un problema."

CASSANDRA SABÍA QUE ESTABA CONDUCIENDO un poco imprudentemente, pero sus nervios estaban sacando lo mejor de ella, y estaba ansiosa por saber qué había sucedido exactamente. Una vez más, había decepcionado a su padre. No solo a su padre, sino que había dañado la reputación que la empresa había trabajado tan duramente para construir. Cuando pasó por delante del edificio donde se encontraba la James Security Agency, pudo deducir por qué su padre había elegido las oficinas centrales.

En el centro del distrito financiero, el edificio era seguro y añadía una capa de protección adicional a los equipos y los archivos que contenían información sobre sus clientes, y a su centro de atención al cliente. La compañía había comenzado como una pequeña empresa que se especializaba en la seguridad personal, pero con el paso de los años su padre la había diversificado, ofreciendo no solo sistemas de seguridad de vigilancia personal, sino también la garantía de la seguridad de los datos, la seguridad de la oficina, y sistemas de vigilancia como parte de sus servicios.

A parte de Matt y Jessica, muy pocos trabajadores estarían de guardia por la noche en la sala de control, monitorizando los sistemas de vigilancia. Su proximidad a las numerosas empresas de la zona que vigilaban les otorgaba la capacidad de responder rápidamente a cualquier alarma de seguridad.

Cassandra se detuvo en el callejón detrás del edificio, pasó su tarjeta por el acceso de seguridad del garaje, y entró tan pronto como la puerta se abrió. Una ventaja de ser la hija de Robert era que podía acceder al edificio las veinticuatro horas del día. Nathan siguió a Cassandra quien, usando su tarjeta de acceso una vez más, abrió las puertas del ascensor. Cassandra permaneció en silencio durante todo el camino. Se movía de un lado a otro en la cabina y pensaba en los pasos que tendrían que tomar para mitigar el desastre. *Pensé que lo teníamos todo cubierto.* Maldita sea.

Cuando finalmente llegaron a la quinta planta, las últimas palabras de Robert comenzaron a resonar en su cabeza: *Arréglalo, Cassandra.* Dios, se había sentido como una niña otra vez cuando le había dicho a su padre que había metido la pata. Arreglarlo era lo que pretendía hacer, independientemente de lo que hiciera falta.

Respiró profundamente para centrarse antes de llegar a la sala de ordenadores. Cuando entraron, la densa frustración era palpable en el ambiente como una niebla espesa y pegajosa. Los servidores en las torres contra la pared parpadeaban en ámbar, rojo y verde, lo que le recordó a las exaltadas luces de Navidad. Matt estaba sentado frente a una serie de monitores de pantalla plana, pasando de una pantalla a otra con un pliegue en la frente y mordiéndose el labio inferior.

Su despeinado pelo largo hasta los hombros se había escapado de la cinta de cuero que normalmente llevaba para evitar que cayera hacia adelante. Mientras que parecía frenético, Jessica, por su parte, parecía tan tranquila como un lago en calma. Como solía hacer, se había aislado del mundo con sus auriculares y su música techno. Estaba tan alta que Cassandra podía oírla claramente desde donde ella y Nathan se había detenido, a pocos metros de distancia.

Girando en su silla, Matt dejó escapar un grito sobresaltado cuando hizo contacto visual con Cassandra, "Mierda, Cass. La próxima vez grita o algo. No te había visto." Él levantó una ceja cuando se dio cuenta de la presencia de Nathan de pie detrás de ella.

"Matt, este es Nathan, un viejo amigo de mis días con la CIA." Cuando Cassandra se volvió hacia Nathan, se dio cuenta de sus entrecerrados ojos ante las palabras que había elegido para presentarle. "Nate, te presento a nuestro Wonder Boy."

Nathan se rio entre dientes mientras se acercaba a Matt y estrechaba su mano. "¿Wonder Boy?"

Matt esbozó una sonrisa de oreja a oreja. "Sí, hombre. Yo soy el verdadero negocio."

Cassandra soltó una carcajada y volteó sus ojos hacia arriba. "No le hagas caso. Sufre el Síndrome del Creído Prepotente."

Su sonrisa se desvaneció lentamente cuando la realidad de lo que había ocurrido volvió a ella. Caminó hacia Jessica y la tocó en el hombro para llamar su atención. Jessica rápidamente se quitó los cascos y agarró la mano de Cassandra. "Me alegro de que por fin estés aquí. Supongo que hoy no vas a necesitar que te llame para despertarte, ¿eh?"

Una pequeña sonrisa se deslizó hasta las comisuras de sus labios. "Supongo que no."

Jessica miró a Nathan. "Ey, Nate. Me alegro de verte de nuevo."

Sonriendo, Nathan, apoyado contra uno de los escritorios, levantó la barbilla hacia Jessica. "Jessie, siempre es un placer."

Cassandra se sentó al lado de Jessica. "Está bien, Matt. Infórmame a toda velocidad. ¿Qué demonios ha pasado?"

"Tú también vas a tener que romperte la cabeza para tratar de averiguarlo, Cass. Tengo una página automatizada del servidor. La configuré yo mismo de modo que si había la más mínima desviación o anomalía, sería notificado automáticamente. De todos modos, me registré en el sistema desde casa para comprobarlo y vi que alguien había accedido al servidor. Hasta ahora, toda la actividad del archivo había tenido lugar durante el día, así que decidí venir a echarle un vistazo más de cerca. Pensé que tal vez el equipo a cargo del proyecto podría estar trabajando hasta tarde. No estaba seguro, pero mi instinto me decía que algo iba mal. Cuando llegue aquí, me di cuenta de que nadie con autorización para acceder a los archivos estaba trabajando. Además, las credenciales que se había utilizado para acceder a la sala de servidores no habían sido registradas ni a la entrada ni a la salida del edificio."

Casi sin aliento, Matt continuó, "Para cuando revisé el contenido del registrador de claves que había instalado en el servidor, me di cuenta de que todo el proyecto Morrígan había sido copiado."

"¿Morrígan?" Preguntó Nathan con el ceño fruncido.

"La fórmula que te dije que estábamos monitoreando," explicó Cassandra. Antes de que Nathan pudiera preguntar nada más, ella volvió a centrar su atención en Matt. "Me has dicho que tenía que verlo con mis propios ojos. ¿Ver qué? ¿Acaso has establecido un sistema de videovigilancia?"

Matt sonrió de oreja a oreja. "Oh, sí, así es."

Volviéndose de nuevo al equipo, Matt hizo unas comprobaciones rápidas para proyectar el vídeo de vigilancia que había sido capturado durante la noche anterior. En el vídeo, una mujer de complexión delgada, estatura media, y melena color miel, entraba en la sala de servidores. Se acercó a la terminal principal mirando todo el rato hacia arriba en busca de cámaras, y luego se sentó frente al ordenador. Definitivamente la chica no había contado con la cámara estenopeica incorporada en el monitor que se conectaba ante el más mínimo movimiento.

"¿Quién es ella?" Cassandra estudió las expresiones faciales de la mujer y se dio cuenta de la leve insinuación de una sonrisa en la comisura de sus labios, lo que indicaba que estaba orgullosa de lo que estaba a punto de hacer. "Parece un poco aturdida."

"Su nombre es Allison Davis," Jessica tomó la palabra, informando a Cassandra sobre lo que habían descubierto hasta ahora. "Ha sido una empleada superior durante más de cinco años. Ninguna asociación con cualquier otra compañía farmacéutica. Sus antecedentes están limpios. Padres. Una hermana casada. Todos ellos viven en la zona. Se desconoce la existencia de alguna relación personal. La clásica solitaria."

El ceño de Cassandra se profundizó con cada pieza añadida al rompecabezas. "¿Por qué un ratón tranquilo como Allison Davis querría robar una fórmula de miles de millones de dólares? De alguna manera las piezas simplemente no hacían clic. ¿Qué credencial ha utilizado?"

"La de Steve Baylor. Él está de vacaciones."

Las cosas no encajaban. "Tendremos que hablar con él cuando regrese. ¿Has tratado de localizar a Allison?"

"Estaba a punto de hacerlo cuando llegaste," respondió Jessica de inmediato.

"Hazlo ahora. No tenemos mucho tiempo. Va a intentar escapar del país por lo que sabemos."

DESPUÉS DE MUCHAS HORAS DE trabajo compensadas con cero resultados, Cassandra envió a unos cansados Matt y Jessica a casa. No había nada que pudieran hacer en este momento. Trabajar sin dormir y galones de cafeína no les ayudaría de ninguna manera. Tal vez cuando estuvieran descansados, podrían coger de nuevo la delantera.

Nathan seguía dando vueltas mientras que Cassandra recopilaba los datos necesarios para el informe Bristol. Le dolía el pecho y su cabeza palpitaba. Temía el resultado de esta reunión en particular. Respirando hondo, estiró los hombros y comenzó a escribir.

Nathan escuchaba los dedos de Cassandra golpeando el teclado. Echando un vistazo al otro lado de la habitación, pudo captar la determinada mirada en su rostro. Él conocía de sobra esa mirada— Cassandra se estaba culpando a sí misma de lo sucedido.

"¿Qué vas a hacer Cass?"

"Mierda, no tengo ni idea. De momento, perseguir al conejo por su madriguera. Tiene que haber algo. Tiene que haber algún camino que podamos tomar."

"Deja que yo revise el archivo por encima. Tal vez haya alguna pequeña conexión que se te esté escapando. Vete a casa a descansar un poco y vuelve en un par de horas."

Cassandra odiaba su tono condescendiente. "No. Me quedaré, vete tú. No tienes nada que ver con esto y ya has sido de gran ayuda." Ella miró en su dirección. "Te llamaré si necesito algo."

Nate tomó la indirecta. Cassandra le estaba empujando y él no quería presionar su suerte. "Está bien. Me marcho. Pero llámame si necesitas cualquier cosa," dijo, sabiendo en el mismo segundo que pronunció las palabras que ella jamás lo haría.

Hizo una pausa en su camino a la puerta y volvió de nuevo a donde ella estaba sentada. Girando su silla para poder mirarla a la cara, se inclinó hacia ella y susurró contra sus labios, "Houston, tenemos un problema." Cassandra debía haber sentido su intención porque volvió la cabeza en el último minuto. En lugar del dulce contacto con sus labios que él estaba esperando, la boca de Nathan chocó contra su mejilla. Frunciendo el ceño ligeramente, él se apartó, fingió no haberse dado cuenta de su actitud evasiva, y le preguntó, "¿Puedes escoltarme hasta la puerta?"

"Maldita sea. Espera un segundo." Cassandra tomó el teléfono y llamó a Kelly, que había estado en el edificio durante la última hora o así. "Ey Kel, ¿puedes llamar a un taxi y luego pasarte por el centro de datos? Necesito que escoltes a un amigo mío hasta la salida. El taxi es para él—Nathan Nelson."

Nathan la miró mientras que Cassandra se removió en su asiento. Parecía ansiosa por deshacerse de él, lo cual incrementó su sospecha de que le estaba ignorando, como si la noche anterior nunca hubiera ocurrido. "¿Te veré más tarde?" Le preguntó, con la esperanza de estar equivocado y de que solo fuera el estrés del caso lo que la estuviera haciendo reaccionar de esta manera.

Cassandra suspiró y respondió con voz cansada, "No sé lo ocupada que voy a estar en los próximos días, Nate. Te llamaré en cuanto pueda, ¿de acuerdo? Vas a estar aquí hasta el fin de semana, ¿verdad?"

Nathan no pudo leer nada en su expresión. Ella era muy buena en toda esa mierda de psicología que habían aprendido en la Granja. Sabía que no iba a conseguir nada más que ella no quisiera revelar, así que reculó. "Sí, así es. De acuerdo, entonces. Llámame cuando puedas." Él apretó su hombro suavemente y se dirigió a la puerta donde Kelly ya le estaba esperando para acompañarle hasta el vestíbulo.

CASSANDRA SE PASÓ LOS DEDOS por el pelo y se rascó el cuero cabelludo vigorosamente antes de dejarse caer de nuevo en su silla. "Tiene que haber algo. No importa lo pequeño que sea..." murmuró en voz baja. Se movió en su silla hacia atrás y hacia adelante mientras recorría las diversas opciones en su cabeza. Había comprobado y vuelto a comprobar el sistema varias veces, y todavía no había podido encontrar ni un solo rastro de infiltración. Cada vez más, parecía como si la empleada hubiese trabajado sola. *Maldita sea.* Cassandra se dirigió a la sala de descanso para tomar un café y despejar la cabeza.

Momentos más tarde, estaba de vuelta en su escritorio. Frustrada, tecleaba con una mano mientras que con la otra frotaba el contorno de su cicatriz por encima de la falda. Los hechos sobre el caso se alinearon en su mente. Matt había sido capaz de verificar que todos los archivos del proyecto hubiesen sido copiados por Allison Davis. Ella no se había dejado caer de nuevo por el trabajo. Un rápido vistazo a su oficina mostraba que todos sus objetos personales también habían desaparecido. La mujer había volado 3de la jaula.

Cassandra no podía dejar que se le escapase. Allison no estaba en la lista de empleados con acceso a la fórmula y todos los que sí tenían acceso a ella habían sido estudiados meticulosamente. Cassandra no había encontrado ningún indicio de violación durante sus entrevistas. ¿Habían fallado al intentar cubrir todas las bases y tener en cuenta el hecho de que la mayoría del espionaje industrial farmacéutico era cometido por los propios empleados de las mismas empresas? ¿Estaba Steve Baylor metido en todo esto?

Bostezando, Cassandra miró el reloj. Era media tarde y estaba agotada. El estrés de las últimas doce horas la había dejado sin fuerzas. Su cerebro se había convertido en papilla y anhelaba poder dormir un poco. Desconectó el sistema y les dejó un mensaje a Jessica y a Matt para hacerles saber que se había ido a casa. Cuando salió del cuarto de guerra, su móvil vibró en su bolsillo. Lo sacó y vio que era un mensaje de texto de Nathan. *Ey Cass, ¿has encontrado algo? Dime cómo puedo ayudarte.*

Cassandra se debatía entre dos aguas. Realmente, le venía bien algo de ayuda, pero no quería envalentonar a Nathan porque sabía que iba a ver más de lo que en verdad había. Había visto la mirada que le había dado cuando le había presentado como un amigo, pero había optado por ignorarle. Una contundente conversación se cernía sobre el horizonte, pero por el momento, tendría que esperar. Tenía cosas más importantes que hacer—cazar a Allison y recuperar los archivos copiados.

DE VUELTA EN CASA, Cassandra envió a Caldwell solicitud para que le ayudase a visitar in situ el lugar y así volver a revisar los actuales protocolos de seguridad de EXClinic en busca de debilidades que podrían haber permitido que sucediese la infiltración. No le comentó el verdadero propósito de la visita—recuperar las copias de los registros del sistema—porque no quería darle a nadie el tiempo suficiente ni la oportunidad de manipularlos. Una vez que el correo electrónico fue enviado, se quitó la ropa y se metió en la cama para finalmente ceder al agotamiento que tenía encima.

Todavía era medianoche cuando los ojos de Cassandra se abrieron lentamente. Permaneció tumbada en la cama, dejando que sus ojos se acostumbraran a la oscuridad de la habitación. La decepción era un sabor amargo en su boca, y los acontecimientos de los últimos días, una realidad. Se dio la vuelta y miró el reloj justo para darse cuenta de que la luz de su contestador automático estaba parpadeando al ritmo de los frenéticos latidos de su corazón. *He debido caer en coma. Ni siquiera he oído el teléfono.*

Al pulsar el botón, la voz de su padre salió a través del altavoz. "Cassandra, acabo de recibir una llamada de Caldwell. Has puesto en marcha una visita y acceso de seguridad a EXClinic." *Maldita sea. Esto no está bien. Caldwell ha llamado a Bob en lugar de llamarme a mí directamente.* "Espero que esto signifique que estás a punto de arreglar todo este desastre."

Cassandra se dejó caer sobre su espalda de nuevo, pasó el brazo por sus ojos, y dejó que se enterraran en el hueco del mismo. Con su otra mano frotó la presión que sentía en el pecho. Su corazón parecía estar encerrado en un puño de férreo control sobre sus emociones que se había apretado con más y más fuerza ante la decepción que había escuchado en la voz de su padre, que había llenado la habitación y todavía se hacía eco en sus oídos.

Volvió a repasar mentalmente sus pasos desde que el proyecto había caído en sus manos hasta el momento en que los archivos fueron copiados. Habían seguido todos los protocolos y habían cubierto todas las bases. Nadie podía haber previsto este inesperado giro del destino. Algo muy típico en su vida desde la muerte de su madre. Cada logro positivo descarrilaba fuera de control por algo que siempre acababa sucediendo. Era como estar atrapada en unas arenas movedizas, luchando sin cesar por salir de ese círculo vicioso.

Cassandra se moría de ganas de poner sus manos en los registros de EXClinic. Algo en su interior le decía que Allison no estaba trabajando sola. Esperaba poder exprimir a Steve Baylor, el empleado cuyas credenciales habían sido utilizadas por Allison, y tal vez encontrar algún patrón—algo que señalase que alguna otra persona podría estar involucrada. Mientras que Jessica rastreaba a Allison, ella estaría excavando en las migajas de los archivos de registro. Algo podría aparecer—tenía que hacerlo. Con su estrategia planificada, Cassandra ajustó la alarma y se acurrucó de lado a la deriva de un nuevo sueño mientras que el mantra, *voy a arreglar las cosas*, se reproducía una y otra vez en su cabeza.

Capítulo Seis

El Morrigan

~~~

*E*RA UN NUEVO DÍA en el complejo gigante de Crypto City que se encontraba junto a la Interestatal 95, entre Washington y Baltimore. La NSA recogía más de 650 millones de intercepciones de satélites, estaciones terrestres, aviones, barcos y submarinos de todo el mundo al día, y sus analistas perseguían patrones que podían presentar palabras con un significado aparentemente normal, cuando a lo mejor en realidad estaban hablando sobre la guerra contra el terrorismo. Sentado frente a George, Trevor estaba centrado en su pantalla y en la conversación que se desplegaba a través de ella. Él y todos los analistas en la misma habitación tenían que tener cuidado con los datos que seleccionaban. La parte más difícil era evitar marcar conversaciones inocuas como una amenaza, y vice-versa. También se encargaban de buscar conversaciones importantes y peligrosas enmascaradas como triviales. Trevor opinaba personalmente que pese a que los conocimientos y las habilidades eran cruciales para desempeñar este tipo de trabajo, a veces no estaba de más dejarse llevar por el instinto.

Aparte de tener una habilidad especial para captar los matices de último minuto que podrían dar un giro inesperado a cualquier caso,

Trevor era también uno de los mejores especialistas de infiltración y geolocalización de la NSA, y su asistencia era siempre demandada por los operadores de varios departamentos.

"Hmm…interesante…." escuchó a George murmurar ante lo que estaba proyectado en su monitor.

"¿El qué?" Preguntó Trevor como siempre hacía por costumbre.

"¿Recuerdas el caso de la desaparición de una fórmula que me entregaron la semana pasada?" George miró a Trevor a través de las lentes de sus gafas de montura negra con sus ojos verdes y brillantes chispeando de emoción como siempre hacían cuando tenía un caso interesante entre manos.

"Sí, me acuerdo."

George le había mencionado el caso un par de días atrás, cuando la información sobre el robo había sido recogida a través de su sistema de vigilancia regular, y marcada como urgente debido a una mala elección de palabras que fueron empleadas durante la comunicación entre las personas encargadas de la seguridad de la fórmula. Desde el 11-S, la palabra "bomba" y cualquier otra palabra asociada con explosivos, habían sido empujadas a la parte superior de la lista de palabras clave. Aunque la gente implicada en este caso se estaban refiriendo únicamente al escándalo suscitado ante el pésimo trabajo realizado por las personas a cargo del aseguramiento de dicha fórmula, su conversación había terminado en la cola de sus archivos, y había sido marcada como importante.

Trevor frunció el ceño cuando miró a George. "¿Cómo puede ser interesante la desaparición de una fórmula? No es como si estuvieras investigando el secuestro de una figura pública."

"Bueno…en este caso la fórmula aparentemente está siendo tratada como una figura pública." George ladeó la cabeza mientras leía los datos que se estaban desplazando en su pantalla, y continuó, "La fórmula estaba en un ensayo de fase avanzada cuando fue copiada de los servidores de la compañía encargada de gestionar los ensayos."

George entrecerró los ojos a la par que seguía examinando el documento delante de él, y continuó informando a Trevor. "Se supone que se trata de un revolucionario medicamento anti-envejecimiento. Parece que se trataba de un trabajo interno, en base a las conversaciones que recogí después de eso. Eso es lo que realmente me llamó la atención. Parecía una novela de Ludlum. Ya sabes, un trabajo hecho desde el interior, frenéticos trabajadores encargados de la seguridad, el Morrígan...." George esbozó una pequeña sonrisa y sacudió la cabeza, pero Trevor dirigió su mirada inmediatamente a su compañero y su mente corrió a toda marcha ante el choque que le produjo la mención de ese nombre.

"¿Qué has dicho?" Preguntó, tratando de no espantar a su amigo con la desesperación de su voz.

"¿La novela de Ludlum? Ya sabes...el tipo que escribió la Trilogía de Bourne." George parecía totalmente ajeno al cambio de tono de Trevor.

"No, no, el último nombre que ha dicho, después de Ludlum," Trevor tropezó con sus propias palabras.

"¿Morrígan? Es el nombre clave que se le otorgó a la fórmula durante los ensayos. ¿Por qué?" George se quedó perplejo por la expresión en la cara de Trevor. "No tienes buena cara, tío. ¿Te sientes bien?"

"No, por nada en particular. Sí. ¿Sabías que Morrígan era una diosa de la mitología irlandesa? Supongo que solo me he sorprendido al oír su nombre." Los pensamientos y las preguntas de Trevor se arremolinaban como dos tornados idénticos en su cabeza. Lo que no dijo fue que Morrígan era también el nombre del yate de su padre. El mismo que había desaparecido casi cuatro años atrás. Y aquí estaba otra vez, como una posible conexión con lo que parecía ser una fórmula farmacéutica muy importante.

¿Coincidencia? ¿O podría ser que ambos casos estuvieran conectados de alguna manera? ¿Era esta la pista que tan desesperadamente necesitaba a fin de poder volver a abrir bien abierto el caso de sus padres?

Con la esperanza de obtener más respuestas, Trevor decidió en ese momento que revisaría los archivos una vez que George hubiera terminado con ellos. Aunque era poco probable, aún podía haber alguna posibilidad de que George se hubiese pasado por alto cualquier cosa que pudiera ser significativa para Trevor. Él sabía que George era muy cuidadoso con su trabajo, pero no estaría de más volver a comprobarlo. Cualquiera que fueran los resultados de su propósito, ayudarían a Trevor a decidir si el caso merecía la pena o no, y si podría estar vinculado de algún modo a su propia pesadilla personal.

Si resultaba haber alguna conexión, aunque fuera pequeña, el plan de Trevor sería probar suerte en la infiltración de los servidores de las empresas para buscar cualquier rastro de huella digital que pudiera encontrar. Trevor se sintió energizado ante las nuevas posibilidades susceptibles de desplegarse delante de él. Después de meses de inútiles búsquedas e indagaciones, ahora tenía una posible pista—un aliento para seguir adelante con la misión de su vida.

Trevor salió de sus cavilaciones y se centró completamente en George. "¿Qué quieres decir con que se trata de un trabajo interno?" Mantuvo su tono casual y tiró de la cuerda para recibir algo más de información. "¿Saben quién la ha robado?

"En base a las últimas interceptaciones, creo que sí." George continuó su análisis, sin darse cuenta de la mueca en la cara de Trevor.

"¿Cómo demonios podría alguien iniciar una ruta hasta el servidor, robar los archivos y salir del edificio sin ser atrapado?" Preguntó Trevor, más para sí mismo que para George.

"No tengo todos los detalles. Hice una inmersión más profunda para obtener algo de información adicional y así quitar los marcadores de este tema. No parece como algo en lo que tengamos que preocuparnos." George volvió a mirar a Trevor con preocupación. "¿Estás seguro de que te sientes bien? Tus ojos están vidriosos, tío. Yo iría a ver al médico si fuese tú. No quiero estar pillando ningún virus extraño por tu culpa."

Trevor se rio ante el comentario de George y fingió desestimar el caso, como si no le importara, tal como había hecho su compañero, pero no podía dejar de pensar en él. Toda la historia apestaba. En esta nueva era digital, había maneras de protegerse contra la infiltración de servidores externos, pero esas medidas funcionaban tanto como su cumplimiento.

En teoría, todos los ordenadores podían ser hackeados hasta cierto punto. Pero en este caso, no se podía haber hecho nada para prevenirlo, dado que la persona en cuestión, se había infiltrado en el ordenador físicamente. Por mucho que a las empresas les gustase pensar que hacían la debía diligencia cuando seleccionaban qué empleados iban a ocupar los puestos más altos con autorización a acceder a la seguridad de los sistemas, los seres humanos eran falibles. La vida daba muchas vueltas y, por una cantidad jugosa de dinero, cualquier empleado dedicado y normalmente respetuoso respecto a las leyes, podría ser tentado a abandonar el barco, para convertirse en un traidor y un criminal.

Muchos de los casos de robos de secretos industriales en la industria farmacéutica habían salpicado las noticias en los últimos diez años. No sería nada nuevo si resultase que uno de los científicos que trabajaban en el Morrígan hubiese decidido conseguir una bonificación extra copiando los archivos para un competidor. Trevor no estaba preocupado por el propio robo en sí; eso no le importaba en absoluto. Su curiosidad estaba en el origen del nombre clave elegido para la fórmula.

Pasaron el resto del día inmersos en sus tareas individuales, pero como siempre, ayudándose los unos a los otros como cajas de resonancia de ideas, compartiendo nuevas técnicas sobre la manera de reunir la mayor cantidad de información posible utilizando la última tecnología innovadora a su disposición. Y, sin duda, tenían *todo* lo último en equipos de vigilancia y software.

Trevor siempre disfrutaba de sus conversaciones con George, pero, por una vez, su mente no estaba completamente centrada en ello, ni en el trabajo que tenía entre manos. En su cabeza, no podía dejar de regresar al Morrígan, lo que le frustraba y le hacía sentir más ansioso aún. Quería que el día acabase lo antes posible para poder tratar de agarrar la zanahoria que colgaba delante de su nariz. Le estaba resultando muy complicado ocultar su preocupación y el día se estaba prolongando más lentamente de lo habitual.

A mediodía, George se puso de pie y se desperezó. "¿Vas a casa a comer?" Preguntó. En los días soleados de verano, a Trevor normalmente le gustaba salir del edificio y tomar un poco de fresco al aire libre. Por lo general, solía ir hasta casa en bicicleta para un almuerzo rápido. Pero hoy era diferente. Su mente estaba anclada a la idea de entrar en las intercepciones que George había mencionado y tirar de todo lo que pudiera encontrar sobre el Morrígan.

"Nope. Tengo que localizar e interceptar un nuevo objetivo para Charlie." Trevor le dio a su compañero la primera excusa que se le ocurrió sabiendo que George recordaría al agente del FBI que les había hecho una visita el día anterior. "Tengo también la trascripción de ese caso de terrorismo que tengo que analizar para la CIA. Lo quieren para ayer, los muy negreros." Añadió Trevor. No era del todo cierto. Él tenía todas esas cosas en su lista de tareas, pero podría empeñar todo el tiempo que creyese necesario en ellas.

Trevor esperaba que George empleara su tiempo para comer en tratar de conocer mejor a la nueva chica, Jennifer, de Criptografía. George había estado bebiendo los vientos por ella en las últimas semanas y había pasado largos almuerzos tratando de convencerla dulcemente de que se pasara en algún momento por la sala de control.

En un intento por plantar una semilla subliminal que le enviara hacia ella, Trevor le preguntó, "¿Todavía sigues babeando por Jennifer?"

George respiró hondo ante la mención de su nombre. "Sí…no sé qué más puedo hacer para ganarme su atención, Trev."

"¿Qué tal si le dices que piensas que es preciosa y que te encantaría pasar algo de tiempo con ella fuera de las paredes de Crypto City?" Trevor se rio entre dientes.

"¿Estás loco? Se reirá de mí." George parecía insultado por la idea. "Ella me ve como el último friki."

"*Eres* el último friki, George." Trevor bromeó y continuó, "¿Por qué iba a reírse? En serio, George, tienes que armarte de agallas e invitarla a salir. Simplemente te dirá sí o no. Si es un no, podrás buscar en otros lugares." En lo que se refería a Trevor, su consejo sonaba bastante bien. Era mejor que su amigo diese carpetazo en vez de seguir prolongando algo con pocas posibilidades de prosperar. Trevor deseaba que él también pudiera dar carpetazo tan fácilmente.

"Supongo que tienes razón. Pero no estoy listo para el rechazo en este momento, así que olvídalo," respondió George mientras se levantaba. Cogió la cartera del cajón de su escritorio, y se dirigió a almorzar.

"Dile hola de mi parte," Gritó Trevor mientras que George salía por la puerta.

Justo cuando Trevor perdió a su compañero de vista, y sin querer perder más tiempo, abrió los archivos con el interceptor y los escaneó por encima. No había habido demasiado intercambio en las conversaciones que se habían recogido a través del mismo número de teléfono que había sido marcado en un principio. La conversación giraba en torno a un pésimo trabajo en relación con el proyecto. Quien sea que fuera Cassandra había hecho de su jefe un hombre muy infeliz, por lo que podía deducir de los entretenidos comentarios de un tal Jeff a otro compañero intercambiados a través de la línea de la compañía. Jeff parecía un auténtico idiota y su tono indicaba que se alegraba del fracaso del la mujer respecto la seguridad de los archivos del proyecto.

Trevor anotó los nombres de las compañías mencionadas. Con muy poco esfuerzo, fue capaz de obtener las direcciones IP asociadas con ambas. Su objetivo era infiltrarse en los servidores y buscar cualquier cosa que pudiera señalar la posible existencia de una conexión con el caso de sus padres. Armado con esta información, podría infiltrase sin problemas en sus sistemas.

Desarrollando los comandos propios de un experto, Trevor se abrió camino a la puerta de los servidores de EXClinic y se detuvo. La empresa de seguridad había sido muy cuidadosa con esas máquinas. Él podía determinar donde habían detenido infiltraciones

críticas. Se habían cubierto el culo contra la mayoría de los hackers—
pero nunca habrían dado con alguien como él. Dando un paso atrás,
analizó sus opciones. Usando algunas artimañas creativas poco
conocidas, fue capaz de infiltrarse en el sistema de EXClinic, navegar
alrededor, y encontrar y leer los archivos del proyecto Morrígan en
busca de cualquier referencia a su familia.

Él buscó por lo que pareció una eternidad antes de que encontrara una sola referencia a Conor Brennan. Su ritmo cardíaco aumentó y
el zumbido en sus oídos se hizo ensordecedor. No había leído el
nombre de su padre en otra cosa que no fueran informes de la policía
en mucho tiempo. Verlo en relación con la ciencia y la tecnología
una vez más le produjo una extraña opresión en el pecho.

El documento en cuestión describía los métodos para la adquisi-
ción de datos medibles sobre la eficiencia de la droga. Los datos
biométricos adquiridos con anterioridad al inicio de los ensayos
serían comparados con los datos recogidos al final para buscar un
porcentaje real de cambio en el distintivo biométrico de los volunta-
rios que hubieran participado en los ensayos. La brillantez de su
padre era claramente evidente a lo largo de todo el documento.

Una conexión. Una pista verdadera. ¿Sería una simple coincidencia que el ensayo estuviera siendo manejado por una empresa que
había elegido el software de su padre para poner a prueba la eficacia
del medicamento? ¿Dónde dejaba esto a su padre? ¿No habría nada
más donde leer?

Cuando más indagaba, más preguntas se acumulaban en el fondo
de su mente. Rápidamente miró la hora y se dio cuenta de que
George estaría a punto de volver en cualquier momento. Trevor
borró cualquier rastro de su presencia del servidor. Se aseguró de que
la mayor parte fuese totalmente eliminada de los registros o reducida
al máximo de modo que los administradores del sistema lo ignoraran
o atribuyesen a un fallo del sistema.

Teniendo en cuenta sus hallazgos, se podía decir que había dejado esta primera fuente seca. Su primer éxito en un año se basaba en
una simple casualidad: Bristol había decidido nombrar en clave al

fármaco como la diosa de guerra de las leyendas irlandesas. ¿Quién iba a saberlo? Tal vez su padre tenía también algo que ver con su nombramiento. En realidad no importaba. Lo que había descubierto Trevor no era gran cosa, ciertamente no era suficiente para relacionarlo con la desaparición de sus padres. Después de haber agotado todas las vías, pensó que la fórmula no supondría un mayor interés para él.

Terminando la conexión con los servidores, salió del cuadro de comandos, y rápidamente abrió la transcripción en la que debía estar trabajando. Como si lo hubiesen coreografiado, George entró escasos minutos después y se dejó caer en su silla. "Ey tío, parece que no te has movido de la silla. ¿Has comido siquiera?"

Trevor sacudió la cabeza. "Tengo mucho que hacer. ¿Cómo te ha ido la comida con Jennifer? ¿Te has atrevido a pedirle una cita?"

"Diablos, no. Ya te lo dije. No estoy interesado en que me rechace y luego tenga que estar lamiéndome las heridas," replicó George mientras encendía de nuevo su equipo y, con un profundo suspiro, volvía a su trabajo.

"George, admítelo. Esta chica te está afectando demasiado. Deberías haberle preguntado si quería salir contigo. Así no estarías ahora suspirando como un *Amadan Gra-bhreoite*."

"¿Qué demonios es un *amadangraveite* o lo que quiera que hayas dicho?"

"Un loco de amor." Al oír la traducción del término gaélico, George le clavó en su asiento con su mirada. Trevor se encogió de hombros. "Solo es una sugerencia," dijo a la par que soltaba una profunda carcajada. George volvió a centrarse en su propia pantalla, levantó su mano en el aire, la cerró en un puño, y lentamente levantó el dedo corazón.

Embarcándose de nuevo en su trabajo, Trevor apartó todo pensamiento relacionado con el Morrígan de su mente, y se vio inmerso en el laberinto de conversaciones recogidas en la transcripción en la que estaba trabajando. Tan frustrante como había sido el callejón sin salida en el que se había metido, Trevor no iba a desanimarse. Ahora, más que nunca, estaba completamente decidido a descubrir la verdad y buscar cualquier pequeña migaja que pudiese encontrar respecto a lo que les había sucedido a sus padres.

Algo que eventualmente pudiese suponer un vínculo real con el extraño caso de su desaparición. Su pequeño descubrimiento podría ser una pequeña coincidencia pero era justo lo que necesitaba para decidir que podría encontrar más de ellos si tuviera el tiempo y la energía y pusiera todo su esfuerzo en ello. Los días de Trevor estaban completos por la actividad general que tenía que desempeñar en su trabajo. A su juicio, tendría que hacer algunos ajustes a su estilo de vida con el fin de reservar más tiempo para la investigación. De cualquier manera iba a llegar allí. Una cosa era segura: él no era de los que se rendían fácilmente.

Capítulo Siete

La Migaja

$\sim\!\!\sim\!\!\sim$

C ASSANDRA SE DESPERTÓ TEMPRANO, YA emocionada por su cita con EXClinic. Se duchó y se vistió, cogió el disco duro externo de su oficina y un plátano de la cocina de camino hacia la salida.

Llamó a Jessica desde el coche. "Ey, estoy en mi camino a EXClinic. ¿Ha terminado Matt el informe del incidente?"

"Todavía está con él. Lo tendrá listo antes de tu reunión con Caldwell la semana que viene. ¡Tranquilízate! ¿Algo más?"

Cassandra podía imaginar la sonrisa de Jessica. "No. Te veré cuando regrese."

"¡No atropelles a nadie en tu camino!" Oyó gritar a Jessica mientras colgaba.

Cassandra se detuvo en el campus de EXClinic en Silicon Valley después de sobrevivir al macabro viaje de la hora punta. En el mostrador de seguridad, se registró, recibió sus credenciales de identificación de visitante, y esperó ansiosamente al escolta que había sido designado para acompañarla. La espera la estaba matando.

Mirando hacia el peaje de entrada, vio a un hombre, alrededor de un metro, sesenta de alto, con el pelo rubio rojizo, que se dirigía hacia ella. Lucía el look más friki: una camisa con los botones superiores abiertos, unos pantalones vaqueros, y zapatillas de deporte de lona con cordones. Su apariencia, que gritaba estar a la última moda, junto con la mirada determinada en sus ojos y el conjunto sombrío de su boca, le hicieron saber que era su acompañante.

A medida que el hombre se le acercaba, le tendió la mano. "¿Señorita James?"

"Sí Por favor, llámeme Cassandra."

Estrechando su mano, él respondió, "Hola Soy Joe. Joe Carter. Me dijeron que te diese acceso seguro al servidor de Bristol y a los archivos asociados. Si me acompañas, te llevaré al centro de datos, donde se encuentra el servidor."

Joe se abrió paso por el peaje de seguridad y Cassandra le siguió mientras trataba de mantener su ritmo.

Joe se volvió hacia ella con una mirada inquisitiva. "¿Por qué crees que Allison hizo algo así? Ella es una chica muy responsable y trabajadora."

"No estoy segura. Nunca se sabe lo que impulsa a la gente a hacer lo que hace. Tal vez necesitaba dinero. Tal vez tuvo alguna discusión con otro empleado. ¿Quién sabe?"

"Entonces, si sabemos quién lo hizo, ¿por qué estás aquí?" Preguntó Joe.

Cassandra miró al hombre y explicó, "Estoy aquí para corroborar los protocolos que tienen aquí con respecto a la autorización para acceder la sala de servidores. Allison Davis no estaba en la lista de los empleados autorizados que tenían acceso completo a ella, pero se las arregló para llegar hasta las credenciales. Tengo que verificar donde ha fallado el protocolo para que pueda añadirlo a mi informe."

Después de un momento de silencio, Joe comentó en un estresante tono. "Sería bueno si nos pudieras proporcionar una copia del informe una vez que hayas terminado para que podamos ajustar nuestro protocolo en consecuencia."

Dándole una mirada de complicidad, ella respondió, "Sí. A veces uno está demasiado cerca y no puede ver lo que está justo delante de sus narices." Cassandra entendía completamente la intención del hombre. Ella misma podría aplicarse esa frase. Sabía que había pasado algo por alto, y muy probablemente, también estaba justo delante de sus narices.

Este era un proyecto muy importante con muchas ramificaciones, y ahora la reputación de EXClinic estaba en entredicho. Bristol había hecho todo lo posible para evitar los medios de comunicación. No se había publicado nada. Sorprendentemente, ninguna información se había filtrado al mundo exterior por el momento. Ella comprendía por qué Bristol quería mantener todo el asunto en secreto—su reputación y sus beneficios estaban también en juego.

Alcanzando una puerta que no tenía ningún cartel, Joe pasó su identificador de usuario y marcó una contraseña en un teclado. Cuando la puerta hizo clic, la abrió de par en par y le hizo un gesto para que precediera hacia el interior.

Dentro de la fría sala, Joe la llevó hasta un terminal. "Puedes utilizar este ordenador. Ya lo tengo preparado," dijo mientras le entregaba una carpeta con una copia impresa de los acuerdos de confidencialidad, términos y condiciones, y los protocolos de seguridad que todos los empleados tenían que aceptar y firmar en el momento de su contratación. "¿Necesitas algo más?"

"No, estoy bien. Gracias," respondió Cassandra mientras se acomodaba.

"De acuerdo, hazme saber si necesitas alguna cosa. Estaré justo allí," dijo señalando con el pulgar por encima del hombro hacia la oficina al otro lado de la sala.

Después de una incómoda pausa, él la dejó sola. Cassandra le vio alejarse antes de fijar su atención en la pantalla delante de ella. Con unas pocas pulsaciones de teclas, utilizó el acceso a su ruta para iniciar la descarga de los archivos de registro del sistema en el disco duro externo que había traído con ella.

Mientras que los archivos se descargaban, Cassandra echaba un vistazo a los documentos de la carpeta, en busca de fallos en los protocolos utilizados para el acceso físico al edificio, y tomó nota de las posibles formas de mejorarlas a medida que aprendía. Una vez que terminó, confirmó que todos los archivos se habían guardado en el disco duro, cogió sus cosas, y se acercó a Joe.

Cuando Joe se dio cuenta de que se estaba acercando, se puso de pie. "¿Ya está?"

"Sí. Ya he terminado. ¿Ha vuelto ya Steve Baylor de sus vacaciones?"

"A decir verdad, sí, así es. ¿Necesitas verle?"

"Sí, tengo que hablar con él." Cassandra quería reunirse con Steve directamente para obtener una idea de si habría participado o no en el robo.

Caminando detrás de Joe, Cassandra reconoció el pasillo que había visto en el vídeo de vigilancia. Pasando junto a la puerta de una oficina, el nombre de Allison llamó su atención. Se detuvo delante de la puerta entreabierta y dio un paso en su interior. La oficina exudaba vacío, sin ningún rastro de la presencia de Allison. Dando un paso atrás en la sala, Cassandra se encontró con Joe, quien se había detenido a esperarla. "¿Todo bien?"

"Lo siento, vi el nombre de Allison y sentí curiosidad."

"Es extraño, ¿sabes? Un minuto estaba allí, trabajando hasta tarde en la noche, y al siguiente, es como si nunca hubiera pasado por aquí," dijo Joe en voz baja. "En fin, la oficina de Steve está una puerta más abajo."

El primer pensamiento de Cassandra cuando vio a Steve encorvado, con los codos sobre la mesa y la cabeza entre sus manos, fue que el hombre era un manojo de nervios.

Joe se aclaró la garganta y alzó la voz, "¿Steve? Hay alguien aquí que quiere hablar contigo."

"¡Jesús! Ya he hablado con unas cincuenta personas. No quiero hablar con nadie más." Exasperado, Steve levantó la cabeza para revelar un rostro cansado con unas profundas ojeras.

"Señor Baylor," dijo Cassandra a la vez que daba un paso en la habitación. "Mi nombre es Cassandra James, de James Security Agency. Lamento molestarle, sobre todo porque comprendo que debe estar harto de recibir a gente para hablarle del mismo tema, pero realmente me gustaría discutir sobre Allison con usted. Prometo ser muy rápida."

Steve se pasó las manos por la cara. Con un profundo suspiro, se recostó en la silla, e hizo un gesto para que ella terminase de entrar en el despacho y tomara asiento.

"Muy bien, señorita James. ¿Qué le gustaría saber?"

"Por favor, llámeme Cassandra."

Cassandra quería establecer una línea de base desde la que pudiese medir las respuestas emocionales de Steve a sus preguntas. Después de hacer esto, le resultaría más fácil decir si el hombre podría estar mintiendo o sin realmente estaba tan sorprendido y afectado como parecía. También permitiría que le eliminara de una vez por todas del rompecabezas. Con esto en mente, Cassandra empezó con algunas preguntas básicas.

"¿Cuánto tiempo ha estado trabajando en EXClinic?"

"Casi siete años. Siete años de total lealtad, debo añadir."

"¿Siempre ha trabajado en este departamento?"

"No. Me trasladé a este puesto hace dos años."

Sintiendo su nerviosismo, Cassandra prosiguió con las preguntas más fáciles y menos comprometedoras. "¿Le gusta su trabajo?"

Sobresaltado, Steve la miró directamente, "Vaya, una pregunta nueva. Nadie me había preguntado eso todavía. ¿Por qué?"

Cassandra se encogió de hombros. "Solo por curiosidad."

"Las horas extras y el hecho de que acabo de ser padre no facilitan mucho las cosas, pero sí...me gusta mucho mi trabajo."

"Steve," ella utilizó su nombre a propósito para marcar su territorio. "¿Cuándo te fuiste de vacaciones? ¿Sabía Allison que te ibas a ausentar?

"Maldita sea. Estoy empezando a desear no haberme tomado nunca esas malditas vacaciones. Pero al bebé le están saliendo los dientes y nos estaba volviendo a mi mujer y a mí locos. Lo aprovechamos como una oportunidad para escaparnos. Mi madre se ofreció a cuidar de los niños, ya ves...¡en qué hora! Lo siento. Entiendo que no te interesen en absoluto mis asuntos familiares." Mirando de nuevo a Cassandra, Steve respiró profundamente. "En fin…me fui dos días antes de que Allison copiara el proyecto y regresé ayer. No tenía ni idea de lo que había sucedido hasta que llegué al trabajo. Me quedé sin palabras. Y sí, ella sabía que iba a estar ausente por unos días. De hecho, le conté que me iba de viaje el día que nos reunimos aquí en mi oficina para repasar algunos datos del proyecto. Ella no tenía acceso a la base de datos que alberga los resultados, así que los repasamos en mi ordenador."

Estudiándole, Cassandra podía ver que sus hombros se habían relajado un poco y parecía estar más a gusto. Sus respuestas ahora eran calmadas y claras. Ahora que tenía su línea de base, ella le presionó un poco más. "¿Cuánto tiempo hace que conoces a Allison?"

"Hace un año y medio, más o menos, cuando se unió al departamento. Durante los últimos cinco meses hemos estado trabajando en proyectos juntos."

"¿Proyectos? ¿Era uno de ellos el Morrígan?"

Sobresaltado, Steve la miró a los ojos. "No. Allison no era parte del equipo de ese proyecto. Estábamos trabajando en otro relacionado con almohadillas de calor termal."

"¿Cuál era tu impresión sobre ella? ¿La considerabas amiga? ¿Pasabais tiempo juntos fuera de las oficinas?"

Pensativo, Steve frunció el ceño. "No creo que Allison tenga ningún amigo en el trabajo. No suele relacionarse con nadie, es muy introvertida. Lo que sí recuerdo es una conversación en la que me dijo que hacía muchos trabajos caritativos como voluntaria y para gente que necesitaba cuidados paliativos. Me dijo que también que apoyaba a una serie de grupos humanitarios. La recuerdo mencionar AmeriCare una vez."

"¿Hablaste alguna vez con ella sobre el Morrígan?"

"No teníamos permiso para hablar de ello. Firmé otro acuerdo de confidencialidad específicamente para ese proyecto," dijo él mientras apartaba la vista de Cassandra y se frotaba el puente de la nariz.

Mirándole detenidamente, Cassandra podía decir que le estaba ocultando algo. Miraba hacia otra parte con mucha frecuencia con el fin de ocultar su rostro. El conjunto de sus cejas y sus mejillas junto con sus labios ligeramente fruncidos lo decían todo.

"Sí, Steve. Lo entiendo. *Pero*—¿alguna vez has hablado del Morrígan con ella?"

Steve se echó para atrás en su silla y suspiró. "Sí, pero solo mencioné que los ensayos iban bien y que habría disfrutado trabajando en ello porque era del tipo de causas por las que ella luchaba—algo que podría beneficiar a millones de personas."

"¿Alguna vez pensaste que podría robar la fórmula? Quiero decir, tú mismo has dicho que era el tipo de cosas en las que a ella le gustaba involucrarse."

"Si me hubieran hecho esa pregunta ayer, habría dicho que no. Pero ahora…a decir verdad, sí, ella estaba constantemente haciéndome preguntas al respecto. Especialmente justo antes de irme de vacaciones. Le dije que había firmado un contrato de confidencialidad y que no podía hablar de ello."

"Steve, ¿alguna vez escribiste tus credenciales en algún lado? ¿Las almacenabas en alguna parte?"

"Diablos, no. Eso va en contra de la política de la empresa."

"Ten paciencia conmigo, Steve. Estoy tratando de averiguar cómo Allison pudo haber averiguado tu información."

"Para ser honesto, los días previos a mis vacaciones fueron frenéticos. Allison y yo solíamos quedarnos trabajando hasta altas horas de la noche para terminar un análisis para una reunión de la Junta Ejecutiva y yo estaba rozando prácticamente mi límite, debido a las horas en vela cuidando de mi hijo. No sé cómo pudo descubrir mis credenciales. Soy una persona muy cuidadosa."

Cassandra estudió su rostro. Basándose en sus expresiones y respuestas, se podría decir que no estaba tratando de ocultar nada. Ella se había quedado más tiempo de lo previsto y ya había conseguido todo lo que esperaba obtener de él. No tenía sentido prolongar la entrevista por más tiempo.

Se puso de pie y le tendió la mano. "Gracias por sacar un hueco en tu agenda para responder a mis preguntas, Steve. Realmente lo aprecio. ¿Te puedo llamar si se me ocurre algo más?"

"Sí, por favor," respondió él mientras la acompañaba hasta la puerta. "¿Sabes cómo salir de aquí o necesitas que te acompañe?" Le preguntó.

"No. Estoy bien. Recuerdo el camino. Gracias de nuevo por tu tiempo."

Cassandra se fue, segura que de ninguna manera, Steve le habría facilitado sus credenciales a Allison a propósito. Su conclusión era que dado el estado de agotamiento del hombre, no habría sido tan diligente como él pensaba en la protección de sus datos.

De vuelta en su coche, Cassandra llamó a Jessica. "Ey, Jessie, ¿cómo va todo?"

"Cassie, tu padre ha estado pasándose por aquí cada quince malditos minutos. Matt está a punto de sufrir una embolia. Bob le está desquiciando."

"Maldita sea. De acuerdo. No hay nada que podamos hacer por el momento. Envia a Matt a por un Red Bull o algo así. Ya voy para allá. Tengo los archivos de registro del sistema. Cuando llegue allí quiero que Matt los compare. Algo no está bien."

"¿Has encontrado algo nuevo?" Preguntó Jessica.

"En realidad no, solo me estoy dejando guiar por mis instintos en este momento. Y mis instintos me gritan que alguien está detrás de todo esto. ¿Podemos volver a analizar a cada uno de los empleados? Sabemos que Allison hizo la copia física, pero tal vez hay alguien más involucrado. Además, para asegurarnos, usa tus habilidades y comprueba los registros de Steve Baylor. Basándome en la entrevista que acabo de tener con él, no creo que esté involucrado, pero tenemos que ser muy prudentes."

"Hmm…un desafío. Me encanta," bromeó Jessica. "Corre. Te veo en un rato."

CASSANDRA SE APARTÓ DE SU escritorio, se frotó el cuello, y estiró los hombros. Ella había estado comparando el archivo de registro del día anterior al robo, al del día cuando Allison copió los archivos. La comparación era una tarea tediosa y se estaba volviendo loca. Ya llevaba casi tres cuartos de la comparación realizada, y de momento, no había parecido nada relevante. Nada. Cero. Tendría que cavar aún más profundo.

"Maldita sea," murmuró Cassandra para sí misma mientras se ponía de pie. Miró a Matt, y pudo ver la frustración brillando en sus ojos. "¿Supongo que tú tampoco has encontrado nada importante?"

"Si. Me estoy cabreando. Sinceramente, creo que he perdido mi toque Wonder Boy. Sin duda, podría utilizar un detector de vulnerabilidad en estos momentos." Jugador hasta la médula, Matt siempre hablaba de algunos artefactos que hacían que la fantasía de Cassandra, también jugadora, despertase.

"Sabes que te lo robaría si alguna vez encuentras uno," dijo ella.

Matt esbozó una pequeña sonrisa. "Sí, lo que tú digas."

Al oír una risita desde el otro lado de la habitación donde Jessica estaba sentada, Cassandra sonrió, pero su sonrisa de desvaneció poco a poco cuando se dio cuenta del mensaje de IM que acababa de saltar en su pantalla. Echando un vistazo al reloj, comprobó que habían estado trabajando demasiado tiempo, y que todos compartían el mismo estado de ánimo. Todos necesitaban un rápido descanso.

"Tomaos un respiro. Salid a la calle. Dad una vuelta. Compraos una bebida energética, un aperitivo, lo que sea, no me importa. Solo tomad un poco el aire."

"¡Sí, señor!" Ambos saludaron en broma mientras salían de la habitación.

En lugar de salir con ellos, Cassandra giró por el pasillo y llamó a la puerta de su padre.

"Adelante."

"¿Señor? Kelly me ha enviado un mensaje que decía que querías verme." Robert levantó la vista de los contratos que estaba revisando. "Sí. Estaba a punto de llamarte. ¿Has terminado con la investigación?"

El corazón de Cassandra vibró en su pecho, y estaba casi segura de que su padre podría ver lo rápido que latía a través de su pecho. Tragó saliva para aliviar la sequedad repentina de su garganta.

"No sé qué decir. Hasta el momento no hemos averiguado nada nuevo de lo que ya sabemos. Definitivamente fue un trabajo interno."

Robert asintió hacia la silla frente a él. "Toma asiento, Cassandra."

Mierda, pensó ella mientras se sentaba en la silla. Se sentó muy rígida, con las manos cruzadas sobre su regazo, y se preparó para lo que estaba por venir. Conocía muy bien ese tono de voz—eran amigos íntimos. Se avecinaban malas noticias.

"Caldwell me ha pedido que seas retirada del proyecto. Se lo voy a dar a Jeff Dillon. Se lo debería haber asignado desde el principio. Jessica y Matt permanecerán en él. Quiero que te tomes un par de semanas de descanso. Tu rendimiento este mes pasado ha sido…muy decepcionante."

Cassandra sintió que su corazón daba un vuelco, pero mantuvo sus emociones bajo control, escondiéndose tras el escudo que había creado cuando era niña para desviar la decepción de su padre. Al escuchar el nombre de Jeff, lo único que quería hacer era arrastrarse hasta el agujero más oscuro y profundo. Su padre ni siquiera se había molestado en sacar la cara por ella. No tenía ninguna fe en ella—incluso esperaba que fracasase de antemano.

De pie, ella le miró a los ojos, buscando como último recurso de consuelo, alguna señal de apoyo en su rostro. No vio ninguno. "¿Sabes una cosa, padre?…por una única vez en mi vida, habría estado bien tenerte de mi lado. Que hubieras reconocido que estaba haciendo un buen trabajo. Esto le podría haber pasado a cualquiera de nosotros."

Antes de que Robert pudiera responder, ella se alejó, se acercó a la puerta, y salió al pasillo. Al cerrar la puerta suavemente, se volvió y se encontró cara a cara con Jeff.

El hombre era de su misma altura y lucía una cabeza ligeramente calva con una cortinilla de pelo a la que se echaba mano todo el rato. Era alto, tenía una boca muy grande, y le encantaba intimidar a todo el mundo. Por alguna razón, desde el día que empezó a trabajar en James Security, Cassandra había sido su especial centro de atención.

Su táctica era acorralar a su víctima cuando no había testigos alrededor. Pero Cassandra no se lo había puesto tan fácil. Ella no se tragaba ninguna de su mierda—y eso le molestaba aún más. Ella sabía que un día iba a perder la paciencia y le iba a dar su merecido. Hoy estaba vestido casualmente, pero definitivamente llevaba su actitud napoleónica con orgullo.

Con una sonrisa, él la miró y se regodeó, "Ah, Cassandra. Justo estaba pensando en ti." La miró de arriba abajo y luego echó un vistazo a la puerta del despacho de Robert para volver otra vez a ella. Bajando la voz le increpó, "Estoy seguro de que ya te has enterado. Demonios, todo el mundo se ha enterado ya a estas alturas de que tengo que encargarme de arreglar el desastre que has creado."

Cassandra apretó la mano y estrechó los ojos. Sin dudarlo, cogió impulso con el brazo y estrelló el puño contra su cara, lo que hizo que el hombre saliera despedido hacia atrás y cayera sobre la alfombra. Al menos, eso es lo que ella imaginó que había pasado cuando le bordeó sin decir una palabra y se dirigió hacia el pasillo. Viendo como se alejaba, él gritó, "Envíame toda la información que tienes. Ah, y dile a Jessica y a Matt que los quiero en la sala de conferencias en veinte minutos."

ROBERT SE ECHÓ HACIA ATRÁS en su silla. Su corazón se sentía pesado como una piedra. ¿Por qué era tan duro con ella? ¿Cómo había permitido que esto sucediera? Cassandra estaba muy lejos de ser la niña tímida que se escondía bajo las faldas de su madre. Tras el dolor y la ira por la muerte de su esposa, Robert se había cerrado a todos, incluyendo a su pequeña niña. Sin tener ni idea de cómo criarla, se había escondido detrás de un régimen militar, enseñándola a ser independiente y a mantener su corazón a una distancia prudente.

Con un suspiro, se levantó, se acercó a la ventana, y miró hacia el cielo azul nítido. Por enésima vez se preguntó cómo habría sido su vida si se hubiera permitido seguir adelante. Pero no había podido. Había momentos de claridad en los que aún podía oler el perfume de Cecilia. No ayudaba en absoluto que Cassandra fuera la viva imagen de su madre. Esos mismos ojos marrones claros a veces hacían que le resultase complicado mirar a su hija a la cara.

Robert estaba orgulloso de ella pero no podía encontrar las palabras adecuadas para hacérselo saber. Le molestaba que estuvieran tan desconectados entre sí. Tenía la esperanza de que este trabajo les ayudase a unirse y a comportarse como una familia. Pero todo se había ido al traste. Ella ni siquiera le veía como a un padre. No se le había pasado desapercibido el hecho de que ella siempre le llamaba "Señor" o "Padre." Sabía que esa formalidad venía de las enseñanzas que el mismo le había inculcado, y todavía no sabía cómo podría romper ese muro que les separaba. Lo que más le preocupaba era que fuera ya demasiado tarde.

Últimamente la había visto frotándose la cicatriz muy a menudo. Dios, eso le traía recuerdos de una época en la que pensaba que también iba a perderla. Fue entonces cuando se había dado cuenta de que las cosas tenían que cambiar, sin embargo, los viejos hábitos tardaban en morir. Al sacarla del caso tenía la esperanza de que pudieran trabajar en lo que fuera que les estaba separando cada vez más. Ahora, al ver su reacción, se había dado cuenta de su error. En lugar de tratar de protegerla, debería haberla dejado terminar con el trabajo. Con un suspiro, puso las manos en el alféizar de la ventana y dejó caer la cabeza hacia adelante. Al oír un golpe en la puerta, gritó, "¿Sí?"

"¿Robert?"

Mierda, justo lo que necesitaba, pensó. "Jeff, ¿qué quieres ahora?"

"¿Tienes un minuto?"

Robert respiró hondo y asintió. "Entra."

Jeff se pavoneó en la habitación y se dejó caer en la silla delante de su escritorio. "Quería hablar sobre el caso que tu hija ha delegado en mí."

★ ★ ★ ★ ★

CASSANDRA ENTRÓ EN EL CENTRO de datos. Tanto Jessica como Matt ya estaban de regreso en sus puestos.

Jessica levantó la vista y frunció el ceño. "¿Quién se ha muerto?"

"¡¿Qué?! ¡¿Se ha muerto alguien?!" Exclamó Matt en estado de pánico.

Cassandra hizo una mueca. "Supongo que yo. Robert acaba de decirme que Dillon se va a encargar del proyecto a partir de ahora. Dillon quiere que os reunáis con él en la sala de conferencias en veinte minutos."

"Ni hablar. ¿Qué diablos ha pasado?" Preguntó Jessica, malhumorada.

"Caldwell me ha sacado del proyecto. Al parecer, soy incompetente y necesito un par de semanas de descanso," respondió Cassandra con sarcasmo cuando se sentó y se quedó mirando hacia el monitor apagado de su ordenador.

"Cassie—"

"Jess, ahora no. No puedo seguir hablando de ello en estos momentos. Tú y Matt tenéis que ir a la sala. Terminad el trabajo. No quiero que haya más víctimas en esta guerra. ¿Quién sabe? Tal vez todo esto es por mi culpa. Mi padre desde luego lo cree así."

"Pero tú dijiste—"

Cassandra cortó a Jessica: "Se lo que dije, pero no importa. Ya no. Matt, sigue con la exploración y dale los resultados a Dillon cuando hayas terminado."

"¿Qué hay de ti? ¿Qué vas a hacer ahora?" Preguntó Matt en voz baja mientras se apartaba de su escritorio.

"No os preocupéis por mí. Seguid haciendo lo que mejor sabéis hacer y todo irá bien." Cassandra suspiró, desconectó el disco duro externo, y reunió las impresiones de los registros de archivo. "Me han dicho que tengo que relajarme. Así que voy a relajarme de maravilla."

Al ver el dolor y la determinación reflejada en los ojos de Cassandra, Jessica se acercó y la abrazó. "No te preocupes, Jessie. Estoy bien. Llámame más tarde."

"Cuenta con ello," le dijo Jessica con el último abrazo.

Cassandra salió por la puerta con Jessica y Matt las seguió detrás. Ella les despidió con la mano mientras se dirigía en dirección al ascensor y ellos, a la sala de conferencias.

"Kelly, ¿puedes decirle a mi padre que me he marchado?"

"Claro que sí, Cassie. Nos vemos mañana."

Te equivocas, Dillon: no todo el mundo lo sabe todavía, pensó Cassandra mientras dejaba atrás la recepción y pulsaba el botón de bajada para llamar al ascensor.

CASSANDRA LLEGÓ A CASA, se fue directamente a la cama, se acurrucó, y, básicamente, celebró una fiesta de auto-compasión y lástima en su cabeza antes de quedarse dormida. Se despertó cabreada, con una actitud que decía: "¿qué mierda me está pasando?" Estaba más decidida que nunca a encontrar a Allison, detenerla, y averiguar lo que estaba pensando hacer con la fórmula.

Si esta fórmula llegaba a ser producida en masa por un competidor, una posible demanda podría ser presentada contra el negocio de su padre—su orgullo y alegría. Por mucho que su actitud condescendiente hiciera humos, Cassandra no podía dejar que eso sucediera. Tenía que meterle mano a Allison, en el mal sentido de la palabra.

Con un nuevo propósito en mente, decidió no perder más el tiempo. Sacó las copias del registro impresas y comenzó a analizarlas de nuevo, pero esta vez se centró en todos los días desde el robo.

Jessica la llamó alrededor de las nueve para preguntarle si quería cenar con ella, pero Cassandra sabía que no sería la mejor de las compañías en este momento, y rechazó la oferta. La verdad era que había estado a punto de darle un puñetazo a su escritorio cuando su amiga la llamó. Los registros que había estado revisando durante horas se mofaban de ella con sus secretos.

Fue poco después de medianoche cuando finalmente llegó a algo relevante. Se encontró con un registro en el que parecían faltar varias colas informáticas. A continuación, inició sesión por control remoto en el ordenador de Matt y encontró los resultados de los análisis de comparación de los tamaños de los archivos que ya se habían completado. Los archivos eran del mismo tamaño—las diferencias eran tan pequeñas que la exploración por sí sola nunca las habría detectado. Pero para Cassandra, la pequeña discrepancia era un gran hallazgo.

Su pulso se aceleró. Su instinto había dado sus frutos. Estaba a punto de descubrir algo. Quienquiera que hubiera borrado las colas eran muy bueno. Un principiante habría hecho lo evidente—eliminar todo el archivo. Los ojos de Cassandra fueron capturados por un número IP que no pertenecía al rango de la compañía. La extraña dirección IP había quedado solamente registrada cuando había abandonado el sistema a poco más de las 9:30 de la mañana—cuatro días después de que Allison hubiera copiado los archivos.

Realizando una búsqueda en secuencia rápida de ese número a lo largo en todos los archivos, vio que no había ningún otro suceso ni punto de entrada al sistema. Centró su atención en el tiempo registrado inmediatamente antes de la salida del IP del sistema y se dio cuenta de los pequeños espacios de tiempo que se extendían por unos pocos segundos de duración, como si las colas, que contenían los registros de las operaciones realizadas por la persona que se había infiltrado en el sistema, se hubieran eliminado meticulosamente de todas partes. La persona en cuestión, había tratado de recoger la mayor cantidad de migas de pan como fuera posible en su salida.

¡Lo tengo! No pudiste barrer ese pequeño detalle bajo la alfombra, ¿eh? Pensó Cassandra mientras tomaba nota de la dirección IP para una mayor investigación. *¡Por fin!* Había encontrado una miga y estaba segura de que pronto encontraría el camino.

Capítulo Ocho

¡Mierda!

Había pasado casi una semana desde la intrusión de Trevor en el servidor del EXClinic, y no mucho había cambiado en su rutina. Su día comenzaba como cualquier otro—el trayecto habitual hasta trabajo, los protocolos de seguridad habituales, y la rutina diaria normal de camino a su escritorio en la sala de control. Él y su equipo estaban casi siempre inmersos hasta las rodillas en un mar de datos, y este día no era diferente.

Trevor entró en la sala de control. George, ya sentado frente a su ordenador, le saludó sin apartar los ojos de la pantalla, "¿Cómo te ha ido el viaje?"

"Bastante bien, la verdad."

"¿Qué? ¿Ningún capítulo que añadir a *Las Aventuras en bicicleta de Trevor Bauer*? ¿Nadie ha tratado de pasarte por encima en tu camino al trabajo?"

Trevor se rio y se sentó en su escritorio. "Nope. Hoy en día los conductores respetan al dios sobre dos ruedas."

La animada conversación se desvaneció rápidamente cuando Trevor se sumergió en el trabajo sin pensar mucho en el pasado.

Estaba seguro de que, de la misma manera que un pequeño hecho desconocido sobre el trabajo de su padre había llamado a su puerta, el destino volvería a presentarle una nueva oportunidad para resolver este enigma.

CASSANDRA MIRÓ POR LA VENTANA, perdida en sus pensamientos, apenas viendo el paisaje maduro bordeando la Interestatal 295 mientras que Nate les llevaba a Crypto City. Habían pasado muy pocos días desde que se encontró el rastro en los registros. Cassandra había logrado rastrear el número IP de los rangos asociados con la NSA. Inicialmente se había preguntado si Bristol o EXClinic estaría bajo una vigilancia aprobada por el gobierno, pero no había habido ninguna indicación de ello una vez que cavó más en sus contactos, por lo que había puesto sus ojos en la sede de la NSA en Fort Meade, Maryland.

A pesar de que había estado evitando a Nathan, él era la única persona a la que podía recurrir en busca de ayuda. En contra de lo que le advertía su mejor juicio, había acudido a él con la esperanza de que pudiera usar su autorización para entrar en el inmenso edificio donde se llevaban a cabo las operaciones de la NSA.

Nathan había aceptado con entusiasmo, lo cual no la había hecho sentir mejor respecto a la difícil conversación que tendría que tener con él más tarde. Ella había experimentado una descarga de adrenalina cuando él le había mostrado su confirmación de acceso a los pocos días. Entonces supo que estaba cada vez más cerca de averiguar si existía alguna relación entre el huidizo empleado de la NSA y el Morrígan, así como la forma en que el intruso había logrado entrar en los sistemas cuya seguridad habían protegido ella y su equipo con tanta fuerza.

"Ya casi estamos, Cass," comentó Nathan, trayéndola de nuevo al presente. Por el rabillo del ojo, vio a Cassandra sentarse más erguida en su asiento. Después de haberla conocido durante tanto tiempo, podía decir por la expresión de determinación en su rostro, que se estaba preparando mentalmente para el próximo enfrentamiento.

Nathan se detuvo frente a las puertas de la masiva sede de la NSA un poco después de las 11:00 de la mañana, y demostró su identificación en el peaje de seguridad de la entrada. Después de que el guardia les hiciera señas para que pasaran adelante, Nathan maniobró el coche hacia el aparcamiento de visitantes, a través de la entrada principal del edificio con paneles de vidrio.

Cuando Cassandra le había pedido ayuda, él no había dejado pasar la oportunidad de estar en contacto con ella durante unos días más. Antes de que ella pudiera arrepentirse, Nathan había actuado rápidamente, usando sus credenciales de la CIA, que habían asegurado su entrada al edificio. Engordando un poco la verdad, le había dicho a uno de sus contactos en el Fort Meade que estaba trabajando en un caso catalogado y necesitaba hablar con el equipo de gestión de datos de Echelon—además que, como un consultor de seguridad civil y ex oficial de la CIA, también necesitaría acceder al edificio. No había tenido que esperar mucho tiempo para recibir la confirmación de esta oportunidad única.

Nathan recordó la expresión en la cara de Cassandra cuando esbozó la más descarada de sus sonrisas y agitó la hoja de papel delante de sus ojos. "¿Ves? Me necesitas."

Una sensación de satisfacción le llenó cuando vio la emoción que inundó sus ojos después de que ella le arrebatase el papel de su mano y se diera cuenta de que este era su pase de oro al interior de las paredes de Crypto City. Un paso más hacia las respuestas que estaba buscando.

Cassandra había volteado sus ojos hacia arriba. "¿Cómo te las has arreglado para conseguir esto?"

Cogiendo de nuevo el papel, Nate había movido sus cejas arriba y abajo. "Conexiones, querida."

Mientras conducía por el estacionamiento en busca de un lugar para aparcar, Cassandra, comentó, "Sabes que puedes meterte en problemas por esto, ¿verdad?"

Nathan se encogió de hombros. Sabía que era un riesgo, pero en este momento, habría hecho cualquier cosa para conseguir puntos con ella. Había esperado demasiado tiempo para tratar de conquistarla de nuevo, y ahora necesitaba recuperar el tiempo perdido. En lo que a él se refería, al paso que iban, debía ser capaz de convencerla para que se casaran el próximo invierno.

Cassandra saltó del coche antes de que se hubiera detenido completamente, se ajustó la chaqueta, y esperó con impaciencia a que él se uniera a ella.

"¿Tienes mucha prisa?" Preguntó él mientras salía del coche.

"¿Tú qué crees?" Cassandra caminó hacia la entrada sin esperarle.

Nathan la alcanzó justo cuando llegó a las puertas de cristal.

"Maldita sea, Cass. Relájate," dijo entre dientes mientras trataba de alcanzar la puerta y mantenerla abierta para ella. "Se supone que debes estar trabajando para mí, ¿recuerdas? No al contrario."

Cassandra no le hizo caso y siguió adelante hacia la oficina de seguridad. Nathan facilitó sus nombres, y la seguridad les indicó dónde debían firmar antes de entregarles sus documentos de identidad como visitantes. Ambos estaban más que acostumbrados a la estricta rutina de las medidas de seguridad. La alta seguridad era necesaria en la NSA, debido a la delicada naturaleza de lo que manejaban todos los días: información—exactamente lo Cassandra quería tener entre sus manos.

Para poder entrar en el complejo, pasaron por un segundo control de seguridad donde les pidieron que entregaran sus armas de fuego. "Pero…" Ella empezó a protestar; solía sentirse desnuda sin su arma—y más aún tras su incidente con la bala. Ella estaba agradecida de que la investigación de la CIA sobre sus antecedentes le hubieran permitido mantener su licencia para portar un arma oculta.

"Tenemos que hacerlo," interrumpió Nathan con un susurro mientras entregaba su arma a la operadora.

"Bien," murmuró Cassandra a la vez que se rendía y entregaba la suya, aceptando el hecho de que no iba a tener que necesitarla.

Nathan le tendió la mano para permitir que pasara en primer lugar. Cassandra se adelantó mientras seguían a su escolta hasta la primera parada, el Departamento de Recursos Humanos.

Nathan sabía muy bien que ella quería manejar esto a su manera, sin ninguna interferencia por su parte. Estaba seguro de que hubiera dejado su penoso culo atrás, y hubiera cazado al empleado de la NSA por su cuenta si hubiera podido tener acceso al edificio sin su ayuda.

Habían acordado que ella tomaría la iniciativa una vez en el interior. Ella quería que él pasara totalmente desapercibido cuando estuvieran en la sala con el empleado de la NSA. Este era su caso y él era consciente de que ella iba a hacerlo todo tal cual quería hasta el final, incluso sin la bendición de su padre.

Nathan no se sorprendió al ser relegado a un segundo plano, pero estaba ansioso por jugar al poli bueno y poli malo con Cassandra, tal como en los viejos tiempos.

Cassandra contemplaba lo que podrían descubrir con esa visita mientras seguían caminando. A pesar de que no tenía un perfil claro a por el que ir, estaba casi segura de que las acciones del empleado de la NSA eran sospechosas. ¿Quién iba a husmear en el servidor de una empresa farmacéutica a menos que fuera para recuperar una información que pudiera reportarle un beneficio? En su mente, fuera quien fuese, se trataba de un criminal.

Cuando llegaron a una puerta de seguridad, su escolta pasó la autorización de entrada por el panel de acceso y los condujo a través de ella. Se acercaron a una señora muy bien vestida detrás de la recepción que les iba a ayudar a asignar la IP a un equipo específico y a un nombre—el nombre que ella quería.

La mujer tomó el número IP de Cassandra y accedió al sistema, completamente centrada en la lista que apareció en su monitor. "Hmm…"

Cassandra la miró. "¿Qué pasa?"

"La dirección IP está ligada a un empleado en el piso de Echelon."

"¿Es eso un problema?" Preguntó Nathan.

"¿Cuál es el nombre del empleado?" Cassandra preguntó al mismo tiempo.

"En realidad, no se encuentra en la zona de seguridad del complejo. Su nombre es Trevor Bauer. Un buen tipo. Aquí todo el mundo le quiere."

"¿Puede hacer que alguien nos lleve hasta allí?" La emoción de Cassandra coloreó su voz cuando repasó su nombre otra vez en la cabeza. *Trevor Bauer.* La persecución estaba en marcha, pensó, saltando de la silla. La empleada la miró inquisitivamente. Al ver la mirada de advertencia que Nathan disparó en su dirección, Cassandra se obligó a recuperar la compostura, y mantuvo su energía a raya hasta que finalmente pudiera verse cara a casa con el hombre.

"Puedo llamar a alguien. Solo serán unos minutos, pero tendrán que pasar por un nuevo conjunto de procedimientos de seguridad antes de poder entrar en la sala. Ese lugar es más seguro que el Fort Knox."

★ ★ ★ ★ ★

EN EL MOMENTO EN QUE tuvieron acceso a la sala de control, Cassandra estaba más que lista para enfrentarse al malnacido que estaba segura, tenía mucho que ver en el miserable giro que había dado su vida, y podría ser la clave para volver a tener a su padre de su lado.

La masiva sala de control era abrumadora. Las paredes y los muros estaban revestidos por pantallas, haciendo de la habitación un hervidero de actividad. Además de las pantallas, cada ordenador tenía dos monitores y un empleado sentado delante de ellos, totalmente absorto en los datos que se desplegaban delante de sus ojos. La concentración era la clave de su trabajo; la curiosidad, su principal fuente de motivación.

Nathan se acercó a uno de los analistas en la habitación y le preguntó en voz baja, "Disculpe, ¿me puede indicar dónde puedo encontrar a un tipo llamado Trevor Bauer?"

Cassandra esperó junto a la puerta y examinó la habitación. Señaló el lenguaje corporal y las expresiones faciales de los analistas mientras se dedicaban a sus trabajos e interactuaban con los colegas.

Todos en la habitación parecían alimentarse de los rumores de la actividad como la energía de luz succionada de un enchufe. El hombre que estaba hablando con Nathan apuntó con su dedo hacia el otro lado de la amplia sala.

"Vamos, Cass."

Cassandra escaneó el lugar, tratando de determinar a dónde se dirigían. Sus ojos se encontraron con un empleado en particular en la parte trasera de la sala en una sección situada a la izquierda. El hombre parecía completamente fuera de lugar con su atuendo casual compuesto por un polo y lo que parecía ser, un par de vaqueros. Le pegaba totalmente, pero no en el ambiente que se respiraba en la sala.

Ella se fijó en todos los aspectos. De su desaliñada apariencia podría decir que tenía la mala costumbre de peinarse con los dedos, lo cual demostró en ese mismo momento cuando despeinó su oscura mata aún más. Parecía un chico deportivo, con el físico de un nadador, y su piel ligeramente bronceada indicaba que probablemente pasaba mucho tiempo al aire libre. Entonces, Cassandra desvió su atención a sus expresiones faciales: confiado, relajado y agradable.

El chico se encontraba enfrascado en una animada conversación con el hombre que estaba sentado frente a él. Su boca esbozaba una pequeña sonrisa de vez en cuando, lo que indicaba una relación cercana y cómoda. Fue el atisbo de una de esas sonrisas lo que envió una punzada de calor a través de su piel. Cassandra no tenía ni idea de quién era este hombre, y frunció el ceño tratando de entender por qué le intrigaba tanto.

Cassandra siguió lentamente a Nathan mientras continuaba su evaluación. Se dio cuenta de una barba de dos días que cubría su fuerte mandíbula; nariz recta, hombros anchos, y delgados, aunque musculosos, brazos. Sumida en sus pensamientos, tomó algunas notas mentales de sus confiados gestos y su postura. Este era un hombre cómodo en su propia piel.

"Ey, espabila, Cass. ¿Vienes o qué? Está sentado en la parte de atrás."

Cassandra no se había dado cuenta de que había dejado de seguir a Nathan. Su pregunta la sacó de sus reflexiones y la trajo de nuevo al presente.

"¿Cass?" El tono de Nathan y el cuestionamiento de sus afilados ojos indicaban que estaba sorprendido por su comportamiento, pero ella no se molestó en darle ninguna explicación.

Volviendo su atención a la tarea en cuestión, ella respondió, "Claro. ¿A dónde?"

Mirando hacia adelante para enfrentarse al desvergonzado empleado de la NSA al que quería atrapar, y con una última mirada a los dos hombres a los que había estado escudriñando, Cassandra pasó por delante de Nathan. Con una mano en su espalda, él la condujo hacia el siguiente pasillo y en dirección a los dos hombres que habían llamado su atención.

Con cada paso, su cuerpo se iba poniendo más tenso y su ira iba creciendo. Cuando se acercaron, cayó en la cuenta de que uno de esos hombres había hackeado el sistema del EXClinic. Cassandra se detuvo antes de llegar a los escritorios y a los ocupados analistas de la NSA. Se volvió a Nathan y le preguntó, "Entonces. ¿Cuál es nuestro hombre?"

"Pensé que ya sabía lo sabías por la forma en que le estabas estudiando," comentó Nathan lacónicamente en voz baja con el ceño fruncido mientras asentía hacia el hombre.

Cassandra siguió la dirección del movimiento de su cabeza y sintió que su corazón se detuvo por un instante. *Maldita sea*. El mismo hombre que había llamado su atención solo unos minutos antes. El mismo hombre que había causado el repiqueteo irregular de su pulso. Y lo que era aún peor, Nathan parecía haberse dado cuenta de esa vibración.

Cassandra giró la cabeza para mirar a Nathan y entornó los ojos hacia él. Desde su encuentro esa noche en su habitación del hotel, el hombre se había vuelto demasiado territorial hacia ella. A Cassandra no gustaba ni un pelo adónde se dirigían las cosas, pero con toda la conmoción de la violación de la fórmula, no había tenido tiempo de analizar esta bola de nieve que no paraba de crecer, y no estaba dispuesta a hacerlo ahora. "Relájate, como tú mismo dijiste, Nate. Deja que yo me ocupe de esto."

Cassandra respiró hondo. Armada con la furia que fluía por sus venas, caminó hacia el escritorio de Bauer, seguida de cerca por Nathan—tan cerca que casi podía sentir su pesada respiración en el cuello. *¿Qué demonios?* Pensó a la vez que le daba un codazo en el estómago para hacerle retroceder.

Ella se detuvo junto al escritorio de Bauer, esperando con impaciencia a que se diera cuenta de su presencia. Él siguió hablando con el hombre sentado en el escritorio frente a él, sobre algún tipo de excursión para esa misma noche. Los frikis tenían vida fuera de sus jaulas después de todo.

"¿A qué hora?" Escuchó a Bauer preguntar a su amigo.

"¿Las ocho te parece bien?" Sus ojos estaban fijos en sus monitores, totalmente ajenos a Cassandra y a la presencia de Nathan. Cassandra decidió aprovechar la oportunidad de capturar una línea de base de las expresiones de Bauer para usarla como comparación cuando le entrevistase en breve.

"Claro. Debería salir de aquí a las cinco," respondió Bauer. "¿Vas a pedirle a Jennifer que salga contigo entonces, o no?"

La amplia y descarada sonrisa que se extendió por su rostro hizo que su corazón diese un vuelco. El pequeño diente torcido en su por lo demás perfecta boca, la dejó con ganas de besarle y deslizar su lengua por él. Cassandra frunció el ceño más profundamente. *¿De dónde diablos venía todo eso?*

Después de unos momentos, ella había adquirido una línea de base suficiente para obtener una buena lectura de él. Se acercó más con la intención de interrumpir su conversación.

"No...si no hay rechazo, no hay necesidad de...." Su amigo levantó los ojos de la pantalla, finalmente dándose cuenta de la presencia de Cassandra de pie impacientemente junto a Bauer y a

Nathan detrás de ella. El compañero se aclaró la garganta para llamar la atención de su amigo.

Al oír lo que sonaba como una gran rana pegada a la garganta de George, Trevor miró por encima de su pantalla para asegurarse de que su amigo no se había ahogado en su propia saliva ante la mención de Jennifer. Fue entonces cuando se dio cuenta de que los ojos de George estaban centrados en algo al lado de su escritorio. Al volver la cabeza para ver de qué se trataba, sus ojos chocaron con una cintura de mujer bien formada. Sorprendido, dejó que sus ojos lentamente viajaran hacia arriba, notando el cuero gastado de su chaqueta, y haciendo una pausa por un momento en la curva de sus pechos, donde los dos botones superiores de la blusa estaban abiertos. Su pulso se aceleró un poco cuando sus ojos continuaron su viaje. Disfrutó de la suavidad y el tono dorado de su piel expuesta justo antes de hundirse en unos ojos—del color del whisky irlandés añejo—que formaban parte de la cara más preciosa que Trevor había visto en su vida.

Sus ojos se encontraron con los de ella y el tiempo se detuvo. Trevor se regodeó aún más en sus rasgos. El brillo de su piel bronceada, sus labios carnosos, su conservador pelo castaño atado en una coleta alta en la parte posterior de su cabeza, y sus ojos…de nuevo se sintió atraído por esos ojos. Una abrumadora familiaridad le aturdió y buscó en su memoria en qué momento de su vida se podrían haber cruzado sus caminos. Sus increíbles ojos estaban fijos en él y brillaban con adulterada…ira…*¿qué demonios?* La frente de Trevor se estiró, y con una leve inclinación de su cabeza, le preguntó sin preámbulos, "¿Nos conocemos?"

Ojos Whisky respondió secamente, "Todavía no, señor Bauer."

El tono fuertemente controlado de su voz y la mirada calculadora que inundó sus ojos mientras le seguía mirando, hizo que su piel se erizase. Sus propios ojos se estrecharon en respuesta y su rostro se tensó mientras que sus instintos de supervivencia emergían a la superficie, y coloreaban su primera reacción ante la presencia de esta imponente mujer.

Luego se dio cuenta de la postura rígida de su cuerpo, y cómo sus puños se cerraban con fuerza y luego se abrían de nuevo. La mujer tenía claro lo que quería y buscaba pelea. *¿Quién demonios es esta mujer y cómo sabe quién soy?*

De pronto ella se inclinó hacia debajo de forma que sus labios quedaron a escasos centímetros de su oreja, y un pequeño destello de piel de gallina acarició su cuello, donde su cálido aliento le tocó. Trevor se quedó en estado de shock cuando ella susurró en voz muy baja, "Ha sido un chico muy malo, señor Bauer."

Trevor apretó los puños y, aunque no tenía ni la más mínima idea de qué demonios estaba hablando, rápidamente comprobó si alguien más en la sala la habría escuchado por casualidad. Trevor recuperó la compostura, se recostó en su silla y la observó mientras se alejaba de él.

Fue entonces cuando Capitán América, que estaba de pie justo detrás de ella, quedó a la vista. El hombre frunció el ceño, se acercó a la mujer, y le susurró algo al oído. La forma en que la agarró por el codo y cepilló su pelo con sus labios, mostraba informalidad y un toque de cercanía. La visión de su cuerpo inclinado hacia el de ella irritó a Trevor por alguna razón. Su ceño se profundizó mientras trataba de entender por qué verles en una actitud íntima le molestaba tanto. Se sintió aún más intrigado cuando la mujer apartó la mano de Capitán América rápidamente de su brazo y se alejó un poco de él.

"Bien," murmuró secamente al hombre antes de volver su atención a Trevor.

Trevor no conocía a esta mujer, esta belleza de pie delante de él, que se había enfrentado a él con la aparente creencia de que había hecho algo malo. Su mirada se volvió hacia él y le hizo retorcerse en su interior, pero al mismo tiempo, le hizo sentir que de alguna manera, pertenecía a ella.

"Por favor, venga con nosotros, señor Bauer. Tenemos que tener una pequeña charla." Sus palabras, aunque educadas, no dejaba lugar a la negativa.

Por su entonación, Trevor se vio obligado a ir con ellos, quisiera o no. Estaba intrigado, y más que un poco enfadado, por el asco que vio en sus ojos. Quería saber qué diablos estaba pasando. Se puso en pie de repente y una pequeña sacudida de electricidad le atravesó cuando su cuerpo rozó el de ella. Sorprendida, la mujer saltó hacia atrás como si hubiera tocado un cable de alta tensión, lo que le satisfizo extrañamente al darse cuenta de que no era el único afectado por su contacto.

Recordando su propia reacción para poder analizarla posteriormente, Trevor miró a George para medir la reacción de su amigo ante la escena delante de él. George le miró y se encogió de hombros, como si dijera, *No tengo ni idea de qué se trata, tío,* seguido por una mirada inquisitiva que Trevor interpretó como, *¿La conoces de algo?*

Sin más opción que la de acompañarles, Trevor se volvió y siguió a la mujer y a su sombra a través de una serie de pasillos hasta que llegaron a una sala de conferencias vacía. Una vez dentro, la mujer se acercó a la cabecera de la mesa, se sentó, y le hizo señas para que tomara asiento a su mano derecha. Su compañero cerró la puerta y se paró a su lado, su mensaje era claro: *Te irás solo cuando nosotros queramos.*

Un impostor total, pensó Trevor, desestimando el hombre con una sonrisa. Haciendo caso omiso de su orden tácita, Trevor se sentó al otro lado de la mesa para poner la mayor distancia posible entre ellos. Quería ser capaz de pensar con la cabeza despejada. Su fresco aroma, que ya había alborotado sus sentidos durante el paseo a la sala de conferencias, invadió sus fosas nasales. Si se sentaba muy cerca de ella, se distraería con pensamientos que incluirían explorar cada centímetro de su cuerpo para saber dónde exactamente se originaba ese olor. ¿Sería su pelo? ¿Su cuello? ¿Su canalillo? ¿La parte posterior de la rodilla? Negando con la cabeza en la dirección que sus pensamientos habían tomado—la más vulgar de todas, sin duda—trató de volver su atención a la extraña situación en la que se encontraba.

La mujer estrechó sus ojos y se tomó su tiempo mientras le estudiaba. El silencio se hizo incómodo mientras que ella seguía diseccionándole vivo. Su mirada era fría y estaba llena de ira. Los ojos rozaron su cara, tocaron en sus labios, y luego se encontraron con los suyos. Trevor, en contra de su mejor juicio, se excitó al verlos. Esos ojos color whisky le escudriñaron por un largo tiempo, pero Trevor podría jurar que, solo por una milésima de segundo, se habían suavizado con algo distinto—¿una pequeña pizca de interés, quizás?

Moviéndose un poco en su asiento, le pareció oír un gruñido proveniente del hombre al lado de la puerta y le miró. Pensó que debía habérselo imaginado, ya que el hombre representaba la mejor imitación de una estatua de mármol que había visto en su vida. *¿Por qué demonios los hombres como él creían que tenían un talento especial?* Se preguntó. Cuando volvió a moverse en su silla, en busca de una posición más cómoda, notó el leve ceño en el rostro de la mujer y la mirada de advertencia que clavó en el hombre junto a la puerta. Por segunda vez, Trevor se preguntó acerca de su relación.

Trevor estaba cansado de ser tratado como un imbécil y le molestaba el tiempo adicional que este pequeño tête-à-tête estaba añadiendo a su día. "¿Qué demonios es todo esto y quién cojones son ustedes?"

Su pregunta desbordó los nervios de Cassandra. Su rabia era amarga en su lengua y se precipitó por su flujo sanguíneo. Su pulso latía a mil por hora y sonaba tan fuerte en sus oídos que estaba segura de que tanto Nathan como Bauer podrían verlo saltar en la base de su garganta. Este bastardo se había infiltrado en su proyecto, aprovechándose de su posición en la NSA y de su acceso ilimitado a herramientas con las que la mayoría de los hackers solo podrían soñar.

Cassandra se miró las uñas y, para calmarse, contó hasta diez. Estaba tan cerca de conseguir la información que quería que casi podía saborearla. Controló su expresión, y recordando los viejos trucos que aprendió cuando era niña, miró hacia arriba, y clavó a Bauer con la mirada.

"Este es mi compañero, Nathan Nelson," ella hizo un gesto hacia el hombre en la puerta. "Mi nombre es Cassandra James. Me gustaría saber qué diablos estaba haciendo en el sistema de EXClinic, y por qué estaba husmeando alrededor de los archivos relacionados con el Morrígan."

"¡Mierda!" Exclamó Trevor con aspereza mientras se enderezaba en su silla para mirarla con ojos muy abiertos. Cassandra James. La misma Cassandra que algún idiota había señalado por "bombardear" la seguridad en el caso de la fórmula que había caído en el regazo de George. Los mismos servidores de la formula que él había hackeado solo para llegar a un callejón sin salida. *Doble mierda.*

Capítulo Nueve

Furia de Titanes

CASSANDRA NO PUDO APARTAR LOS OJOS de los amplios suyos cuando su palabrota estalló con un delicioso acento que no había notado antes. Sus ojos se habían oscurecido del añil al azul oscuro de un mar embravecido en cuestión de segundos.

"¿Qué estaba haciendo en el servidor, señor Bauer?" Le preguntó con calma. Cuando él simplemente la miró, ella añadió, "Es una pregunta muy simple, señor Bauer. No debería resultarle tan difícil responderla."

Su tono sarcástico la llevó de nuevo por el camino equivocado. *¿Quién se cree que es para hablarme de esa manera?* Trevor se negó a seguir su juego. "¿Qué clase de autorización tiene para hacerme preguntas tan "simples" con respecto a las operaciones de la NSA, señorita James?"

Cassandra levantó una ceja. "¿Estás tratando de decirme que su intromisión en los servidores forma parte del negocio oficial de la NSA, señor Bauer?"

Los ojos de Trevor se sintieron atraídos por sus labios. "Lo que estoy diciendo, señorita James, es que no voy a responder a ninguna pregunta hasta que no me aclaren qué estamos haciendo aquí y que quieren de mí." Sonrió cuando notó sus ojos contraerse levemente bajo el calor de su mirada.

"Lo único que quiero es saber qué pretendía con su inclusión en el servidor y por qué eliminó su rastro posteriormente."

La ira de Trevor aumentó y sus ojos se estrecharon. "Yo estaba…"

Antes de que pudiera terminar, ella le interrumpió, "Sé que es lo suficientemente cuidadoso para no dejar ningún rastro. Ha eliminado la mayor parte de su presencia en el servidor, por lo que técnicamente no se pueden presentar cargos en su contra, ya que no tengo ninguna prueba real de lo que hizo. Pero…los dos sabemos que no habría estado allí si no hubiera pensado que podría sacar algún beneficio de ello."

Trevor se rio ante su tono condescendiente y los ojos de Cassandra se abrieron con sorpresa.

"Se está riendo, ¿por qué, exactamente?"

"Porque acaba de confirmarme lo que estaba pensando, señorita James."

"¿Y eso es…?"

"Que no tiene ni puta idea, si es que tiene alguna, de lo que yo estaba…." empezó a decir con una sonrisa cuando levantó las manos en el aire e hizo el gesto de las comillas con los dedos, "…haciendo en sus servidores."

Su risa, mientras que totalmente inesperada, puso al límite los nervios de Cassandra, pero a su vez, fue sorprendentemente atractiva para sus oídos. Ella recuperó la compostura y mantuvo sus emociones bajo control, pero no pudo contener la espumosa ira que se formó en sus ojos.

Cassandra quería estrangular al hijo de puta por estropear su cuidadosamente planeada entrevista. Había esperado que el hombre hubiera podido aclarar sus dudas. En cambio, había decidido jugar con ella y ponerla contra las cuerdas. La tensión en su cuello creció a medida que ella se puso de pie y apoyó las manos sobre la mesa, inclinándose hacia adelante en un intento de intimidarlo, pero ni siquiera pareció perturbarle en lo más mínimo.

"Puede borrar esa sonrisa de su cara, señor Bauer. No he terminado con usted todavía."

Trevor se puso de pie y la miró con una expresión pensativa que en cuestión de segundos se transformó en una gran sonrisa de complicidad. "Nah. Ahí es donde se equivoca, señorita James. Ya hemos terminado," dijo, y se dirigió hacia la puerta.

Cassandra, dándose cuenta de que hablaba en serio, le interceptó y le agarró del brazo con firmeza.

Trevor se detuvo y miró hacia su brazo. Sus pensamientos se emborronaron por una fracción de segundo. Su mano era tan suave como parecía y la chispa de electricidad que saltó de su contacto era aún más potente de lo que hubiera imaginado. Su cuerpo se tensó ante las imágenes que el roce evocó en su mente—imágenes de ella tocándole en lugares mucho más íntimos, dejándole cada vez más necesitado a su paso. Trevor trepó por recuperar el control y dejó escapar el primer comentario ingenioso que pasó por su mente: "¿Aquí? ¿Ahora? ¿Sobre la mesa?"

La reacción de Nelson fue instantánea. En dos grandes zancadas se precipitó hacia Trevor, le agarró por la solapa de la camisa, y le dio un empujón que le hizo aterrizar de espaldas sobre la mesa.

Trevor agarró la muñeca de Capitán América con las manos. Tranquilamente miró a sus furiosos ojos e intentó zafarse de los dedos alrededor de su cuello mientras farfullaba, "Amigo, creo que tienes serios problemas con la gestión de tu ira."

Al mismo tiempo, Trevor oyó a Cassandra James gritando, "¡Nate! ¿Qué mierda es esta? ¡Ya basta! Deja que se vaya, ¡Maldita sea!"

Sus ojos de bulldog furioso se estrecharon y él negó con la cabeza hacia ella. "Se lo merece, Cass. Ha sido un gilipollas desde que hemos llegado a la sala."

Cassandra agarró a Nathan por el brazo y le clavó las uñas hasta que el hombre finalmente se relajó. Trevor arrojó con fuerza el brazo de Nathan lejos de él y se levantó del escritorio. "*A amadáin*, será mejor que te vea un loquero."

Nathan gruñó y se abalanzó sobre él de nuevo, pero Cassandra se interpuso rápidamente entre ellos y empujó a Nathan con todas sus fuerzas, "¡Lárgate!"

"Cass…"

"No quiero oírlo, solo vete. ¡Ahora!"

Nathan cerró la boca de golpe. Con una última mirada a ambos, se ajustó su traje hecho a medida y se marchó, cerrando la puerta detrás de él.

Cassandra inclinó la cabeza y respiró hondo para recuperar la compostura. Después de unos segundos, se enderezó, cuadró los hombros y le miró de nuevo. Nathan resopló. Llegados a este punto, ella tendría mucha suerte si conseguía sacarle algo útil. Por la mirada beligerante en su rostro, Cassandra supo que estaba a punto de seguir a Nathan por la puerta y que no podría hacer mucho para detenerlo si lo hacía. Rápidamente decidió cambiar de táctica y suavizó su enfoque. Era el momento de empezar a jugar al poli bueno.

Trevor captó un atisbo de arrepentimiento en sus ojos, pero desapareció casi de inmediato cuando la confiada y calmada Cassandra James, apareció una vez más de pie delante de él.

"Escuche. Empecemos desde el principio, ¿de acuerdo?"

Asintiendo con la cabeza sin decir palabra, Trevor se sentó en el borde de la mesa y la estudió mientras que ella permanecía allí parada con los brazos cruzados como si estuviera tratando de reunir sus pensamientos.

A su juicio, por lo poco que sabía sobre la conversación que había sido marcada por Echelon, la mujer había decepcionado a su jefe. Por lo que observó durante su intrusión en el sistema, había quedado impresionado por lo cuidadosamente que ella había tratado de proteger y fortificar el sistema contra cualquier hackeo. Su trabajo—mejor que cualquier truco de cualquier invasor—hubiera detenido a cualquier hacker si Trevor no hubiese sido un factor en la ecuación. Los comandos que había utilizado para entrar en el sistema eran parte de su propio arsenal personal, por lo que eran casi desconocidos, y como resultado, Cassandra no había tenido ninguna posibilidad contra alguien con sus habilidades y conocimientos.

Dado que el robo se había considerado un trabajo interno, la existencia de alguien con acceso a los datos desde el exterior, era casi imprevisible, y no un resultado directo de un fallo por su parte. Sin embargo, el comportamiento de Cassandra James le transmitía que la mujer se estaba tomando el incidente demasiado personalmente. Curiosamente, cuanto más cosas aprendía sobre ella, más atraído se sentía. Él sabía muy bien lo que era tomarse las cosas de manera personal. Tenían algunos rasgos en común.

Cassandra se aclaró la garganta y se frotó la cadera izquierda, como si le picase. "Mire…siento mucho lo que ha pasado. Nate…ha perdido un poco los papeles."

"Yo también los hubiera perdido si usted fuera mía," interrumpió Trevor.

Cassandra se inclinó un poco hacia adelante y dijo, "*Yo* no pertenezco a *él* ni a *nadie*, señor Bauer."

Trevor se dio cuenta por la dureza de su mirada que no se había tomado su comentario de la manera encantadora que él había previsto. Se sintió aliviado al saber que no estaba involucrada con Míster Músculos, pero no eso no cambiaba el hecho de que el tipo estuviera definitivamente marcando su territorio.

"Eso dígaselo al Hulk de ahí fuera," bromeó con una inclinación de la cabeza hacia la puerta.

Un amago de sonrisa apareció en sus ojos. "¿Hulk?"

"Sí, Hulk. Parecía normal hasta que estalló en cólera y vino hacia mí como un linebacker. Faltaba que su piel adquiriera un tono verde enfermizo. Oh, espere…sí que se puso verde. Justo cuando le ordenó que saliera." Se rio entre dientes.

Una genuina sonrisa que dibujó en los labios de Cassandra y le dejó sin aliento. Se habría caído de rodillas si hubiera estado de pie. Se sentía como si le hubieran golpeado en la boca del estómago. Era peor que el estricto agarre de Hulk en su cuello. En ese momento, ella podría haberle pedido cualquier cosa y él se la hubiera dado muy gustosamente.

Cassandra se sintió aliviada porque Trevor no se hubiera visto intimidado por Nathan. Él había demostrado su misma calma y fresca actitud arrogante que no había tenido cuando ella le había estado observando antes mientras hablaba con su amigo. Definitivamente, otra prueba más de que el hombre se sentía demasiado cómodo y seguro en su propia piel.

Su transición a esta amistosa conversación le dio a Cassandra la oportunidad que necesitaba y saltó sobre ella. Ella se sentó a su lado en la mesa y se volvió ligeramente hacia él. "Dígame una cosa. ¿Por qué entró en el servidor hace una semana?" Le miró a los ojos. "No parece el hacker típico—pese a su actitud grosera y sabelotodo."

Una sonrisa iluminó su rostro y Trevor se echó a reír. "Lo siento. Los viejos hábitos de casa." Cuando ella frunció el ceño, añadió, "Soy irlandés. Nací y me crié en Irlanda."

"Ah, eso explica el acento."

"Sí, lo puedo ocultar bastante bien, no obstante. La mayoría de las veces hablo como uno más de aquí."

"¿Y qué tal se le da hablar nuestro educado lenguaje? Hace unos minutos, yo misma hubiera dicho que nada bien. Creo recordar que utilizó la palabra *mierda*."

"Me pilló por sorpresa," respondió él con una pícara sonrisa.

Su sonrisa tiró de su corazón, lo cual la sorprendió. Nunca había tenido esa reacción con nadie anteriormente.

"Es bueno saberlo. Entonces, ¿qué diablos ha llamado a Nate? Era irlandés, ¿no?"

Con un bufido, Trevor respondió, "¿*A amadáin?* Significa *tonto*, pero en realidad es una forma educada en irlandés de llamar a alguien *idiota*. Puesto que no hay idiotas en Irlanda, en realidad no tenemos una palabra para ellos, así que eso es lo que decimos."

Su expresión era tan seria que Cassandra no pudo evitar estallar en carcajadas. "Tendré que recordar eso. Yo conozco a unos cuantos."

"¿Idiotas o irlandeses?"

"Definitivamente idiotas," se rio. Cassandra se deslizó fuera de la mesa, se dirigió de nuevo a su silla, y se sentó. Dejando las risas de lado, volvió a la actividad en cuestión. "Ayúdeme, por favor. Estoy tratando de entender por qué un empleado de la NSA hackearía un sistema desde su propio equipo de trabajo."

La risa de la mujer era como una manta caliente envuelta alrededor de su corazón, y Trevor sintió la imperiosa necesidad de hacerla reír más. Pero la risa se había desvanecido, y la tenue luz de su determinación por llegar al fondo de por qué se había infiltrado en el servidor, había retornado a sus ojos.

El estómago de Cassandra ardía por la confrontación. Iba a darle una úlcera si no dejaba de hacer preguntas pronto. La verdad acerca de la conexión entre la NSA y la fórmula era más que una respuesta aceptable a sus preguntas, pero Trevor se limitaba a mantener sus razones personales para sí mismo. Eso debería ser suficiente para hacerla recular. Él se alejó de la mesa y se sentó en la silla que ella había señalado al comienzo de la reunión.

"De acuerdo, señorita James," suspiró. "La razón por la que me infiltré en el servidor era verificar la información asociada a una conversación con bandera que recogimos. Mi compañero de trabajo, George, con el que me vio hablando cuando llegaron, recibió el hilo original. Basándonos en mis investigaciones, fuimos capaces de quitar la bandera ese mismo día."

"¿Qué quiere decir con 'bandera'?"

Trevor consideró las consecuencias de compartir información clasificada con ella. Puesto que estaba bastante seguro de que se trataba de la misma Cassandra que era mencionada en la etiquetada conversación, no veía nada malo en exponer su información.

"Nuestro grupo investiga las conversaciones que Echelon marca como sospechosas en base a una lista de palabras clave prioritarias. Hace casi dos semanas, una conversación telefónica fue marcada. Algún idiota tomó la equivocada elección de palabras para describir cómo una persona con el nombre de Cassandra había "bombardeado" la seguridad en torno a una fórmula—la misma fórmula por la que me está preguntando en este momento."

El pulso de Cassandra latía en sus oídos. Ahora sabía por qué él se había sorprendido tanto al escuchar su nombre. Lo había oído antes; sabía quién era cuando se había presentado. Cassandra se sintió mortificada. Estaba bastante segura de que Jeff habría sido el imbécil que se había regodeado de su fracaso.

La ira se abrió paso bajo su piel otra vez al saber que el hombre estaba propagando la noticia y su menosprecio entre los demás—algo muy típico en él. Tal vez la próxima vez que le viera podría hacer su propia pequeña fantasía realidad, y propinarle un puñetazo en toda la cara. Sacudiendo la cabeza, Cassandra se levantó y puso un poco de distancia entre ella y Bauer, mientras ella se tranquilizaba y él continuaba explicándose.

"George y yo revisamos la conversación en detalle para descartar un vínculo con actividades terroristas para que pudiéramos quitar la bandera."

Cassandra había esperado que Bauer fuera la clave para encontrar a Allison, confiando en que estaría saliendo del complejo de la NSA con la información que necesitaba para poder rastrearla. En cambio, su ruta actual parecía más bien ser una pendiente resbaladiza en la que se estaba deslizando cada vez más y más lejos de la meta que quería alcanzar—arreglar el desastre que se había originado. Cassandra se veía obligada a hacer lo correcto a pesar de que ya no estaba a cargo del proyecto—su padre no había criado a alguien que abandonaba fácilmente.

Ella trató de envolver su mente alrededor de su explicación, pero no lograba encontrarle ningún sentido. Su directo contacto visual y sus expresiones faciales mientras respondía a sus preguntas, le decían que estaba siendo sincero con ella. Había admitido que se había infiltrado en el sistema, pero aún así, Cassandra sentía que había algo más que no le estaba contando, y eso le irritaba. Nadie podría llegar a tal extremo de eliminarse a sí mismo del servidor a menos que fuera en su propio beneficio.

Cassandra le miró directamente a los ojos y le apretó un poco las tuercas, "Señor Bauer, tiene que darme una razón mejor por la que accedió de forma encubierta el sistema y borró sus huellas de la manera que lo hizo. ¿Sabe lo que pienso? Creo que se enteró acerca de la fórmula y decidió que la quería para sí mismo."

Trevor casi podía sentir que sus ojos se iban a poner en blanco cuando los volteó hacia arriba. La frustración estaba sacando lo mejor de él. Aunque tenía una mirada amable, esta mujer era afilada como una aguja. Estaba perdiendo el tiempo, y se lo estaba haciendo perder a él, por no hablar de que se estaba acercando demasiado a algo que él no quería revelar. "Maldita sea, señorita James, es usted como un perro con un hueso. ¿Qué parte de lo que he dicho no entiende? No sé cuántas veces voy a tener que repetírselo, estaba allí como analista de la NSA."

"Yo no estaría aquí si pensara esa es la única razón por la que estaba husmeando. Aún quiero saber cómo pudo infiltrarse en el servidor. Estaba segura de que había cerrado todas las puertas."

Su comentario le dio a Trevor la excusa que necesitaba para cambiar la dirección de su discusión y quitársela de encima. "Eso tengo que reconocerlo. Es usted tan tenaz como un perro rabioso. Por mucho que me cueste admitirlo, es muy buena. Me llevó un tiempo impresionantemente largo encontrar una manera de entrar. Con sus habilidades, habría sido un excelente activo para la NSA—o la CIA, para el caso. ¿No ha pensado nunca en trabajar para alguna de ellas? ¿No? Bueno, de cualquier manera, sus padres deben estar muy orgullosos de usted y su trabajo."

Tan pronto como las palabras salieron de su boca, el rostro de Cassandra palideció y un dolor se deslizó a través de sus ojos antes de que su expresión se endureciera de nuevo. Trevor supo de inmediato que había dicho algo malo. Desconcertado, recordó sus palabras, pero no pudo encontrar nada que hubiera sido ofensivo. *Diablos, esta mujer está chalada.* Unos simples elogios, y de nuevo estaba caminando sobre cáscaras de huevo alrededor de ella. Por la expresión en su rostro, sus palabras bien intencionadas parecían haber sido sacadas de contexto: la chica parecía estar a punto de terminar el trabajo que

Hulk había empezado antes. Mirándola, Trevor supo que tenía que poner fin a la conversación. Ella era un ser demasiado delicado. Mantener una conversación con ella era como montar en una salvaje atracción. Nunca sabías lo que te iba a esperar una vez estabas en ella.

"Si no le importa, tengo trabajo que hacer y esta pequeña charla me ha robado una gran parte de mi día. Si no tiene más preguntas para mí, me largo."

Ahora que la conversación estaba llegando a su fin, una extraña sensación de pérdida le llenó al pensar que nunca volvería a ver a Cassandra James. Si se hubieran conocido en otras circunstancias, podría haber aprovechado la oportunidad para invitarla a salir. Estaba bastante seguro de sus conversaciones a través de una buena cena habría sido una experiencia de aprendizaje interesante y habría disfrutado explorando su visión del mundo, seguro de que su interpretación sería tan única como ella. Aún así, serían como dos barcos que se cruzan en mitad de la noche.

Cassandra se había jugado todas sus cartas en Trevor Bauer y había perdido miserablemente. Más que nada, estaba enfadada con ella misma. Las palabras frívolas de despido de Bauer hicieron que la amarga píldora fuera mucho más difícil de tragar. De ninguna manera iba a dejar que él dijera la última palabra, "No obstante, deberá enviarme los informes que detallen cómo entró en el servidor para que pueda cerrar el agujero de la madriguera, señor Bauer. No quiero que caiga en él de nuevo. Espero que el informe me esté esperando en el momento en que llegue a mi casa mañana por la noche.

Cuando se volvió para irse, él comentó, "Podría mandárselo si supiera a dónde."

Su respuesta de listillo fue igualada por la de ella: "Bueno, si fue capaz de abrirse camino hacia el servidor, sin duda, un simple correo electrónico de trabajo no le puede resultar tan difícil de encontrar."

Girando sobre sus talones, ella le dejó allí de pie cuando salió de la habitación. Trevor podría jurar haber escuchado *A amadáin* resonando en su estela.

Capítulo Diez

Secuelas

REVOR ABANDONÓ LA REUNIÓN LUCIENDO un gran ceño. *¿Qué coño acaba de pasar?* De vuelta en su escritorio, se dejó caer en su silla, perdido en sus pensamientos hasta que el sonido de George aclarándose la garganta le trajo de vuelta a la realidad. Trevor deslizó sus ojos desde el monitor a George y se dio cuenta de la preocupación y la pregunta en su cara.

"Escúpelo. ¿Quién era?" Preguntó George.

"Una maldita excavadora, eso es lo que era," respondió Trevor con sarcasmo.

Sus pensamientos rebotaban por todo el lugar. Sus emociones estaban divididas entre una extraña atracción inmediata por la mujer y un profundo enfado con ella por haber sugerido que era un ladrón y un mentiroso. La señorita James ciertamente tenía un talento para restregarse contra él en el mal sentido de la palabra, y, sin embargo, extrañamente, cuando más le había presionado, más había querido demostrarle que estaba equivocada, como si en el fondo le importara lo que ella, una extraña, pensara de él. Incluso había querido gustarle. *¿Qué diablos me está pasando?*

No había ninguna duda de que se había sentido atraído por su físico. Demonios, todavía podía ver su curvilíneo cuerpo en el ojo de su mente. Deseaba profundamente que sus manos hubieran seguido el camino a lo largo de su cuerpo hasta sus ojos color whisky. Su mente vagó sobre conjeturas de si la piel en su esbelto cuello sería tan suave como parecía, y sintió un hormigueo en sus dedos, como si anhelase recorrerla gentilmente y comprobar si su hipótesis era correcta.

Trevor había quedado muy impresionado con el cerebro debajo de toda esa belleza. Su curiosidad se despertó por el hecho de que ella hubiese sido capaz de rastrearle utilizando la huella microscópica que había dejado atrás en ese maldito servidor. La mayoría de los administradores del sistema nunca la habrían detectado con facilidad, lo que demostraba que la chica tenía unas increíbles habilidades observatorias.

"¿Qué quería?" George interrumpió sus cavilaciones de nuevo.

"Información sobre un caso en el que estoy trabajando." Respondió Trevor imprecisamente. No quería darle demasiados detalles a George porque no quería alertarle con la posibilidad de poder haber violado los servidores de EXClinic sin su conocimiento.

"¿Pertenece a la CIA?" Persistió George sin soltar el hueso.

"Es civil. Se dedica a la seguridad e investigaciones privadas."

"¿Va a volver?" La pregunta de George fue como una patada en los huevos, que le obligó a aceptar que la respuesta sería muy probablemente, no.

"No lo creo. ¿Por qué estás haciendo tantas malditas preguntas?"

"Tenías una extraña expresión en tu cara mientras la mirabas. No creo que jamás te haya visto mirar a una chica de esa manera antes, eso es todo." George sintió que Trevor no estaba de humor para hablar. Encogiéndose de hombros, volvió su atención de nuevo a su trabajo.

Trevor pasó el resto del día intentando trabajar. Su cabeza era un diluvio de ideas, presentimientos, suposiciones, y todo eso se añadía a que no podía dejar revivir su enfrentamiento con la intrigante señorita James. *¿Quién era ella realmente? ¿Dónde había aprendido sus habilidades?* Cuanto más pensaba en ello y en ella, más frustrado se sentía. Para cuando salió del trabajo esa noche, estaba de un humor de perros.

DE VUELTA EN SU HABITACIÓN del hotel, Cassandra se metió un Tums en la boca. Su rabia y la decepción habían retorcido sus intestinos. Se sentó en la cama y se quitó los zapatos. Sujetándose al borde del colchón con ambas manos, miró hacia abajo y vio sus pies y los dedos mientras los flexionaba sobre la alfombra, perdida en sus pensamientos.

El día había sido agotador y ella había tenido una abrumadora necesidad de revelarse contra todo. La actitud de Nathan había alimentado ese sentimiento aún más. Ambos hombres la habían sacado de quicio con sus comportamientos; la testosterona en la habitación había sido lo suficientemente densa como para poderse cortar con cuchillo. Nathan casi lo había echado todo a perder gracias a su pequeño arrebato, y Bauer... Ella todavía podía ver la sonrisa de niño engreído en su cara cuando le agarró del brazo. Aún no sabía qué le había llevado a hacerlo. En ese momento, el único pensamiento en su mente era que no podía simplemente dejarle salir por la puerta. En el momento en que sus dedos habían entrado en contacto con su brazo, ella supo que había sido un error. Su cálida piel había quemado su mano y una descarga de electricidad la había apuñalado en el pecho. Dios. Por un momento, cuando él había dicho, *¿Aquí? ¿Ahora?* Ella lo había considerado por un segundo y tuvo que reprimir un *¡Sí!* que casi se había escapado de su boca.

La propia reacción de Cassandra la había sorprendido incluso más que el ataque de Nathan. Se preguntó si habría dejado entrever sus sentimientos de algún modo, y eso habría empujado a Nathan a actuar como un primate en vez de cómo un entrenado agente de la CIA con el que ella contaba como respaldo. Nunca jamás habría anticipado ese tipo de reacción por parte de Nathan. Sus celos y sus deshilachados nervios necesitaban ser tratados.

El silencio en el coche de regreso al hotel había sido doloroso. Cassandra había tratado de discutir sobre detalles de lo que había sucedido con Nathan, pero cada vez que había sacado el tiema, él la había interrumpido con declaraciones como, *Era un gilipollas, no puedo creer que sea uno de sus principales analistas, y es irlandés, por amor de Dios, probablemente un topo de la IRA, por lo que sabemos.*

Para cuando Cassandra le pegó un puñetazo al volante, ya no podía aguantar más las insolencias de Nathan. Para satisfacer su necesidad de arremeter contra él, ella había echado más leña al fuego: "Maldita sea Nate, cualquiera habría dicho que el tipo te ponía o algo así, por la forma en que le empujaste sobre la mesa y te pusiste tan salvaje con él."

Con el ceño fruncido, Nathan había girado la cabeza en su dirección y le había dado una dura mirada, pero Cassandra no dio marcha atrás. "No te atrevas a mirarme de esa manera. No tenías ningún derecho a entrometerte. Lo tenía todo bajo control, y luego, de repente, todo se fue al garete por un cometario que ni se *acerca* a todo lo que tuvimos que escuchar en la Granja durante el entrenamiento psicológico."

Cassandra había estado buscando pelea y, sintiéndose en racha, soltó, "¿A qué demonios vino todo eso, de todos modos?"

"Vi cómo le miraste, Cass."

Con el ceño fruncido, ella le había fulminado con los ojos. Ella se había enfadado por su comentario, pero también se había incomodado porque sabía que sus palabras eran verdad. Había estudiado a Bauer con los ojos de una mujer antes de haber descubierto quién era. Para cubrir su inquietud, había saltado al ataque. "¿Cómo le miré? ¿Qué quieres decir con 'Cómo le miré'? Contrólate un poco. No tienes ni idea de lo que estás hablando."

"Sé que él estaba interesado en ti. Los hombres nos damos cuenta cuando otros individuos están mirando a nuestras mujeres," había añadido Nathan.

Cassandra no había podido evitar retorcerse un poco en su asiento mientras que su temperamento cobraba vida propia, "¿'nuestras mujeres'? ¿Acabas de decir 'nuestras mujeres'? Qué demonios, Nate. Parece que vives en los años cincuenta. Y para tu información, su comentario no me desconcertó, así que a ti tampoco debería haberte molestado. Además, yo no soy tu mujer."

Los labios de Nathan se habían estrechado y sus ojos se habían reducido peligrosamente mientras la miraban antes de regresar lentamente a su camino por delante. Cuando llegaron al hotel, Nathan se dirigió directamente a los ascensores sin decir palabra. Antes de que Cassandra pudiera alcanzarle, él ya había montado en la cabina y había pulsado el botón a su piso.

Cassandra se le quedó mirando mientras las puertas se cerraban, había levantado las manos en el aire, y había murmurado un, "¿En serio?"

A pesar de que el arrebato de Nathan había sucedido hacía tiempo, aún picaba. Ella se dejó caer de espaldas sobre la espalda, respiró hondo y se quedó mirando el techo. El comentario de despedida de Bauer aún resonaba en sus oídos, recordándole sus fracasos pasados— su incapacidad para permanecer con la CIA, no haber podido evitar que el Morrígan fuera copiado delante de sus narices, la decepción de su padre con ella. Las palabras de Bauer la habían quitado del medio, haciendo descarrilar su plan de ataque, y se odiaba por haberle dejado ver su punto débil, aunque solo hubiese sido por un momento pasajero. La suerte del irlandés debía haber estado de su parte para haberla podido atrapar en un extraño momento de debilidad.

TREVOR LLEGÓ A CASA Y fue derecho a la nevera. Agarró una Guinness y la sirvió en un vaso antes de hacer su camino hacia el resto de la casa y el despacho de George. Se sentó frente al su ordenador de escritorio y tomó un largo trago del oscuro líquido antes de comenzar su propia pequeña investigación. Para empezar, buscó el nombre: Cassandra James. *Es increíble lo que queda disperso en la red sin que la gente sea consciente d ello*, pensó sacudiendo la cabeza.

Echó un vistazo a través de los resultados que figuraban en base a la relevancia de las palabras escritas, hizo clic en el primer enlace, y leyó un artículo sobre la Medalla de Honor de la Agente Cassandra James por tomar un tiro en la línea del deber. "Mierda," murmuró. El artículo no entraba demasiado en detalles, pero explicaba cómo ella, sin pensárselo dos veces, había protegido a un hombre con su propio cuerpo. Aspiró profundamente al pensar en ella recibiendo un tiro. Debía haber sido horrible. Ella era sin duda tan dura como parecía.

Trevor añadió algunos parámetros adicionales a la búsqueda, que se redujo a artículos más detallados que incluían información sobre su salida de la CIA y su unión a la compañía de seguridad de su padre en San Francisco, su ciudad natal.

Él se sorprendió, especialmente al recordar cómo la conversación que habían recibido había descrito cómo ella había arruinado el trabajo y había disgustado a su jefe. Ese jefe, basándose en la noticia, era en realidad su padre, Robert James. No era de extrañar que estuviera tan decidida a perseguir esta misión. Estaba protegiendo su legado, tanto como los activos del cliente. Otra cosa que también llamó la atención de Trevor fue que la madre de Cassandra nunca era mencionada en ninguna de las noticias que había encontrado sobre ella.

Trevor se sentía como un auténtico idiota. No era de extrañar el dolor que había visto en sus ojos ante su aparentemente inofensivo comentario. Sin saberlo, había tocado lo que parecía ser una herida abierta. No había tenido intención de hacerle daño, pero lo había hecho. Trevor fue capaz de unir los puntos en base a lo que había descubierto, y el dolor que sus ojos mostraron en su fugaz segundo, no fue producto de su imaginación, sino algo más personal y real para ella, una llaga aún sin cicatrizar.

Trevor se recostó contra su silla y bebió la última gota de su vaso antes de irse a la cama. Ahora podía entenderla un poco más. Estaba en una misión. Se apostaría todo a que alcanzaría sus metas y pronto él estaría viendo o leyendo acerca de ella otra vez en las noticias. Cuando por fin relajó la cabeza contra la almohada, no pasó mucho tiempo antes de que el sueño se apoderara de él; su cuerpo y su mente estaban agotados por los acontecimientos del día.

EL SUEÑO QUE ESTABA TENIENDO era cada vez más rápido e intenso, arrebatándole el aliento. Un ardiente y cegador dolor le quemó por dentro. Cuando la manta oscura de agonía desapareció de su vista, se encontró con la mirada fija de sí mismo en su propia cara, que le miró con unos ojos llenos de miedo, desesperación, e ira.

"*¡No te atrevas a dejarme! ¡Quédate conmigo, Cassandra!*" El sonido de sus propias palabras le sacó de su sueño. Trevor se levantó y lanzó sus piernas por un lado de la cama mientras las gotas de sudor se resbalaban por su piel. Una gran cantidad de preguntas golpearon su cabeza. *¿Qué demonios significa esto? ¿Por qué son mis sueños tan jodidamente desconcertantes? ¿Por qué estoy soñando con una desconocida?* Todo lo que tenía eran preguntas sin respuestas. La única certeza que tenía era la profunda conexión con esa mujer—una desconocida que no era capaz de salir de su cabeza.

No sigas dándole vueltas, pensó. Ella se había ido. A estas alturas probablemente estaría en un avión de regreso a California. Estaba fuera de su vida para siempre, pero Trevor también la necesitaba fuera de su mente. Sabía que el tiempo se encargaría de borrar los recuerdos—de su vista y de su mente. El mismo tiempo estaba desvaneciendo los recuerdos de sus propios padres. Trevor suspiró. Por cómo la furia emanaba de ella, tal vez era mejor que sus caminos no volvieran a cruzarse de nuevo. Trevor tenía que concentrarse en su propia búsqueda, no en Cassandra James. Se dejó caer en la cama y la almohada. Se cubrió los ojos con el brazo y esperó durante horas con la esperanza de que cuando al fin fuera capaz de dormirse, no estuviera plagado de sueños.

EL SUEÑO ERA UNA MIERDA sobrevalorada, al igual que Nathan había sido la noche anterior, pensó Cassandra mientras yacía en la cama esa noche. Su oído aún le dolía del golpe que Nathan había dado con su teléfono en su extremo de la línea cuando ella había declinado su invitación para reunirse con él en el vestíbulo e ir a cenar juntos.

Era algo bueno que ambos volaban a casa al día siguiente, ella de nuevo a la zona de la bahía, y él de nuevo a Virginia. Cassandra sintió alivio de que sus caminos se separasen, la posesividad y el comportamiento alcista del hombre le estaba molestando. Nathan le estaba mostrando una nueva faceta de él, y ella tenía ganas de poner un poco de distancia entre ellos para poder respirar y pensar en cómo manejar la situación.

Girándose sobre su costado, pudo ver el filo del archivo en el escritorio de la habitación del hotel, y sus pensamientos se dirigieron de nuevo a Trevor Bauer. Su entusiasmo y expectativas habían sido muy altos ese mismo día, creyendo que el empleado de la NSA sería la llave de su redención. Cassandra había pensado realmente que iba a ser capaz de sacar algunas respuestas de él. No había previsto que se iba a golpear contra una pared de ladrillos. Bauer no era la clave. A pesar de que sus expresiones faciales no habían mostrado ningún engaño cuando admitió que había entrado el sistema sin planes de guardarse la información para sí mismo, Cassandra podía jurar que había algo que no le estaba revelando sobre su excusa para infiltrarse en los servidores.

La curiosidad de Cassandra sacó lo mejor de ella. Cediendo a sus exigencias, cogió su ordenador portátil y accedió a los recursos en Internet que utilizaba regularmente para hacer verificaciones sobre antecedentes. Una sencilla herramienta le ayudaría a satisfacer su necesidad de saber más sobre el hombre. Usando su nombre como palabra clave de búsqueda, sus cejas se levantaron cuando fue capaz de reducir rápidamente los resultados a una sola persona. Por extraño que pareciera, de los muchos Bauers de la zona, solo había un Trevor. Había una foto de su licencia de conducir que confirmaba que él era la persona que estaba buscando, y Cassandra se quedó mirando la imagen del hombre que la había dejado perpleja. Introdujo la dirección de la placa en el buscador de direcciones, y vio que vivía muy cerca de su trabajo.

Cassandra luchó contra la necesidad de saber más sobre él y se resistió a revisar sus antecedentes más en profundidad. Cerró su portátil con un suspiro y se dejó caer sobre su espalda, cerró los ojos, y obligó a su mente a dormirse—pero esta tenía otros planes. Una y otra vez, el rostro de Bauer destelló en su mente. La expresión de sorpresa en su cara cuando escuchó su nombre por primera vez, cómo abrió los ojos como platos, y dijo la palabra "Mierda," que se hizo eco en la sala de conferencias e hizo que su corazón diera un vuelco en su pecho.

Su metro ochenta y cinco, su pelo oscuro y rebelde, y sus nítidos ojos azul añil que se volvieron casi del color negro-azulado de una tormenta furiosa cuando se había cabreado. *Oh Dios, sí que se había cabreado.* Los ojos de Bauer la habían quemado cuando se llenaron de rabia e incredulidad ante sus acusaciones. Su cuerpo atlético no se había inmutado. Ella todavía no podía asimilar que este hombre, a quien nunca había conocido antes, había dejado una impresión tan grande en ella. Jessica lo pasaría en grande si alguna vez obtuviera esa pieza de información. Por suerte, lo más probable es que nunca lo hiciese.

La perversa mente de Cassandra se negaba a dejar de lado el tema interesante que era Trevor Bauer. Ella tenía envidia de su confiada y controlada actitud, tan diferente a la suya. Él había aceptado todo con lo que ella le había golpeado—acusaciones de actividad criminal, abuso de su posición y sus recursos—y lo había desviado con una frustrante facilidad y un buen sentido humor.

Echó un vistazo al reloj de la mesilla de noche. *Maldita sea.* Solo le quedaban cuatro horas antes de tener que levantarse. Rodando sobre su estómago, hundió la cara en la almohada y se imaginó apagando la luz de su cabeza, aislándose de todos los pensamientos antes de que finalmente se durmiera con la imagen del encantador diente torcido de Bauer que seguía burlándose de ella.

LA ACTITUD DE NATHAN NO había mejorado en el momento en que llegaron al aeropuerto al día siguiente. El viaje y el momento en que devolvieron el coche de alquiler, se llevaron a cabo en un frío silencio. Una vez en la terminal, Cassandra, cuyo avión salía posteriormente, le acompañó hasta su puerta. Cuando comenzó el embarque, ella hizo intención de darle la mano, pero él tiró de ella en un rápido abrazo. Cassandra dio un paso atrás, soltándose de su agarre antes de que él pudiera prolongar el gesto.

Con el ceño fruncido en su rostro, Nathan dijo, "Te llamaré cuando llegue a casa."

"Claro. Hablamos entonces." Con una sensación de alivio y libertad, Cassandra le vio mientras embarcaba y se dirigía a su propia puerta.

Su mente seguía girando en torno a los hechos del caso Bristol, explorando otras vías posibles que pudiese tomar para localizar a Allison Davis desde que su teoría original se había ido a pique. Agotada por las noches sin dormir y el martilleo constante en su cabeza, Cassandra no podía asumir que iba a volver a casa derrotada. Sentía la obligación de terminar el trabajo, no solo por su padre, sino también por sí misma y su autoestima, independientemente del hecho de que hubiera sido retirada del caso.

Pensar en Robert la llevó de vuelta a Allison y se preguntó qué pensaría su familia de ella. *¿Sabrían lo que había hecho? ¿Estarían decepcionados con ella?* El corazón de Cassandra se aceleró mientras esas preguntas cruzaban su mente. En el momento en que llegó a su puerta, de su mente estaba corriendo a mil por hora, pensando en todos los detalles que podía recordar sobre el perfil completo que habían desarrollado de Allison. Aunque no parecía tener demasiados amigos, estaba muy unida a su familia...*¡Su familia! Ellos serían la clave para encontrarla.*

Excitada ante el nuevo abanico de posibilidades que acababa de desplegarse delante de ella, encontró un asiento en la zona de embarque, sacó su móvil y marcó el teléfono de Nathan para compartir las buenas noticias con él, pero colgó de inmediato antes de que se estableciera la conexión. Pese a que Nathan todavía podría estar dispuesto a ayudarla, ella no quería crear más vínculos con él cuando estaba buscando la manera de romper los ya existentes.

No sería justo pedirle ayuda cuando sabía que estaría allí por ella por lo que sentía hacia ella. A pesar de que Cassandra ahora estaba segura de que no sentía, ni nunca sentiría, inclinaciones románticas hacia él, seguía siendo un buen amigo y no quería perderlo. Además, incluso con todas sus conexiones, poner una solicitud de vigilancia digital en la familia de Allison significaría que una solicitud de ese tipo terminaría en algún escritorio en algún lugar de Crypto City.

Una descarga de adrenalina la inundó cuando se dio cuenta hacia donde se dirigían sus pensamientos. No tenía tiempo que perder—el reloj seguía corriendo. Incluso si se las arreglaba para mover la burocracia de la CIA a través de sus propios contactos, todavía tendría que esperar mucho tiempo hasta que la información llegara a la NSA.

Sus pensamientos se dirigieron hacia la única persona que sabía que podía ayudarla a atar cabos sueltos y llegar a su fuente. Ella se enderezó en su asiento y miró su reloj. De la conversación que había oído entre Bauer y su amigo George, este primero pensaba salir pronto del trabajo. Si se daba prisa, podría ser capaz de pillarle todavía en casa.

Tan pronto como la idea cruzó su mente, ella la rechazó y se dejó caer en su asiento. ¿En qué estaba pensando? Jamás funcionaría. Desde luego, no se llevaban bien. Ella tampoco le había dado muy buena impresión, a juzgar por la expresión de su cara después de haberle golpeado con sus palabras de una manera que no era propio de ella en absoluto—casi vergonzosamente.

Cassandra se inquietó mientras arrastraba los pies junto a los otros pasajeros que se dirigían a la puerta. Miró la tarjeta de embarque en su mano y automáticamente se la entregó a la operadora. Antes de que la mujer pudiera pasarla por el escáner, Cassandra se la arrebató de nuevo con un ansioso, "Lo siento, me olvidé de algo," y salió al trote de la terminal. Su corazón se aceleró fuera de control. Sabía que había sido un acto impulsivo, pero también sabía que si no lo intentaba al menos, se arrepentiría el resto de su vida.

"HA LLEGADO A SU DESTINO."

Cassandra aparcó su coche alquilado en el estacionamiento más cerca de la casa de Bauer, apagó el motor y el GPS. "Gracias habladora Cathy," susurró mientras trasladaba su mirada a la puerta principal.

Su cuerpo era un hervidero de energía y una vez más, volvió a cuestionar su decisión de haber perdido el vuelo solo para hablar con él una vez más. Se apoyó contra el reposacabezas y dejó escapar un tembloroso suspiro. Estaba desesperada, y él era su mejor oportunidad para localizar a Allison.

Cassandra miró su reloj con ansiedad, esperando a que Bauer saliera. El corazón le latía con fuerza en el pecho y por una fracción de segundo, se preguntó si su ansiedad estaría exclusivamente relacionada con el caso. Como no quería analizar sus sentimientos en profundidad, ella se bajó del coche, se recostó contra él y trató de disfrutar del radiante sol que calentaba su piel.

TREVOR SALIÓ Y RESPIRÓ PROFUNDAMENTE el aire fresco de la mañana. Su plan era quemar un poco de energía en la piscina antes de ir a trabajar. Caminando los pocos pasos hasta el nivel de la calle, Trevor se dio cuenta de que había una mujer apoyada contra un coche estacionado frente a su casa. Algo en ella le resultaba muy familiar.

El pelo de color marrón-dorado de la mujer estaba atado en una cola de caballo, su chaqueta de cuero y su top azul apenas llegaban a la cintura de sus pantalones vaqueros de corte bajo, dejando una franja de piel dorada al aire. Estaba mirando hacia arriba, como disfrutando del toque cálido del sol.

A medida que se acercaba, ella volvió la cabeza hacia él y su respiración se detuvo en sus pulmones. Incluso con un aspecto mucho más relajado que el día anterior—y esas grandes gafas de sol que cubrían sus preciosos ojos, la reconoció inmediatamente. Cassandra James. La última persona con la que esperaba toparse de nuevo, y mucho menos nada más salir de casa. Ocultando la perplejidad ante su presencia, se acercó a ella.

"Qué sorpresa tan desagradable," dijo Trevor con sarcasmo, sin saber de dónde venían sus antagónicas palabras, mientras secretamente disfrutaba de verla allí. "¿Te has perdido? ¿Qué te ha traído hasta la puerta de este *a amadáin*?" Clavándola en su lugar con sus ojos entrecerrados, añadió, "más importante aún, ¿cómo diablos me has encontrado?"

Capítulo Once

Destino

L A REACCIÓN HOSTIL DE BAUER AL VERLA en la puerta de su casa hizo mella en los ya deshilachados nervios de Cassandra. Ella se puso las gafas de sol en la cabeza, se cruzó de brazos, y le miró de arriba a abajo. Bauer estaba vestido más o menos como lo había estado el día anterior, pero esta vez lucía una camiseta con un código de barras y "FRIKI" escrito debajo. La orgullosa declaración le sentaba muy bien, pero, aunque fuera gracioso, Cassandra mantuvo su sonrisa para sí misma. Necesitaba su ayuda y no quería empezar la conversación riéndose de su friki sentido del humor.

Para romper el hielo, ella respondió con una pregunta de su cosecha: "¿Tienes permiso de conducir?"

En un primer momento, Trevor no entendió lo que quería decir, y entonces cayó en la cuenta: había accedido al DMV y había obtenido su licencia. "Ah, cualquier adolescente con escasas habilidades puede tener acceso a esa información."

Cassandra le miró y sonrió, "Sí, pero ahora mismo te estás preguntando qué otras pepitas jugosas he sido capaz de encontrar sobre ti. Increíble, ¿no? ¿Cuánta información se puede encontrar en

Internet? Un clic y la vida entera de una persona se convierte en un libro abierto."

Su comentario, tan similar a sus propios pensamientos de la noche anterior, le sobresaltó. ¿Una simple coincidencia? Sin perder su curiosidad, Trevor se inclinó para mirar dentro del coche y lo encontró vacío, "¿Dónde está Bruce Banner?"

"¿Quién?" Preguntó Cassandra automáticamente y luego se echó a reír cuando se dio cuenta de que se refería al científico que se transformaba en Hulk. "Wow. Muy sarcástico por la mañana, ¿no es cierto? ¿Y bien? ¿No me invitas a un café ni nada? Oh, espera—tú eres más de bebidas energéticas, ¿verdad?" Haciendo un gesto hacia su casa, ella continuó en broma, "¿Tengo que entrar yo misma a hacerme uno? ¿O tal vez un par de minutos de tiempo muerto hará que recuerdes cómo comportarte correctamente?"

"¿Quién eres y dónde está esa loca mujer que me abordó ayer?" Respondió Trevor con humor, extrañamente relajado en su presencia, incluso con la gran pregunta de qué estaba haciendo en su puerta, todavía colgando en el aire.

"Oh, no te preocupes," dijo, señalando hacia su propio pecho con el dedo pulgar. "Ella está viva y coleando aquí dentro, y puede saltar en cualquier momento."

"No tengo ninguna duda sobre eso." El comentario devolvió a Trevor a la realidad. Ella era la misma mujer de ayer, por lo que no solo se habría acercado hasta su casa para hablar animadamente con él. Echó un vistazo a su reloj. "Solo tengo unos minutos, así que voy a ir al grano: ¿qué te trae por aquí?"

La sonrisa de Cassandra se desvaneció un poco cuando ella preguntó, "¿Podemos hablar dentro? El tráfico estaba bastante despejado. He llegado más rápido de lo que esperaba y he estado esperando mucho tiempo a que salieras." Un rubor inundó sus mejillas. "Además, necesito ir al baño. ¿Te importa?"

Su petición fue tan totalmente inesperada que Trevor solo pudo mirarla. Fue cuando se dio cuenta de que ella se estaba inquietando, cuando una mano invisible le dio una colleja y le sacó de su estupor.

Inmediatamente, Mac se volvió de nuevo hacia la casa y habló por encima del hombro, "Uh, sí, claro. Sígueme."

Una vez dentro, Trevor la apuntó en dirección al cuarto de baño. "Por este pasillo a la izquierda."

"Gracias," dijo Cassandra mientras se dirigía hacia allí. Los ojos de Trevor se sintieron atraídos por las curvas trazadas por sus vaqueros, y sintió cómo su sangre se calentaba mientras apreciaba la vista. Cuando ya no podía verla, se apoyó en el respaldo del sofá para esperarla mientras que los pensamientos acerca de cuál sería sus motivos para estar allí empezaron a arremolinarse en su cabeza.

Cassandra estaba a punto de estallar. El café, el viaje, y la larga espera, le habían pasado factura. Podía jurar que sus ojos marrones se habían vuelto verdes. El adosado de Bauer había sido una gran sorpresa—no lo que ella esperaba exactamente de un friki de los ordenadores. Estaba ordenado y decorado con mucho estilo—muebles contemporáneos con líneas limpias y colores oscuros, definitivamente un territorio masculino. El televisor de pantalla plana de cuarenta y seis pulgadas, las consolas Xbox y PS3, y dos mandos para dos personas en la mesa de café, eran una clara señal de que disfrutaba de sus noches de juego en compañía.

Cassandra pasó por delante de una puerta abierta y miró hacia lo que parecía ser un despacho con sus dos ordenadores de escritorio, cada uno enganchado a dos monitores de pantalla plana y a varias bases de conexión. Una vez más, se dio cuenta de que todo era doble y su corazón se disparó mientras sacaba sus conclusiones a partir de las pistas que la rodeaban. *¿Compañero de cuarto? ¿Socio?*

Al llegar al cuarto de baño, Cassandra intentó comprender por qué pensar que Bauer compartía piso con alguien le había hecho inquietarse tanto. Ella estaba allí solo por asuntos de negocios—necesitaba sus habilidades y recursos; eso era todo. Mientras se lavaba las manos, se miró en el espejo, y afirmó para sí misma, *se trata solo de un espíritu empresarial.*

Al salir del baño, a Cassandra le hubiera gustado tener el tiempo y la oportunidad de investigar un poco más y hurgar en sus cosas en busca de más pistas sobre el hombre detrás del empleado de la NSA—el hombre al que iba a confiar el éxito de su misión.

Unas horas antes, Trevor había estado seguro de que nunca volvería a ver a Cassandra James de nuevo, sin embargo, allí estaba, usando su cuarto de baño como si se conocieran de toda la vida. Trevor se quedó perplejo cuando el dicho *a la tercera va la vencida* pasó por su mente. Ella se había cruzado en su camino dos veces antes y, en cada ocasión, había traído innumerables emociones a la superficie.

Primero, el mensaje interceptado que le había llevado a involucrarse en el caso y finalmente ser capturado por ella, luego la aparición en su lugar de trabajo, dejándole completamente desconcertado y preguntándose y soñando con ella, con el deseo de tener la oportunidad de conocerla más a fondo, y por último, su aparición en su casa con una actitud bastante amable, comportándose como si el día anterior nunca hubiera ocurrido.

Sus afilados sentidos estaban fuera de control. Si eso no era un signo, no sabía qué era. Él no era de los que creían en las coincidencias—en lo que a él concernía, todo sucedía por una razón. A su juicio, necesitaba prestar más atención a lo que se desarrollaba ante él.

Al oír la puerta del baño abrirse y sus pasos sobre el suelo de madera por el pasillo, Trevor calmó sus pensamientos. Quería escuchar su explicación de por qué estaba allí, en su casa y no en un avión de regreso a California. Al verla caminar hacia él, un excitante deseo le llenó. Algo mucho más profundo que un simple enamoramiento tiró de él, y se sintió atado.

Durante su adolescencia, antes de mudarse a los Estados, Trevor había observado a sus padres juntos, y muchas veces los había comparado con los padres de sus amigos. Sus recuerdos de aquella época hicieron resurgir imágenes de una pareja seguros de sí mismos y de su relación. Se habían respetado mutuamente, siempre habían solucionado sus diferencias, y habían disfrutado realmente de su mutua compañía.

Más imágenes de ellos inundaron la mente de Trevor y se acordó de las veces que había pillado a sus padres abrazándose, besándose, o simplemente relajándose en los brazos del otro. Cada vez que se había tropezado con ellos, los había dejado antes incluso de que pudiera reaccionar—como cualquier adolescente haría, murmurando entre dientes.

Pero ahora, como adulto, Trevor se aferraba a esos recuerdos como salvavidas. Pequeñas boyas mantenían esas impresiones de la vida de sus padres a flote. Le hacían sentir que él también podía llegar a sentir el mismo respeto y amor hacia una pareja.

En ese momento, algo hizo clic en su mente. Él sabía que no podía dejar escapar esta oportunidad. A pesar de que creía que no era justo cargar a una mujer con su equipaje, tendría que averiguar si podría haber algo más entre él y Cassandra James.

La extraña familiaridad de su fluida conversación, incluso bajo estrés, y la electricidad cada vez que se tocaban, eran cosas que no se podían olvidar ni ignorar. ¿Habría sido así con sus padres cuando se conocieron? Una punzada de tristeza le golpeó cuando pensó que si su padre aún estuviera cerca, ahora mismo estaría al teléfono con Trevor, dándole consejos paternales acerca de cómo manejar la situación.

Dejando ese pensamiento a un lado, se dio cuenta de que Cassandra estaba de pie junto a él y le había hecho una pregunta. "Lo siento, no te he escuchado."

"Te he preguntado si estás bien." Ella debía haber visto un destello de tristeza nublar sus ojos.

"Sí. Solo me ha venido un recuerdo."

Cassandra parecía estar esperando a que le diera alguna explicación al respecto, pero al no hacerlo, miró alrededor de la habitación. "¿Podemos sentarnos y hablar un minuto?"

Con un movimiento de su mano, Trevor le hizo un gesto hacia el sofá. "Sí, claro. Por favor, toma asiento."

Cassandra se sentó en la silla en lugar del sofá que él le había indicado, recordándole su propia reacción del día anterior cuando ella le había dado a entender dónde debía sentarse. Trevor se sentó en el brazo de la silla frente a ella.

"Bonita casa," dijo ella, rompiendo el incómodo silencio.

Trevor mantuvo los ojos fijos en ella, temeroso de que cualquier cosa que pudiera decir le hiciera salir escopetado hacia la puerta como un ciervo.

Cuando él se limitó a asentir, ella continuó, "Siento haberme dejado caer por aquí sin avisar. Por favor, transmítele mis disculpas también a tu compañero de piso."

Trevor frunció el ceño al pensar que ella podría haberle investigado más a fondo de lo que pensaba. "¿Compañero? ¿Qué te hace pensar eso?"

"Bueno, dos mandos, dos ordenadores, dos monitores…lo supuse."

"Ah." Trevor dio un suspiro de alivio cuando se dio cuenta de que en realidad ella no sabía mucho acerca de su vida, ni de sus secretos. "No está en casa. No hay nada de que disculparse."

"Oh, un compañero de piso masculino. ¿Novio?"

"¡Dios mío, no!" Exclamó. "¿Qué te ha hecho pensar eso? No es que haya nada malo con esa opción, en general, pero te puedo asegurar que esa no es la liga en la que yo juego."

Se le veía tan indignado que Cassandra casi se echó a reír. Ella ni siquiera entendía sus propias preguntas cuando estaba convencida de que no tenía ningún interés por él, aparte del hecho de que necesitaba su ayuda. No era asunto suyo si tenía un compañero de cuarto o un compañero sentimental, pero, por alguna razón, oír que estaba soltero le hizo sentir aliviada, y a su vez, mucho más extraña aún.

Necesitaba una relación tanto como necesitaba una bala en la cabeza. Ella había vivido con las consecuencias de la muerte de su madre y la destrucción que había dejado a su paso, hasta el punto de adormecer a su padre mientras se regocijaba en nada más que su dolor y su pérdida. Robert había ignorado el hecho de que, mientras que él había perdido a su esposa, ella también había perdido a su madre, su modelo a seguir, la que habría secado sus lágrimas y la habría ayudado a convertirse en toda una mujer. En cambio, ella se había quedado con los borrosos recuerdos de su madre, y un padre destrozado que no podía soportar mirarla sin que el dolor inundase sus ojos.

Ella no quería sentirse igual en ningún momento de su vida. Tal vez debería considerar casarse con Nathan, después de todo. Por lo menos con él, ella sabía con certeza que su corazón estaría a salvo de tal destrucción.

Por enésima vez, Trevor quería saber por qué estaba allí, pero ella le había distraído con su curiosidad sobre su vida sexual, y eso le molestaba. Dado que ella había abierto la puerta a las preguntas más personales, él no pudo evitar preguntar, "Bueno, ya que te has entrometido en mi vida, ¿qué hay de ti? Además, todavía no me has dicho dónde está tu señor Nelson."

"Él no es 'mi' señor Nelson, y está en su camino de regreso a Virginia en estos momentos," respondió ella secamente.

"¿Y?"

"¿Y qué? Ya te lo dije ayer. Nate es solo un buen amigo que me está ayudando."

"Sí, pero no dijiste en qué liga jugabas."

"Touché, Bauer." Sin darle la respuesta que esperaba, su tono adquirió una calidad empresarial. "De acuerdo…basta de cháchara. Me has dicho antes que no tienes mucho tiempo, y yo tengo que coger un vuelo en un par de horas."

La mención de su vuelo le hizo ser consciente de que, independientemente de lo surrealista que era lo que estaba pasando en este preciso momento, ella estaría desapareciendo de su vida, acabando con toda posibilidad de examinar más de cerca la extraña atracción entre ellos. "Bueno, vayamos al grano entonces, ¿por qué estás aquí?"

Cassandra le observó mientras buscaba las palabras adecuadas para convencerle de que la ayudara. *Solo pregúntale, Cassandra. El no ya no tienes.* "Te necesito." Ante su mirada de sorpresa, ella se apresuró a añadir, "Quiero decir, no te *necesito*, te *necesito*, pero necesito tu ayuda."

Por la sonrisa maliciosa que se extendió en su cara, ella podía decir que estaba disfrutando de lo nerviosa que se había puesto. "¿De qué manera *necesitas* mi ayuda?"

Cassandra suspiró y decidió ir a por ello. Si iba a ayudarla, tendría que conocer todos los hechos sobre el caso. No iba a revelarle lo más importante desde el principio, así que empezó por darle algunos antecedentes. "El caso de Bristol fue mi primer caso que me encomendaron desde que llegué a la empresa de mi padre." Ella hizo una pausa, organizó sus pensamientos, y buscó las palabras que pudieran hacerle comprender lo importante que era este caso para ella. "Ya has oído que van diciendo por ahí que he arruinado el caso. Sigo creyendo que bloqueé todas las trampillas hacia el servidor, aunque *tú* te las arreglaras para escabullirte y entrar en él." Ella entrecerró los ojos cuando le miró, "Todavía quiero saber cómo, por cierto. Nos ocuparemos de eso más tarde." Sin dejarle intervenir, Cassandra continuó hablando. "De todos modos, presiento que algo no está bien. No puedo decir exactamente qué es, pero tengo que averiguarlo. A pesar de que el Director Ejecutivo de Bristol solicitó mi retiro del caso, no puedo dejarlo abierto sobre todo teniendo en cuenta que si lo hago, no se verá nada bien en mi Currículum: 'Una gran cagada en su primer gran proyecto después de dejar la CIA'."

Ella se rio de su propia broma. Cuanto más hablaba, más cómoda se sentía, por lo que, perdida en su propio razonamiento, no se dio cuenta de la mirada que él le estaba dando desde el otro lado de la habitación. "Creo que la llamada que interceptaste originalmente, fue hecha por mi sustituto a cargo del caso, Jeff Dillon. No le gustaría nada más que verme debajo de un autobús, pero no puedo simplemente quedarme sentada y dejar que me culpen por la traición de Allison. Nadie podía haberlo previsto."

"¿Qué coño significa que estás fuera del caso?" Cassandra centró su atención en él solo para darse cuenta de que estaba echando humo por las orejas. "Entonces, ¿qué diablos estabas haciendo cuestionándome? No tenías ningún derecho, ni tan siquiera autoridad para hacerlo."

Cassandra se puso rígida, pero sabía que él tenía razones de peso para estar enfadado. Ella suavizó su tono para tratar de ganarse su comprensión. "Tengo que localizar a Allison y recuperar esos archivos. No soy una cobarde, Bauer. Tengo que averiguar qué ha salido mal y arreglarlo. *Tengo* que arreglarlo. Eres la única persona que conozco que puede ayudarme a llegar al fondo de la cuestión."

Los ojos de Trevor se estrecharon y una sonrisa sarcástica curvó sus labios. "¿Me estás diciendo que después de que—sin ninguna autoridad, debo recalcar—casi me lanzaras sobre las brasas ayer, hicieras que tu novio perdiera los papeles conmigo, me retrasaras en mi trabajo, y básicamente jodieras todo mi día, ahora quieres mi ayuda? Tienes que estar bromeando," se rio entre dientes. "Señorita, los tienes bien puestos."

Cassandra se levantó y se paseó por la habitación. *Mierda, le estoy perdiendo.* "Tienes razón, pero tú tampoco estás libre de culpa, Bauer. Todavía no me creo esa estupidez de que pirateaste el sistema exclusivamente para ayudar a tu amigo. Creo que usaste los bienes del Estado y sus recursos de forma encubierta para reunir información para tu propio beneficio personal."

Con una mirada exasperada en su rostro, Trevor se puso de pie, pero Cassandra le hizo un gesto con la mano para que volviera a sentarse. "Solo escúchame, ¿de acuerdo?"

Él se echó hacia atrás y cruzó los brazos a la defensiva. "Estoy escuchando."

Cassandra exhaló el aliento que había estado conteniendo y continuó. "La persona que robó la copia de la fórmula, Allison Davis, tiene una familia—padres y una hermana casada. Sus compañeros de trabajo dijeron que básicamente era una chica muy solitaria. Creo que en algún momento se pondrá en contacto con su familia, si no lo ha hecho ya. Querrá hacerles saber que está bien. Tal vez explicarles por qué desapareció. Ahí es donde entras tú."

Trevor levantó las cejas y le dirigió una mirada burlona. "¿Lo que me estás diciendo es que quieres que ponga vigilancia sobre su familia, utilice la propiedad del gobierno y los recursos de forma encubierta para reunir información para *ti*, una civil, para tu propio beneficio personal?"

Un caliente rubor trepó por su cuello y Cassandra reconoció la ironía de la situación en la que se encontraba. "Sí, ya sé que parezco una hipócrita. Pero como puedes ver, estoy desesperada, sino no habría venido a ti. Pude aprovechar mis viejos recursos de la CIA y conseguir que se presente una solicitud para este propósito, pero cualquiera que sea la solicitud terminará finalmente en uno de los escritorios de tus compañeros de trabajo. Prefiero mantener esto restringido al menor número de personas posible. Así que, de nuevo, vuelvo a ti. Dado que ya estás involucrado indirectamente en el caso, eres la única persona que conozco que me puede ayudar. Si puedo averiguar dónde está Allison, puedo asegurar la copia antes de que salga al mercado." Cassandra tenía miedo de que él aún se negase. Se quedó de pie, y en un momento por tratar de exhibir su confianza en sí misma, enderezó los hombros. "¿Me vas a ayudar?"

Trevor trató de poner las cosas en perspectiva. El tono de su voz no coincidía con la sombra de incertidumbre que cruzó sus ojos. Sus palabras, aunque fuertes y rectas, escondían un tono de súplica que no se ajustaba a la persona que estaba empezando a conocer—alguien que nunca suplicaba por nada. Por la determinación en su mirada, Trevor estaba bastante seguro de que ella ni siquiera se había dado cuenta de que había dejado entrever un poco de su incertidumbre.

Él consideró su petición. Era una tarea sencilla, pero que implicaba el uso de algunos de los recursos de la NSA para ayudarla. Tenía que pensar mucho en ello. Su decisión podría llevarle a la ruina profesional y a un posible procesamiento. Y, por si fuera poco, no creía ser capaz de ocultarle su operación encubierta a George, quien a su vez estaba empezando a hacer preguntas—preguntas que él no estaba seguro de querer responder.

Trevor iba a jugar como abogado del diablo, y reflexionó para sí mismo sobre los aspectos positivos que se podrían tomar en cuenta. Cassandra le había pedido ayuda para hacer las cosas bien, no por razones de corrupción o beneficio personal. El uso de los recursos de la NSA no causaría ningún daño al país ni a personas inocentes. Estaría haciendo en secreto lo que básicamente hacía en un día normal. No afectaría siquiera a su trabajo.

Mientras analizaba la situación, llegó a la conclusión de que ella tenía razón. Cassandra estaba entre la espada y la pared, y él era el único que podía sacarla de allí.

Ahora, más que nunca, sabía que su cruce de caminos no había sido una coincidencia. Más importante aún, si aceptaba ayudarla, estaría en contacto con ella durante más tiempo—lo suficiente para explorar los sentimientos que ella encendía en él. El destino estaba revolviendo la olla con ambos dentro.

El corazón de Cassandra galopó en su pecho y su boca se secó. Se había enfrentado a más vicisitudes en los últimos dos días que en toda su vida. Hasta ese momento, siempre había hecho las cosas por su cuenta, combatiendo a solas en sus propias batallas tal como había aprendido a hacer gracias a la estricta educación de su padre. Siendo justa y en su beneficio, debería haber cogido el avión y haberse lavado las manos con todo este asunto, pero no pudo.

Estudiando al hombre frente a ella, se dio cuenta de que no entendía por qué confiaba instintivamente en él. Incluso con la extraña conexión que no podía explicar entre ellos, y la irritante vibración que le decía que le estaba ocultando algo, sabía en el fondo de su corazón que él era alguien en quien podía confiar.

La gente solía decir que los ojos eran las ventanas del alma. Mirando por las ventanas de sus ojos, solo podía encontrar un profundo sentido del honor, respeto e integridad brillando a través de ellas. Era un riesgo muy grande, pero estaba dispuesta a tomarlo. Si él accedía a ayudarla, todavía mantendría su guardia en alto, con los ojos fijos en todos sus movimientos. No iba a cometer más errores. "¿Me ayudarás?"

Trevor miró a Cassandra de reojo. "¿Y qué hay de mí? ¿Qué gano yo a cambio? Después de todo, técnicamente me estás pidiendo que ponga mi carrera en juego."

Cassandra se quedó helada y su cara se volvió inexpresiva mientras se sentaba en la silla y consideraba sus interesadas preguntas. No había esperado que él fuera a pedirle algún tipo de pago a cambio de sus servicios—la muy tonta de ella. Tal vez no era como se lo había imaginado. Jamás lo habría catalogado como un mercenario.

Ella no iba a vender su integridad por unir sus fuerzas con las de un extraño sin ética, por muy atractivo, encantador, y deseable que fuera. Si ese iba a ser el caso, sería mejor que tirara la toalla ahí mismo. Suspirando, Cassandra se puso de pie. Se dirigió hacia la puerta. Se puso las gafas de nuevo en los ojos, y cogió el pomo de la puerta. "Siento haberle molestado, señor Bauer."

Cuando trató de abrir la puerta, Trevor la detuvo con la mano, manteniéndola cerrada. Cassandra se dio la vuelta y se encontró atrapada por su cuerpo. Respiró profundo y su aroma fresco y limpio inundó sus sentidos y produjo una calidez en su vientre.

"No he terminado aún, señorita James." Su aliento acarició sus labios y, a su vez, ella se lamió los suyos.

"No quiero tener que lidiar con una petición oportunista, señor Bauer. No tengo nada que darle a cambio de su ayuda, así que será mejor que deje que me vaya," replicó con frialdad.

"Yo seré quien juzgue tal cosa. Y, para que conste, no estaba hablando de dinero. Te diré algo. Voy a pensar en ello. Me pondré en contacto contigo para darte mi respuesta en las próximas veinticuatro horas."

Cassandra no podía entender la manera en que le afectaba el calor que emanaba de su cuerpo y se tomó un momento para procesar lo que acababa de decir. Eso significaba que podría haberle juzgado correctamente después de todo, aunque eso no cambiaba el hecho de creía tener una idea de lo que muy probablemente él querría como forma de pago. *Por lo menos ha dicho que se lo va a pensar.* Una corriente de alivio la recorrió. "Gracias por considerarlo. Sé que no hemos empezado muy bien; pero espero que eso no influya."

La sangre de Trevor latía con una necesidad de presionar su cuerpo contra ella. Aunque no podía ver sus ojos a través de las gafas de sol, podía ver el pulso en la base de su garganta latiendo a mil por hora. Bien, pensó él mientras se apartaba de la puerta, daba un paso atrás, y la abría para ella. "Espero poder ayudarte."

"Aquí está mi tarjeta con mi móvil, los números de teléfono de casa, y mi dirección de correo electrónico. Espero con interés saber de ti." Cassandra salió por la puerta.

Trevor tomó la tarjeta y rápidamente la guardó en su bolsillo. De ninguna manera iba a desperdiciar ese pequeño regalo. Viéndola caminar por segunda vez, de repente gritó, "¡Espera!"

"¿Qué?" Gritó ella.

"No has contestado mi pregunta acerca de en qué liga juegas."

Su risa era como música para sus oídos. "Esa es la pregunta del día, Bauer. Vas a tener que descubrirlo por ti mismo," contestó ella mientras se subía al coche.

"Oh, pienso hacerlo, señorita James," dijo él en voz baja para sí mismo mientras la veía marcharse en su coche. "Puedes contar con ello."

Capítulo Doce

El Demonio Dentro

C ARL KENYON ERA EL TÍPICO "listillo" con mala actitud. A los clientes les gustaba trabajar con él porque era muy eficiente en la entrega de resultados. Siempre hacía lo que fuera necesario para concluir un trabajo, y jamás tenía reparos en los métodos que tuviera que emplear para ello—incluso si la cosa se ponía demasiado fea.

El hombre se paseaba por la sofocante habitación de su hotel, tratando de reunir el coraje para hacer la llamada que había estado temiendo. La había cagado. Ahora era el momento de confesarlo. A su jefe no le haría ninguna gracia, eso seguro.

Carl se sentó en la cama y cogió el teléfono móvil con el que había sido equipado. Marcó el número pre-programado con las instrucciones que le habían dado y esperó a que se estableciera la conexión. La voz en el otro extremo era cortante. El hombre parecía irritado por la interrupción.

Solo la idea de la reacción de su jefe a la noticia que tenía que darle hizo que el sudor comenzara a gotear por su sien y a rodar por el lado de su cara. Carl se frotó la barbilla con el hombro para detener las gotas, respiró hondo, y fue al grano. "Buenos días, jefe." Carl continuó en un tono cortés con la esperanza de que la ira de su jefe no descarrilara, "Siento llamarle tan abruptamente y sin aviso previo. Quería comentarle las últimas novedades sobre el caso."

La voz en el otro extremo le acribilló a preguntas. "Todavía en Italia, señor," hizo una pausa para secarse la frente y respirar profundamente antes de añadir, "En realidad, es por eso por lo que le estoy llamando. Estoy teniendo algunas complicaciones con la señorita Davis. Parece que ha cambiado de opinión. No quiere cooperar más."

La voz en su oído estaba realmente cabreada y exigió una explicación. Carl mantuvo la calma para evitar jugarse aún más el cuello, y simplemente le contó los hechos tal como habían sucedido. "Solo me dijo eso, jefe. No me dio ninguna explicación. Tan solo me dijo que había cambiado de opinión. Ni siquiera se llevó el disco duro a la reunión."

"Ha desaparecido. No puedo encontrarla. He estado recorriendo Milán durante los últimos dos días," respondió Carl puntualmente a su siguiente pregunta; "Creo que ella todavía está en Italia, escondida."

El cabreo que entonces pudo escuchar al otro lado de la línea terminó de sacarle de quicio. Carl quería gritar y recordarle a su jefe que él mismo le había proporcionado una información inexacta con respecto a Allison Davis.

Le había dicho que era una mujer muy incrédula. Demasiado inocente. Que le había creído cuando le había dicho había que necesitaba su conocimiento y experiencia en labores de voluntariado, y que su cooperación sería la clave para labrar un mundo mejor. Pero pronto, Carl descubrió que la mujer también tenía cerebro. Sospechó de inmediato y le interrogó cuando se reunieron para el intercambio. Durante la conversación, Carl había hecho comentarios que habían abierto los ojos de Allison a la realidad del mundo—era la ley del más fuerte.

Cuando la señorita Davis cayó en la cuenta, y se negó a entregar los archivos hasta que le diera más detalles sobre la identidad del comprador, él supo que estaba jodido. Antes de que pudiera detenerla, huyó, desapareciendo entre la multitud. Carl no había vuelto a saber nada de ella. No estaba respondiendo ni devolviendo sus llamadas.

Carl estaba tratando de encontrar su rastro, pero era como buscar una aguja en un pajar. Por primera vez desde que se había iniciado en este trabajo, no sabía qué hacer, no tenía recursos a su disposición. Si hubieran estado en los Estados Unidos, ya la habría capturado antes de que ni siquiera hubiera tenido tiempo de parpadear.

Carl culpaba a su jefe por el lío en el que se encontraba. Si le hubiera dicho que la mujer no era una rubia tonta, habría manejado las cosas de una manera muy distinta—jugando con sus conocimientos en vez de haberlos subestimado. Carl tuvo que contener su propia ira sabiendo que no le haría ningún bien enfrentarse a su jefe por su falta de comunicación. Entonces, cayó en la cuenta de que su jefe tenía demasiados contactos en todas partes. Carl sabía que el hombre era un pez gordo sin escrúpulos. Alguien que haría lo que fuera necesario para tomar posesión de los archivos sin ensuciarse las manos en el proceso—que era donde Carl entraba, pero también era realista. Si no sabía encargarse de este pequeño trabajo, su jefe encontraría a alguien que pudiera hacerlo.

La furia del jefe traspasó la línea y le quemó. Carl era un hervidero. Estaba contento de estar al otro lado del Atlántico, en lugar de frente a él. Por su tono, sabía que si hubieran estado cara a cara, hubiera estado en el extremo receptor de una estranguladora llave.

Carl siguió escuchando su diatriba e instrucciones. Cuando hubo una pausa en el otro extremo, saltó: "Sí, señor. Entiendo. Estaré en contacto con usted con regularidad." Cuando el jefe colgó el teléfono con fuerza, Carl inhaló profundamente y dejó el móvil en la mesita.

Carl se pasó los dedos por el pelo y continuó paseando por la pequeña habitación del hotel mientras se devanaba los sesos tratando de encontrar la forma de localizar a la mujer. Tenía que encontrarla y obtener esos archivos, sin importar lo que hiciera falta.

La atención de Carl se centró en otro hecho en el que no había caído hasta entonces: los archivos eran valiosos. Extremadamente valiosos, si la reacción del jefe era una indicación de ello. La mente de Carl estalló con nuevas e interesantes posibilidades. Si pudiera encontrar a la señorita Davis y recuperar los archivos, podría acercarse a las empresas directamente—venderlos al mejor postor. Esto significaría que tendría que asumir una nueva identidad, pero valdría la pena. Además, no tenía nada que perder. Carl sonrió por primera vez en semanas. Había estado en lo cierto cuando le había dicho a la señorita Davis que este era un mundo donde primaba la ley del más fuerte. Solo que esta vez, él iba a ser más fuerte que todos.

EL EMPLEADOR DE CARL COLGÓ el teléfono, se recostó en su silla de cuero, y corrió mentalmente a través de las muchas personas con las que podría ponerse en contacto para que se hicieran cargo del trabajo de Carl. Le habían recomendado que contratara al chico, pero el hombre había llegado a la conclusión de que no estaba a la altura de su reputación, por lo que estaba ahora en una posición en la que se veía obligado a traer a un nuevo jugador. Las cosas siempre se complicaban cuando había demasiadas personas involucradas en un asunto a expensas de la ley—demasiadas manos se pringaban, y demasiadas bocas se iban de la lengua. No le gustaba ni una pizca.

Se giró en su silla para hacer frente a la enorme ventana de cristal detrás de su escritorio, y reconsideró sus pensamientos. Le daría a Carl un poco más de tiempo para que solucionara el problema, pero si no podía, se vería obligado a sacar su arsenal—un gran limpiador profesional. Esta vez, para eliminar dos problemas: Allison *y* Carl.

Capítulo Trece

Voilà

*T*REVOR SUPO QUE IBA A AYUDAR a Cassandra con la misión incluso antes de que hubiera dicho las palabras, "espero poder ayudarte." Había tenido que reunir toda su fuerza de voluntad para no coger su móvil y llamarla el segundo que la vio girar la esquina con su coche. No podía en su sano juicio, ignorar que había algo por explorar—su madre no había criado a ningún tonto—y estaba decidido a averiguar de qué se trataba.

Consultó el reloj de su teléfono y se dio cuenta de que ya no tenía tiempo para sus habituales largos en la piscina. Su discusión con Cassandra había llevado más tiempo de esperado, por lo que tendría que apresurarse. Sacó su bicicleta del garaje y se dirigió directamente al trabajo.

★ ★ ★ ★ ★

TREVOR LLEGÓ A LA SALA de control para encontrar a George metido profundamente en su análisis. Después de su habitual charla mañanera, Trevor comenzó su regular rutina mientras trataba de apartar a Cassandra James de su cabeza. Se las arregló para empujarla con éxito a la parte posterior de su mente hasta la hora del almuerzo. Listo para un descanso y un poco de aire fresco, montó en bicicleta de camino a casa. Durante la duración del rápido viaje, permitió que su mente divagara sobre su dilema—cuándo iba a mandarle el correo electrónico a Cassandra para decirle que había aceptado la misión sin sonar demasiado desesperado.

Trevor no podía comprender cómo ella había hecho que un extrovertido como él se sintiera como un adolescente en su primera cita, cuestionando sus propias palabras y reacciones, con miedo a provocar que la niña bonita se diera la vuelta y saliera corriendo en estampida.

Él no era un monje. Sabía que a sus anteriores novias les había gustado el hecho de que siempre hubiera escuchado aquello que tenían que decir, pero siempre habían querido más de él—más de lo que había estado dispuesto a compartir. Siempre había mantenido una pequeña parte de su vida oculta. Aunque la atracción, los sentimientos, y la compatibilidad habían estado presentes en todas sus relaciones, nada de lo que había experimentado nunca podía compararse con el torrente de crudas emociones que Cassandra evocaba en su interior.

Llegó a casa y fue directamente a la cocina para prepararse algo de cena. Tuvo la suerte de encontrar restos de comida china en la nevera. Tomando un gran bocado del bote, se encogió de hombros y lo puso en el microondas para calentarlo rápidamente. Mientras esperaba, tomó una bebida energética de la nevera y se rio cuando recordó la oferta ingeniosa para conseguirle una que Cassandra le había hecho por la mañana. Una vez más, sus pensamientos convergieron hacia ella.

Tomó un sorbo de la bebida con cafeína, y consideró qué opciones tenía para ponerse en contacto con ella. Trevor no quería quedar como un hombre desesperado, a pesar de que anhelaba su risa como un adicto ansiaba su vicio. Había establecido un margen de veinticuatro horas, pero de ninguna manera podía esperar un día entero antes de enviarle ese correo electrónico. *¿Debería hacer de tripas* *corazón y acabar con esto de una vez?*

Miró el reloj y se dio cuenta de que era muy probable que ella no hubiera aterrizado aún. Después de algunas consideraciones, pensó que pasarían algunas horas antes de que pudiera revisar su correo electrónico. *¿Qué daño podría hacer?* Sacó su almuerzo del microondas, se dirigió a su despacho, encendió el equipo, y compuso un conciso e-mail. En él, añadió los pasos para que ella pudiera instalar una nueva capa de seguridad cifrada en sus ordenadores para cualquier comunicación futura sobre el caso. Siendo un empleado de la NSA, Trevor sabía que toda la actividad digital podía ser monitoreada, y quería estar seguro de que su intercambio fuera tan confidencial como fuera posible.

Una vez que el correo electrónico fue enviado, Trevor se reclinó en su silla y se relajó. El peso de las últimas horas cayó sobre sus hombros. Ya era demasiado tarde para echarse atrás. Su curso—el curso de ambos—estaba en acción. Extrañamente, se sentía como si su vida estuviera a punto de comenzar.

EN EL AEROPUERTO POR SEGUNDA vez en ese mismo día, Cassandra tuvo una sensación de déjà vu mientras le entregaba su tarjeta de embarque a la operadora. Una vez sentada, se inclinó hacia atrás y revivió su mañana en la cabeza. Tragarse su orgullo no era algo que hacía a menudo. Bueno, casi nunca. Pero en este momento, lo que necesitaba eran respuestas y haría todo lo que fuera necesario para obtenerlas.

Recordó la sonrisa malvada en el rostro de Bauer cuando miró por el espejo retrovisor mientras se alejaba. Una chispa de curiosidad en su interior había ponderando la razón de su mirada. Todavía no estaba segura de qué iba a conseguir de él. Su pequeño intercambio esa misma mañana no le hizo pensar en ningún momento que él no fuera digno de su confianza, pero algo dentro de ella le estaba impidiendo confiar plenamente en él.

Cuando trató de analizar qué era, unas imágenes aleatorias brillaron en el ojo de su mente—la mirada burlona en su rostro cuando se la encontró en la puerta de su casa; su descontento cuando ella sondeó su vida personal; la ira por haber sido interrogado sin autorización.

Cassandra se sonrojó al recordar cómo había sobrepasado sus límites con su pregunta excesivamente personal. Tan pronto como la palabra "novio" se le había escapado, había querido tragársela de nuevo, pero la mirada de indignación en su rostro había hecho que mereciera la pena la vergüenza que había pasado al haberla formulado.

Él había dicho veinticuatro horas. Veinticuatro horas de ansiosa espera por saber si iba a ayudarla o no. Su garganta se cerraba cada vez que consideraba que en verdad, había muchas posibilidades de que dijera que no. No estaba segura de qué haría si esa fuera su respuesta final. Cassandra sabía que el tiempo era precioso. Habían pasado casi dos semanas desde que Allison había caído en el olvido. Cassandra sospechaba que la fórmula habría cambiado ya de manos. Incluso si lo había hecho, ella todavía podía proteger la inversión de Bristol en la producción de la droga. Todo lo que tenía que hacer para asegurar la prueba del robo industrial era localizar a Allison y hacer que confesara quién la había pagado para que sustrajera los archivos.

Durante sus meditaciones, se tropezó con la verdadera razón de su inquietud. Ella podía recordar claramente que él no había siquiera parpadeado cuando había mencionado sus conexiones con la CIA. Eso solo podía significar una cosa: él era conocedor de su pasado con la Agencia. Había hecho exactamente lo mismo que ella—buscar más información en Internet sobre ella. *Bastardo cotilla. ¿Qué otras cosas más sabrá?* Una cosa era cierta: si decía que sí, ella sin duda mantendría una estrecha vigilancia sobre él.

"HOGAR DULCE HOGAR," dijo Cassandra en voz baja cuando llegó a casa esa noche, aliviada de estar allí finalmente. Se movió a toda velocidad a través de su hogar, dejando sus zapatos en el pasillo, y se dirigió directamente a su despacho.

Estaba en ascuas esperando la respuesta de Bauer. Estaba muy preocupada de que todo se le fuera a escapar entre los dedos. Él era su última oportunidad. Encendió el ordenador y esperó con impaciencia a que iniciara sesión. A pesar de que solo habían pasado unas cuantas horas desde su último contacto, ella no podía esperar a comprobar si había recibido algún correo de él.

Cassandra se sorprendió al ver que el último e-mail recibido era en realidad de Bauer. Nerviosa, se quedó sentada mirando la pantalla. Había tenido la esperanza, pero nunca había esperado, recibir un correo de él tan pronto. *¿Y si dice que no?* La misma idea le venía a la cabeza cada vez que su mano se extendía hacia el ratón. "Oh, por el amor de Dios, ábrelo de una maldita vez," se dijo a sí misma en voz alta.

Sus mejillas se sonrojaron. Podía sentir la sangre corriendo por sus venas y oír su pulso retumbando en sus oídos. Inconscientemente, negó con la cabeza. Por un breve segundo, su mente se quedó completamente en blanco. Acababa de recibir la respuesta que tanto había estado anhelando. ¿Qué iba a hacer ahora? ¿Por dónde iba a empezar?

Una lenta sonrisa se extendió por su cara. "Cielos. ¡Me va a ayudar!" Gritó sorprendiéndose a sí misma, y, con una sonrisa aliviada, comenzó a dar vueltas en su silla. Mareada, detuvo su impulso y se volvió a colocar frente al monitor. Con una rápida serie de clics en el teclado de infrarrojos que brillaba en su escritorio, abrió sus archivos. La nube lúgubre y oscura que pendía sobre ella, se había despejado. Podía ver la luz que brillaba en el horizonte—el potencial de una pista. De repente, se sentía como si hubiera obtenido una nueva oportunidad en la vida.

Respirando profundamente, leyó el e-mail de nuevo y siguió las instrucciones para configurar su principal centro de comunicaciones.

Cifró los archivos de la manera indicada, y se sintió como si estuviera representando parte de la película, *Los Fisgones*. Le envió a Bauer copias de proyecto Bristol, incluida la breve información personal sobre Allison que contenía la foto de su identificación como empleada, su último domicilio conocido, y los números de sus contactos de emergencia. Adicionalmente, incluyó algo de documentación no oficial acerca de las cuentas bancarias de Allison y tarjetas de crédito que Jessica había garantizado a través de sus creativos medios. Allison no había borrado sus huellas tan bien como debería haber pensado— una clara señal de que no tenía ninguna experiencia como criminal.

Después de enviar el correo electrónico, Cassandra entró en la cocina y cogió una cerveza para celebrarlo. Cuando ella hizo estallar la tapa de la botella y bebió un largo trago, se dio cuenta de la luz parpadeando en su contestador automático. Curiosa, golpeó el botón de reproducción e hizo una mueca cuando la voz de Nathan llenó el aire. Al llevarse la botella lentamente de nuevo a su boca, la emoción de los últimos minutos se vio atenuada. Normalmente, habría disfrutado escuchando a su viejo amigo, pero tal como se encontraba su relación en estos momentos, solo la hizo sentir incómoda.

Su cuerpo se puso aún más tenso al escuchar el mensaje. *Ey, Cass. Quiero disculparme por mi comportamiento. No sé qué hacer para compensártelo. Ven a verme cuando quieras. No es como si ahora estuvieras muy ocupada después de haber sido eliminada del caso y el callejón sin salida con ese tipo, Bauer. Llámame, ¿quieres? Podemos ver cómo hacerlo.*

Cassandra se quedó mirando la máquina. La visita de Nathan y los días que ella había pasado con él en Maryland, solo habían solidificado su convicción de que estaban destinados a ser amigos. Sus caricias no suscitaron nada más en ella. No podía imaginarse en una relación íntima a largo plazo con él, y no estaba dispuesta a conformarse.

No necesitaba pensar en ello en estos momentos, no habría ninguna visita. Sería un error. Con un profundo suspiro, Cassandra se bebió el resto de su cerveza y borró el mensaje. Estaba bastante segura de que Nathan no se lo tomaría nada bien cuando se lo dijera, pero ya cruzaría ese puente cuando no tuviera más remedio, lo cual sin duda, no iba a suceder esta noche.

De vuelta en su escritorio, comprobó su bandeja de entrada a ver si había recibido contestación de Bauer. Decepcionada al no ver ninguna, se dio cuenta de que estaba siendo estúpida. Él vivía tres horas por delante y probablemente estaría dormido—o en una cita, no pegado a su ordenador, como si hubiera estado esperando su respuesta.

Cassandra frunció el ceño ante la pequeña pizca de celos que sintió al imaginárselo con alguna otra mujer. Por qué esa imagen mental le molestaba era todo un enigma. Estaba obsesionada con la vida personal de ese hombre cuando ni siquiera estaba interesada en tener una relación con él. Él incitaba sentimientos en ella que nunca había sentido por nadie. Se acercaban a los sentimientos que experimentaba cuando pensaba en su madre, y en otros tiempos más felices. Confundida, se preguntó si debía llamar a Jessica. *Oh no, de ninguna manera. No parará hasta que no se haya enterado hasta del más mínimo detalle.*

Volviendo su atención a la pantalla, Cassandra leyó de nuevo el correo de Trevor. Se dio cuenta de que no había incluido cuál esperaba que fuera su indemnización por ayudarla, lo que hizo que sintiera un poco de temor al pensar cuáles podrían ser sus verdaderos motivos para querer hacerlo. Con el corazón en un puño, empezó a considerar sus posibles ilícitas razones para querer ayudarla. *Céntrate. Ha dicho que sí. Solo le necesitas para obtener información. Una vez la tengas, volverás a estar sola y no tendrás que verle nunca más.* De alguna manera, ese último pensamiento no le hizo sentir mejor.

GEORGE HABÍA ESTADO ESPERANDO A Trevor para salir con él esta noche, cuando este llegó a casa listo para ir a Ram's a cenar. La música en vivo, la buena comida, y el patio al aire libre hacían que fuera el lugar perfecto para que dos hombres solteros pasaran el rato después de un largo día de trabajo, en una cálida noche de verano. Trevor, aunque no había estado de humor para pasar la noche en un pub, decidió que necesitaba evadirse y pensar en otra cosa que no fuera Cassandra James, por lo que la opción de salir por ahí había ganado la discusión interna en su cabeza.

Tenía que admitir que siempre se divertía en Ram's. Inmerso las conversaciones con George y los amigos que habían hecho en el bar a lo largo de los años, Trevor no se había dado cuenta de que era las diez cuando se fueron. Había estado inquieto por llegar a casa y comprobar su correo electrónico a ver si había recibido alguna respuesta de Cassandra. La mujer era como una droga. Estuvieron de vuelta más tarde de lo que esperaba.

"¿Qué demonios—" George vio cómo Trevor saltó del coche antes de que ni siquiera se hubiera detenido por completo. Subió las escaleras delanteras de dos en dos, y corrió directamente a su despacho. Se sentó en su ordenador y rápidamente comprobó si tenía algún e-mail de Cassandra. La euforia le llenó Cuando vio que le había escrito y abrió el correo cifrado. Era breve y conciso. Contenía todo lo que necesitaba para comenzar su parte: pinchar los teléfonos de la familia de Allison. No había comentarios ni aclaraciones subyacentes. Era estéril, serio y directo al grano.

Trevor se quedó mirando fijamente la pantalla mientras que una parte de él estaba decepcionada, y la otra gritaba, *Estás loco, tío*. Había esperado más. Debería haber sabido que eso no iba a pasar. El juego acababa de comenzar. Todavía estaba tratando de averiguar lo que estaba pasando en su cabeza, ¿Cómo podía siquiera esperar saber lo que estaba pasando en la de ella? Guardó todo lo que ella le había enviado en su disco duro externo, e hizo una nota mental para trabajar en ello a la mañana siguiente. La carrera estaba en marcha.

UNA LARGA Y TRANQUILA NOCHE había hecho maravillas en

la mente de Cassandra. Confiaba en que, con la ayuda de Bauer, fuera solo cuestión de tiempo antes de que ella descubriera el paradero de Allison, para lo que quería estar lista. Siguiendo su protocolo personal, guardó algo de ropa práctica y artículos personales en una bolsa de lona.

De regreso en su oficina, organizó una pequeña bolsa de viaje con la unidad de disco USB que contenía una copia electrónica del expediente y su pasaporte. Satisfecha de que todo estuviera listo para marcharse en cualquier momento, Cassandra se echó hacia atrás y reconsideró sus pensamientos. No había nada más que pudiera hacer llegados a este punto. De momento, tendría que esperar.

HABÍA PASADO UN PAR DE días desde el último contacto de Trevor con Cassandra a través de correo electrónico. Él se había instalado en su rutina regular, sin perder el ritmo después de haber interceptado las llamadas. Como precaución, había hecho también algunas consultas sobre los datos históricos archivados. Había reducido su búsqueda a las últimas dos semanas después de que Allison hubiera copiado los archivos, con la esperanza de encontrar llamadas telefónicas o mensajes de correo electrónico que pudiera haber enviado a su familia. Una vez analizado el tráfico entrante y saliente de los números marcados como sospechosos, sería capaz de averiguar si había habido algún tipo de actividad extraña.

Los resultados iniciales mostraban unas llamadas realizadas entre sus padres y su hermana a la misma hora que Allison hizo la copia. Después de una rápida revisión de los contenidos de esas llamadas, estaba claro que sus padres no sabían dónde estaba. Su preocupación por ella era evidente, y no tenían ni idea de por qué se había marchado sin decírselo.

A lo largo del día, su consulta remarcó otras llamadas. Algunas no guardaban ninguna relación con Allison, pero una sola llamada a la casa de su padre, hecha cuatro días después de que Allison estuviera fuera de la ciudad, le llamó la atención. La llamada era de Italia.

"¡Bingo!" Un destello de adrenalina le atravesó. Le encantaba encontrar el camino correcto. Era una carrera como ninguna otra. Trevor se preguntaba a menudo si los operativos de campo sentirían lo mismo durante sus vigilancias y seguimientos.

Escuchando el breve audio, Trevor confirmó que la llamada era de Allison.

"*¿Mamá?*" La voz de Allison era tranquila, lo que se ajustaba a la perfección a la imagen de la mujer.

"*Allison, ¿dónde estás? Hemos estado muy preocupados.*" La voz de su madre mostraba un gran disgusto.

"*Estoy bien. No te preocupes.*"

"*Sé cómo te pones alrededor de esta época del año....*" Su madre vaciló por un momento.

"*No, esta vez es diferente.*" La voz de Allison se elevó repentinamente, como para desviar ese tren de pensamiento de su madre. "*Tuve que asistir a una entrevista de trabajo. Me avisaron con muy poco tiempo. No tuvo tiempo de decírtelo.*"

"*¿Seguro que estás bien?*"

"*Sí, mamá. Ahora tengo que irme. Te volveré a llamar tan pronto como pueda. No te preocupes por mí, estaré bien.*"

Trevor consideró mandarle un e-mail a Cassandra con sus últimos hallazgos, pero decidió no hacerlo. Hasta que no pudiera confirmar la ubicación actual de Allison, no quería darle falsas esperanzas. La llamada se había hecho hacía diez días, por lo que no podía tenerse en cuenta. Por ahora, Allison podría estar en cualquier parte del planeta.

Trevor guardó los archivos que había marcado como relevantes para el caso en una carpeta separada y permitió que el escaneo siguiera corriendo en un segundo plano. Terminó su lista de tareas, y se dirigió a casa para la cita que había programado con George y su videojuego, Call of Duty.

UN DÍA DESPUÉS, TREVOR DIO en el clavo. Comprobó el intercambio de algunas otras llamadas entre miembros de la familia, cuando encontró una llamada hecha la noche anterior desde el extranjero. Cargó el archivo y lo escuchó. Reconoció la temblorosa voz de Allison mientras hablaba con su madre.

"Hola, cariño. ¿Cómo te ha ido? ¿Conseguiste el trabajo que querías?" Su madre parecía emocionada por ella.

"Todo ha salida mal, mamá." El tono de Allison era apagado, y su madre se dio cuenta de inmediato de que algo iba mal.

"Alli, ¿qué pasa? ¿Estás bien?"

"Estaré bien, mamá. No te preocupes por mí. Solo he llamado para saludarte y decirte que te quiero." Allison evitó la discusión con su madre y rápidamente desestimó su preocupación añadiendo, *"No puedo seguir hablando mucho tiempo. La gente está esperando para usar el teléfono. Diles a papá y a Kara que les quiero. Os hecho mucho de menos."* Entonces se apresuró a colgar.

Hubo otras llamadas realizadas inmediatamente después por la madre a la hermana de Allison para hacerle saber que había llamado. Su madre le había expresado su preocupación por su tono de voz—la intuición de una madre sobre una hija que sabe que oculta algo.

Trevor rastreó una nueva llamada desde París, Francia. Al parecer, ella se movía por todo Europa, señal de que muy probablemente, estaba a la fuga. *Pero, ¿por qué y de quién?* Armado con la ubicación actual de Allison, Trevor podría finalmente ponerse en contacto con Cassandra. La perspectiva hizo que sintiera calor en su interior. Estaba deseando darle la noticia. Ella se alegraría mucho al saber que podría seguir adelante con su búsqueda.

Sin embargo, un nuevo pensamiento atravesó su cerebro. Si compartía con Cassandra esta nueva pieza de información, ella se desharía de él más rápido que si se tratara de un periódico usado. Se despediría de él, despegaría hacia París en el primer vuelo nocturno que pudiera conseguir, y solo volvería a contactar con él si necesitaba ayuda adicional con el caso. Estaba seguro de ello.

También significaba que ella estaría más lejos de él de lo que ya estaba. No le gustaba en absoluto. Deseaba estar cerca de ella de forma regular, para ver su sonrisa, y oler su dulce aroma en la mañana. Él casi se golpeó la cabeza contra su escritorio cuando esos deseos invadieron su mente.

De repente, comenzó a desarrollar un plan. Un loco y estúpido plan que le daría el control sobre la complicada relación entre ellos. No iba a ser usado como moneda de cambio en esta ocasión. Sabía exactamente lo que iba a pedir a cambio de sus servicios. Y a ella no le iba a gustar una pizca. Trevor consideró la pelea que se avecinaba, pero merecería totalmente la pena. Su sonrisa se ensanchó al imaginar la aturdida expresión en el rostro de Cassandra cuando le dijera su "precio." Le encantaría ser una mosca en su pared durante la llamada telefónica que planeaba hacerle más tarde esa noche.

Trevor observó a George acercarse y sentarse en la esquina de su escritorio con los ojos entrecerrados y una mirada pensativa en su rostro. "¿Cuándo vas a decirme qué te está pasando?"

"¿Qué quieres decir?" Trevor fingió no tener ni idea de lo que su amigo estaba hablando.

"Hemos compartido casa durante mucho tiempo, Trev. Aunque sueles guardar la mayor parte de las cosas para ti, puedo ver que hay algo que te ha estado molestando desde que esa mujer se presentó en la oficina hace unos días. No has sido el mismo desde entonces."

Trevor reflexionó sobre sus planes y Cassandra y se dio cuenta de que, si seguía adelante con lo que tenía en mente, iba a necesitar el apoyo de George. No para sí mismo, sino para poder cumplir con los activos que le había prometido a Cassandra.

Trevor respiró hondo, y en contra de su propia regla de no abrirse demasiado a los demás, compartió la historia con George, guardándose de dónde venía su propio interés en la fórmula y cómo Cassandra había llegado hasta él, así como sus más profundos sentimientos hacia ella, para sí mismo.

"¿Estás jodidamente loco?" Explotó George.

"No. Ella necesita mi ayuda."

"Vaya...has perdido totalmente la cabeza, amigo mío. O eso,

o…" George inclinó la cabeza hacia un lado y se quedó mirando fijamente a Trevor, luego abrió los ojos de par en par y una sonrisa se extendió a lo largo de sus labios. "¡Mierda! Te gusta. Te gusta muchísimo," y se echó a reír.

"¡Vete a la mierda, imbécil!" Replicó Trevor mientras le empujaba fuera de su escritorio cuando se dio cuenta de que su amigo no podía controlar sus carcajadas.

"¿Por qué no me lo has dicho antes? Podría haberte ayudado desde el principio," dijo mientras se secaba las lágrimas de sus ojos. "Maldita sea…es como estar en una película de espionaje."

La aceptación incondicional de su explicación por parte de George, hizo que Trevor se cuestionara si también debería contarle la historia de sus padres. Los últimos cuatro años habían pesado demasiado sobre sus hombros, y Trevor pensó seriamente en si este sería, finalmente, el momento adecuado para hablar con George. Romper el silencio sin duda sería un bálsamo para su alma. Pero tan rápido como el pensamiento cruzó por su mente, lo enterró en el fondo de su corazón de nuevo. Por ahora, se guardaría para sí mismo esas piezas de información. Se armó de valor y se centró en el caso que tenía entre manos. Tenía una importante llamada que hacer.

★ ★ ★ ★ ★

EL TELÉFONO ESTABA SONANDO CUANDO Cassie entró por la puerta después de haber hecho la compra de camino a casa. Su nevera se encontraba en un estado lamentable, incluso las migas estaban gritando "dame de comer" y su estómago se había unido al clamor. Cassandra dejó caer las bolsas en el mostrador, y tomó el teléfono con una mano mientras hacía malabarismos con los huevos con la otra.

"¿Hola?" Respondió sin aliento.

"¿Señorita James?" Ella reconoció la voz de inmediato, y su estómago se desplomó a sus pies. Un millón de ideas se agolparon en su mente. *Me está llamando. Eso no puede ser bueno. Ha cambiado de opinión. Ha encontrado algo.*

"¿Hola? ¿Estás ahí?"

"Sí, sí, estoy aquí, Bauer. Acabo de llegar."

"Ah...me alegra comprobar que reconoces mi voz," dijo con aire de suficiencia.

"No te hagas ilusiones. No conozco demasiadas personas con un acento como el tuyo. ¿Qué pasa? ¿Cuál es el motivo de tu llamada?"

Cassandra pudo sentir una sonrisa en su voz cuando él respondió sin más, "Tengo información sobre Allison."

Al escuchar la noticia, Cassandra solo pudo mirar hacia el mostrador de su cocina con incredulidad. *Al fin, una pista.* Apenas capaz de frenar su entusiasmo, le preguntó, "Hablas en serio, ¿verdad? Por supuesto que sí, sino no estarías llamando. ¡Lo sabía! Ha llamado a su familia, ¿verdad?"

"Sí, lo hizo; tu presentimiento era cierto. Enhorabuena."

"Muchas gracias por ayudarme en esto. Mándame todos los detalles en un correo electrónico para que pueda..."

"Espera un minuto." La interrumpió él, "Aún no te he dicho lo que quiero a cambio."

Cassandra se quedó en silencio. En su emoción, se había olvidado por completo de su recompensa. Había estado temiendo el momento en que llegara. Los pensamientos en su cabeza se dispararon de nuevo a toda velocidad. *Va a decirme algo que no me va a gustar—¿o sí? Tal vez no sea tan malo.* Entonces recordó su maliciosa sonrisa por el espejo retrovisor. *Sí, va a ser malo.*

Cassandra suspiró profundamente. "Está bien, dispara. ¿De qué se trata?"

"Voy a ir contigo. Ese es mi precio." No estaba bromeando.

"¡¿Estás loco?! ¿Has tomado demasiadas bebidas energéticas?" La voz de Cassandra sonaba más y más alta con cada exclamación. "Este es mi caso. No vas a venir. No vas a inmiscuirte en el asunto. Yo sigo las pistas. Tú eres el friki detrás del ordenador. Tú recopilas información. Yo la uso."

"Wow. Dado que tienes las ideas tan claras, supongo que, buenas noches. Ha sido un placer hablar contigo de nuevo."

"Espera. ¡Espera! ¡No cuelgues!" Cassandra se apresuró a detenerle mientras que la voz de Trevor se desvanecía. Temerosa de que su última oportunidad se le escapara entre los dedos, se dejó caer al suelo de la cocina en derrota. Apoyó la frente en las rodillas y se calmó antes de ofrecerle un compromiso. "Por favor, dame la información. Haré mis comprobaciones y te mantendré informado."

"¿Por quién me tomas? No soy tonto. No voy a darte nada a menos que te comprometas a llevarme contigo."

"Maldita sea, Bauer. Tú no tienes ninguna experiencia en el terreno."

"Si yo no voy, *no* tienes nada," enfatizó él.

Cassandra se dio cuenta de que estaba en una situación sin salida. Quería desesperadamente, mejor dicho—necesitaba desesperadamente—esa información. *¡Infierno!* "De acuerdo…Supongo que puedes venir."

Alivio y emoción colorearon la voz de Trevor. "Genial. Me alegro de que estés de acuerdo. Será estupendo—ya lo verás. No te defraudaré, Cassandra."

La forma en que su nombre fluyó de sus labios en ese acento irlandés, hizo que ella sintiera una especie de alegría. "Sí, bueno, eso está aún por verse, Bauer. Ahora que ya tienes lo que *tú* querías, dame lo que *yo* quiero."

"Nope. Imposible. No te voy a dar nada. Te conozco. Se te lo doy, montarás en el próximo vuelo, y me dejarás mordiendo el polvo."

"¿Por qué habría de hacerlo? Eres un buen tipo." El sarcasmo goteaba de su voz. Ella podía oír su risa al otro lado de la línea.

"Todo lo que necesitas saber es que vamos a ir a París. Haremos un seguimiento de ella a partir de ahí."

El corazón de Cassandra se aceleró, y una descarga de adrenalina comenzó a fluir por sus venas. Ella se animó. "¿París? ¿Está en París? ¿Qué está haciendo allí?"

"No va a colar. Te daré los detalles cuando lleguemos. Reservaré los billetes esta noche. ¿Te parece bien volar en business?"

"Para. Alto ahí. Te he dicho que puedes venir. No he dicho nada de que pagues mi vuelo. Dame los detalles. Yo haré mis *propios* arreglos."

Después de una pausa, la voz de Trevor vino a través de la línea. "Está bien, Cassandra. Te enviaré todo lo que necesitas por correo."

"Te enviaré mi itinerario cuando pueda. Solo asegúrate de estar allí a la hora acordada. *De ninguna manera* voy a estar sentada esperando a que te dignes a dejar caer tu culo por allí. Te lo haré saber cuando haya hecho mi reserva. Reservaré el primer vuelo posible; cuanto más rápido lleguemos, mejor."

"¡Sí, mi Capitán! Estar allí al mismo tiempo. Anotado. Oh, y Cassandra, no te preocupes, va a ser un viaje alucinante."

Ella volteó los ojos hacia arriba. "Solo sé puntual," murmuró antes de desconectar la llamada.

Finalmente, Cassandra tenía la pista que necesitaba—París— pero nunca imaginó que tendría que cargar con un compañero verde en la materia durante la duración del trabajo.

Compañero. "Oh, mierda. ¡Nathan!" No le había devuelto la llamada. "Bueno, más vale tarde que nunca," murmuró mientras marcaba su número y recitaba en su cabeza cómo planeaba plantar las cartas sobre la mesa. *O bien acepta que somos solo amigos o tendremos que distanciarnos para siempre.* Cassandra se preparó para lo que estaba por venir.

Capítulo Catorce

*E*L VUELO DESDE SAN FRANCISCO a Washington, DC se realizó sin complicaciones. Cassandra había cerrado su mente a pensamientos de Bauer, y había empleado su tiempo a bordo para repasar los archivos una vez más. Mientras esperaba a hacer conexión con el vuelo a París, se estiró en la zona de embarque para aflojar un poco los músculos—los hacinados asientos del primer avión la habían dejado sintiéndose como un pretzel humano. Controlando su reloj, calculó que aún tenía un par de horas que matar—mucho tiempo para tomar algo antes de embarcar en su vuelo nocturno—por lo que se dirigió a la zona de restaurantes.

★ ★ ★ ★ ★

TREVOR HABÍA BUSCADO A CASSANDRA, pero no la había encontrado. Había sentido pavor, pensando que posiblemente había tomado un vuelo anterior. Pero su lado lógico le había devuelto a la tierra, recordándole su insistencia para que no llegara tarde. Con mucho tiempo aún por delante, Trevor estaba pasando el rato en la sala de embarque de la clase business.

Sonrió cuando recordó la reacción de Cassandra ante su demanda. Casi podía verla chisporroteando de rabia. Cuando esa imagen inundó su mente, oyó el aviso que decía que el embarque estaba a punto de comenzar. Cogió el maletín de su ordenador portátil y se dirigió hacia la puerta.

CASSANDRA REGRESÓ A LA ZONA de embarque y se sorprendió al ver lo que se había llenado. Buscando, encontró una silla vacía frente a la puerta de embarque y rápidamente la reclamó.

Mientras esperaba, su mente divagaba y una visión de la sonrisa malvada de Bauer—la que vio cuando dejó su casa en coche—jugó de nuevo con su mente. Cassandra se había preguntado a qué vendría esa sonrisa en innumerables ocasiones en los últimos días. *¿Qué estaba pensando? ¿Tendría que ver con ella? ¿Qué diablos estoy pensando?*

Intencionadamente, Cassandra dirigió sus pensamientos a París, y esperaba que el avión de Bauer llegara a tiempo. No tenía detalles sobre el hotel que él había reservado, aparte de que estaba comprendido en el rango de precio que ella estaba dispuesta a pagar. Se sentiría ofendida si él llegara tarde y tuviera que acampar en el aeropuerto para esperarle.

Cassandra recordaba la vergüenza que había pasado cuando le había pedido que buscara algo económico. No le dijo en ningún momento que estaría financiando el viaje por su cuenta, y tenía que ser tan frugal como fuera posible mientras que estuviera en París. París. Nunca había estado allí, y una pequeña parte de ella ansiaba el cambio de escenario. La otra parte, la más grande, estaba haciendo que le doliera el estómago. Estaba preocupada por el motivo de la solicitud de Bauer—más bien la demanda—a unirse a ella, y había especulado sobre cómo su proximidad les afectaría durante su estancia en Francia.

No ayudaba que el asunto que tenía entre manos con Nathan estuviera surtiendo efecto en ella. A los ojos de Nathan, Bauer era un oportunista que solo quería meterse en sus pantalones, y ella era una estúpida por dejarse engañar por él. La conversación que habían tenido la noche anterior, jugó otra vez en su mente.

"Hola, Nathan," le saludó casualmente.

"¿Por qué demonios has tardado tanto en llamarme? Has estado en casa durante días."

"Lo siento. He estado muy liada con el trabajo." Ella había evitado entrar en detalles.

"Entonces, ¿recibiste mi mensaje?" Le había preguntado Nathan, seguido de un ansioso, *"¿Cuando estás libre para venir? Puedes quedarte en mi casa cuando llegues."*

Con un suspiro, Cassandra había elegido sus palabras con cuidado. *"Nathan. No voy a ir. Ha surgido algo, una pista sobre el caso. Me estoy dirigiendo a París en estos momentos, a ver si puedo rastrear a Allison."*

"¿Paris? ¡¿Qué demonios, Cass?! Ya no estás en el caso. Me dijiste que tu padre te había enviado a casa por unas semanas. Déjalo estar. Ven a visitarme." Nathan se había detenido. *"Espera un segundo."* Después de una pausa de un segundo, había preguntado con una voz baja y controlada, *"¿Cómo sabes que está en París?"*

Cassandra se había vuelto silenciosa, buscando las palabras que quería usar.

"¿Cass?" Nathan había empujado; *"¿Cómo lo sabes?"*

"Solo escúchame, ¿de acuerdo?" Había declarado Cassandra. *"Me volví y hablé con Bauer. Le expliqué todo, y estuvo de acuerdo en ayudarme. Él fue capaz de rastrear una llamada que Allison hizo a…"*

Antes de que hubiera sido capaz de terminar, Nathan la interrumpió, *"¿Qué diablos quiere decir que volviste? Estábamos en el aeropuerto. Tú misma me viste embarcar."*

Cassandra había tratado de mantener la calma. *"Lo sé. La idea me golpeó cuando iba camino a mi sala de embarque, así que me fui del aeropuerto y me reuní con él en su casa."*

"¿Su casa? ¡¿Su casa?!" Le había gritado Nathan al oído; *"Cass, ¡ya te lo dije, maldita sea! Él quiere estar cerca de ti, por razones obvias. ¿Por*

qué si no te iba a ayudar? ¡Infierno! ¿Ya te la lanzado los trastos? Espero que no te hayas tragado su mierda." Entonces, había añadido sarcásticamente, *"¿Qué es lo que le ofreciste a cambio de su ayuda, Cass?"*

"Espera un segundo. Eso no es de tu incumbencia. No tienes ningún derecho. No te corresponde a ti decir qué hacer o con quién puedo hablar. Y para que conste, no es que sea asunto tuyo, pero fue un caballero, nadie se ha tenido que meter en los pantalones de nadie."

"Cass. Será mejor que me escuches—"

Cassandra echaba humo por las orejas ante a las insinuaciones de Nathan de que ni ella ni Bauer tenían ninguna integridad, y al saber que pensaba tan poco de ella. Ella había terminado la llamada con un seco, *"No, no quiero escucharte."*

No habían hablado desde entonces. El teléfono sonó en el bolsillo, lo que la trajo de nuevo al presente. Ella lo sacó y frunció el ceño cuando vio el número de Nathan en la pantalla. *Hablando del rey de Roma.* Era casi como si le hubiera llamado telepáticamente con su recuerdo. Con un solo toque, ignoró la llamada y devolvió el móvil a su bolsillo.

La voz de la operadora vino por el intercomunicador, avisando de que el embarque de los pasajeros que viajaban en business se realizaría en breve. Ante la mención de la clase business, Cassandra se pudo imaginar a Bauer cómodamente sentado en su espacioso asiento, bebiendo champán y comiendo galletas. *Imbécil.*

"Maldita sea," suspiró. *Me encantan las galletas.* Deseaba poder hacer lo mismo, pero el pellizco a su cartera sería más doloroso que el precio que habría tenido que pagar por renunciar a viajar en clase turista.

TREVOR ENCONTRÓ ASIENTO MIENTRAS QUE esperaba a que anunciasen el momento de embarcar. Cuando las azafatas dijeron su zona, se dirigió, caminando entre las filas de sillas, hacia el final de la cola. Mientras maniobraba por la sala de estar, evitando equipaje y rodillas, buscó por última vez a Cassandra entre los numerosos pasajeros.

Maldita sea, está lleno. No la voy a encontrar nunca. Distraído en su búsqueda, no vio el repentino movimiento hacia el suelo de un pasajero frente a él y su rodilla entró en contacto con algo duro. En el impacto, él bajó la mirada con sorpresa.

Cassandra esperaba pacientemente su turno para montar en el avión. La cola de la clase business se movía con bastante rapidez, por lo que sabía que estaba llegando la hora. Ella se inclinó para sacar la tarjeta de embarque y el pasaporte de su bolso. En el momento en que se dobló hacia adelante, una rodilla conectó con su sien.

"¡Amigo!" Se quejó, frotándose el lado de la cabeza y mirando hacia arriba. "¿Qué eres? Un toro en un maldito—" Las palabras de Cassandra se congelaron en su garganta cuando su mirada se encontró con unos ojos azul añil que la miraban con preocupación.

"¡Mierda! Lo siento. No sabía que ibas a agacharte. ¿Estás bien?" Le preguntó mientras extendía la mano para tocar la señal roja en su sien.

Cassandra se retiró para evitar el contacto. Se frotó la zona afectada, tratando de hacer que el dolor desapareciera. Al darse cuenta de que había soltado el pasaporte en la confusión del momento, se inclinó de nuevo para recuperarlo, pero Bauer se apresuró a cogerlo y se lo entregó. "Aquí tienes."

Ella se lo quitó de muy mala gana y frunció el ceño. "¿Qué demonios estás haciendo aquí? ¿No se supone que deberías estar cruzando el Océano Ártico o el Atlántico ya?"

"Me dijiste que estuviera allí a tiempo. Solo estoy siguiendo tus instrucciones." Su sonrisa había desaparecido. "Me las arreglé para conseguir un asiento en el mismo vuelo. Ahora estamos perfectamente sincronizados. No solo voy a estar cerca de tu hora de llegada, voy a estar allí al mismo tiempo exacto. Admítelo," movió sus cejas, "soy un genio."

Él, al igual que ella, observó cómo la línea de embarque se iba haciendo cada vez más corta. "¿Seguro que no quieres venir conmigo?

Puedo hacer los arreglos en un santiamén," le ofreció por segunda vez, pero ella sacudió la cabeza obstinadamente.

"No, gracias."

Trevor vaciló por un momento, pero debió ver en su cara que no iba a cambiar de opinión. "Nos vemos en París, entonces," dijo, y continuó por el pasillo.

"Lo que tú digas." Ella entrecerró los ojos y maldijo en voz baja mientras le veía alejarse. No pudo dejar de notar cómo las otras mujeres en su fila le siguieron con la mirada. Cassandra sintió algo extraño parecido a los celos cuando una de las admiradoras de Bauer le dio un golpecito en el brazo para preguntarle descaradamente, "¿Podrías presentármelo?"

Cassandra se quedó mirando en silencio a la mujer que rápidamente soltó su brazo, al darse cuenta por el brillo en los ojos de Cassandra, que no iba a tener tal suerte.

Cassandra miró a Bauer y le vio entrar por el pasillo de la clase business con su estúpida alfombra roja. Él le dedicó una sonrisa a la encargada que tomó su tarjeta de embarque, y Cassandra apretó los dientes cuando la joven se echó a reír con él. De pronto, ella levantó la vista y le llamó con su mirada. Él le sostuvo la suya durante un rato y luego sonrió ampliamente mientras agitaba su tarjeta de embarque y caminaba a través de la puerta de la telescópica pasarela.

"Genial. Todo está saliendo genial," murmuró Cassandra mientras agarraba sus maletas y se trasladaba a su fila. Deslizó el bolso del ordenador portátil en una posición más cómoda en su hombro, y sujetó la bolsa de lona contra su pecho mientras entraba en el avión. "Maldita sea," susurró en voz baja cuando se dio cuenta de que los pasajeros tenían que pasar por business para llegar a la clase turista.

Cassandra se acercó sus maletas al cuerpo para asegurarse de que el maletín estuviera seguro en su hombro y que el petate fuera al frente para evitar golpear a algún pobre desgraciado en la cabeza. Acercándose a la fila en la que Bauer estaba sentado, Cassandra evitó su mirada a la vez que rezaba porque la gente delante de ella avanzara rápidamente para que pudiera pasar desapercibida. Cuando estaba a

la altura de Bauer, la persona que tenía delante se detuvo abruptamente y dio un paso atrás para meter sus objetos personales en el
compartimento superior. Cuando Cassandra se tambaleó hacia atrás
para evitar que la pisaran, el maletín de su portátil se deslizó de su
hombro y chocó accidentalmente con la cabeza de Bauer.

"¡Maldita sea!" Exclamó él cuando la bebida que se estaba llevando a los labios, se derramó y salpicó toda su cara.

"Oh, Dios mío. Lo siento mucho, Bauer," Cassandra se quedó
sin aliento. Ella tomó la servilleta de papel de la bandeja y limpió las
gotas de su barbilla y la húmeda mancha en su camisa.

Trevor agarró su muñeca. "Para. Yo me encargaré."

Dándose cuenta de repente de dónde estaba frotando, Cassandra
retiró la mano. "Lo siento."

"Señorita, tiene que seguir adelante. Está bloqueando la fila." Le
dijo una de las asistentes con el ceño fruncido, la cual mostró una
gran preocupación cuando vio la camisa de Bauer. "¡Señor! ¿Qué ha
pasado?"

"El huracán Cassandra, ¿no ha oído hablar de él?" Cassandra
percibió la pequeña sonrisa que curvó sus labios. Avergonzada, ella
siguió adelante.

*Caray, eso ha sido una buena primera impresión y lo demás son ton-
terías*, pensó mientras avanzaba por el pasillo sin apartar la mirada de
su asiento. Cada vez que estaban juntos siempre salía algo mal.

Cassandra se había resignado al hecho de que estaría rodeada de
extraños cuando llegara a su asiento. Era el precio que tenía que
pagar por haber esperado hasta último minuto para hacer la reserva.
Desde luego, no es el mejor comienzo de un viaje a una hermosa ciudad,
pensó mientras guardaba su bolsa de lona en el compartimiento
superior.

Ella se deslizó en su asiento y se dio cuenta del bebé dormido en
brazos de su madre en la fila detrás de ella. Ambos padres parecían
estresados y miraban al pequeño de vez en cuando, como si estuvieran esperando que le saliera una tercera cabeza en cualquier
momento. *Qué pardillos.* Se sentó y rezó por el que bebé no berrease

durante todo el vuelo de siete horas, pero sabía que era probablemente inevitable.

Cassandra se acomodó, metió la bolsa de mano debajo de su asiento, y se abrochó. Cuando se recostó en el respaldo, sus ojos fueron capturados por la cortina que separaba la zona de Bauer de la suya, y volteó los ojos hacia arriba antes de concentrarse en los pasajeros que seguían embarcando.

Al verlos pasar uno a uno, empezó a tratar de adivinar quiénes serían sus compañeros de viaje. Esperaba que se tratara de alguien tranquilo. *Oh señor*, pensó, mientras observaba a un hombre de unos treinta y tantos peinado hacia atrás, con una camisa prácticamente desabrochada, y varias cadenas de oro alrededor de su cuello, comerse con los ojos a todas las mujeres a su paso.

"Por favor, sigue adelante. Por favor, sigue adelante," murmuró Casssandra una y otra vez, esperando que pasara de largo. Dejó escapar un suspiro de alivio cuando el hombre dejó su asiento atrás, sobre todo cuando su colonia flotó hacia ella lo que hizo que arrugara la nariz automáticamente, ofendida por el insoportable olor. Lamentablemente, el hedor no se disipaba y Cassandra se dio cuenta de que ahora el tipo estaba de pie al lado de ella sin su maleta. *Maldita sea*, pensó mientras él se dejaba caer en el asiento junto al suyo. Giró la cabeza hacia ella, y ella trató de ocultar sus nauseas causadas por la peste de su colonia y el exceso de gomina en su pelo. *Maldita sea*, pensó de nuevo. *Espero que los asistentes estén preparados. Una cerilla y el chico arderá en llamas.*

El hombre se apoyó en el reposabrazos y metió la mano en frente de ella. "Oye, ¿y *tú* quién eres, hermosa dama? Yo soy Sam. No puedo ni empezar a contarte lo feliz que estoy de que nos hayamos conocido."

Cassandra tomó su mano y la soltó rápidamente para restregar la suya sudorosa a lo largo de sus pantalones, tan discretamente como pudo mientras decía un cortés, "hola" e ignoraba su petición por saber su nombre. Pensar en ese hombre plantando sus babosos labios en ella hizo que le dieran ganas de vomitar, hasta que el recuerdo de su nombre dicho en un acento irlandés cruzó su mente. *¿A qué venía eso?*

Ocupada con sus intentos de mantener a Sam fuera de su espacio personal, ella fue sorprendida por una conmoción que estaba sucediendo al otro lado. Al levantar la mirada, vio a una mujer que estaba tratando de meter su bolso en el guarda bultos.

"Disculpa," dijo ella cuando la bolsa se deslizó de nuevo hacia fuera y ella hizo esfuerzos por meterla de nuevo. "Lo siento mucho," se disculpó cuando se volvió demasiado rápido y el gigante bolso golpeó a la persona en la fila frente a ellos.

Esto está empeorando por momentos, pensó Cassandra en el momento en el que la patosa mujer se dejó caer en el asiento vacío a su izquierda y empezó a hablar con ella como si fueran viejas amigas. "Hola, soy Kathy. ¿Vas a París? Me encanta París. ¿Has estado allí antes? Si no, yo te puedo mostrar todos los lugares a los que debes ir."

Sus preguntas y comentarios salieron disparados de su boca a mil por hora, y Cassandra se alegró de oír al encargado por el altavoz diciéndoles a todos que tomaran sus asientos para que pudieran cerrar las puertas. Eso calmó un poco a Kathy, y le dio algo de tiempo a Cassandra para que pudiera cerrar los ojos y organizar sus pensamientos. El vuelo tenía los ingredientes necesarios para ser un infierno: la Habladora Kathy a la izquierda y la Lagartija Holgazana a la derecha.

El asiento delante de ella la golpeó en las rodillas y la sobresaltó. Ella abrió los ojos justo a tiempo para ver a un hombre del tamaño de un jugador de rugby sentándose frente a ella. *Genial*, pensó, *¿podría empeorar la situación?* Ella estaba siendo castigada por su terquedad. Podría estar sentada cómodamente en business charlando con Bauer. En cambio, estaba rodeado por todos los compañeros clichés de vuelo que podría haber. *¿Qué demonios?* Echando un vistazo por la ventanilla, pensó en Bauer y en lo relajado que debería estar en su extra ancho y tranquilo asiento.

★ ★ ★ ★ ★

TREVOR PERMANECÍA SENTADO EN SU cómodo y afelpado asiento de la clase business, ahora separada de la clase turista por una cortina cerrada, y se preguntó sobre la terca mujer sentada en algún lugar detrás de él. Si ella hubiera aceptado su oferta, podría estar en este momento sentada junto a él. Podrían estar hablando de su plan de ataque una vez en París, o simplemente conversando casualmente. De cualquier manera, estaría aprendiendo más sobre ella. Tal como habían salido las cosas, estaban perdiendo un tiempo precioso.

Una vez que la luz del cinturón de seguridad se apagó, Trevor se levantó para ver cómo estaba Cassandra, para darle compañía. Echó un vistazo a la clase turista y se fijó en las pobres almas enlatadas como sardinas. Inmediatamente vio a Cassandra justo en el medio de una fila central, rodeada por el caos.

La mujer a su lado parecía estar volviéndola loca. Cassandra estaba abarrotada en su silla tratando de evitar ser aplastada por el linebacker sentado frente a ella, cuya silla estaba ahora recostada sobre su regazo. Al mismo tiempo, estaba tratando de evitar que el chico baboso a su otro lado se la comiera con los ojos. Trevor sentía lástima por ella, pero al mismo tiempo, encontraba la situación ridículamente divertida: su fila era la única zona caótica en el resto de la tranquila cabina.

Consideró preguntarla de nuevo si quería cambiar de zona. Estaba seguro de que podría lograr que la trasladaran al asiento vacío al lado del suyo al otro lado del pasillo, pero a juzgar por su reacción en las dos ocasiones anteriores en las que se lo había sugerido, él supo que no iba a llegar a ninguna parte con la tercera y no conseguiría más que ella le viera como un pesado. Decidió relajarse y se recostó en su silla. Hacia la mitad del vuelo, sin embargo, después de que le hubieran servido la cena, Trevor estaba harto de su soledad y decidió ir a hacerle una visita. Envolvió un par de las galletas recién horneadas de su plato en una servilleta para sobornarla. Tenía la esperanza de hacerla sentir un poco mejor.

La cabina estaba a oscuras, solo iluminada por las luces de lectura. Se acercó a la fila de Cassandra y vio que la mujer a su izquierda se había quedado dormida. A medida que se acercaba, Trevor se dio cuenta de que el hombre junto a Cassandra se había apartado rápidamente de ella y se estaba frotando las costillas, como si hubiera recibido un codazo. Los ojos de Trevor se estrecharon, y una leve punzada de ira le atravesó ante el pensamiento de que ese tipo pudiera tocar la piel de Cassandra. Luego consideró la rapidez y la eficiencia en la que ella se había ocupado de la osadía no deseada del hombre, y se relajó, al comprobar una vez más que la mujer sabía cuidar perfectamente de sí misma. Al acercarse, oyó a un bebé sollozar y vio a Cassandra dejar caer su cabeza en derrota.

Cassandra estaba tan distraída por el caos que no se dio cuenta de su presencia. Ella inclinó la cabeza hacia atrás y cerró los ojos como si buscara una forma de escapar de las horas de vuelo que aún le quedaban por delante.

"Cassandra," susurró él en voz baja para llamar su atención.

Abstraída completamente, Cassandra no le oyó al principio.

"Cassandra," lo intentó de nuevo con más fuerza. De repente, sus ojos se abrieron de golpe y miró a su alrededor. Volviendo la cabeza hacia él, sus hermosos ojos marrones se clavaron en los suyos.

Levantando las cejas, ella le preguntó en un tono cansado, "¿Qué estás haciendo aquí?"

"Solo he venido a traerte algunas golosinas. Pensé que no te darían ninguna viajando en clase turista," le entregó las galletas.

Cassandra miró la servilleta de tela que él le estaba ofreciendo y pudo ver las galletas de frutas que ella tanto adoraba asomando a través de ella. *Doble maldita sea.* Y entonces Bauer tenía que hacer algo tan amable como esto. Su descontento hacia él se suavizó.

Ella no quería crear ninguna animosidad más entre ellos. Suspiró, aceptando el paquete que él le estaba entregando. Cuando sus dedos la rozaron suavemente, ella sintió una patada en la boca de su estómago. Él no parecía afectado por su ligero toque y simplemente sonrió, asintiendo con la cabeza hacia ella, y dejándola sola con sus propios pensamientos.

CASSANDRA NO FUE CAPAZ DE pegar ojo durante el resto del vuelo. Cuando finalmente aterrizaron en la hermosa París, estaba de muy mal humor otra vez—el recuerdo del dulce gesto de Trevor con las galletas había sido tragado por su malestar. Ella salió del avión y se encontró con Bauer esperándola al final de la rampa. Contrariada por lo fresco y despierto que se le veía mientras que ella se sentía sucia y hambrienta, Cassandra ignoró su saludo y su ofrecimiento por llevarle su equipaje. Ella pasó de largo y se dirigió directamente a la salida.

Cassandra se enfureció aún más al escuchar su risa, "Podrías haber tenido un cómodo y bonito asiento junto a mí, chica."

Ella sabía que tenía razón. Se había dado cuenta de ello a mitad de vuelo mientras que el caos se cernía a su alrededor. Maldito orgullo. Había sido una estúpida decisión no haber aceptado su oferta, pero ahora eso era agua pasada. Solo tenía que seguir adelante y tratar de sacar lo mejor de sus nuevos "arreglos de trabajo."

Cassandra no podía dejar que Bauer se saliera con la suya con ese comentario. Ella se rascó la espalda con su dedo corazón mientras continuaba en dirección a la salida.

Trevor, que seguía detrás de ella, no podía parar de reír. "Parece que alguien necesita un tiempo muerto," dijo mientras abría la puerta del taxi para ella.

Su aventura había comenzado.

Capítulo Quince

Las Águilas Han Aterrizado

*D*ESDE EL MOMENTO QUE LLEGARON a París, la puntuación había sido Bauer, tres, Cassandra, cero. Hasta ahora él había ganado todos los argumentos que se le habían presentado, con calma, lógica, sin regodeos, fuerza, ni comportamientos irascibles, el viento siempre había soplado a su favor.

La primera vez había sido con respecto al uso de un coche de alquiler. Ella creía que era innecesario, ya que iban a estar en la ciudad, con fácil acceso al transporte público. Bauer había argumentado que con un coche estarían listos para salir de la ciudad de manera inmediata en caso de que su objetivo decidiera abandonarla.

La segunda vez, Bauer se había ganado el derecho a conducir, ya que se había traído su unidad de GPS y lo había pre-programado con las indicaciones para llegar al hotel y otras atracciones en la Ciudad de las Luces. Este último detalle había desconcertado a Cassandra— era como si él pensaba que iban a tener tiempo para pasear, disfrutar del paisaje, y visitar lugares de interés. *Si así era, estaba loco de remate.* Por mucho que a ella le hubiera encantado secretamente hacer todas esas cosas con él, en su mente, ella era el conejo de Alicia en el País de las Maravillas—llegaba tarde a la fiesta y no tenía ningún deseo de seguir perdiendo el tiempo.

La tercera, y la guinda del pastel, había sido la ubicación de la sala de control. Había sido culpa de ella, a decir verdad. Ella le había pedido específicamente que reservase su habitación dentro de su presupuesto, y él lo había hecho. Eso significaba un área más pequeña, la cual no era factible para una sala de control donde ambos tendrían que estar trabajando día tras día solo Dios sabía por cuánto tiempo. Cuando Bauer mencionó que había reservado una habitación para él con el espacio de trabajo que tenía en mente, ella reconoció su derrota, sobre todo después de que él la hubiera hecho reír diciéndole que no podía estar lejos de Jack, su ordenador portátil. Ella había sonreído al principio, pensando que estaba bromeando, pero no, había estado hablando muy en serio. Ella se había reído de nuevo cuando Bauer procedió a nombrar a su propio ordenador portátil, Jill, e incluso hizo las presentaciones formales entre ambos cuando ella se lo había traído para instalarlo en la sala de estar de su suite.

"Jack, este es Jill. Jill, este es mi amigo, Jack." Bauer había mostrado un destello de humor en sus ojos que ella de alguna manera había encontrado entrañable.

Él también estaba como un tren en sí mismo, lo que no facilitaba nada las cosas. Para agilizar las cosas, Bauer le había dado a Cassandra una copia de la tarjeta de su habitación para que pudiera entrar y salir a su antojo. Ella tomó su palabra, y usó la tarjeta por primera vez la misma mañana que llegaron. Después de llamar a la puerta y oírle gritar, *Adelante*, ella había entrado tan campantemente solo para haberse encontrado a Bauer, con el torso desnudo, mientras se ponía la camisa.

Por la humedad de su pelo, ella asumió que acababa de darse una ducha. Abrumada por la vista, Cassandra se dio la vuelta y se dirigió hacia la puerta cuando él la detuvo burlonamente, "Puedes darte la vuelta. Ya estoy decente."

A partir de ese día, Cassandra había sido muy prudente al entrar en su habitación. No necesitaba más imágenes de su paquete de seis abdominales jugando en su mente cada vez que cerraba los ojos.

Desde que habían llegado al hotel y habían puesto en marcha su temporal sala de control, habían estado en contacto diario con George, el amigo de la NSA de Bauer. George les había enviado copias de las transcripciones originales de las llamadas realizadas por Allison a su familia, y les había dicho que estaba esperando un par más. Una vez que habían recibido las transcripciones y las grabaciones de las llamadas realizadas por Allison desde Italia y París, habían sido capaces de analizarlas.

Bauer había descubierto el origen desde donde se había realizado las llamadas gracias al software de perfiles geográficos que había instalado en su portátil mientras esperaban la aportación adicional de George. Para Cassandra, la espera estaba siendo angustiante.

TREVOR ESTABA INQUIETO. Quería realmente que Cassandra se tomara algo de tiempo muerto para que pudiera llevarla a cenar, a visitar lugares de interés, o simplemente dar un paseo alrededor de la manzana, pero ella no parecía querer dar su brazo a torcer. Llevaban tres días encerrados en el hotel a la espera de recibir noticias de George y con la esperanza de tener una racha de suerte. Cada vez más, Trevor creía que Allison era un peón en un serio y muy peligroso juego. Era media tarde en París Cuando George finalmente se conectó.

Bueno, George, ¿qué tienes? Le preguntó Trevor en cuanto establecieron contacto a través del chat de texto.

Tenemos una coincidencia con las escuchas telefónicas. Una llamada desde París fue hecha al padre de Allison hace dos días. Rastreé el número y di con su localización en una cabina telefónica en el Boulevard Saint-Germain. Trevor podía sentir la emoción de George por cómo sus palabras aparecían rápidamente en la pantalla.

Por fin estamos llegando a alguna parte. Con que registremos una llamada más podré conseguir un mejor éxito en mi consulta de geolocali-

zación. Mantennos informados si hay alguna llamada nueva.

Por supuesto, respondió George, y terminó la conexión.

Trevor captó la mirada inquisitiva de Cassandra. "Tenemos una pista, pero todavía necesitamos más datos. Si podemos conseguir uno o varios conjuntos de coordenadas, podremos obtener una geolocalización bastante exacta con el error radial mínimo."

"Tierra llamando a Bauer. Tú, friki, yo, persona normal. En nuestro idioma, por favor," le pidió ella con una mirada burlona.

Trevor sonrió. "Podremos centrar nuestra atención en un radio menor en París. Podríamos poner en marcha operaciones de vigilancia. Vigilancia física." Se rio cuando vio el destello de emoción en los ojos de ella. "Solo tenemos que obtener alguna llamada más. Cuantas más llamadas podamos analizar, más exactas serán las coordenadas, y menor será el área a cubrir."

"Perfecto." Ella sonrió y su corazón se aceleró en su pecho.

En ese momento, él deseaba que ella le hubiera dirigido esa sonrisa por una razón que no fuera sus habilidades y conocimientos sobre ordenadores. Más que nunca, Trevor quería resolver el caso lo antes posible para poder concentrase en cómo hacer que Cassandra quisiera relajarse con él, y compartir una conversación que no implicase análisis o transcripciones de datos. Estar encerrado en un reducido cuarto con ella durante estos días había demostrado ser un desafío más grande de lo que había pensado originariamente. Mucho más grande.

Trevor volvió a centrar su atención en la pantalla. "Solo tenemos que tener un poco de paciencia. Puede que pase un tiempo antes de que volvamos a saber de George."

La espera iba a matar a Cassandra. Estos últimos días trabajando tan estrechamente con Bauer entre las cuatro paredes de su habitación, estaban empezando a pasarle factura. Cassandra se estaba poniendo cada vez más nerviosa porque en realidad estaba descubriendo que había cosas en el mismo hombre que encontraba muy atractivas. Primero y ante todo, su actitud de asumir responsabilidades y su sentido del humor, muy parecido al de ella. Y, aun cuando diferían en ciertas cosas, el comportamiento de él parecía complementar al de ella. A Cassandra le molestaba que tuvieran cosas en común. *Maldita sea. Tenía que salir de allí.*

Por la atenta mirada en el rostro de Bauer, solo podía asumir que George se había conectado de nuevo, o que Bauer había encontrado algún nuevo intrigante chisme en la red. Al darse cuenta de que estaba bastante cansada, Cassandra se dejó caer en la cama con un suspiro de calma profunda. En estos momentos, sus manos estaban atadas. Ella sabía que por ahora, estaba a merced de Bauer y era dependiente de sus recursos.

El Jetlag todavía la atormentaba. Los párpados de Cassandra se cerraron y ella se acurrucó en la cama lentamente con un gran bostezo. Bauer seguía centrado en su pantalla riéndose de algo. Cassandra confiaba en que la llamaría si recibía algo nuevo. Cerró los ojos y el sonido de los dedos de Bauer mientras tecleaba, la arrulló a dormir.

EN EL MOMENTO EN QUE vio a George conectado de nuevo, Trevor saltó en el chat. Solo había una razón por la cual su amigo estaría de vuelta tan pronto.

¿Qué ha pasado? ¿Algo bueno?

Acabo de recibir el informe de hoy de la búsqueda de sus números. Acabamos de recibir otra pista. La última llamada que hizo fue a su hermana. Tendré las transcripciones de la intersección pronto. Las palabras de George eran prometedoras.

Gracias. Mándame las nuevas coordenadas, ¿quieres?

Roger, Sir, tecleó George, haciendo que Trevor se echara a reír— Podía oír las palabras de George haciendo eco en su cabeza. *Te estoy mandando un email. Tienes mi clave de cifrado ¿no?*

Sí. Te mantendré informado con los resultados de la geolocalización.

Bueno…¿cómo es París? George cambió de repente la dirección de la conversación.

Con un rápido vistazo a Cassandra, Trevor tecleó de vuelta, *No me hagas hablar. Mandona al máximo. Y bastante estirada también.*

Debe ser duro. Estar en la romántica París con una preciosa, mandona, y estirada mujer.

Una vez más, Trevor podía oír en su mente el humor en las palabras de George. Él negó con la cabeza y respondió, *Es duro. Créeme.*

Espera. Acabamos de recibir otra pista, escribió George. *Otro teléfono público en París.*

¿Están geográficamente cerca?

Es curioso que lo preguntes. Los teléfonos están solo a unas manzanas de distancia. Voy a analizar el área ahora y te enviaré las nuevas coordenadas lo antes posible.

De acuerdo, George. Gracias de nuevo por tu ayuda.

Sin problemas, T, respondió George antes de que Trevor cortara la conexión.

Con las nuevas coordenadas en sus manos, Trevor podría saber con más precisión qué áreas frecuentaba Allison. Pronto, vio el mensaje de George en su bandeja de entrada. El e-mail no solo contenía las coordenadas que necesitaba, sino también las últimas transcripciones. Trevor introdujo los números en el programa de geolocalización y procedió a leer las transcripciones.

CASSANDRA TENÍA LA EXTRAÑA SENSACIÓN de estar siendo observada. Una sensación que conocía muy bien—sus habilidades de supervivencia le advertían siempre que había algún depredador en la vecindad, algo que cada agente de la CIA aprendía de inmediato. Poco a poco, abrió los ojos lo suficiente como para poder localizar su origen.

Sus ojos se abrieron de golpe, se sentó en la cama como un resorte, se apartó el pelo de la cara, y miró a sus alrededores. *¿Qué demonios?* Su maleta junto a la puerta fue todo lo que necesitaba para saber que había dormido en la habitación de Bauer.

"Buenos días, dormilona," la saludó Bauer desde su silla junto a la cama mientras sostenía una taza que exudaba un espeso aroma a té.

Su estómago gruñó al pensar en el desayuno. "Siento no haber esperado a que te despertaras para tomarme mi taza matutina de té. No te gustaría verme sin mi té de la mañana…créeme." Su tono era burlón, pero sus ojos reflejaban otra cosa. Había un cierto atisbo de deseo en ellos, pero Cassandra estaba demasiado hambrienta para analizarlo en profundidad.

"Deberías haberme echado de tu habitación." Su tono era monótono, y sus palabras, una simple declaración de hecho. Entonces cayó en la cuenta. Maldita sea, si ella estaba durmiendo en su cama, entonces… "¿Dónde has dormido?"

Una sonrisa infantil curvó los labios de Bauer y sus ojos se oscurecieron del color de los mares tormentosos cuando tomó un largo sorbo de su té antes de encogerse de hombros. "Bueno, definitivamente no en la bañera ni en esta maldita silla tan incómoda. Además, la cama era lo suficientemente grande para los dos."

De alguna manera, la traviesa mirada en sus ojos, junto con la sonrisa en su cara y sus palabras irlandesas, hicieron que ella le viera tremendamente sexual cuando sus labios tocaron el borde de la taza. Cassandra tenía nada claro lo que habría sucedido entre ellos durante la noche; ambos estaban completamente vestidos. Bauer, sin embargo, ahora que se fijaba un poco más, llevaba una ropa diferente a la que había llevado la noche anterior. Ella frunció el ceño. ¿Se habría desnudado para dormir a su lado? El recuerdo de cuándo vio su pecho desnudo en su primer día en París cruzó por su mente e hizo que sus mejillas se ruborizaran.

Ella ignoró su comentario mientras se apartaba la manta de felpa de las piernas y las deslizaba a un lado de la cama para levantarse. Se frotó la cara y volvió a mirarle. "No sé tú, pero yo estoy muerta de hambre."

"Sí…yo también." Dios bendito, ¿cómo podía un simple "sí" sonar tan pícaro?

Sacudiendo la cabeza ante su fantasía, Cassandra se puso de pie, caminó hacia donde había dejado sus zapatos perfectamente alineados junto a la puerta, y recuperó su bolso de la pequeña mesita en la entrada. Agarró el pomo de la puerta y lo miró por encima del hombro. "Me iré a desayunar a esa pequeña cafetería a la vuelta de la esquina en quince minutos. Si no bajas al vestíbulo antes, me iré sin ti."

Sin decir nada más, Cassandra salió, cerró la puerta con demasiada fuerza, y se apoyó en ella para recuperar la compostura. Oyó la risita de Bauer; su cálido timbre envió un escalofrío a lo largo de su espina dorsal. Ella entró en su habitación, que quitó la ropa, y se metió en el baño para darse una ducha rápida—una muy fría.

MALDITA SEA. LA MUJER NO solo era hermosa, sino también tenía mucho carácter, Trevor rio para sus adentros después de la rápida retirada de Cassandra.

Había estado ocupado toda la noche revisando los datos que George le había enviado, y analizando la localización varias veces con algunas variables diferentes para reducir los resultados de su búsqueda. Fue cuando se había puesto de pie para estirarse y tomar una botella de agua, cuando se había dado cuenta de que Cassandra se había quedado dormida en su cama.

La chica parecía tan relajada y vulnerable que él no había tenido el valor de despertarla. Cuando terminó de revisar los correos electrónicos, había sacado una manta extra del armario y la había cubierto con ella antes de haberse metido lentamente en la cama y haberse echado las sábanas a un lado. Había rezado para no lanzarla contra el suelo en caso de que decidiera tirar de las sábanas debajo de su cuerpo mientras dormía. Siempre había sido un soñador muy inquieto, pero, por suerte para ella, parecía que no iba a pegar ojo esa noche.

Trevor recordó los muchos momentos interesantes que habían compartido desde que llegaron a París. La mirada intensa en los ojos de ella cuando la había pillado haciéndole un repaso cuando Cassandra pensaba que él no estaba mirando. El deseo y la necesidad habían brillado en sus ojos por un microsegundo antes de que ella hubiera encerrado todos sus sentimientos tras ese grueso caparazón a su alrededor. Las veces que sus manos se habían rozado sin querer y ella había apartado la suya rápidamente como si se hubiera quemado.

Esos recuerdos eran como un puño contra su estómago. Trevor había sido un manojo de nervios durante el resto de la noche mientras que su imaginación trabajaba a toda velocidad. Se había preguntado infinidad de veces cómo sería tocar su piel desnuda. Se lo había cuestionado desde el primer minuto en que sus ojos se habían encontrado. Su piel parecía haber suplicado ser tocada y probada.

Durante el transcurso de su tortura privada, Trevor se había girado sobre su costado y se había encontrado a sí mismo frente a ella. Había trazado sus características y las curvas debajo de la manta con sus ojos, mientras que sentía una imperiosa necesidad en sus dedos de llegar a ella. El suave aliento que se escapaba de sus labios, el ascenso y la caída de su pecho, su olor mientras dormía—una mezcla de lirios y su propia esencia—hicieron que fuera una noche muy dolorosa para él.

Inquieto, Trevor se había levantado al amanecer y se había ido a dar un paseo a paso ligero para despejar su cabeza en el aire fresco de la mañana. Había regresado a la habitación con el tiempo suficiente para prepararse una taza de té y verla dormir durante unos cuantos minutos más antes de que sus ojos color whisky se hubieran abierto y se hubieran encontrado con él mientras la contemplaba.

Le sorprendía admitir que Cassandra le hacía soñar con la felicidad. Ella le hacía anhelar el tipo de relación que sus padres habían tenido. Desde que asumió la responsabilidad de averiguar qué les había pasado a sus padres, había decidido no tener ninguna relación seria. No quería imponerle esa carga a alguien que le importara. Pero Cassandra hacía que se cuestionara esa decisión.

Se preguntó qué pasaría si llegaran a intimar. Estaba seguro de que sería más que algo simplemente físico. Ella le hacía sentir demasiado. Le hacía desear tener a alguien con quien compartir esa carga y que su relación no se viera afectada por su proyecto personal—incluso tal vez ella podría interesarse por ello y querer ayudarle.

La idea de expresar sus deseos le emocionaba y le asustaba al mismo tiempo. ¿Y si había malentendido el deseo que había creído ver en sus ojos? ¿Y si ella desaparecía después de confesarle sus sentimientos? Trevor nunca era de los que dejaban que sus pensamientos negativos lo derribaran. Podría detenerse en ellos a veces— Dios sabía que la desaparición de su padre habían hecho una gran mella en él—pero siempre se recuperaba. Fiel a su naturaleza, se negaba a regodearse de sus miserias y prefería dejarse caer en las manos de la suerte de los irlandeses.

Trevor salió a la superficie de sus pensamientos y se dio cuenta de que solo tenía unos minutos para reunirse con Cassandra en la planta baja, o ella le dejaría plantado. Rápidamente apagó los ordenadores, cerró las unidades externas en la sala de la caja fuerte, y salió a disfrutar de un desayuno con la mujer más hermosa y obstinada que había conocido en toda su vida.

EL MÓVIL DE CASSANDRA SONÓ mientras que ella salía de la habitación. Lo sacó del bolsillo y miró la pantalla. *Nathan.* La estaba volviendo loca con sus llamadas constantes que ella había estado evitando contestar.

Maldijo en voz baja. Sabía que no podía evitar tener una conversación con él por más tiempo. "Nathan."

"¡Cass! Al fin. He estado tratando de dar contigo durante mucho tiempo. ¿No has recibido mis mensajes?"

"Sí, pero para serte sincera, después de nuestra última discusión, no tenía muchas ganas de volver a hablar contigo."

"Bueno, simplemente no puedo creer aún que volvieras a él después de que te advirtiera sobre el tipo de persona que es."

"Si vas a empezar de nuevo, voy a colgar."

"¡No! No lo hagas. No vayas a París. Ven a verme a mí." La voz de Nathan no tenía ni el más mínimo matiz de arrepentimiento.

"No puedo Nate. Ya estoy en París."

"Mierda, Cass. Ni siquiera lo has consultado conmigo. Deberías habérmelo dicho. Diablos, habría encontrado la manera de haber ido contigo." Su tono condescendiente superó a Cassandra. Ya había tenido suficiente.

"De eso se trata, Nate. No tengo que consultar absolutamente nada contigo. Tienes que dejar de actuar como si fuera de tu propiedad. Tú eres mi amigo…un buen amigo, pero eso es todo. Creo que podría haberte dado una impresión equivocada la noche que nos acostamos."

"Cass…"

"No, Nate. Permíteme que termine esta vez," insistió Cassandra antes de que él pudiera interrumpirla de nuevo. "Nos conocemos desde hace mucho tiempo. Me gusta que seamos amigos, pero solo los amigos. Te mereces algo mejor…más de lo que yo te puedo dar."

"Te equivocas, Cass. Compartimos esa noche, un momento. Fue perfecto."

"*No*, Nathan. No fue perfecto. *Tú* compartiste un momento, pero *yo* no. Ni siquiera te das cuenta. Lo intenté. Créeme. No estamos juntos. No somos pareja. Nunca lo hemos sido, Nate. Nunca lo seremos. Te quiero como a un hermano, Nate. No importa cuánto lo intentes, eso no va a cambiar nunca. No hagas que esto sea más difícil de lo que ya es."

"Es por Bauer, ¿verdad?" Dijo en un amenazante susurro. Cuando ella trató de negarlo, él agregó, "Vi la forma en que le mirabas."

"Deja a Bauer fuera de esto. Esto no trata de él ni de ninguna otra persona. Se trata de lo que siento por ti."

"Ya hablaremos cuando regreses. Te quiero, Cass. Pertenecemos juntos. Haré que te des cuenta de ello tarde o temprano."

"No. Esto termina aquí, Nathan."

"Esto no ha terminado, Cass," le oyó gruñir mientras desconectaba la llamada. Bajando las escaleras para reunirse con Bauer,

Cassandra se sentía aliviada de haber solucionado el asunto con Nathan. Se había quitado un gran peso de encima.

CASSANDRA SE LLEVÓ UNA GRATA sorpresa cuando Bauer le ayudó con su silla antes de tomar la suya frente a ella. No parecía un tipo caballeroso, pero todas sus acciones hasta el momento habían demostrado respeto y atención. En los últimos días, habían evocado una tregua tácita y solo habían hablado sobre asuntos profesionales, evitando cuidadosamente los detalles personales, pero de vez en cuando exponían destellos de su pasado. Hablaron de lo que era trabajar para las organizaciones más grandes del gobierno en el país; del deseo de Bauer por perseguir una vida de aventura y de trabajo en el campo—razón por la cual quiso viajar con ella a París—y los peligros de este tipo de trabajo de campo mientras que ella le contaba sobre su oscura experiencia de recibir un disparo. Su rato juntos les había dado tiempo para hablar sobre tanta cosas que ella se había quedado, y posiblemente él también, con la sensación de que la vida era demasiado corta para desperdiciarla dudando a la hora de dar un paso adelante.

A lo largo de desayuno, se estudiaron mutuamente de manera encubierta. No lo verbalizaron, pero de alguna manera, algo había cambiado entre ellos. Las últimas novedades y un contacto ininterrumpido con Bauer, le habían permitido a Cassandra llegar a conocerlo mejor, su humor, su curiosidad, y también sus debilidades—Qué Dios se apiadara de aquel que le hiciera algo a su ordenador.

Cassandra no debería haber estado tan sorprendida por las habilidades lingüísticas de Bauer mientras observaba cómo pedía su desayuno en francés. Mientras que esperaban a que les sirvieran lo que habían pedido, hablaron cómodamente como si fueran viejos amigos sobre temas que iban fluyendo hacia otros. Cassandra se volvió más relajada en su compañía, y cuando salió el tema de sus infancias, fue algo natural que cada uno describiera y compartiera la suya con el otro mientras se deleitaban con un delicioso desayuno parisino.

Cassandra no estaba del todo segura de si las sensaciones profundas y extrañas que albergaba por él eran las culpables, pero pasadas unas horas, había compartido más con Bauer que con ninguna otra persona que hubiera conocido, a excepción de Jessica. Antes de darse cuenta, se encontró hablando de la muerte de su madre y de cómo había afectado a su padre.

"Era una mujer muy hermosa." Cassandra mantuvo la mirada baja mientras jugueteaba con el último cacho de su croissant relleno de fresa.

"No me cabe ninguna duda," respondió Bauer con tristeza, y con una certeza como si hubiera conocido a su madre en vida. Esa certeza hizo que ella levantara la vista y se encontrara con su mirada.

Cassandra salió de su trance cuando vio la tristeza en sus ojos. Ella no quería su compasión.

Ella se había ido abriendo a él poco a poco de manera espontánea para darle una idea aproximada de su vida, y Trevor se había alegrado al notar los nuevos avances que estaban haciendo hasta que ella se había vuelto a esconder tras su caparazón.

"Tenemos que volver al trabajo. ¿Has sabido algo más de George?" Le preguntó bruscamente.

"Constantemente durante la noche. Creo que deberías leer las nuevas transcripciones. Me gustaría saber tu opinión sobre Allison después de leerlas. Creo que podremos sacar algunas conclusiones interesantes en base a lo que tenemos en estos momentos."

"¿Cuánto podemos realmente confiar en él con esta información?" Sondeó Cassandra con cuidado.

"Como he dicho antes, George es como un hermano para mí. Confío en él con mi vida."

Cassandra suspiró. "Está bien. Si tú respondes por él, supongo que no hay mucho más que pueda hacer además de darle las gracias por su ayuda. Nunca hubiéramos llegado tan lejos sin él."

"Sí. George es sin duda uno de los buenos. Te lo presentaré adecuadamente cuando regresemos a Estados Unidos." Ella arqueó las cejas como si sorprendida por su declaración, y él bromeó, "¿Qué? ¿No podemos seguir siendo amigos cuando esta pequeña aventura haya terminado?"

"Has dicho 'seguir.' ¿Estás diciendo que ya somos amigos?" Vaciló Cassandra.

La sonrisa burlona de Trevor se desvaneció lentamente y él le sostuvo la mirada. "Espero de verdad que sí, Cassandra."

Ella buscó en su cara por un momento. "Puede que me arrepienta de esto más tarde, pero me gusta mucho esa idea. Me gustaría ser tu amiga, Trevor."

★ ★ ★ ★ ★

DE VUELTA EN LA SALA de control, Trevor abrió el mapa de geolocalización generado con los actuales datos existentes en su ordenador.

"Creo que cada uno deberíamos cubrir una cabina telefónica."

"No sé," suspiró Cassandra mientras estudiaba las últimas transcripciones una vez más. "De alguna manera, no siento que haya una fría y calculadora criminal de lo que hemos sacado en claro de las conversaciones con su familia." La nueva información fue suficiente para que Cassandra pusiera en duda su evaluación anterior.

"Eso es exactamente lo que yo pienso."

"Allison nunca ha utilizado el mismo teléfono dos veces. ¿Qué te hace pensar que lo hará ahora?"

"Ella tiene que estar por la zona, en base a los datos representados."

"Piensa en ello. Si se está escondiendo, va a usar el teléfono más lejos que encuentre de su lugar de hospedaje. Cuanto más lejos, mejor. Eso es lo que yo haría."

"Está bien, tienes razón. ¿Cuál es tu idea entonces para hacer frente a esto?" Le preguntó él con calma.

Sorprendida, Cassandra olvidó lo que iba a decir por un momento. Él acababa de quitarle sus ganas de replicar. Ella se había estado preparando para una discusión, pero en su lugar, Trevor había estado de acuerdo con ella—incluso le había pedido su opinión.

"Cassandra, ¿me has oído?"

"¿Qué? ¿Mi idea? Sí. Espera." Cassandra sacó el mapa de París con las coordenadas trazadas. Lo puso sobre la cama y señaló los puntos marcados. "Tú dijiste que George localizó los teléfonos en estas zonas. No hay ninguna garantía de que Allison vuelva a utilizar alguno de ellos. Creo, sin embargo, que ella está en este lugar por alguna razón. Algo la ha llevado hasta allí, y no solo la distancia desde su escondite actual." Cassandra respiró y se detuvo, esperando que Trevor desestimara su razonamiento.

"Continúa."

"Esto podría llevarnos un tiempo. Tenemos que ver si podemos encontrarla en algún lugar de la zona. Vamos a necesitar mucha suerte, pero lo más seguro y fácil es que nos hagamos pasar por turistas."

"¿Turistas? ¿Qué quieres decir?"

"He hablado con el conserje del hotel. Hay una cafetería muy popular situada a medio camino entre la ubicación de los teléfonos públicos. Somos dos turistas en nuestra luna de miel que nos estamos hospedando cerca, y este—" ella señaló la ubicación de la cafetería casi justo en el medio del círculo trazado en el mapa,"—se ha acabado convirtiendo en nuestro lugar favorito. Podemos aparcarnos allí todo el día y ver el flujo peatonal. La calle no es muy amplia, nos permitirá observar ambos lados."

La voz de Cassandra se apagó cuando vio que Trevor no estaba comentando nada al respecto. El silencio llenó la habitación. Ella se sentó en el borde de la cama y desplegó el mapa. Un sentimiento de aprensión la estaba consumiendo. Cassandra pensaba que era un buen plan—*sabía* que era un buen plan. Mucho mejor que acechar los teléfonos públicos.

Maldita sea, no le parece bien. Intentó pensar en alguna alternativa, pero no dio con nada.

Ella se puso a la defensiva. "Si no lo ves, siempre podemos hacer lo de los teléfonos."

Trevor corrió mentalmente por la propuesta que ella le acababa de hacer. Pesó sobre sus opciones y llegó a la conclusión de que era una idea bastante acertada. Merecería la pena darle una oportunidad. Ya habían estado jugando al juego de esperar. ¿Por qué no hacerlo desde un buen café parisino al sol y al aire fresco, en su lugar?

El tono defensivo y la derrota subyacente en la voz de Cassandra, llamaron su atención. "¿Qué has dicho?"

"He dicho que si piensas que es mejor seguir con la idea de los teléfonos, me parece bien."

"No. Tu idea podría funcionar mejor. Deberíamos darle una oportunidad. Podemos llevarnos nuestros portátiles y el mapa, y, con la guía de turismo, creo que funcionará a la perfección." Trevor sonrió. "Buena idea."

Capítulo Dieciséis

Hallazgo Glorioso

A LA MAÑANA SIGUIENTE EN EL vestíbulo, lista para asumir la vigilancia, Cassandra fue la primera en ver a Trevor. Su sangre se calentó inmediatamente. Estaba vestido como el turista perfecto. Llevaba unos pantalones ligeramente holgados, una camiseta de friki que decía *Averigua cuál es mi código*, y *Red Chucks*. La mirada en sus ojos cuando finalmente se había fijado en ella le había hecho sentir un poco más que emocionada.

Se había puesto sus pantalones vaqueros preferidos a la cadera, una camiseta de corte bajo que se ceñía a su cuerpo con discreción, y unas prácticas deportivas. La mirada de admiración de Bauer le recordó a aquel día, hace no mucho tiempo, cuando ella había irrumpido en su oficina. Podía recordar claramente el momento en el que sus sorprendentes ojos azules se habían encontrado con los de ella. Ahora, esa misma mirada que intercambiaron aquel día, acababa de inundarles.

En su momento, le había hecho sentir incómoda, pero no de una manera extraña, lo cual la había desconcertado. También podía recordar cómo la simple palabra *mierda*, dicha en ese acento irlandés, le había llamado la atención. Irritada por su propio momento de debilidad, Cassandra se había lanzado a su yugular.

¿Quién podría haber previsto que iban a estar juntos en París sin haber pasado siquiera una semana? *París*. Por el rabillo del ojo, Cassandra vio al hombre sentado a su lado. Su estómago se anudó. Cuando él la miró, ella volvió la cabeza rápidamente para mirar por la ventanilla. Esperaba que no se hubiera dado cuenta de que le había estado observando.

Trevor estaba inquieto. El peso del escrutinio de Cassandra era demasiado intenso para poder soportarlo y no pudo evitar mirar en su dirección, pero ella desvió la mirada hacia el paisaje, evitando su mirada. Él volvió a centrarse en la carretera, pero aún podía verla en su visión periférica. Se tomó su tiempo estudiándola. La curva de su mejilla y sus labios fruncidos eran como un imán, y una sonrisa se dibujó en la comisura de su boca.

Él se había familiarizado ya con esos labios fruncidos y esa mira-da lejana—su versión de su yo pensante. No creía que ella se diera cuenta de que sus labios se volvían aún más apetecibles en esos momentos en los que se perdía en sus propios pensamientos. El impulso de inclinarse y capturarlos era demasiado fuerte. Su pene tembló a la vida, y tuvo que contener el poder de las reacciones que ella suscitaba en él.

A pesar de que sin duda ella había cambiado mucho su actitud hacia él, seguía manteniendo las distancias. Trevor tenía que respetar-lo y darle el tiempo que necesitara para confiar en él un poco más. Él se puso sutilmente en una posición más cómoda en su asiento y, en el proceso, rozó accidentalmente el brazo de Cassandra.

Cassandra se sobresaltó, como si se hubiera sorprendido, y rápi-damente movió su brazo para dejarlo descansar sobre su regazo. A Trevor le daba cierta satisfacción saber que ella experimentaba el mismo cosquilleo que él cada vez que se tocaban. *Mierda*. Esta mujer tenía el poder para llevarlo sobre sus rodillas. Gracias a Dios que ella aún no era completamente consciente de ello. Que el cielo se apiadara de él cuando lo fuera.

"TRES DÍAS Y TODAVÍA NADA," se quejó Cassandra en su silla.

Habían pasado los últimos días bebiendo té y café expreso mientras saboreaban la repostería francesa. Cassandra se animó un poco cuando el camarero apareció con su bebida.

"Por mucho que me encanten los refrescos, a este paso voy a tener problemas para levantarme de la silla. Mi culo se está quedando incrustado en ella." Cassandra necesitaba tomar un poco el aire. Las largas horas en las que habían estado sentados, haciéndose pasar por turistas, estaban empezando a pasarle factura. Estaba inquieta y su cicatriz le estaba molestando de nuevo. Mientras bebía su refresco de cola, estudió a Trevor. Él irradiaba tranquilidad.

Trevor le sonrió y le dijo, "Paciencia, pequeño saltamontes." Como se lo dijera una sola vez más, iba a estampar la poca paciencia que le quedaba en su precioso culo.

"¿Algo nuevo?" Ella trató de iniciar una conversación, pero en ese momento, él estaba profundamente concentrado.

"Estoy tratando de reducir los resultados de geolocalización modificando el algoritmo en el programa." No levantó sus ojos de la pantalla. Sonaba como un galimatías para ella. "Podría ayudar si nos aisláramos en otro lugar si este no surte efecto al final."

Con un suspiro, Cassandra cogió sus gafas de sol y se las puso antes de empujarse fuera de la mesa. "Me voy a dar un paseo alrededor de la manzana. Necesito estirar las piernas. Tú mantén los ojos bien abiertos por Allison." Sin esperar a que Trevor respondiera, Cassandra salió huyendo. Necesitaba despejar la cabeza.

Trevor asintió y la observó mientras se alejaba. Había oído su comentario sobre los refrescos. En cuanto a ella, se podría decir que no tenía nada de qué preocuparse. No pasó desapercibido para él que varios hombres en la cafetería, y también en la calle, parecían estar pensando lo mismo. Casi podía escuchar sus pensamientos, *Bonito culo*, y por alguna razón, eso le irritaba.

La camiseta que llevaba ese día apenas le llegaba a la cintura de sus pantalones y sus hoyuelos de Venus asomaban por debajo del dobladillo. Su boca se le secó de repente cuando una imagen de ella desnuda y tumbada boca abajo le golpeó. Se imaginó la textura de su piel bajo su lengua mientras exploraba esa área. *Mierda. Contrólate, hombre.*

Cerró su ordenador portátil con la pretensión de observar a la gente mientras bebía té y asentía a los que le devolvían la mirada. La búsqueda de Allison estaba siendo como buscar una aguja en un pajar. Sabía que Cassandra, incluso con años de experiencia en vigilancia a sus espaldas, se estaba impacientando tanto como él.

Cuando el camarero le trajo una nueva taza de té, miró su reloj. Había pasado más de media hora desde que Cassandra se había marchado. Trevor se estaba poniendo nervioso. *Ya debería estar de vuelta.* Apagó su ordenador portátil y lo guardó de nuevo en su maletín. Era casi la hora de queda de regresar al hotel, de todos modos. Su patrón de actuación era sentarse en la cafetería durante el rango de tiempo que comprendía las llamadas de Allison, y luego caminar de regreso al coche estacionado fuera de su zona objetivo para poder obtener una visión tanto estática como móvil de los alrededores.

Unos minutos más tarde, no había ninguna señal de Cassandra. Trevor, más que un poco preocupado, pidió la cuenta. Era el momento de buscarla. Cogió ambas mochilas y se dirigió en la dirección en la que la había visto salir, pensando que podría haber entrado en alguna tienda o se había distraído de alguna manera en su camino de vuelta. Su reacción y su preocupación por ella no pasó desapercibido para él. A lo lejos, oyó que le llamaban. Trevor giró la cabeza y vio a Cassandra en el otro lado de la calle.

"¡Trevor!" Ella agitó los brazos y le hizo señas para que se acercara a ella.

Tenía las mejillas encendidas y estaba claramente emocionada. Trevor cruzó corriendo la calle y estuvo a punto de ser golpeado por un taxi que patinó hasta detenerse apenas unos metros detrás de él.

"Tenemos que darnos prisa. La he encontrado," dijo Cassandra en voz baja para que otros peatones no pudieran oírla.

"¿Qué quieres decir con que la has encontrado? Maldita sea, Cassandra. He estado esperando a que volvieras durante mucho tiempo," dijo entre dientes, exasperado, tratando de no mostrar su miedo.

"No he tenido tiempo de decírtelo. La habría perdido. Ella salió de un edificio y se cruzó conmigo. La reconocí al instante y la seguí. Tan pronto como vi a dónde se dirigía, volví para contártelo. Ha entrado en la catedral unas cuatro manzanas más allá. Puede que haya ido a rezar, en cuyo caso, no creo que esté allí mucho tiempo." Ella le quitó a Trevor su propia mochila del hombro, la deslizó sobre el de ella, y se fue a un trote suave. "Vamos. Por aquí. Tenemos que darnos prisa."

Trevor se tragó su frustración y rápidamente la alcanzó. Ambos avanzaron por la calle a paso ligero, y cruzaron el puente hacia la Île de la Cité—una isla natural en el centro de la ciudad de París.

Cassandra se detuvo abruptamente y se volvió a Trevor, señalando hacia la hermosa iglesia gótica frente a ellos. "Está ahí. Dentro de Sainte-Chapelle."

Afortunadamente, la cola para entrar en el masivo edificio histórico no era demasiado larga. En cuestión de minutos, se abrieron paso a través del patio tras el flujo de turistas y hacia la capilla superior mayor. Trevor abrió la enorme y pesada puerta de madera para Cassandra. Una vez dentro, se pusieron a un lado el tiempo suficiente para que sus ojos se acostumbraran a la luz tenue.

Recorrieron el área rápidamente, y comprobaron los turistas tanto de pie como sentados a lo largo de las paredes. Al no encontrar a Allison, se dirigieron a la parte baja de la capilla—una capilla pequeña dedicada a la Virgen María. Tan pronto como los ojos de Cassandra se ajustaron a la luz, comenzó a caminar por el centro del aislado santuario. Sintió a Trevor siguiéndola por un estrecho pasillo bordeado por altas columnas pintadas en rojo y azul. Unas flores de lis en color oro salpicaban las columnas azules y unas imágenes de la propia catedral, las rojas.

El silencio del lugar era precioso, y Cassandra no pudo evitar acordarse de esos domingos en los que su madre la llevaba a la iglesia. Por un momento, Cassandra se distrajo deambulando por esos dolorosos recuerdos. Era algo que no le sucedía muy a menudo, pero cuando lo hacía, sentía que su corazón se astillaba.

Trevor se acercó a Cassandra y se unió a ella en la búsqueda de Allison a través de los turistas allí presentes. Por el rabillo del ojo, pudo ver a Cassandra bajar la cabeza y se dio cuenta de una lágrima corriendo por su mejilla. Ese signo de su inesperada fragilidad fue como un puñetazo en el estómago para Trevor, y todo su enfado contenido hacia ella se disipó. Preocupado, él la tomó de la mano, se inclinó y le susurró al oído, "¿Estás bien?"

Cassandra cerró los ojos y rápidamente se secó una lágrima de la mejilla. "Estoy bien."

"¿Estás segura? ¿Quieres salir?"

"No. Estoy bien. En serio." Cassandra se recompuso y redirigió su enfoque. "Ella ha cambiado su apariencia. Fíjate en las mujeres de pelo negro. Lleva un vestido estampado de flores."

Trevor miró a los diferentes grupos de turistas apiñados en una conversación en voz baja. Aunque Sainte-Chapelle era un lugar turístico muy popular, con sus hermosos vitrales y la arquitectura gótica, el tráfico era pobre ese día. No debería ser difícil encontrar a Allison si estaba todavía allí.

Trevor le apretó la mano para mostrar su apoyo. "Cierto. Pelo negro. Tú ve por el lado derecho. Yo iré por el izquierdo. Nos encontraremos en el extremo—allí, a la altura de esas cadenas."

Asintiendo con la cabeza, Cassandra caminó lentamente por el lado derecho de la sala mientras miraba por encima de los más cercanos a ella. Se concentró en la ropa y los rasgos faciales que había memorizado durante las últimas semanas. Cassandra miró hacia Trevor y le vio avanzando por la izquierda. Llegaron al extremo de la sala y la zona encadenada frente a la estatua de Luis IX al mismo tiempo.

"Parece que la hemos perdido," susurró Trevor.

"Supongo que sí," suspiró Cassandra con resignación.

Cuando se dio la vuelta para regresar a la salida, Cassandra oyó un ruido por su lado derecho, e inclinó ligeramente la cabeza para ver si podía oírlo de nuevo. En una luz tenue, justo por detrás de la estatua de Luis IX, había un pequeño banco de mármol empotrado en la pared. Cassandra escuchó el sonido de nuevo y se dio cuenta de que era un sollozo ahogado. Se acercó para mirar alrededor de la estatua y vio a una mujer sentada en el banco, encorvada, casi fuera de la vista.

Trevor se detuvo bruscamente para evitar chocarse con Cassandra. Cuando ella inclinó su cabeza, su curiosidad se despertó por la profunda concentración en su rostro. Cuando ella inconscientemente extendió su mano y apretó la suya, su corazón dio un vuelco. Ella se volvió para mirarlo a los ojos mientras asentía con la cabeza en dirección a la estatua y se tocaba la oreja con un dedo. Fue entonces cuando Trevor se dio cuenta de que el sonido era un llanto de mujer. Cuando él le lanzó una mirada inquisitiva, ella tiró de él hasta que estuvo a su lado.

Él siguió la dirección de su movimiento de cabeza con los ojos y se dio cuenta de la mujer encorvada, con los brazos envueltos alrededor de su cintura. Su cabeza oscura estaba echada hacia adelante pero Trevor pudo ver las lágrimas que brillaban en el resplandor de los focos y vidrieras de colores por encima de ellos. Desconcertado, miró a Cassandra. Ella asintió de nuevo antes de diera un paso alrededor de la estatua, caminara tranquilamente hacia la mujer, y se sentara a su lado. Sorprendida, la mujer levantó la vista hacia ella. Trevor podía ver ahora la razón de la insistencia de Cassandra. La mujer era Allison. Había teñido su pelo rubio de negro, tal como Cassandra había descrito.

Los ojos de Cassandra se suavizaron mirando a la mujer. Ella se había imaginado una y otra vez cuál sería su reacción cuando encontrara a Allison, pero por la lectura de los archivos que George había proporcionado y sus discusiones con Trevor, Cassandra había empezado a ver a Allison cada vez más como una víctima.

Las lágrimas y el miedo que emanaban de Allison tiraron de su corazón, y una abrumadora necesidad de protegerla engulló a Cassandra. *Maldita sea.* Cassandra puso su mano sobre las cruzadas en el regazo de la mujer y le susurró en voz baja, "¿Está bien? ¿Le pasa algo?"

Allison parecía querer evitar el contacto a toda costa y, fingiendo no saber español, respondió en un mal francés. Cassandra miró a Trevor a los ojos. Le hizo un gesto para que se uniera a ellas y le siguió el juego a la mujer. "Lo siento, no hablo francés. Pero mi marido, sí."

Distraída, Allison no se dio cuenta de la presencia de Trevor hasta que él se sentó a su lado. Nerviosa al sentirse encajonada, la mujer apartó las manos de las de Cassandra y se puso de pie de golpe.

"Allison, espera." Susurró Cassandra.

Los ojos de Allison se agrandaron. "¿Cómo sabes—"

Trevor agarró suavemente a Allison por el brazo para impedir que se escapara. "Allison, por favor, siéntate. Solo queremos hablar contigo. No estamos aquí para hacerte daño."

Atrapada, ella lentamente se sentó y les preguntó con una voz llorosa y temblorosa, "¿Quiénes sois?"

"Mi nombre es Cassandra. Cassandra James. Y este es mi socio, Trevor Bauer. Me encontraba a cargo de la seguridad de Bristol Farmacéuticos cuando la fórmula de EXClinic, empresa que gestiona ensayos, fue sustraída."

Allison se quedó sin aliento. "¡Oh, Dios mío! ¿Cómo me habéis encontrado? He tenido mucho cuidado."

Trevor esbozó una amable sonrisa. "Bueno, con las herramientas y los contactos adecuados, cualquiera puede ser encontrado."

Su declaración pareció atemorizar aún más a Allison.

"Allison, tenemos que hablar contigo sobre la copia que hiciste de la fórmula. ¿Todavía la tienes? Si lo haces, realmente me gustaría que consideraras entregárnosla," dijo Cassandra con suavidad, manteniendo la voz baja para no atraer la atención de los turistas que ahora se arremolinaban frente a la estatua.

"No puedo."

"¿La has venido?" Preguntó Trevor en un susurro suave.

"Dios, no. Nunca iba a venderla."

"¿Entonces por qué lo hiciste?" Le preguntó él en voz baja, manteniendo la línea de preguntas abiertas.

"Me prometieron que sería beneficioso para los enfermos si lo hacía. Fui tonta. Auténticamente estúpida." Allison se echó a llorar.

La mirada de Cassandra le dijo a Trevor que siguiera hablando; Allison estaba respondiendo a su gentileza. "Allison, cuéntanos qué ha pasado. ¿Cómo te has metido en este lío?"

Ella vaciló por un momento, luego se rindió. "Fui contactada por un hombre que me contó cómo este medicamento iba a curar muchas enfermedades. Me hizo creer que mediante la aceptación de su oferta, estaría ayudando a los enfermos y a los desamparados. Estuve ciega. Pensé que podría hacer algo bueno por el mundo. Hice la copia y volé a Italia, como me indicaron, donde me encontré con el contacto en el lugar designado. Pero en mi camino a la reunión, me empecé a cuestionar todo. Había sido una decisión apresurada basada en una experiencia personal dolorosa. Así que decidí hacer más preguntas. Averiguar lo que realmente estaba pasando detrás de todo. Tenía miedo. Decidí dejar la fórmula en algún lugar seguro y fui a la reunión con las manos vacías. Me alegro de haberlo hecho."

Allison se quedó en silencio, aparentemente perdida en sus pensamientos. Trevor la instó, "Continúa."

Con un profundo suspiro, se sentó de nuevo y continuó, "Durante la reunión, mi contacto fue incapaz de responder a ninguna de las preguntas que hice, entre ellas la verdadera finalidad del medicamento. Intentó desviarlas todas. No hace falta decir que me molesté mucho—me cabreé. Había tirado mi vida por la borda y había dañado la reputación de mi familia para nada. Cuando exigió que le diera la unidad con los archivos, me negué. Le dije que no los tenía."

Allison tomó un respiro y un sollozo silencioso estalló de su garganta. "Él no me creyó, entonces me buscó. Me exigió que le llevara la fórmula al día siguiente—misma hora, mismo lugar."

Las lágrimas rodaban por las mejillas de Allison. Cassandra le apretó el hombro y tomó su mano de nuevo. "¿Se la diste?"

Allison dejó escapar otro sollozo. "No. No pude hacerlo. Todo en lo que podía pensar era que me estaban tomando el pelo. Preferí que Bristol recuperara la fórmula. De verdad pensé que iba a ayudar a personas inocentes. Me escondí hasta que pude conseguir suficiente dinero para venir a París."

"¿Por qué París? ¿Por qué no volviste a casa?" Preguntó Trevor.

"Me daba vergüenza," susurró ella. "No sabía si Bristol o EXClinic me habrían denunciado a la policía. Si lo hubieran hecho, sabía que iría a la cárcel. Vine a París para recapacitar sobre lo que había hecho y tomar decisiones sobre mi futuro. Siempre había querido visitar las hermosas catedrales parisinas—Nôtre Dame de París, Sainte-Chapelle, Sacré Coeur. Pensé que aquí encontraría la respuesta que estaba buscando. París me daría la oportunidad de caer en el olvido hasta que pudiera averiguar qué hacer a continuación."

Allison se quedó de repente sin aliento, y trató de levantarse de nuevo. "No deberíais estar cerca de mí. Si pudisteis encontrarme, él también lo hará. No es seguro para vosotros." Allison parecía perdida en sus pensamientos mientras se abría paso entre Cassandra y se trasladaba rápidamente a la pequeña puerta de madera escondida en la pared.

Corrieron tras ella, y Cassandra la agarró por el codo. "¡Allison! Espera. Podemos ayudarte."

"¡No! No podéis." Gritó ella mientras trataba de liberar su brazo del agarre de Cassandra.

"Podemos tomar la fórmula de tus manos y acompañarte de nuevo a los Estados Unidos. Le demostraremos a Bristol que fuiste coaccionada, que caíste en una trampa. Nunca entregaste la fórmula. Tú tienes la información, el nombre y la descripción del contacto. No tienes nada que temer," susurró Cassandra en un apuro.

"No sé qué hacer. Ya no sé lo que está bien y lo que no," dijo Allison con una voz llena de pánico.

"Allison," habló Trevor en voz baja. "Por favor, piensa en ello. Podemos ayudarte, hacer las cosas bien. Puedes confiar en nosotros.

¿Tienes tu móvil contigo?"

"Sí, ¿por qué?" Allison no sabía qué hacer.

"Déjamelo para que pueda programar mi número de teléfono. Todo lo que tienes que hacer es pulsar la marcación rápida y conectarás con nosotros."

Ella le entregó el dispositivo con una mano temblorosa, y Trevor introdujo de manera eficiente el número en su lista de contactos, asociándolo con la primera marcación rápida disponible.

Trevor le devolvió el teléfono. "Pulsa el número cuatro si en algún momento quieres hablar con nosotros."

Allison se metió el teléfono en el bolsillo. Sin decir una palabra, ella pasó junto a ellos y desapareció entre la multitud de los turistas de la tarde que llenaban la capilla.

Capítulo Diecisiete

B-e-s-á-n-d-o-s-e

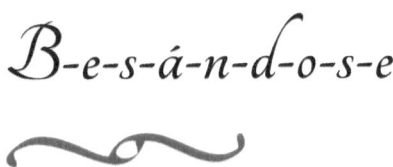

DE REGRESO AL hotel, Trevor no podía dejar de echar humo por las orejas sobre el acto de desaparición de Cassandra. Ella no le había dado ninguna importancia a lo preocupado que estaría, como si la conversación que había tenido hacía unos días sobre ser amigos no significara nada para ella. El silencio entre ellos había llegado a un nivel insoportable. Mientras salían del ascensor hacia sus habitaciones, Trevor, incapaz de contener sus pensamientos por más tiempo, los expresó. "No te importo lo más mínimo ¿no es así?"

En base a su respuesta rápida, Trevor se dio cuenta de que Cassandra sabía exactamente a qué se refería. "Ya te lo he dicho, no pude ponerme en contacto contigo ni volver a ti. La habríamos perdido. Días de vigilancia por el desagüe. Ha sido un milagro que me haya topado con ella."

Trevor estaba perdiendo rápidamente la paciencia en su negativa a aceptar que haber ido tras Allison sin su respaldo había sido un error. "Lo único que esperaba era la cortesía de que me dijeras que estabas fuera buscando a Allison para que yo pudiera haberte acompañado."

"¿Quieres dejar de obsesionarte con esto? Hice lo que pensé que era correcto. La encontré y volví a ti. No te iba a dejar allí toda la noche." Ella le miró con los ojos entrecerrados. "¿Sabes qué? Olvídalo. No necesito nada de esto. Ya tuve que aguantar la misma actitud posesiva de Nate. Ninguno de los dos me poseéis."

"Cassandra," dijo él con calma. "No es solo que no me avisaras de inmediato de lo que estaba sucediendo. Tienes que entender que lo que me ha molestado es que te hayas ido sola por tu cuenta. Podrías haberme mandado al menos un mensaje. Soy tu socio en esto. Te habría seguido para respaldarte y, a la larga, nos habríamos ahorrado tiempo."

Sin decir una palabra, ella le dio la espalda, y se dirigió hacia la puerta. Antes de que pudiera alcanzarla, Trevor la agarró del brazo y la inmovilizó contra la pared. Cassandra luchó y Trevor gimió al sentir su cuerpo presionado firmemente contra el suyo. "Maldita sea, Cassandra. Quédate quieta un segundo."

Su corazón tamborileó rápidamente contra su pecho, y él pudo ver su pulso latiendo en la base de su garganta. A Trevor no le gustaba usar su tamaño en su contra, pero necesitaba que ella le entendiera. "Esto no se trata de ninguna obsesión, y te aseguro que no soy como tu amigo, quien, por cierto, suena como un auténtico imbécil. Se trata de amigos que cuidan de sus amigos. Tú misma dijiste que querías que fuéramos amigos. Querías que fuéramos un equipo, y sin embargo, te fuiste sola y nunca volviste para decírmelo. La siguiente cosa que supe era que casi había pasado una hora y no tenía ni idea de dónde estabas. Sabemos que hay algo más grande sucediendo detrás de otro esto, que Allison no actuó sola. ¿Y si alguien te hubiera hecho daño?"

"Soy una niña grande. Sé cuidar de mí misma," Cassandra respiró con fuerza, y se resistió contra él, tratando de empujar su cuerpo lejos.

Trevor controló el impulso de apretarse con más fuerza en su contra. Siguió sujetando sus brazos sobre su cabeza, y puso un poco de espacio entre ellos. "Sé que puedes cuidarte solita, pero tus amigos siempre van a preocuparse por tu bienestar, lo quieras o no—te guste o no."

Trevor se distrajo con la sensación del dulce aliento de Cassandra contra su piel, y se inclinó un poco hacia delante. "Lo único que te pido es que me avises la próxima vez que pueda estar ahí por ti. Contigo."

En el momento en que terminó su declaración, sus labios estaban a escasos centímetros de los de ella. Su mente empezó a funcionar a toda marcha, y la necesidad de probar la textura de sus labios hizo caso omiso a su sentido común. Cuando sus labios se abrieron para protestar, él la hizo callar capturando su boca.

El beso hizo que Trevor se volviera insensible a sus alrededores. Su único objetivo era la suavidad de sus carnosos labios y la mezcla de sus sabores. Poco a poco, Trevor soltó sus manos y tomó su cara, profundizando el beso. Una descarga de electricidad le golpeó cuando ella respondió devolviéndole el beso con la misma urgencia. Sus manos agarraron sus liberados antebrazos, y el beso se hizo cada vez más caliente y profundo—lenguas explorando, dientes mordiendo.

En un instante, Cassandra le empujó lejos de ella. Ambos se congelaron y se quedaron mirando a los ojos del otro. Antes de que ninguno de los dos pudiera decir algo, ella se metió en su habitación y cerró suavemente la puerta entre ellos. Trevor se quedó mirando la puerta y se pasó los dedos por el pelo. Sus brazos se sentían vacíos sin ella. El sabor de ella en sus labios era más dulce de lo que jamás había soñado. Solo le hacía querer más. Ella le llenaba de un deseo irrefrenable. Trevor no podía permitir que el calor del momento se desvaneciera tan fácilmente.

CASSANDRA CERRÓ LA PUERTA Y se apoyó contra ella. No sabía qué pensar. Sus mejillas estaban muy calientes, y un fuego quemaba su vientre. *¡Mierda!*

La sensación de sus labios tocando los suyos, de su lengua invadiendo su boca, había causado que su cerebro se apagase y ella se había perdido de él—en un mar de sensaciones y deseos tal, que no había querido salir de él. Cuando él profundizó el beso, ella había querido meterse dentro de él y absorber todo lo que era Trevor. Por primera vez en su vida, ella quería más…lo quería todo.

Cassandra se llevó la mano a los labios, y sus pensamientos siguieron girando fuera de control. Su beso era como el calor del sol en una mañana de primavera, como el lavado de la marea sobre sus pies en la playa. *¡Oh Dios!* Como el sabor del chocolate negro fundiéndose en su lengua. De repente, ella quería reír y dar vueltas como una niña pequeña sin preocupaciones.

El corazón de Cassandra se aceleró a mil por hora cuando se dio cuenta de que su beso hacía que tuviera ganas de revivir el momento una y otra vez, en lugar de salir corriendo como había hecho en el pasado. Era este último pensamiento lo que realmente la asustaba y hacía sentir vulnerable. Ella se sintió un poco mareada al pensar que Trevor podría tener el poder de afectarla tanto—como la muerte de su madre había afectado a su padre. Cassandra estaba decidida a no dejar que algo así ocurriera.

Llamaron a su puerta. "¡Cassandra!"

Ella cerró los ojos y respiró profundamente. *Maldita sea.*

"No hemos terminado. Abre la puerta. Tenemos que hablar."

Escondiendo sus sentimientos en el recoveco más profundo de todo su ser, Cassandra se dio la vuelta, apoyó la frente contra la puerta, y dijo lo suficientemente alto como para que él pudiera oirla, "No hay nada más que decir, Bauer. Haznos un favor. Quédate con tus datos. Es lo que mejor que sabes hacer. No podemos quedarnos atrás. La hemos encontrado, ¿no? Deja lo demás estar."

DE VUELTA EN SU HABITACIÓN, Trevor se sentó en la cama y trató de analizar sus turbulentas emociones. La preocupación le había comido vivo cuando ella no había regresado de lo que se suponía iba a ser, un corto paseo. La ansiedad, mientras que él la había estado buscando por todo ese laberinto de personas. El alivio cuando la había visto agitando los brazos desde el otro lado de la calle. La indignación por el hecho de que hubiera seguido a Allison, sin ni siquiera molestarse en alertarle—*Jesús, María y José. Esta mujer me vuelve loco.*

Lo que más intranquilo le tenía era la intensidad del beso que habían compartido, y los sentimientos que había invocado en él. Para evadirse un poco y no pensar en lo que acababa de ocurrir, Trevor decidió buscar a George y le envió un rápido correo electrónico preguntándole si estaba disponible para hablar en el chat. George respondió casi de inmediato diciéndole que estaba a punto de conectarse y, que ya que estaba en casa, podrían tener una videoconferencia.

"¿Qué pasa? ¿A qué viene esa cara?" Le preguntó George tan pronto como se estableció la conexión.

"Tenemos una pista. Cassandra ha encontrado a nuestra chica."

"Eso son muy buenas noticias."

"Son aún mejores. Ella todavía tiene la fórmula en su poder. Hemos tratado de convencerla de que nos la entregue. Creo que está a punto de desmoronarse. Está confundida, asustada, y sola. Esperemos que confíe en que podemos ayudarla y nos llame."

"Entonces, ¿a qué viene esa cara?"

Trevor necesitaba ventilar sus frustraciones y explotó, "Es Cassandra. Esa chica me está volviendo loco. Su plan para quedarnos observando desde la cafetería fue genial. Su corazonada dio sus frutos a lo grande. Salió a pasear y se encontró con Allison, pero en vez de hacerme saber que iba a ir tras ella, desapareció sin más. ¡No supe dónde estaba durante al menos una hora!" El tono exasperado de Trevor era una clara muestra de lo profundamente que le había afectado.

"Oh, T." George medio rio.

Trevor podía ver que George estaba tratando de contener la risa. "¿Qué? ¿Es mucho pedir que se me incluya en lo que quiera que esté pesando? ¿Y si le hubiera sucedido algo? Ni siquiera hubiera sabido dónde buscarla."

"Tío, ¿Has oído lo que acabas de decir? Dime, ¿Estás más molesto porque te mantuvo en la oscuridad, o por el miedo que pasaste al pensar que le podía haber pasado algo? Personalmente, creo que ella hizo lo correcto. Sabía que era su única oportunidad de encontrar a la mujer. Además, regresó a ti, ¿no es así? Podía haberte abandonado y haberse ocupado de Allison por su cuenta, pero no lo hizo."

¿Tiene George razón? ¿Estoy exagerando solo porque estaba preocupado por su seguridad y no he considerado que ella en realidad, tomó una sólida decisión? Trevor aceptó que tenía que reconsiderarlo todo, desde una perspectiva diferente.

Él cambió de tema. "Sigue pinchando los teléfonos de su familia. Quiero saber de inmediato si te enteras de algo. Cassandra dijo que Allison salió de un pequeño restaurante cuando la vio. Sería bueno si pudiéramos identificar dónde se está hospedando."

"Así lo haré." Antes de desconectar la llamada, Trevor le escuchó cantar lo que sonaba como una vieja canción de cuna en voz baja: "Trevor y Cassandra, sentados en un árbol, b-e-s-á-n-d-o-s-e...."

Trevor sacudió la cabeza, cerró el programa, y se dejó caer sobre la cama. Se cubrió los ojos con el antebrazo y trató de relajarse, pero no podía apartar su mente del caso. No podía dejar de hacerse preguntas respecto a lo que Allison había compartido con ellos. La entidad detrás del robo podía ser realmente peligrosa.

¿Y si alguien había visto a Cassandra detrás de Allison? ¿Y si los hubieran seguido o visto mientras se dirigían a la Catedral? El simple proyecto se estaba convirtiendo rápidamente en un tema muy peliagudo. Trevor exhaló profundamente y trató de relajarse, pero sus pensamientos seguían encontrando su camino de regreso a Cassandra y su beso. Su calor todavía le quemaba. Pronto sus párpados se volvieron pesados y la tonta canción se apoderó de su cabeza: "...Primero viene el amor, después el matrimonio...."

TREVOR SE DESPERTÓ CON EL sonido de su móvil. Se dio cuenta de que estaba completamente oscuro mientras se incorporaba y se apresuraba fuera de la cama para coger su teléfono de la mesita de noche.

"¿Hola?" Respondió con voz aturdida.

"¿Señor Bauer?"

"Allison." Trevor reconoció su voz al instante. "Sí, soy Trevor." El silencio llenó la distancia y él podía oír la respiración pesada de Allison en el otro extremo. "¿Allison? ¿Estás ahí?"

"Sí. Sí. Estoy aquí. ¿Podríamos vernos? "Allison sonaba envalentonada, posiblemente por la esperanza que ellos habían despertado en ella.

"¿Cuándo Allison? Solo tienes que decir dónde y cuándo."

"Ahora, señor Bauer. Tengo que verles a los dos ahora. Dijeron que podían ayudarme. He tomado mi decisión."

"¿Dónde quieres que nos encontremos contigo?"

"Aquí. En mi casa." Allison le dio la dirección y colgó.

Trevor corrió por el pasillo hasta la puerta de Cassandra y al llegar a ella, la aporreó.

"Cassandra. ¡Cassandra! ¡Abre!"

"¿Qué demonios te pasa? Fue solo un beso," espetó Cassandra a la vez que abría la puerta con el ceño fruncido y una actitud desafiante.

Trevor quería sacudirla. "Ya hablaremos de eso más tarde. Tenemos que ponernos en funcionamiento. Allison acaba de llamar."

Capítulo Dieciocho

Visítante Inesperado

A LLISON DEJÓ EL TELÉFONO mientras que sus pensamientos martilleaban su cabeza. Se había metido en un buen lío y estaba teniendo dificultades para encontrar la manera de salir de él. Se había llevado el susto más grande de toda su vida cuando se había tenido que enfrentar a dos personas que ahora creía que podrían ser su salvación—los únicos que podrían ayudarla a salir de la trampa en la que había caído.

Después de haber hablado con el señor Bauer y la señorita James, había encontrado por fin el camino. Durante la semana pasada, había estado visitando las numerosas iglesias de París con la esperanza de recibir algún tipo de inspiración divina, la cual había llegado en forma de estos dos extraños. Ese día, antes de dirigirse a la Catedral, se había detenido en la sede de la organización humanitaria con la que había estado en contacto, y había rellenado por fin todo el papeleo para aceptar el cargo que estaría ocupando en Vietnam.

Allison había decidido continuar con su viaje para cumplir su promesa humanitaria. Ahora solo tenía que averiguar qué hacer con los archivos de la fórmula. No podía simplemente desprenderse de ellos. Ese disco duro era la única prueba existente que Allison tenía para demostrar que no había vendido la fórmula, ni la había utilizado en su propio beneficio. Entonces, estas dos personas le habían presentado la solución perfecta. Ella les daría la unidad y confiaría en ellos para solucionar el problema que había creado.

Su convicción anterior de que iba a estar entregando la fórmula a una empresa que crearía el fármaco para todo el mundo y todos los que lo necesitasen, había resultado ser una farsa; Allison lo entendía ahora todo. Ella hizo una mueca al pensar en lo ingenua que había sido. Había permitido que sus creencias personales y sus dolorosas experiencias dictaran sus acciones. Si el sufrimiento de su hermano mayor no hubiera estado aún tan fresco en su memoria, nunca lo hubiera hecho. Su buen juicio se había visto empañado por la horrible experiencia de ver a un ser querido marchitarse para después morir debido a la falta de tratamiento para la enfermedad huérfana degenerativa que había sufrido—lo cual era la única excusa que explicaba su total falta de común sentido.

Allison dejó caer la cabeza entre sus manos y pensó en su familia; lo destrozada que había estado cuando Brandon fue diagnosticado un par de años atrás. La esperanza de que alguna compañía farmacéutica desarrollara un tratamiento para su enfermedad había estado en cada uno de sus corazones hasta que la cruel realidad los golpeó duramente.

Ella había estado trabajando en el campo durante algunos años antes de se hubiera dado cuenta de que, debido al pequeño tamaño de la población afectada por la misma enfermedad rara, lo más probable era que nunca fueran a hacer un esfuerzo en condiciones para desarrollar un medicamento que pudiera ayudar a Brandon y a otros muchos como él.

Incluso si su familia pudiera convencer a alguien de financiar el desarrollo de un fármaco tal, pasarían muchos años antes de que hubiera una cura efectiva disponible—mucho más tiempo del que le quedaba a Brandon. Allison recordó los meses de dolor insoportable y la pérdida de las capacidades cognitivas que su hermano había experimentado, así como las últimas noches eternas en las que ella había estado a su lado, hasta el último momento. Nadie se merecía sufrir de esa manera.

La idea de poder ayudar a alguien a evitar sentir ese mismo dolor, o prevenir que una familia tuviera que ver a un ser querido degenerarse de esa manera, le había llevado a tomar la fórmula. Ella pensaba que eso aliviaría el dolor de su familia, y el suyo propio, por la muerte de Brandon, pero no había pensado con claridad—se había dejado llevar por el momento—y no había visto lo que se estaba cociendo detrás de todo el asunto.

Había sido una de las decisiones más estúpidas que había hecho cuando acordó proporcionarle a Carl Kenyon la fórmula de la droga. Ahora lo único que podía hacer era intentar hacer las cosas bien—devolver los archivos copiados a su legítimo propietario. Ella les daría a la señorita James y al señor Bauer el disco duro y dependería de ellos para que defendieran su honor delante de la empresa afectada.

Esperaba poder volver a casa algún día sin el temor a ser procesada. Mientras tanto, se embarcaría en una nueva vida. Enmendaría los errores que había cometido. El trabajo en Asia era su boleto para la redención.

Allison alcanzó el disco duro enterrado entre el cojín y el brazo de la silla en la que estaba sentada. Lo puso en la mesa de café y se dirigió a la cocina a por una botella de agua. El sonido de la puerta de su apartamento abriéndose y golpeando la pared la sobresaltó. El corazón le latía con fuerza en sus oídos mientras miraba al hombre con una amenazadora sonrisa. *Carl Kenyon.* Parecía enorme en su pequeña habitación alquilada, mucho más grande que en la reunión anterior.

"Hola, señorita Davis."

Cuando Carl dio un paso más en la habitación, Allison dejó caer la botella de agua y retrocedió. "¿Qué estás haciendo aquí? ¿Cómo me has encontrado? Márchate ahora mismo o llamaré a la policía." El miedo era palpable en su temblorosa voz.

"Me iré cuando me des el disco duro." Carl avanzó hacia ella.

"No. No te lo voy a dar. Sé que me has metido en un asunto

muy turbio. Me has mentido. *No* voy a permitir que *tú* me conviertas a *mí* en un criminal." Allison estaba asustada, pero envalentonada por esas palabras dichas en voz alta, se enfrentó a él de frente.

"Ya lo eres. Bristol sabe que has sido tú. Te tienen grabada en vídeo. ¿Dónde está? ¡Entrégamelo ahora mismo!" Carl miró alrededor de la pequeña habitación y Allison se dio cuenta de su error cuando los ojos del hombre se clavaron en el disco duro sobre la mesita de café. Los dos se lanzaron hacia él al mismo tiempo, pero el alcance de Carl era más largo. Al darse cuenta al instante de que los dedos de Carl llegarían antes de que ella pudiera, Allison gritó, "¡No!" Y saltó sobre su espalda, tirando de su pelo y sus orejas.

Carl trató de liberarse de ella retorciendo su cuerpo a la derecha y la izquierda. Cuando ella no le soltó, él gruñó e intentó llegar de nuevo al disco. Desesperada, Allison pasó los brazos alrededor de su cabeza y comenzó a arañar su cara. Gritando de dolor, Carl se resistió aún más. Cuando trató de quitársela de encima, ella le montó como si fuera un toro mecánico, apretando los muslos contra su cuerpo y agarrándose con todas sus fuerzas. Carl avanzó un poco con ella a cuestas, e intentó coger el disco por tercera vez. Con un sollozo, Allison le echó los brazos al cuello y apretó firmemente. Cuando eso no pareció perturbarle, hizo lo primero que se le vino a la mente—le mordió con fuerza la oreja, desgarrando su carne y haciendo que la sangre comenzaba a emanar a borbotones.

"¡Perra!" Gritó él mientras se echaba mano a la oreja y la sacaba tintada de sangre—sangre que ahora goteaba del lóbulo de la oreja, por la mejilla, y sobre su camisa.

"¡Jodida puta!" Gritó, y perdió todo el control.

Él echó su brazo por encima del hombro, la agarró por el pelo y tiró con fuerza, dando vueltas hasta que sus piernas se vieron obligadas a desengancharse de la cintura del hombre. Chillando de dolor, ella gritó pidiendo ayuda. *¿Es que nadie podía oírla? ¿Dónde estaba todo el mundo en este lugar?*

Con un gruñido, Carl la alcanzó con ambas manos, la agarró por la cabeza, y la golpeó fuertemente cuando cogió impulso y se la quitó de encima, lanzándola contra el suelo y haciendo que cayera entre la mesa y la silla. La cabeza de Allison golpeó la esquina de la mesa en su camino hacia el suelo, y aterrizó con un ruido sordo mientras que el oxigeno abandonaba sus pulmones. Ella emitió un fuerte gemido, movió la cabeza de un lado a otro para aclararse la vista, pero el dolor era cegador y pronto nubló su visión.

Carl se puso en cuclillas, le tapó la boca con la mano, y trató de ahogar sus gritos mientras que ella continuaba forcejeando. "¡Cállate! ¡Cierra la puta boca!"

Entonces Allison sintió un agudo dolor que atravesó su estómago, y dejó escapar un grito ahogado. Sus ojos, muy abiertos y asustados, se centraron en la cara de Carl. Ella nunca había imaginado que algo así sucedería. Nunca en un millón de años habría pensado que el hombre fuera a ser capaz de llegar a eso. Miró hacia abajo entre sus cuerpos y observó mientras que él sacaba la cuchilla de su cuerpo. La sangre latía de la herida y chorreaba por sus costados.

"Te dije que te callaras. Te dije que cooperases. Simplemente no escuchas, ¿verdad?" Le gritó mientras la apuñalaba por segunda vez.

Allison gruñó cuando él se impulsó contra su pecho e hizo girar su cuchillo en la mano, clavándoselo para poco después sacarlo y limpiarlo con su blusa. Cuando el zumbido del intercomunicador se escuchó al fondo, Carl se puso de pie y se arregló la ropa. Ella solo podía mirarle y al cuchillo en su mano mientras que él la observaba con una mezcla de emociones en su rostro que ella no pudo identificar. Allison se sentía cada vez más entumecida. Sus ojos se volvieron tan pesados que apenas podía mantenerlos abiertos.

Su cabeza cayó hacia atrás para apoyarse contra la alfombra y susurró, "Ayúdame…"

"Deberías haber hecho lo que te dije." La voz de Carl estaba llena de desprecio.

A través de sus entornados párpados, Allison vio cómo Carl cogía el disco duro y se lo metía en el bolsillo. Las lágrimas se deslizaron por los lados de su cara. Sabía que se estaba muriendo. Ella siguió el sonido de sus movimientos a través de su casa—el agua corriendo en el pequeño cuarto de baño junto a la puerta, el sonido de sus pasos rápidamente caminando por el pasillo, y el silencio que la envolvió cuando se fue.

Volvió la cabeza hacia un lado y se dio cuenta de que su móvil estaba en el suelo, cerca de la silla. Ella extendió la mano hacia él, pero estaba demasiado lejos. Tendida en el suelo, mirando al techo, supo que estaba perdida. Entonces recordó el zumbido del intercomunicador y un sentimiento de esperanza la inundó. Una esperanza de que alguien la encontrara antes de que fuera demasiado tarde.

DE PIE EN LA PUERTA del edificio de apartamentos, Trevor pulsó el botón impreso con el número del apartamento de Allison. Después de varios zumbidos y de ninguna respuesta, el rostro de Cassandra registró cierta preocupación.

Mirando a través de la puerta de cristal, pudieron ver a un hombre saliendo del ascensor hacia ellos. Rápidamente, Cassandra abrió su bolso y comenzó a hurgar en él con una nerviosa mirada en su cara. Cuando el hombre abrió la puerta y salió despedido delante de ellos sin siquiera mirarles, Trevor atrapó la puerta con su pie para evitar que se cerrase. Luego agarró el brazo de Cassandra para tirar de ella a través de la puerta, pero Cassandra vaciló. El hombre tenía el pelo oscuro, prácticamente rapado, y unos penetrantes ojos. Lo que más llamó su atención fue el estado de su ropa; el vello en los brazos de Cassandra se erizó cuando notó las manchas oscuras en la camisa y la chaqueta del hombre.

Trevor le dio un tirón y la sacó de su estupor. Con una última mirada al hombre que se alejaba, ella siguió a Trevor por la puerta. Tomaron el ascensor hasta la tercera planta, donde se encontraba el apartamento. Al llegar al rellano con sus cuatro puertas, revisaron cada una en busca del número que Allison les había dado. El segundo a la izquierda. Caminando hacia la puerta, Trevor llamó al timbre y ambos fueron sorprendidos cuando la puerta se abrió ligeramente ante el primer contacto.

Por segunda vez en la misma noche, el vello de Cassandra se puso de punta, pero esta vez en la parte posterior de su cuello. Algo iba mal, muy mal. Como un reloj, los dos se pusieron en estado de alerta al instante. Trevor abrió la puerta lentamente con el codo y entró en el apartamento. Cassandra le siguió de cerca, sin ser siquiera consciente de la comodidad de su pistola Glock en su mano. Una vez dentro, ella cerró la puerta tras de sí y avanzó con cautela por el pasillo hacia la habitación al final del mismo.

Cassandra alcanzó a Trevor y tiró de su chaqueta. Él volvió la cabeza hacia ella y ella pronunció, "Ten cuidado. Y no toques nada." La mueca de su boca le hizo saber que Cassandra estaba convencida de que algo realmente malo se avecinaba.

La habitación daba a una sala de estar con una pequeña cocina americana. La habitación era un desastre, todo sacudido como si hubiera sido arrasada por un huracán. Al oír un gemido, Trevor se movió rápidamente hacia el sonido. Cassandra escaneó la habitación y se acercó a la cocina para asegurarse de que estaba despejada cuando vio la botella y un charco de agua en el suelo. *La han cogido por sorpresa*, pensó, sintiendo que no había nadie en el lugar.

"¡Cassandra! ¡La he encontrado!" Oyó a Trevor gritar.

Uniéndose a él rápidamente en el área de descanso, ella le alcanzó justo cuando él estaba levantando la camiseta de Allison solo para revelar una profunda herida en su abdomen. Dejándose caer sobre sus rodillas, Cassandra apretó la mano de Allison con fuerza. Había un sabor metálico en el aire, y un estanque oscuro de sangre empapaba la alfombra debajo de su cuerpo. Cassandra se sorprendió de que Allison estuviera todavía viva, teniendo en cuenta toda la pérdida de sangre que había sufrido.

"Llama al 112. Es el número de emergencia local." Trevor la incitó mientras se quitaba la chaqueta y trataba de hacer un torniquete en su cuerpo con ella.

Cassandra sacó su móvil y llamó a los servicios de emergencia, mientras que Trevor intentaba poner a Allison en una posición más cómoda.

"¡Allison! Espera, la ambulancia está de camino. ¿Puedes decirnos qué ha pasado?" Le preguntó Trevor inclinándose sobre ella.

Allison estaba pálida y su respiración venía en bocanadas superficiales. Al escuchar la voz de Trevor, ella abrió los párpados y gimió ligeramente. "Carl Kenyon," susurró.

"¿Carl Kenyon? ¿Quién es? ¿Puedes decirnos más? "Allison hizo una mueca de dolor y la cara de Trevor se contorsionó en una mueca propia de angustia. "Aguanta todo lo que puedas, Allison. La ambulancia llegará muy pronto."

Cassandra observó cómo los ojos de Trevor se volvían vítreos. Ella había visto demasiadas escenas horribles y desgarradoras durante sus años con la CIA, pero esta era la primera para él. A pesar de que parecía profundamente afectado por la visión de Allison, herida y ensangrentada, estaba manteniendo la compostura bastante bien.

"¿Trevor? ¿Te encuentras bien?" Preguntó ella, preocupada de que podría estar entrando en shock.

Trevor frunció los labios y asintió con la cabeza. Llena de admiración hacia él, Cassandra se recostó de nuevo y continuó sosteniendo la mano de Allison, con la esperanza de darle la mayor comodidad posible, mientras que Trevor continuaba hablándole con una suave voz.

"Se lo ha llevado. Se ha llevado el disco duro," soltó Allison de repente. Tragó saliva para tomar aliento antes de añadir, "Mi móvil."

Hizo una especie de aleteo con los dedos. Mirando en la dirección que Allison estaba indicando, Cassandra se dio cuenta de la mesa auxiliar. Soltó la mano de Allison y se deslizó sobre sus rodillas hacia ella. Buscó el dispositivo y lo encontró tirado en el suelo, parcialmente escondido debajo de la silla. Se debía haber caído en lo que parecía haber sido un forcejeo muy violento. Cassandra le dio el teléfono a Trevor y regresó al lado de Allison para sostener su mano de nuevo.

"¡¿Dónde diablos está la ambulancia?! ¿Por qué tarda tanto?"

Murmuró Trevor en voz baja mientras se guardaba el móvil en el bolsillo.

"Llegarán en breve." Las palabras de Cassandra fueron un débil intento por tranquilizar a los dos. Al mirar hacia Allison, notó que se estaba desvaneciendo rápidamente y que su tiempo se estaba acabando. Su rostro había palidecido, sus labios se habían vuelto de un color azulado, y los huecos debajo de sus ojos se habían agravado desde que la habían encontrado. Signos que ella había visto antes, y que no presagiaban nada bueno.

El aliento de Allison salía en entrecortados jadeos y Trevor la gritó severamente, "¡Aguanta, Allison!" Su voz se quebró y Cassandra se maravilló de la compasión que estaba mostrando hacia una total desconocida.

Los pocos minutos que habían estado allí parecían horas. Trevor no apartó en ningún momento la mirada de la cara de Allison, totalmente centrado en mantenerla con vida. "Espera Allison, mírame. Mantén tus ojos en mí. La ayuda está en camino."

La mano de Allison se aflojó. Cassandra miró hacia abajo y se dio cuenta de que su cuerpo estaba temblando y su respiración se había detenido casi por completo. El corazón de Cassandra se llenó de tristeza cuando los ojos de Allison se apagaron, su cuerpo quedó inmóvil, y la mano cayó lejos de la suya.

Miró a Trevor y le vio inclinar la cabeza y apoyar la barbilla sobre su pecho. "Se ha ido."

"Lo sé," susurró ella cuando alargó la mano y suavemente cerró los párpados sobre los ojos sin vida de Allison.

Trevor luchó por contener su ira. En base a toda la información que había recopilado desde que se unió a la búsqueda de Allison, era consciente de que la joven no había sido más que un pequeño peón en un sádico juego de ajedrez entre poderosas empresas.

Allison habían sido manipulada por personas que habían sabido cómo sacar provecho de sus debilidades. No había sido nada más que alguien que había actuado sin un criterio objetivo cuando se le había presentado la oportunidad de hacer su sueño realidad, que en su caso había sido beneficiar a otros, no la fama ni la fortuna.

"Allison era una buena persona," dijo Trevor con los dientes apretados. "¿Por qué iban a matarla por un jodido disco duro de mierda?" No podía entender el razonamiento detrás de un acto tan cruel y sin sentido.

"Dinero," dijo Cassandra en voz baja. "Allison era solo una piedra en su camino. Querían el contenido de la unidad a cualquier precio. Nada iba a detenerles para conseguirlo."

Con las manos temblorosas, Trevor cruzó los brazos de Allison sobre su estómago. Él nunca había estado expuesto a una exhibición tan trágica como la muerte antes. Había asistido a bastantes funerales en Irlanda, pero habían sido por lo general de ancianos que habían vivido su vida plenamente, o de aquellos cuyas vidas habían sido arrebatadas por alguna enfermedad. No recordaba haber visto nunca tanta sangre en su vida, de no ser en el cine. La realidad y la crudeza del hecho en sí habían sido un gran impacto para sus sentidos.

Las sirenas que se acercaban en la distancia se escuchaban cada vez más fuerte. Trevor se encontró con los ojos de Cassandra. "Tenemos que salir de aquí. ¡Ya!"

Aunque no habían compartido ningún delito, Cassandra compartía la urgencia de Trevor por dejar el apartamento antes de que llegara la policía y los servicios sanitarios. Si se quedaban, les resultaría muy difícil explicar qué estaban haciendo en el apartamento de una mujer muerta, especialmente en un país extranjero, y sin tener ninguna clase de vínculo con Allison, quien había estado en posesión de algo que ellos querían. Todo les apuntaría como sospechosos, y quedarían atrapados dentro de unos trámites burocráticos que haría que perdieran un tiempo precioso. En el momento en que fueran absueltos de los cargos, Kenyon sería cosa del pasado y la fórmula habría sido vendida al mejor postor, complicando su trabajo y poniendo a Bristol a través de una evitable batalla legal.

Cassandra se empujó rápidamente lejos del suelo y se incorporó mientras buscaba alrededor todo rastro que pudiera acusarles, asegurándose de que no dejar nada atrás. Corrió a la cocina y volvió con una bolsa de plástico. Con una mirada de disculpa a Trevor, se agachó, retiró su chaqueta del pecho de Allison, y la guardó en ella.

"Lo siento, pero no podemos dejarla," comentó mientras anudaba la bolsa y la metía dentro de su propia chaqueta.

Cassandra exploró el ambiente a toda velocidad por última vez, y luego se encontró con los ojos de Trevor, los cuales quemaban con una mezcla de ira y resolución.

"¿Has tocado algo?"

"Solamente a ella," respondió Cassandra. Tomando su mano en la suya, él la sacó de la habitación y por el pasillo hasta el ascensor, sin embargo, la muerte de las ruidosas sirenas les indicó que los paramédicos acababan de llegar.

"¡Mierda! ¡Por aquí!" Trevor tiró de ella en la dirección opuesta, hacia la parte posterior del edificio. Al final del pasillo había una ventana, la cual, después de una rápida verificación, confirmó que se trataba de una salida emergencia a una escalera de incendios. Al abrir la ventana, ambos saltaron a la rejilla de metal. Cuando llegaron al segundo nivel, oyeron más sirenas que se aproximaban.

"Puede que ya la hayan declarado en búsqueda y captura y hayan llamado a la caballería. Tenemos que deshacernos del coche," dijo Cassandra sin aliento mientras se abrían paso por las escaleras hasta el nivel de la calle y huían en dirección a su hotel. Salieron corriendo, tomando la ruta más larga y con más viento, agarrándose de las manos, como si cada uno fuera la tabla de salvación del otro, mientras se lanzaban a un caótico océano en que se había convertido su misión.

Capítulo Diecinueve

Sín Dudarlo

CASSANDRA TIRÓ DE LA MANO DE TREVOR y le obligó a parar en la entrada de un pequeño callejón lateral, fuera de la vista de las personas que caminaban a lo largo de la acera. Habían estado corriendo durante mucho tiempo y necesitaban recuperar el aliento. Le soltó la mano y se inclinó hacia delante, apoyándose sobre sus rodillas y su trasero contra el edificio mientras que trataba de aspirar aire en sus pulmones.

"No puedo respirar," jadeó, mirando de reojo a Trevor que estaba de cuclillas a su lado con la espalda y la cabeza apoyadas contra la pared.

"Conozco la sensación, pero solo podemos descansar un minuto, no debemos llamar la atención."

La huída del hotel había sido entre otras cosas, muy estresante. Ambos, en su mayor parte, habían permanecido en silencio, perdidos en sus propios pensamientos. Por la expresión en la cara de Trevor y el conjunto de sus hombros, Cassandra supo que le había golpeado duro haber visto a Allison morir. Ella había visto a unos cuantos hombres más experimentados ponerse verde y alejarse de esas escenas para verter sus estómagos en el monte más cercano. Pero Trevor no.

En cambio, él había sido la roca de Allison, había evaluado sus circunstancias, y había hecho las decisiones de última hora que les habían alejado del complejo de apartamentos sin alertar a la policía sobre su presencia. *Bastante impresionante para un friki de ordenadores.*

Unos minutos antes, él le había cortado el paso, le había empujado contra un coche aparcado y había envuelto sus piernas alrededor de su cadera. Mientras la besaba hasta dejarla sin sentido, había deslizado su mano por la parte posterior de sus pantalones vaqueros de corte bajo y había alisado la mano sobre la curva de su culo. Le había pillado totalmente desprevenida y había pensado que, en ese momento, él estaba teniendo una reacción tardía a lo que acababan de presenciar en el apartamento—que era su manera de lidiar con la muerte de Allison y los efectos posteriores de un subidón de adrenalina.

Cuando él le había soltado bruscamente, dejándola aturdida, ella le miró boquiabierta hasta que se dio cuenta de que un coche de policía se aproximaba lentamente a lo lejos, con sus luces alumbrándoles. Mac le había besado para prevenir que pudieran ver las manchas de sangre en sus respectivas ropas. Ella se había quedado desconcertada y con una sensación de decepción por no haber sido el motivo de su fervor.

Después del beso, se habían trasladado rápidamente a través de las calles escasamente pobladas en las últimas horas de la tarde. Varias veces a lo largo del camino, tuvieron que usar el mismo truco para evitar el escrutinio de los transeúntes. Cassandra había comenzado a esperar cada vez más esos momentos. Era gracias a ellos—cuando su espalda estaba contra la pared, y el cuerpo de Bauer firmemente contra el suyo para bloquear su visión—cuando su piel se volvía sensible su tacto y su corazón se aceleraba salvajemente, no solo por la carrera, sino por su constante contacto con él.

La culpa golpeó a Cassandra por sentirse tan viva cuando Allison ya no existía. Se cuestionó qué habría pasado si hubieran sido capaces de localizarla antes. *¿Seguiría aún viva? ¿No habría pasado nada de* *esto?* Cassandra estaba segura de que se acordaría de Allison durante mucho tiempo por venir. Trevor tenía razón: nadie merecía morir por unos estúpidos archivos, por valiosos que fueran.

Ella se incorporó y le miró. "¿Estás bien?"

"Creo que no me puedo quitar la imagen de Allison tendida en el suelo de la cabeza." Trevor había cerrado los ojos y su voz era apenas audible.

"Lo sé. Yo tampoco." Cassandra puso la mano sobre su hombro y apretó.

Trevor cubrió su mano con la suya mientras se levantaba. "¿Lista para seguir? Solo nos quedan unas cuantas manzanas más."

CUANDO POR FIN LLEGARON AL hotel, Cassandra y Trevor se asomaron por la entrada para asegurarse de que la costa estaba despejada para que pudieran entrar sin ser vistos. Ya era tarde, así que no había huéspedes pululando por el vestíbulo, lo que haría que fuera mucho más fácil pasar desapercibidos. Cuando el recepcionista, ocupado con una llamada, les dio la espalda, ella tiró de la mano de Trevor y rápidamente fueron directos hacia los ascensores.

Al llegar a su piso, en un acuerdo tácito, caminaron a la habitación de Trevor. Mientras se acercaban, Trevor aceleró el ritmo, abrió la puerta rápidamente y entró corriendo sin detenerse a mantenérsela a Cassandra como era de costumbre. Cassandra utilizó su propia tarjeta de acceso y abrió la puerta de nuevo. Llegó a la improvisada sala de control justo a tiempo para ver a Trevor arrojar su ropa al suelo y quedarse solo con sus bóxers. Ocurrió tan rápido que ella ni siquiera tuvo la oportunidad de darse la vuelta.

Trevor agarró un par de pantalones vaqueros de una silla y pasó junto a ella en su camino hacia el cuarto de baño. "Ya mismo vuelvo."

Por el sonido del agua corriendo, Cassandra supuso que se estaba lavando las manos. Mirando hacia las suyas, pudo entender por qué.

Las suyas también estaban cubiertas de la sangre de Allison. Adentrándose más en la habitación, Cassandra se sacó la bolsa de plástico del bolso, donde la había metido durante el transcurso de la carrera. Ella recogió sus pantalones y la camisa del suelo y, en el proceso, escuchó el ruido sordo de algo golpeando la alfombra.

Una pequeña chispa de emoción la recorrió al ver el móvil que Trevor se había guardado en el bolsillo en casa de Allison. Lo cogió y lo puso sobre la mesita de noche, y luego metió la ropa en la bolsa junto con la chaqueta. El olor a cobre que emanaba de la sangre ya semi seca, que había endurecido la tela de la camisa y los pantalones, se estaba volviendo rápidamente rancio—posiblemente la razón por la que Trevor estaba deseando quitarse la ropa.

Saber la razón por la que se había desnudado con tanta rapidez no borró la imagen de su estrecha cintura, su musculosa espalda, y el culo apretado de su mente. La situación se hizo aún más tensa cuando salió del cuarto de baño minutos más tarde, descalzo, sin camisa, llevando solo los pantalones vaqueros que había tomado de la silla. Los ojos de Cassandra se desviaron hacia la banda de los pantalones, donde el botón estaba abierto. Su boca se secó y una imagen de su mano arrastrándose a lo largo de su abdomen la golpeó.

"Nunca había visto algo tan horripilante," le confesó Trevor.

Cassandra desvió su mirada de la bolsa en su mano y estuvo de acuerdo, "Nunca es fácil. Aunque estés acostumbrado a ver escenas de ese tipo, nunca deja de ser horrible."

"¿Cómo lo haces tú? ¿Cómo eres testigo de una violencia tan brutal, y no dejas que te corrompa?" Preguntó Trevor.

Ella se echó a reír con tristeza. "¿Qué te hace pensar que no lo hace?"

"Te veo," dijo él simplemente.

Esa declaración la calló. Mientras ella miraba hacia arriba y sostuvo su mirada, Trevor le preguntó, "¿Qué hacemos ahora?"

Trevor podía ver los engranajes girando en la mente de Cassandra antes de que ella exclamara, "¡El móvil!" Corrió hacia la mesita de noche y se lo llevó, "¿Podrías sacar algo útil de él?"

"Sin duda." Trevor tomó el móvil y lo conectó a su portátil. Con unos pocos comandos, accedió el sistema del dispositivo mientras que Cassandra se paraba de pie junto a su silla y veía todo lo que sucedía ante sus ojos. Al revisar los números registrados en el historial, Trevor se encontró con su propio número. "Bueno, ahora sabemos que este era el teléfono desde el que nos llamaba."

Luego compuso un correo electrónico rápido para George con una solicitud para rastrear y localizar el origen de las pocas llamadas que figuraban en el historial, así como para verificar a nombre de quién estaba registrado el teléfono. Dado que Allison no había utilizado el teléfono para ponerse en contacto con su familia, la corazonada de Trevor era que tal vez Carl Kenyon le había proporcionado el móvil para mantenerse en contacto con ella. Si ese fuera el caso, el teléfono en sus manos podría ser la ventaja que necesitaban para encontrar el orquestador detrás de este plan.

"¿Así que supongo que no nos queda otra que sentarnos a esperar?" Preguntó Cassandra.

"Sí No podemos hacer nada más en estos momentos. Todo está en manos de George."

Trevor se puso de pie para hacer frente a Cassandra y pudo ver la frustración en sus ojos. Había llegado a conocerla lo suficiente como para sentir su impaciencia y malestar. Ella había sido fuerte durante toda la terrible experiencia; no había esperado nada menos de ella.

Pensar sobre la fragilidad de la vida había hecho mella en las creencias, metas y pensamientos sobre el futuro de Trevor. Solo importaba el presente. Cerró los ojos e hizo una importante confesión: "En este momento, solo puedo pensar en una cosa. En lo devastado que hubiera estado si hubieses sido tú y no ella. Cómo hubiera reaccionado si hubiera estado contigo cuando te dispararon."

El impacto que eso hubiera supuesto para Trevor era notable en sus palabras. La tensión sexual que había fluido entre ambos desde que llegaron a París, había alcanzado un nuevo nivel. Ella se sonrojó cuando su caliente mirada azul recorrió su cuerpo, tocándola, desnudándola. Lo más raro era que, en cualquier otro momento, si se hubiera tratado de otra persona, ella se hubiera retorcido en su propio cuerpo y hubiera echado a correr. En cambio, sí, su cuerpo se estaba retorciendo, pero con un deseo por él que la estaba derritiendo.

"¿Cómo te hace sentir ese pensamiento, Trevor?" Preguntó ella en voz baja.

"Muero un poco cada vez que se me pasa esa idea por la mente, Cassie," su apodo, para uso exclusivo de Jessica y su madre, parecía muy natural dicho por él. "Tú y yo…hay más entre nosotros de lo que nos hemos permitido que exista hasta el momento. Quiero más, Cassie. Quiero mucho más de lo que puedas imaginar."

Cassandra le consideraba mientras que una cantidad innumerable de sentimientos se arremolinaban en sus ojos—dudas, necesidades, deseos—todos convergían en este momento. La dura realidad de la muerte de Allison, que había pulsado con fuerza en sus venas, había sido sustituida poco a poco por una realidad diferente. Una de la que Cassandra había estado huyendo toda su vida, y esta noche no era diferente.

Ella se alejó unos pasos y tartamudeó, "Yo…yo necesito…necesito lavarme. Avísame si sabes algo de George." Caminó hacia la puerta y salió de la habitación antes de que él tuviera la oportunidad de decir cualquier cosa que la persuadiera para quedarse.

Trevor la miró mientras se alejaba y se pasó los dedos por el pelo en señal de frustración. Qué idiota había sido. Sin duda, este no había sido el momento de desnudar su alma y darle voz a sus sentimientos, pero no podía ocultarlos por más tiempo.

La muerte de Allison le había hecho darse cuenta de una cosa: perder el tiempo no era una opción. Tenía que valorar lo que tenía mientras lo tuviera, y en este momento, quería tener a Cassandra—quería experimentar la vida con ella, al igual que sus padres habían hecho. Definitivamente, sería un interesante viaje. Ella estaba llena de facetas y él quería explorar todas y cada una de ellas.

Trevor se quedó mirando la puerta cerrada por un tiempo, perdido en sus pensamientos, y llegó a la conclusión de que necesitaba beber algo—algo fuerte—para ahuyentar el dolor causado por la rápida huída de Cassandra tras su confesión. Dejó una breve nota sobre el escritorio de su ordenador y se dirigió hacia el bar del hotel.

DE PIE EN EL CUARTO de baño, mirando su imagen en el espejo, Cassandra hizo balance. ¿Su conclusión? Era una gallina. Mirando hacia el agua corriente, finalmente se inclinó y se lavó la cara. La vida era demasiado complicada en este momento. Pensar en Trevor la dejaba temblando. Él le hacía temer demasiado, sentir demasiado. *¿Es esto lo que Jessie quiso decir cuando me dijo que caería con fuerza?* Las palabras exactas de su amiga resonaban en su cabeza: *"Oh vamos, Cassie. Cuando él entre por la puerta, caerás rendida a sus pies."*

Maldita sea, la echo de menos. Cassandra no había incluido a su amiga en sus planes. No había querido decirle nada a Jessica sobre la búsqueda personal que había decidido emprender para no poner en riesgo su trabajo. La culpa la estaba martirizando y no podía esperar más para escuchar los sabios consejos de su amiga.

Cassandra tomó el móvil de su mesita de noche. Se dejó caer al suelo, se recostó en la cama y esperó a que Jessica contestara.

"¿Hola?"

"Jessie, soy yo."

"¡Cassie! ¿Dónde has estado? Sé que Bob dijo que te tomaras un par de semanas, pero eso no significa que tuvieras que desaparecer de la faz de la tierra. No me has devuelto mis llamadas." La acusación de Jessica era fuerte y clara.

"Lo sé. Siento mucho no haberme puesto en contacto contigo. Estoy en París—por eso no has sabido nada de mí."

"¿Qué demonios estás haciendo en París? ¿Quieres decir París, Francia, no Tennessee, ¿verdad?"

"Sí, París, Francia. Es una larga historia."

"Será mejor que me la cuentes ahora mismo o tendrás que vértelas conmigo cuando regreses, Cassie. Soy tu mejor amiga, por el amor de Dios, y ni siquiera sabía que estabas fuera del país."

"Ya te he dicho que es una larga historia. Te pondré al día en cuanto nos veamos."

"Más te vale. Me iba ya a casa. Espera un segundo, no vayas a ninguna parte." Después de una breve pausa, Cassandra escuchó a Jessica preguntar casualmente, "Jeff, ¿puedo ayudar en algo?"

A lo lejos, oyó a Jeff responde, "No, se me ha caído el bolígrafo. Tengo una reunión con Bristol."

"Buena suerte con eso," y luego en voz baja, Cassandra escuchó a Jessica murmurar, "cerdo," lo que trajo una ligera sonrisa a sus labios.

"Entonces, ¿qué pasa?"

Cassandra se detuvo un momento para buscar las palabras adecuadas. "¿Jess? ¿Cómo sabes cuando es real? ¿Cuando el amor es real?"

Jessica se echó a reír, "¡Oh, Dios mío! El infierno acaba de congelarse."

"Estoy hablando en serio."

"Lo siento Cassie. Solo te estaba tomando el pelo. Sinceramente, nunca pensé escuchar esas palabras de tus labios."

"Oh, vamos. No es para tanto."

"Cassandra Cristina No Quiero Ninguna Relación James," Jessica se echó a reír, "sí, sí que es para *tanto*."

"Te estás partiendo de risa mientras que yo estoy aquí intentado que me ayudes. Caray. Lo sabía, sabía que no tenía que llamarte."

"No te atrevas a colgar, Cassie, o te encontrarás toda tu oficina envuelta en papel de plástico. Sabes que lo haré. ¿Recuerdas cuando empaqueté la base de conexión de Matt? Le hizo falta un día entero para deshacerse de todo ese papel pegajoso. Todavía se acuerda de ello, como bien sabes."

"Demonios, estoy aquí. No he colgado. Deja mi oficina en paz."

"Bien. Lo siento, me he dejado llevar. Es solo que estoy muy emocionada de que hayas venido a mí en busca de ayuda. De todos modos, para responder a tu pregunta, no hay ninguna forma de saberlo. No te puedo decir, "Estás enamorada." Tu corazón y tu estómago te lo dirán."

Antes de que Cassandra pudiera intervenir, Jessica la detuvo, "Espera un momento. ¿Por qué me lo preguntas? ¿Has conocido a alguien? ¡Santo bendito, sí, *lo has hecho*! ¿Quién es? ¿Cómo le has conocido? ¿Está bueno? ¿Cuándo os casáis? Será *mejor* que yo sea la dama de honor. ¡Oh, mierda! ¿Ya habéis fijado la fecha? Tengo que comprobar si estoy libre. ¿Qué se supone que debe ponerse una cuando el infierno se ha convertido en hielo? Nunca he leído nada al respecto en las revistas de vestidos de novia." Jessica recitó sus preguntas en rápida sucesión sin coger aire.

"¡Jess-i-ca! Para el carro." Gritó Jessica por el micrófono de su móvil.

Jessica se echó a reír de nuevo, "Está bien, está bien, deja de gritar."

"Nunca he dicho la palabra matrimonio. ¿Estás loca? Caray, te hago una simple pregunta y te vas por las nubes."

Cassandra conocía a su amiga demasiado bien para saber que en este momento, se estaría secando las lágrimas de sus carcajadas de los ojos. También sabía que Jessica había percibido su estado de ánimo, y estaba tratando de romper la tensión de la situación haciéndola reír.

"Cassie. Escúchame," continuó Jessica. "Te conozco desde siempre y te quiero como a una hermana. Si crees que has conocido a alguien—y para que conste, imagíname en este momento haciendo el bailecito feliz—déjate llevar. No, repito, *no* lo pienses demasiado. Suéltate la melena y disfruta del momento, será lo que tenga que ser."

Un tono agrio coloreó la voz de Cassandra. "Sí, mira dónde me llevó todo eso la última vez. Me dijiste que hiciera precisamente eso la última vez, y acabé con un bote lleno de lamentaciones."

Jessica exhaló un profundo suspiro al darse cuenta de que Cassandra se estaba refiriendo a lo que había sucedido con Nathan. "Lo sé Cassie, pero no todo el mundo es como Nate. Tu instinto te dijo que no lo hicieras, y aún así, yo te empujé a ello. Lo siento mucho. Solo quería verte feliz para variar."

"Quizás esta vez sea igual. ¿Cómo puedo saber que va a ser diferente?"

"Si estuviera ahí ahora mismo, te estaría pateando el culo, Cassie. Solo por el simple hecho de estar hablando conmigo al respecto, ya sabes que va a ser diferente. No quieres perder esta oportunidad. ¿Y si resulta que es el definitivo? Si no lo intentas, nunca lo sabrás. Busca en tu corazón. Date una oportunidad," la instó Jessica.

"De acuerdo, Jessie. Lo haré. Tengo que irme. Te llamaré de nuevo muy pronto."

"Más te vale, estoy ansiosa por saber más acerca de este tipo imaginario."

Cassandra desconectó la llamada, pero no se sentía más cerca de una respuesta. Quizás Jessica tenía razón. Una vez más, estaba pensando demasiado. Pensar que todo pudiera acabar entre ellos como había hecho con Nathan hacía que sus entrañas se contrajesen. Trevor le atraía como ningún otro hombre había hecho. Tal vez eso era una señal de que las cosas serían diferentes con él. ¿Estaba dispuesta a correr el riesgo?

El recuerdo de él de pie solo con sus vaqueros mientras le confesaba sus sentimientos más profundos, le atravesó el corazón. Con un profundo suspiro, Cassandra tomó una decisión y terminó de vestirse rápidamente. Cruzando el pasillo, ella llamó a su puerta. No hubo respuesta. Cuando volvió a llamar y todavía no recibió ninguna respuesta, se preguntó si Trevor se habría quedado dormido. Envalentonada por las palabras de aliento de Jessica, ella utilizó su tarjeta de acceso para entrar en la habitación. Estaba vacía. Decepcionada, Cassandra se volvió para irse cuando vio una nota sobre el escritorio: *Estoy en el el bar. T.*

¿Qué pasa si ha cambiado de opinión? Cassandra quería patearse a sí misma por haber sido tan gallina antes. Las palabras de Jessica la ayudaron a querer salir de dudas.

"Date una oportunidad," susurró ella, arrugando la nota en su mano.

Cassandra encontró a Trevor sentado solo en el bar. Parecía perdido en sus pensamientos mientras miraba el vaso medio vacío de whisky.

"Hola," le saludó ella vacilación.

Trevor se puso visiblemente rígido ante el sonido de su voz. En un primer momento, Cassandra pensó que iba a ignorarla, pero luego se volvió en el taburete y la estudió durante un rato antes de decir impulsivamente, "Siento si he sido demasiado atrevido arriba. No he querido—"

"Está bien, Trevor," le interrumpió ella, mientras hacía un gesto con la mano para quitarle importancia a sus disculpas. "No hay nada que lamentar."

Se miraron el uno al otro durante mucho tiempo, buscando, tratando de leer los sentimientos del otro. Un incómodo silencio llenó el espacio entre ellos. El corazón de Cassandra se hundió cuando él no dijo nada. Perdiendo los nervios, ella se dio la vuelta para marcharse. "Será mejor que me vaya."

Él extendió el brazo y la tomó de la mano con fuerza para detenerla. "En realidad, fue sincero en todo lo que dije."

Él debió de notar su indecisión, porque la agarró de la mano con más fuerza y la observó de cerca, como para calibrar su reacción mientras acariciaba el dorso de su mano con el dedo pulgar. El corazón de Cassandra latía como un temblor en su pecho, y sin embargo, al mismo tiempo, Trevor calmaba sus nervios. Sus caricias le recordaban a las que ya habían compartido previamente y a los ardientes besos que él le había dado. En ese momento, todo cobró sentido. Cassandra comprendió lo que Jessica había tratado de decirle. Lo quería todo.

"Ven conmigo arriba, Cassie." Su voz era profunda, llena de promesas que ella quería que fueran verdaderas. La determinación de Trevor era clara por la forma en que acariciaba su mano, enviando escalofríos por su espina dorsal, y por la forma en que sus tormentosos ojos sostenían su mirada.

Las palabras de Trevor eran familiares para ella, y las dudas nublaron su corazón cuando Cassandra se dio cuenta de por qué. Las palabras de Trevor eran las mismas exactas que Nathan le había dicho la noche que estuvieron cenando juntos tras haberse conocido en su hotel. Esa noche, ella solo había experimentado indiferencia al oírlas. Esta vez era diferente. La simple petición de Trevor causó una absoluta turbulencia en sus emociones. Las de Nathan jamás tuvieron ese efecto en ella.

Cassandra había construido durante mucho tiempo una barricada alrededor de sus emociones para evitar cualquier compromiso profundamente arraigado. Aunque se había sentido satisfecha en el pasado, nunca se había sentido completa. Esta vez, con Trevor, la barricada se había derrumbado. Una sola mirada de él borraba todas las relaciones pasadas de su memoria. Su toque, sus suaves caricias, causaban estragos en su mente. Los pulmones de Cassandra trabajaban forzosamente y sus pensamientos siguieron dando vueltas hasta que ella escuchó las palabras de Jessica de nuevo en su cabeza—*Busca en tu corazón. Date una oportunidad.*

En ese momento, Cassandra sabía que había sido tonta. Había estado delante de ella durante todo el tiempo. Sabía que ya no podía ignorar lo que su corazón había sabido desde el principio. Tenía que dar un salto de fe. Apretando su mano de vuelta, ella le miró a los ojos y dijo suavemente, "Sí."

Capítulo Veinte

Expectativas Muy Altas

L CORAZÓN DE TREVOR GOLPEABA CON FUER-
ZA EN su pecho mientras salía con Cassandra del bar. A
medida que salían del ascensor tras haber llegado a su planta,
él la miró y hacia sus entrelazadas manos también para asegurarse de
que no era un sueño. Su pulso rugía en sus oídos mientras se acercaban a la puerta de su habitación, de repente temeroso de ella fuera
asaltada por las dudas y dijera algo como, "Creo que no debemos…."

Él dejó escapar un silencioso suspiro de alivio cuando ella le siguió hasta su puerta sin ninguna duda. Tan pronto como la puerta se
cerró detrás de ellos, fueron transportados a otro mundo donde no
existía nada más que ambos dos. Él puso la mano en su nuca y tiró de
ella contra él.

"Cassandra," susurró mientras que sus labios se encontraban.
Con un gemido, Trevor capturó su boca rápidamente en un profundo y húmedo beso. Sujetándola, Trevor empujó su lengua hacia
adelante y la envolvió con la suya, y ella le devolvió el beso con la
misma pasión hasta que ambos necesitaron más que la dulce boca del
otro.

Antes de perderse completamente en el torbellino de deseo, él rompió el beso con suavidad. Ante la mirada inquisitiva de ella, simplemente dijo, "No tengo condones. Nunca pensé que...esto...que nosotros...."

"No me habría impresionado si lo hubieras hecho," comentó ella sin rodeos. Poniéndose de puntillas, Cassandra le dedicó una pequeña sonrisa y le besó con fuerza en los labios, diciendo, "No te preocupes por eso."

Sus palabras enviaron un escalofrío de anticipación por su espina dorsal, lo que hizo que él capturara de nuevo sus labios en un ardiente beso y suavemente la fuera empujando hacia la habitación.

Respirando con dificultad, se separaron y se desnudaron, mirándose fijamente. Los ojos de Trevor fueron capturados por la textura de su piel otra vez, y se sintió ansioso por probar si verdaderamente su piel se sentiría como la seda bajo sus dedos, como tantas veces había imaginado.

Su respiración se detuvo cuando Cassandra le sostuvo la mirada a la vez que se desabrochaba el sujetador y lo dejaba caer al suelo antes de pasar al botón de sus vaqueros. La boca de Trevor se secó. Sus pechos eran perfectos. No había otra palabra para describirlos. Su cuerpo, ya despierto por sus besos y rápidas caricias, se agitó a la vida como nunca había hecho.

El sonido de la cremallera de sus pantalones lo sacó de su aturdimiento. Rápidamente se sacó la camiseta por la cabeza y la arrojó en una esquina, y luego procedió a quitarse sus vaqueros. Sus ojos fueron atraídos hacia Cassandra de nuevo cuando ella empujó sus pantalones fuera de sus caderas y por sus torneadas piernas. Finalmente, se presentaron delante del otro completamente desnudos en el suave resplandor de la luz de la habitación del hotel. Trevor dejó que sus ojos la acariciaran, tal como lo habían hecho cuando la miró mientras dormía en su cama. Una sonrisa llegó hasta sus ojos cuando un rubor se deslizó por el cuello de ella y coloreó sus mejillas.

El corazón de Cassandra se estrelló contra su pecho cuando sus ojos se encontraron con los de él tras el repaso que le habían hecho a su cuerpo. Se sonrojó al darse cuenta de que él la había estado observando mientras le estudiaba. Con sus entornados párpados, ella miró su torso de nuevo; el recuerdo que tenía de él semi desnudo no le hacía justicia a la completa visión frente a ella. Sus músculos bien formados mostraban que no era un obseso del gimnasio, pero sí alguien con un estilo de vida saludable y activo. Su pecho disminuía progresiva y atractivamente hasta sus caderas; sus crestas y valles hicieron que su pulso se disparara a toda velocidad. Bajando los ojos más aún, ella se sonrojó todavía más cuando vio la evidencia de su profundo deseo hacia ella. La vista y la anticipación de lo que estaba por venir aspiraron todo el oxígeno de sus pulmones. Una punzada de deseo la golpeó con fuerza, propagando un calor por todo su cuerpo que se agrupó entre sus muslos, haciendo que se mojara instantáneamente.

Como si le hubiera leído el pensamiento, Trevor se adelantó y la tomó en sus brazos otra vez. "He soñado con este momento desde hace mucho tiempo," le susurró al oído antes de auparla y llevarla hasta su cama.

La dejó en el medio y se tumbó a su lado, frente a ella. Poco a poco comenzó a asaltarla sensualmente—besándola y acariciándola con suavidad hasta que ella pensó que su corazón iba a apoderarse de su pecho. Los dedos de ella corrían por su cuerpo, acariciando sus hombros, su pecho, y bajando por el estómago, dejando un rastro de piel de gallina a su paso. Su suave gemido provocado por su toque envalentonó a Cassandra e hizo que sintiera aún más necesidad de darle el mismo placer que él ya le estaba dando. Ella deslizó su mano aún más abajo y envolvió sus dedos alrededor de su pene.

El cuerpo de Trevor se sacudió. "Maldita sea, Cassie, espera," susurró con dureza, apoyando su frente contra la de ella y retirando las caderas para que dejara de tocarle. "Si continúas tocándome así no voy a ser capaz de aguantar mucho tiempo."

Trevor debió ver la incertidumbre en sus ojos y el pequeño fruncido en su ceño ante su comentario. Se retiró lo suficiente para poder mirarla a los ojos y aclaró, "Si me tocas así no voy a ser capaz de aguantar todo el tiempo que quiero aguantar. Quiero que esto dure,

Cassie. Quiero que dure mucho, mucho tiempo."

Las palabras de Trevor la tranquilizaron y la promesa que llevaban implícita, la hicieron arder por dentro. Cassandra se quedó sin aliento cuando Trevor se puso sobre ella, abrió sus piernas con las rodillas, se acomodó entre ellas, y la miró directamente a los ojos. "Quiero probarte con tantas ganas que no puedo resistirme...quiero degustar cada centímetro de ti." Se inclinó para besarla suavemente en el cuello, y luego en el hueco de su garganta, y entre sus pechos antes de cubrir su pezón izquierdo con su boca.

El efecto de ese acto fue devastador. Cassandra sintió que el corazón se le subía a la garganta bajo su caliente y húmeda boca y el aliento que estaba intentando contener, salió despedido en una bocanada. Un profundo gemido llegó a sus oídos, y no estaba segura de si provenía de ella o de Trevor. Sus caderas se movían inquietas y ella arqueó la espalda para presionar su cuerpo contra su boca con la esperanza de que siguiera haciendo lo que estaba haciendo por mucho tiempo, tal como había prometido.

Su piel era mucho más de lo que Trevor jamás había imaginado. El fugaz pensamiento cruzó por su mente cuando él tomó su pecho en su boca, lo chupó con suavidad, y su lengua se arremolinó alrededor del pezón erecto. Sus sueños de este momento se quedaron cortos en comparación con la realidad y la dulzura de su piel bajo sus labios. Él arrastró su boca a su pecho derecho, y repitió las mismas caricias antes de continuar su viaje, trazando lentamente un camino con su lengua por su estómago, sobre su montículo, y llegando finalmente a su destino.

Cuando él le dio un suave beso en su sexo, Cassandra gimió suavemente, arqueando la espalda de la cama mientras que agarraba las sábanas a ambos lados de su cuerpo con los puños. Él se rio entre dientes al ver la prueba de que ella estaba disfrutando con sus caricias. Trevor separó sus pliegues y la besó más íntimamente, extrayendo otro gemido hondo y lento de sus labios. Su sabor era embriagador y supo, desde el primer momento, que se había hecho total y completamente adicto a ella. Solo probarla un segundo fue todo lo que necesitó para desearla más de lo que ya hacía. Cassandra estaba convirtiendo su cerebro en papilla y, por primera vez en su vida, no le importó, le dio la bienvenida.

La sensación de su lengua enterrándose en su interior hizo que Cassandra se sintiera como si acabara de romperse en mil pedazos. La manera en la que la estaba chupando y lamiendo hicieron que todo dejara de tener sentido salvo los sentimientos y las emociones que él estaba generando con su boca, sus labios, y su lengua. Ninguno de sus encuentros sexuales previos había sido tan vívido, explosivo, ni pleno, y sintió que esto era solo el comienzo.

Su toque se convirtió en un crescendo y, cuando su cuerpo se contrajo, ella cogió su cabeza, enredó los dedos en su pelo, y tiró con fuerza hacia ella. *Si se detiene en este momento, me moriré*, pensó, y se quedó sin aliento cuando él deslizó suavemente un dedo, luego dos, dentro de ella. Cassandra notó que su liberación estaba cerca mientras que él continuaba penetrándola con sus dedos y chupando con fuerza, sacudiéndose con ella.

Ella continuó entregándose a las pulsantes sensaciones que aturdían su mente. Después de unos momentos, finalmente abrió los ojos y se encontró con Trevor cerniéndose sobre ella con una maliciosa sonrisa en sus labios. "¿Ha sido eso tan bueno para ti como lo ha sido para mí?"

Su sentido del humor hizo que ella se ruborizase, pero respondió sin inmutarse, "¿Son todos los frikis tan bueno como tú?"

Trevor se echó a reír al escuchar su cita a la película, *La Venganza de los Novatos*. Cassandra se sorprendió al darse cuenta de que su intercambio burlón estaba haciendo que se sintiera cada vez más cómoda. Sin pensarlo dos veces, tiró de Trevor hacia ella y lo besó. Saborearse a sí misma por primera vez en su lengua, envió otra sacudida de deseo a través de ella mientras que moldeaba cuerpo contra el suyo al mismo tiempo que abría las piernas para recibirle y acomodarse a su peso. Ella sacudió sus caderas, instándolo a darle más, y pudo sentir la cabeza de su pene rozándose con sus resbaladizos pliegues.

Trevor no necesitó nada más para entender lo que quería. Lo mismo que quería él. Cuando ella deslizó las manos hasta su culo y sus uñas se clavaron en su carne, no pudo contenerse por más tiempo. En un solo impulso, se enterró profundamente en su interior.

Ambos gritaron al sentir la unión de sus cuerpos y permanecieron inmóviles durante unos segundos, disfrutando de sus cuerpos como uno solo. Trevor se alejó de su cuerpo lo suficiente para poder mirarla a los ojos. Sosteniendo su mirada, comenzó a moverse lentamente dentro y fuera de ella, con un suave balanceo de sus caderas, frotándose a lo largo de su clítoris con cada penetración. Podía sentir cada uno de sus pequeños temblores en el interior de su cuerpo, lo que encendió su llama de nuevo.

Trevor se quedó mirando fijamente a sus ojos a la vez que aumentaba la velocidad de sus embestidas, dibujando gritos de placer de ella con cada empujón. Incapaz de resistirse a volver a probar sus hinchados labios, se inclinó y clamó su boca en otro alucinante beso, mordiendo su labio inferior y lamiendo ambos, imitando la forma en la que acababa de lamer su sexo.

Un fluido caliente envolvió a Cassandra y ella se agarró con fuerza a su espalda, atrayéndolo hacia su cuerpo mientras rodaba sus caderas en un movimiento circular, aumentando el contacto y la presión de su pubis contra su clítoris.

Trevor echó la cabeza hacia atrás y gimió profundamente, "Me estás matando, Cassie…"

La dulzura de su apodo derramado de sus labios en ese momento la calentó y la emocionó. Se ajustaba a la perfección. Ella envolvió y apretó las piernas alrededor de sus caderas, lo que hizo que la parte superior de su cuerpo se separara de la cama, permitiendo así un empuje más profundo. Cuando ella apretó sus músculos internos alrededor de él, Trevor aumentó su velocidad con creces, bombeándose dentro de su carne más y más profundamente.

"Me encanta estar dentro de ti, Cassie…quiero sentir cómo me exprimes cuando te corras."

Sus palabras eran sensuales, lo que implicaba claramente que él no había terminado todavía, Una punzada de electricidad se disparó a través de ella. Cassandra respondió meciéndose en su contra con cada una de sus embestidas, mejorando el contacto para ambos. Las primeras olas de su liberación se apoderaron de ella y supo que pronto la consumirían.

Los signos reveladores de su inminente orgasmo la delataron y Trevor le susurró al oído, "Córrete para mí, Cassie."

La sencilla orden la dejó sin aliento y ella gritó su nombre cuando su cuerpo procesó su mandado, estallando en un explosivo orgasmo, que la hizo vibrar alrededor de él.

Los gemidos de placer de Trevor se unieron al eco de su nombre en la sala cuando él llegó a su propio clímax, bombeando fuera de control hasta que ya no pudo más. Agotado, se desplomó encima de ella. Exhaustos y saciados se abrazaron, esperando a que sus pulmones comenzaran a funcionar de nuevo y su respiración volviera a la normalidad.

Después de unos minutos, Trevor los rodó a ambos de forma que ella estaba encima de él y él tenía los brazos fuertemente a su alrededor. Soltando un profundo suspiro, Cassandra dejó descansar la cabeza sobre su pecho y esperó a que su corazón redujera la velocidad, mientras escuchaba sus acelerados latidos tronando dentro de su pecho, un sonido relajante para sus oídos.

Cassandra cerró los ojos y se permitió relajarse, disfrutando del contacto de piel con piel mientras compartían un cómodo silencio. Sus caricias por su espalda tan familiares, tan naturales, pensó ella mientras él apagaba la luz y la tomaba entre sus brazos con más fuerza.

Permanecieron en silencio, perdidos en sus propios pensamientos. Perdidos en las nuevas revelaciones y las preguntas que su acto sexual traía implícitas y que ninguno estaba seguro de querer responder.

TREVOR SE DESPERTÓ SOBRESALTADO POR un chirriante sonido proveniente de la mesa auxiliar. Extendió el brazo automáticamente y agarró el ruidoso dispositivo.

"Mierda. Voy a matar a George," murmuró para sí mismo, todavía medio dormido.

Cassandra gimió y se apretó más contra él, metiendo la cara en el hueco de su cuello. Sus suaves respiraciones avivaron el vello de su pecho.

"¿Qué?" Respondió Trevor con una voz ronca y somnolienta.

Después de una larga pausa, la voz de un hombre vino a través de la línea "¿Cass?"

Trevor se dio cuenta inmediatamente de su error. Había contestado el teléfono de Cassandra y la voz al otro lado se parecía mucho a la de Bruce Banner. "Un momento."

Trevor le dio un codazo en su hombro suavemente, tratando de despertarla. "Cassie, despierta."

Cassandra abrió los ojos vagamente y una suave sonrisa se formó en sus labios ante su toque hasta que se dio cuenta de que la pantalla de su móvil estaba iluminada con una llamada entrante. Sus ojos se abrieron cuando reconoció el número.

Ella tomó el teléfono de Trevor y dijo con voz resignada, "Nate."

El silencio se hizo eterno al otro extremo de la línea. Entonces, de repente, la voz de Nathan explotó en su oído, "Dime que no era Bauer, Cass."

Ella cerró los ojos ante el dolor que oyó en su voz y se dio cuenta de que él no había tomado sus palabras en serio cuando le había dicho que no había nada entre ellos.

Sintiendo que Trevor estaba a punto de levantarse de la cama, Cassandra extendió la mano y le agarró del brazo para impedírselo.

"¿Cass? Era Bauer, ¿no es así?" Espetó Nathan.

Ella le había explicado que no podían ser más que amigos y, por su posesivo tono, él la había ignorado. Tenía que poner un poco de distancia entre ellos.

"Nathan, es muy tarde. ¿Por qué has llamado?"

"Nunca dijiste que estuviera ahí contigo—ni que la operación en cuestión implicara compartir la cama," dijo Nathan con rabia.

Su celoso comportamiento estaba deshilachando los nervios de Cassandra y ella se puso rígida. Trevor le apretó la mano como para hacerle saber que lo había oído todo.

Cassandra ya había tenido suficiente. "Nathan, ya hemos hablado de esto. Solo somos amigos. Ta te lo he dicho. Nunca hemos sido y nunca vamos a ser otra cosa."

"Cass—"

"Buenas noches, Nathan." Colgó antes de que pudiera discutir más. Sosteniendo su móvil contra su pecho, Cassandra trató de ordenar sus pensamientos.

Trevor se volvió hacia ella. "Siento si te he complicado las cosas al haber contestado el teléfono. No fue mi intención—"

"No. No te preocupes. Tal vez ahora aceptará que lo que le dije iba en serio. Preferiría que lo hubiera descubierto de una manera distinta, pero lo hecho, hecho está." Ella suspiró, se apartó de él, y dejó caer el móvil al suelo.

Era evidente que necesitaba pensar y no podía con Trevor tan cerca de ella. Se movió e hizo ademán de levantarse de la cama, pero esta vez, fue Trevor quien tiró de ella. Pegándose a su cuerpo, él la moldeó por detrás, metió la cara entre su pelo, y la envolvió fuertemente con su brazo.

"¿Dónde crees que vas, chica? Hmm qué bien hueles," susurró él, inhalando profundamente.

Cassandra estaba a punto de decirle que la dejara ir cuando sus palabras rompieron su decisión y puso una sonrisa en sus labios.

"¿Quieres hablar de ello?" Le preguntó él en voz baja después de unos minutos.

"En realidad no. Solo abrázame," dijo ella, apretándose contra él, disfrutando de la calidez de su cuerpo mientras la acunaba.

"Lo haré, Cassie. Duerme. Tenemos mucho de qué hablar mañana."

"Sí, mañana. Hay mucho de qué hablar..." murmuró ella mientras agarraba su mano entre las suyas y la metía por debajo de su barbilla para poco después quedarse dormida en el confort de sus brazos.

Capítulo Veintiuno

La Mañana Después

CUANDO LOS RECUERDOS SE FILTRARON EN LA CONSCIENCIA de Cassandra, esta se encontró rodeada por los brazos de Trevor. Al instante, su noche juntos fue reproducida en su mente. Su cuerpo la traicionó, anhelando más que los simples recuerdos, pero la aprehensión se apoderó rápidamente de ella. Poco a poco se fue deslizando fuera de sus brazos, y se giró sobre su costado sin despertarle. El ritmo de su suave respiración mientras dormía la calmó a la vez que trataba de ordenar sus dispersos pensamientos.

Trevor era diferente al resto de los hombres que había conocido. No estaba vacío por dentro. Era confiable, constante, un pensador rápido, y divertido como nadie. Le había sorprendido mucho su lado tierno—cuidadoso, compasivo, más pendiente del placer de ella que del suyo propio. Era un sueño hecho realidad. Sin embargo, Cassandra necesitaba saber si también era real.

Necesitando espacio y aire para respirar, Cassandra estaba tratando de reunir el valor para levantarse de la cama y volver tranquilamente a su habitación cuando Trevor apretó su brazo alrededor de su cintura y tiró de ella contra su pecho. El aliento se le quedó atascado en la garganta ante el íntimo gesto y lágrimas humedecieron sus ojos. Le asustaba el hecho de que esos simples gestos estuvieran fracturando las paredes que ella había construido alrededor de su corazón.

LOS OJOS DE TREVOR SE abrieron lentamente en las primeras horas de la mañana para encontrarse con una suave y cálida piel contra la longitud de su cuerpo. Los recuerdos de la noche anterior se desplegaron en su mente, y una pequeña sonrisa se dibujó en sus labios mientras enterraba su nariz contra la nuca de Cassandra y respiraba profundamente.

Hacer el amor con Cassandra había sido increíble e inolvidable. Si su reacción era una indicación, la había complacido tanto como ella a él. Él apretó sus brazos, acercándola más contra él, y se maravilló de lo perfectamente bien que encajaban sus cuerpos—como piezas de un rompecabezas. Trevor la deseaba. Ahora más que nunca.

Un suave gemido se deslizó de sus labios al sentir su cuerpo despertar. Su pene, escondido contra la ranura de sus nalgas, se agitó a la vida, y sus pelotas crecieron fuertes y pesadas. Unas imágenes de lo que le gustaría estar haciendo con ella en estos momentos, hizo que su corazón se acelerase y que sus pulmones lucharan por coger aire.

Trevor sabía que ella era la definitiva. Había habido muchas señales que le habían indicado que ella era su media naranja—su fuerza, su humor, su cuidadosa forma de ver la vida, y su tenacidad, le habían hecho creer que estaban destinados para algo más que solo compañeros compartiendo una aventura. Él quería que fueran algo más. Escuchó lo que su corazón le decía y sabía que la conexión estaba allí, transparente como un cristal. Sin embargo, había sido sin duda, su noche juntos, lo que había terminado de cerrar el trato para él—no solo sus personalidades se complementaban, sino que su atracción física y compatibilidad eran igual de reales. *Muy reales.*

"Creo que alguien está feliz de verme." Eso fue lo primero que le vino a la mente a Cassandra mientras se despertaba con la sensación de Trevor envuelto alrededor de ella. Sus ojos se agrandaron y su corazón se detuvo cuando oyó su propia voz ronca haciendo eco en el silencio de la habitación. Había pronunciado las palabras en voz alta. Rápidamente, volvió la cabeza para mirar a Trevor, pero la disculpa que tenía en la punta de la lengua se desvaneció cuando sus ardientes ojos se encontraron con los de ella.

Él bajó los ojos a su boca y le susurró, *"Muy* contento de verte." Puso sus dedos a lo largo de su barbilla y se inclinó para besarla suavemente—el beso hizo que la sangre corriera en sus venas y la llenara con deseo de más—y de frustración por tener que levantarse de la cama.

La suave presión de sus cuerpos rápidamente encendió un beso ardiente, que chisporroteó con fuerza y los condujo a ambos al remolino de emociones y deseos que los habían bombardeado la noche anterior.

Trevor sonrió contra sus labios mientras la imagen de Cassandra saliendo de la cafetería enseñando sus preciosos hoyuelos de Venus, cruzó por su menté, y muy gentilmente, le dio la vuelta sobre su estómago.

"¿Te he dicho que estaba *muy* feliz de verte?" Él comenzó a arrastrar un camino de besos por su elegante cuello, la línea de su columna vertebral, hasta la curva de su espalda baja, donde empezó a lamer esos pequeños hoyuelos, dibujando temblores y gemidos de Cassandra mientras que él cumplía su pequeña fantasía.

CARL MIRÓ HACIA EL DISCO duro en su escritorio y sonrió. *Su ticket a la fortuna.* Había visto las noticias y, aunque no podía entender mucho de lo que decían, estaba claro que estaban hablando de Allison. Las cámaras mostraban su edificio de apartamentos rodeado de luces y un policía al que estaban entrevistando frente a ella. Las imágenes, tomadas la noche anterior, justo antes de que él hubiera abandonado la casa, no mentían.

Su sonrisa se desvaneció un poco. Él había participado en bastantes trabajos sucios en el pasado. No le asustaba ver cómo la sangre se derramaba, pero ella no había sido parte de la ecuación en un primer momento y había acabado convirtiéndose en una espina que había tenido que quitarse de encima. Jamás había pensando que la mujer hubiera podido pelear tan violentamente.

Con cautela, se llevó la mano a la oreja acordándose de su mordida y se dirigió al cuarto de baño para inspeccionar la herida, que latía como si recordara el dolor de ese momento. Se dio cuenta de que todavía rezumaba y sangraba, por lo que abrió el agua para limpiarla de nuevo.

"Puta zorra, tenía más fuerza que Mike Tyson," murmuró Carl para sus adentros mientras se lavaba y vendaba la zona dañada.

Se acercó a la cama, perdido en sus pensamientos. Soñaba con una vida de lujo en un apacible lugar lejos de su antigua vida, como Abu Dhabi. Repasó la lista de compradores potenciales para su huevo de oro recién adquirido y la redujo a los que pensaba que podrían hacer ese sueño realidad. Tomó el teléfono y empezó a hacer llamadas. Lo hizo sin una pizca de remordimiento en cuanto a cómo había llegado hasta allí, ni ningún pensamiento sobre los pasos que tendría que dar para llegar a donde quería estar.

Un par de horas más tarde, Carl se sintió muy satisfecho con el resultado de sus consultas. Había comunicado a sus posibles compradores que tenía algo de interés para ellos, y estaba seguro de que en un par de días le estarían lloviendo las ofertas de las partes más interesadas. Tenía en mente jugar un poco con ellos para que la oferta subiera y al final vender el material al mejor postor. Tumbado en la cama con una gran sonrisa de satisfacción en su rostro, empezó a soñar despierto justo donde se había quedado—Abu Dhabi.

UNA VISIÓN DE ALLISON DAVIS con lágrimas de sangre

goteando de sus acusadores ojos le despertó bruscamente. La horripilante imagen envió un escalofrío por sus espina dorsal, y el dicho, *alguien ha caminado sobre mi tumba*, cruzó por su mente. Carl puso su cabeza sobre la almohada y trató de pensar en otra cosa, pero la mujer no dejaba de perseguirle. Sus gritos de auxilio se habían convertido en un murmullo constante en su oreja que le impedían conciliar el sueño. Se volvió hacia su costado y se cubrió la cabeza con la almohada en un intento de sofocar el misterioso susurro que le atormentaba, y conseguir algunas horas de sueño para poder seguir adelante con su plan.

Necesitaba estar descansado cuando saliera de París para Mónaco por la mañana. Era un viaje largo y no quería quedarse dormido al volante. Tenía pensado enfriar sus talones en los casinos, probando suerte en las diferentes mesas hasta que las ofertas comenzaran a llegarle. Las visiones de una vida de lujo llena de dinero, mujeres, y juegos de azar atestaron su mente.

CASSANDRA SE DESPERTÓ POR TERCERA vez rodeada por el picante olor masculino de Trevor en la ropa de cama. Estirándose, ella extendió la mano hacia él. Sus ojos se abrieron de golpe cuando su mano solo encontró un revoltijo de sábanas ligeramente enfriadas en lugar de su caliente cuerpo. Incorporándose sobre sus codos, miró alrededor de la habitación, pero él no estaba por ninguna parte.

¿Se habría echado atrás en su persecución y habría decidido regresar a casa? Ella era consciente de que el asesinato de Allison le había afectado, pero no podía imaginar hasta qué punto. Durante sus conversaciones, él le había contado sobre su deseo aventurero. Sin embargo, estaba bastante segura de que lo que habían presenciado la noche anterior, había ido mucho más allá de sus expectativas. Sus pequeñas vacaciones de ensueño habían pasado de Misión *Imposible* a *Saw* durante la noche, y ella no se sorprendería demasiado si él hubiera huido.

Cassandra se sintió decepcionada al pensar que Trevor podría haberla abandonado a su suerte. Entonces se dio cuenta del sonido de la televisión en el fondo y pensó que aún podría estar cerca. Apartándose el pelo de la cara, deslizó sus piernas por el borde de la cama y escuchó el sonido de la puerta abriéndose. Un segundo después, Trevor entró en el dormitorio con una bandeja con tazas que exudaban un maravilloso aroma.

"No te muevas," le dijo Trevor con una relajada sonrisa mientras que dejaba la bandeja sobre la mesa.

El alivio de Cassandra al verle rivalizó con los gritos de su conciencia que le decían que estaba todavía desnuda. Se sentó en la cama, rápidamente tiró de las sábanas y metió los brazos por dentro con fuerza, cubriéndose tanto de su vista como pudo. Una reacción tonta, considerando que ella estaba segura de que Trevor podría recordar cada centímetro de su cuerpo; pero todavía se veía obligada a poner esa barrera entre ellos—los viejos hábitos tardaban en morir.

Trevor se acercó a la cama y le ofreció una taza. "Aquí tienes."

"Gracias." Ella inhaló el fuerte aroma del té proveniente de la bandeja y tomó la taza de su mano. Con ansia por degustar su té y el anhelo de su habitual taza de café, ella tomó el primer sorbo. Ella le miró con sorpresa cuando se dio cuenta de que era el café que más le gustaba, y que había sido preparado tal y como ella se lo tomaba siempre.

"Suficiente crema para dorarlo y suficiente azúcar para endulzarlo." Trevor tomó un sorbo de su taza y le dedicó una sonrisa de chico bueno. "¿Te gusta?"

Cassandra le devolvió la sonrisa "Dios, sí," ella gimió de placer. "Me lo has preparado tal y como me gusta. ¿Cómo lo has sabido?"

"Ya te lo he dicho, Cassie. Te veo."

Su sencilla declaración la emocionó. La pequeña voz en su hombro le advirtió sobre las importantes consecuencias de darle un pedazo de su corazón, por pequeño que fuera. Cassandra estaba al tanto. Pero por una vez en su vida, iba a dejarse llevar por su instinto e iba a disfrutar del momento mientras que durase. Nada de planes, nada de analizar las cosas, nada de pensar demasiado. Iba a hacerle caso a Jessica e iba a dejarse llevar por la corriente.

Trevor la miró a los ojos. Se quedaron durante unos segundos en silencio, bebiendo de sus tazas y contemplando al otro como si tratando de averiguar qué decir. El incómodo momento se rompió cuando Cassandra observó por el rabillo del ojo un destello de luces proveniente de la televisión.

Ella llamó la atención de Trevor, quien se fijó en la pantalla. "Parece el edificio de apartamentos de Allison."

Las curvas de los labios de Trevor se desvanecieron en una línea apretada y una tristeza cruzó sus características. Se sentó en la cama junto a ella y asintió con la cabeza hacia el televisor. "Han estado emitiendo la noticia de su asesinato durante toda la mañana."

La mente de Cassandra, ahora impulsada por el café, finalmente se enfrentó a lo que había estado temiendo desde el momento en que habían huido de la escena. "Trevor, nuestro coche está aparcado ahí fuera. Tenemos que recuperarlo. Además, no podemos estar totalmente seguros de que estamos fuera de peligro. ¿Qué pasa con George? ¿Sabemos algo de él?"

"No hay nada sólido hasta ahora, pero eso cambiará muy pronto. ¿Por qué no te das una ducha y te cambias mientras que yo voy a por el coche?" Su tono era suave y ligeramente calmante, como si sintiera que ella necesitaba un poco de espacio y tiempo para reagruparse.

Ella asintió y dejó la taza sobre la mesita de noche, esperando que se fuera. En su lugar, Trevor se inclinó y le dio un rápido beso en los labios. Después de un momento de vacilación, le tomó la cara y reclamó su boca en un hambriento beso. "Nunca me sacio de tus besos, ni de ti."

Cassandra respiró hondo mientras le veía alejarse. Una vez que él salió de la habitación, ella se levantó cautelosamente de la cama. El dolor entre sus muslos y la abrasión que su barba de dos días había dejado en su piel, eran recuerdos de su noche de amor. Un caliente rubor fluyó desde su cuello hasta las mejillas y ella sonrió. La imagen de él mirándola fijamente a los ojos mientras le daba placer con su boca estaría grabada para siempre en su mente.

Miró alrededor en busca de su ropa y la encontró doblada en una pila ordenada en la silla junto a la cama. Un rubor inundó sus mejillas de nuevo de solo pensar en él doblando su sujetador y su ropa interior. Se puso los pantalones vaqueros y la parte superior, se llevó la ropa interior doblada en la mano, y se dirigió al otro lado del vestíbulo.

Eligió rápidamente un nuevo conjunto de ropa y se metió corriendo en el baño para darse un muy necesario baño. La cabeza todavía le daba vueltas por el beso de despedida, y el espray de agua acariciando su piel se convirtió en otro recordatorio de los dedos y las manos de Trevor deslizándose sobre ella. Los pensamientos de él la golpeaban en todo momento mientras que sus viejos miedo continuaban causando estragos en su mente.

De vuelta en la habitación de Trevor, Cassandra se acomodó en el sofá para esperarle. Esperaba que George averiguara algo de información lo antes posible para que pudieran continuar con su búsqueda de Carl Kenyon. Cassandra se negaba a dejarle escapar. Se negaba a darse la vuelta y echar a correr, incluso si tenía que enfrentarse a más riesgos de los que habían previsto inicialmente. Quería estar lista para cuando George se volviera a poner en contacto con ellos con una buena noticia, y tenía la esperanza de que Trevor siguiera apoyándola con el plan que tenía en mente.

TREVOR VOLVIÓ A SU HABITACIÓN para encontrarse a Cassandra concentrada, sentada con las piernas cruzadas en el sofá, y viendo las noticias con atención. Su lenguaje corporal gritaba que era hora de trabajar y que no había tiempo para juegos. Él sabía que ella no era una cobarde, pero el asesinato podría haberle traído demasiados malos recuerdos para hacerle reconsiderar si deberían o no seguir persiguiendo esos archivos.

Para él, la muerte de Allison había sido una llamada de atención para que abriera los ojos y se diera cuenta de que el camino al infierno se pavimenta con buenas intenciones. Algunas personas que se dejan llevar por sus creencias e ideologías, hacían cosas malas para obtener resultados que pensaban que serían por el bien de todos. Allison era una de ellas. Lo que quisiera que la hubiera empujado a hacer lo que había hecho, debía haber sido algo en lo que ella debía haber creído profundamente.

Su muerte se añadía a la ira que él había guardado dentro de sí tras la desaparición de sus padres; dos buenas personas que jamás le habían hecho daño a nadie que habían sido arrebatados de él de la misma manera que Allison había sido arrebatada de su familia. Pese a lo doloroso que su muerte tenía que estar siendo para ellos, al menos tenían la suerte de dar el caso por cerrado. Ellos reclamarían su cuerpo, lo llorarían, y aprenderían a vivir con la realidad palpable de su muerte. Él no tenía nada de eso. Todo lo que tenía era incertidumbre, incredulidad, y desconocimiento. Era una herida que no se curaría hasta que supiera con certeza qué le había sucedido a sus padres.

La ira y la injusticia de todo lo sucedido hicieron que Trevor remodelara su misión en algo más grande. En ese momento, mientras que iba través de su plan de acción en su cabeza, se apropió de la misión de Allison como suya propia. La recuperación del disco duro y el desenmascaramiento de los implicados en su muerte serían solo la punta del iceberg.

Cassandra miró hacia arriba. "¿Has visto esto?"

"He estado escuchando las noticias en la radio. La policía no tiene pistas sobre el motivo de su muerte ni ningún sospechoso por el momento." Trevor se dirigió a su portátil para acceder a su correo electrónico y ver si tenía alguna noticia de George.

Después de unos minutos de intensa concentración, esbozó una gran sonrisa. "George ha podido rastrear uno de los números. Me ha dicho que está hacia el sur, por la autopista A6. Se pondrá con nosotros en cuanto tenga un lugar sólido."

"Esto me está volviendo loca—no me gusta tener que quedarme

sentada con los brazos cruzados, esperando que las cosas sucedan," se quejó Cassandra.

Trevor se rio. "Lo sé. Te he visto dar paraditas con el pie sin parar durante toda la semana." Él se volvió hacia ella, y fue directo al grano, "¿Cuáles son tus planes una vez que tengamos el lugar?"

"Estaba a punto de preguntarte lo mismo."

"Yo voy a ir tras ese cabrón, contigo o sin ti," afirmó él.

Cassandra se sorprendió un poco de la frialdad y severidad de Trevor cuando dijo esas palabras. Era como la calma antes de la tormenta. "Este es mi caso, Trevor. Por supuesto que voy a ir tras él. Tú ya has cumplido con tu parte del trato. No tienes por qué quedarte." A pesar de que las palabras salieron de su boca, Cassandra esperaba que no se fuera.

"No voy a ir a ninguna parte, Cassie. Esto se ha convertido en algo personal para mí. Iremos tras él juntos. Ahora, más que nunca, no voy a permitir que hagas esto sola. Y no es por mis sentimientos hacia ti o por lo que pasó anoche entre nosotros; No puedo quedarme de brazos cruzados y no hacer todo lo que esté en mis manos para que Allison descanse en paz, para ver su objetivo alcanzado."

"Alcanzaremos su objetivo una vez que devolvamos el disco duro de nuevo a Bristol y la integridad de los archivos esté asegurada."

Un brillo que Cassandra no pudo descifrar brilló en los ojos azules de Trevor. "Sí, nuestro objetivo es recuperar ese disco duro. George se pondrá en contacto con nosotros tan pronto como haya averiguado algo. Sé que es frustrante quedarse aquí parado, así que mientras tanto, podríamos comenzar nuestro pequeño proyecto de investigación y reunir toda la información posible acerca de ese hijo de puta, Carl Kenyon."

Cassandra se sentó frente a su portátil. Casi en sintonía, comenzaron su investigación sobre el hombre. Usando su experiencia combinada, recolectaron y compartieron información y nuevos hechos que descubrieron mientras comían comida china y bebían latas de refrescos durante el resto del día.

Más tarde esa noche, hicieron balance de la información que habían recopilado sobre Kenyon. Su relación de amor-odio con el dinero era evidente, basado en el número de denuncias presentadas en su contra en su estado natal de Nueva York. Su historial médico incluía una serie de conmociones cerebrales graves y fracturas que habían sido descritas en los historiales clínicos como resultados de altercados físicos. Los informes policiales asociados contenían versiones detalladas de esos eventos. Uno de ellos incluía una descripción de cómo un matón se había acercado a Kenyon para cobrar una deuda que él había contraído con un conocido corredor de apuestas en Nueva Jersey: la cosa no había terminado bien para Kenyon.

La extensa investigación que compilaron indicaba que Kenyon era un seguidor. También dejaba al descubierto qué era lo único que le motivaba—el dinero. Todavía no revelaba, sin embargo, quién orquestaba su plan, quién pagaba las facturas. Cassandra esperaba que pudieran reunir algunos datos adicionales que les permitiera obtener un perfil más detallado del hombre antes de que George precisara la ubicación de Kenyon.

Las largas horas sin descanso delante de sus respectivas pantallas habían hecho mella en los dos. Los pensamientos de Cassandra se volvieron confusos; sus ojos le dolían y picaban. Trevor debió darse cuenta de ello porque cuando ella bostezó por cuarta vez, dijo, "Cassie, tómate un descanso. Me estás matando con tanto bostezo. Sabes que provoca una reacción en cadena, ¿verdad?" Después de una pequeña pausa, él la convenció, "¿Por qué no te acuestas? Ya casi he terminado. Solo tengo que revisar mi correo electrónico antes de darlo por acabado."

Los ojos de Cassandra se encontraron con los suyos y vieron en ellos una pequeña pregunta que él no había verbalizado. Por mucho que Cassandra hubiera disfrutado de la noche en sus brazos, aún no sabía cómo manejar su intimidad recién descubierta, así que decidió tomar el camino más fácil.

"Sí. Me muero de cansancio. Creo que me iré a la cama." Los ojos de Trevor se clavaron en su espalda mientras que ella se dirigía directamente a la puerta. Cassandra gritó por encima del hombro, "Te veré por la mañana temprano. ¿Qué te parece a las seis?" Ella no esperó su respuesta y salió de su habitación. Desnudándose de camino a la cama, se deslizó bajo las sábanas y se esforzó por ignorar la decepción que había leído en sus ojos.

Trevor miró con incredulidad en dirección a Cassandra cuando la puerta se cerró tras ella. Cuando le había sugerido que se fuera a la cama, se había referido a su cama, en sus brazos. Pero ella había huido como si no fuera capaz de soportar la idea de estar cerca de él otra vez. Su corazón se desplomó. *¿Estaré equivocado sobre lo que vi en sus ojos? ¿Acerca de su interés por mí?* Esas preguntas le cortaron en rodajas como un cuchillo de sierra.

Después de unos momentos de incredulidad, Trevor volvió su atención a la pantalla. Comprobó a ver si había recibido algún correo nuevo de George; no encontró ninguno, así que cerró el portátil. Con un suspiro, se dirigió hacia el gran dormitorio principal y se detuvo frente a la cama sin hacer, un arrugado testigo de todo lo que había ocurrido entre ellos durante la intensa noche que habían pasado entre sus pliegues.

Trevor había esperado compartir la cama con ella otra vez, aunque fuera solo para acunarla en sus brazos y sentir su calor contra él toda la noche. En vez de ello, solo las frías sábanas lo abrazarían. Apoyando la cabeza en la almohada, aún podía oler su aroma impregnado en la ropa. Tumbado sobre su espalda, se cubrió los ojos con el brazo y trató de esforzarse por encontrar algo en lo que pensar que no fuera ella.

CASSANDRA SE DESPERTÓ UNAS HORAS más tarde con la sensación de que algo no iba bien. Al principio, no pudo identificar la fuente, pero, luego se dio cuenta claramente de lo que era— Trevor. Había estado soñando con él. *Cobarde*, se reprendió a sí misma, y se volvió de lado para permanecer en la oscuridad.

Su traidora mente le había obligado a huir de su habitación. Cassandra le echaba de menos, echaba de menos su calor. Las palabras de Jessica resonaron en su cabeza de nuevo, lo que la hizo sentir aún peor. Ella se había asegurado a sí misma que iba a soltarse la melena, que iba a dejarse llevar por la corriente, pero cuando se había dado cuenta de que Trevor estaba empezando a trepar por sus paredes, se había retirado lo antes posible, volando como un murciélago en mitad de la noche.

Huir no había cambiado su deseo hacia él, ni había obviado que todavía anhelaba su presencia. Salió de la cama y, por segunda vez, ella se reprendió a sí misma, con la esperanza de que él no la hubiera descartado por completo.

Envuelta en la bata del hotel, Cassandra se apresuró a cruzar el pasillo y entró en su habitación, que estaba parcialmente iluminada por la luz de la luna, lo que permitió que pudiera verle tumbado boca arriba. Tenía un brazo sobre su rostro, y parecía estar fuera de combate. Ella se acercó a la cama y silenciosamente, se quitó la bata y se deslizó bajo las sábanas. Se acercó lo suficiente a él para sentir cómo su calor la envolvía mientras que yacía a su lado, observándole.

De repente, el brazo de Trevor pasó por debajo de sus hombros y la atrajo hacia su pecho, de forma que la mitad de su cuerpo estaba cubriendo el suyo, y ella apoyó la cabeza en su hombro. Trevor volvió la cabeza en su almohada y le susurró, "¿Por qué has tardado tanto?"

Cassandra soltó el aliento que había estado conteniendo y se relajó en su contra. "Hubiera venido antes, pero acabé en la habitación equivocada."

Trevor se rio entre dientes, tiró de ella con más fuerza, y apoyó la mejilla contra su frente. En cuestión de minutos, su respiración se volvió pesada, y la tensión disminuyó en su cuerpo, casi como si hubiera estado esperando a que regresara antes de que pudiera relajarse y dormir. Acunada cómodamente contra su calor, Cassandra deslizó su brazo a través de su estómago y entrelazó su pierna con la suya. Al poco tiempo, el suave ascenso y descenso de su pecho contra su mejilla causó que sus párpados revolotearan, y que ella también se fuera a la deriva.

Capítulo Veintidós

Artillería Pesada

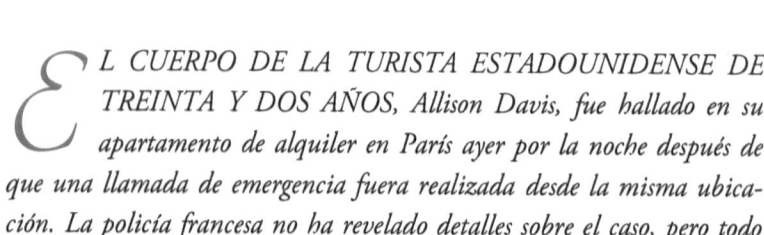

*E*L CUERPO DE LA TURISTA ESTADOUNIDENSE DE TREINTA Y DOS AÑOS, *Allison Davis, fue hallado en su apartamento de alquiler en París ayer por la noche después de que una llamada de emergencia fuera realizada desde la misma ubicación. La policía francesa no ha revelado detalles sobre el caso, pero todo apunta a que se trata de un caso de homicidio. Aún no tienen ningún sospechoso, y han pedido que cualquier persona susceptible de tener información, se ponga en contacto directo con ellos.*

¿Qué diablos había ocurrido? Carl no había seguido sus órdenes. Se suponía que tenía que haberle mantenido informado diariamente. No le había llamado en días, y no contestaba al teléfono. *Y ahora esto.* Él estaba más que frustrado. Las cosas no iban tal como había planeado y las complicaciones añadidas según las noticias, acababan de alimentar su ira. Era hora de llamar a la artillería pesada. Cogió el teléfono y marcó los números que conocía de memoria, realizando la llamada que había esperado no tener que hacer.

"¿Sí?" La voz en el otro extremo tenía un ligero acento.

"Tengo un trabajo de limpieza para ti, Niklas." No hizo falta ninguna introducción ni rodeos. Él y Niklas habían sido amigos desde la escuela secundaria y había servido en el ejército juntos. Cuando ambos habían sido dados de alta al final de su servicio, habían tomado distintos caminos en la vida, pero habían permanecido en contacto—una hermandad, por así decirlo, nacida de la necesidad.

Mientras que él se había quedado en los Estados Unidos, donde se había asentado con una esposa e hijos, Niklas se había trasladado al país de origen de sus abuelos, Alemania.

Niklas había tenido siempre un don para lo horripilante, incluso en sus días militares, y él no había estado sorprendido al escuchar sobre el tipo de negocio del que Niklas se encargaba allí.

"¿Detalles?"

"Dos. En tu lado del charco. Vistos por última vez en París. Puede que ya hayan volado de la jaula. Se requieren perros de caza."

"¿Están juntos?" Preguntó Niklas.

"Lo dudo. El hombre es un controlador independiente. Nombre, Kenyon, Carl. El último informe lo ubica en Italia, pero se ha mantenido completamente en silencio desde entonces. La mujer que fue enviada para que se reuniera con él fue encontrada muerta en París ayer por la noche. Es más que probable que él tenga algo que ver con ello. Se ha convertido en un lastre. Encuéntralo y elimínalo. Pero antes de que te diviertas, Niklas, necesito cierto artefacto que podría tener en su posesión. Un disco duro portátil."

"Dalo por hecho. ¿El segundo objetivo?"

"Mujer. Veintitantos años. James, Cassandra."

"¿Conexión?"

"No que yo sepa. No puede ser una simple coincidencia que ella se encuentre en París, al mismo tiempo que el contacto es asesinado y que Kenyon ha caído fuera de la red. Debemos tener en cuenta que ella también podría estar en posesión del disco duro."

"¿Algo más?"

"Sí. No puede haber ninguna conexión que me involucre. Ninguna, Niklas. ¿Queda claro?"

"Entendido."

"Te enviaré un correo electrónico con los expedientes, incluyendo las investigaciones sobre los antecedentes tanto de Kenyon como de James. Mantenme informado. Confío en ti." Colgó, seguro de que su amigo se encargaría del trabajo tal y como había solicitado. Niklas era frío y letal. Una vez en el camino, su presa nunca se le escapaba.

Volvió su atención de nuevo a las noticias. El pequeño obstáculo había sido un bache en la mañana y ya se había encargado de él de manera rápida y eficiente, similar a la forma en la que se había encargado de todo en la vida para llegar adonde había llegado, y cómo seguiría haciendo en el futuro con tal de mantener su status quo.

Como resultado no deseado de un affair casual, había aprendido a muy temprana edad que su madre lo consideraba una carga. Para ella, había sido un error del que no había podido deshacerse. A día de hoy aún no entendía muy bien por qué no había interrumpido el embarazo o lo había abandonado después de su nacimiento. En cambio, había decidido quedárselo, cubriendo solo sus necesidades más básicas. Dos juegos de ropa—uno para llevar mientras que el otro estaba siendo lavado, tres comidas al día, una cama, y un techo con goteras. Sin apego emocional, sin abrazos, sin cuentos a la hora de acostarse, sin besos en sus rodillas raspadas. Su infancia había sido un Sahara emocional.

En la escuela secundaria, supo de inmediato que si no quería convertirse en una de las víctimas de Niklas, tendría que hacerse su amigo—mantén cerca a tus enemigos era su lema. Cuando se unieron al ejército en conjunto, las tendencias violentas de Niklas adquirieron un nuevo significado y, de nuevo, él siguió acercándose a él. No venía mal tener a mano su práctico talento.

Para cuando dejó el ejército, sabía que quería más en la vida. Había cortado los lazos con su pasado y construiría una vida que le ayudaría a ascender en la cadena alimentaria. Se consideraba muy inteligente; merecedor de todo lo que el mundo tenía que ofrecer. Se presentaba a la gente como más que lo que realmente era, encarnado en un rico empresario. Ayudaba ser bastante apuesto y carismático.

La gente era tan crédula cuando uno tenía bien aspecto y parecía rico—que casi habrían hecho cualquier cosa por él. Él había hecho un buen uso de su influencia y sus contactos adquiridos.

Se reclinó su silla, colocó sus palmas entrelazadas detrás de la cabeza, y estudió la fotografía familiar sobre su escritorio. Recordó cómo había tenido que ganarse el amor de Lorraine, su mujer. Su camino se había cruzado brevemente con ella y su rica, profundamente arraigada, e influyente familia en un evento benéfico. Ellos representaban todo lo que él quería y eran todo lo que necesitaba para poner en marcha las siguientes etapas de su vida. Lo había planeado a la perfección: un asalto organizado por Niklas, un heroico rescate—por él, por supuesto, después, la boda con Lorraine, y la eterna gratitud de su familia.

Su esposa era una mujer hermosa. Sus expectativas habían sido altamente satisfechas en lo que a él le preocupaba—expectativas con las que él también había cumplido. Fue después de años de matrimonio y dos embarazos, que ella llegó a comprender que él nunca sería el cuidadoso y cariñoso marido que quería. Cuando el padre de la mujer estiró la pata antes de lo debido, con su labia, había sido capaz de conseguir un estilo de vida bastante cómodo.

Nunca hubiera renunciado a ella ni a estar asociado con su familia sin luchar. Como resultado, ellos vivieron una cordial vida en común basada en un acuerdo tácito según el cual, mantendría la farsa de una pareja feliz para su familia y amigos. Lorraine era una esposa trofeo, no había duda al respecto. Un símbolo de estatus para el hombre que había luchado mucho para llegar a donde estaba, para tener lo que quería. Ella tenía la libertad de ir y venir a su antojo y, siempre y cuando fuera discreta, a él no le importaba lo que hiciera—de lo contrario, Niklas estaría solo a una llamada de distancia.

Él lavó sus pensamientos sobre Lorraine con un largo trago de whisky y dejó que su mente vagara hacia sus hijos. Un legado nacido de la necesidad de apaciguar a Lorraine y a sus suegros. Mientras que apenas interactuaba con sus hijos, no había faltado a su deber con ellos. Él no había tenido nada en su propia infancia—ni una familia estable con dos padres, ni la seguridad de un hogar, ni todas las comodidades que el dinero podría comprar—y se aseguró de que la infancia de sus hijos no fuera así. Haría cualquier cosa para mantener su posición en la sociedad y asegurar la estabilidad de sus hijos.

Su elocuente forma de hablar y sus negociaciones habían surtido efecto en el pasado, pero últimamente, no estaba alcanzando los resultados previstos. Había recurrido a tácticas antiguas y al uso de su mejor habilidad—la manipulación—para forzar las cosas en la dirección que él quería que tomaran.

En el fondo, tenía miedo de haber cavado su propia tumba en su intento por seguir aspirando a más. Kenyon, si bien muy recomendable, había sido un error. Ahora Davis estaba muerta. Pronto el número de muertos podría aumentar. Esperaba que Niklas no resultara ser un segundo error. Lo necesitaba para tener éxito con el fin de salvaguardar su posición y su futuro. Nunca era nada bueno deberle algo a Niklas, y odiaba la fama que tenían sus "servicios." Él sabía que era solo cuestión de tiempo antes de que su amigo le pidiera algún "favor" a cambio. Estaba seguro de que sería uno de mal gusto.

Capítulo Veintitrés

Altos Postes

~~~

OS OJOS DE TREVOR ESTABAN PEGADOS a la pantalla, pero su mente era un remolino de actividad totalmente al márgen de los hechos y números que estaban apareciendo en ella. Los últimos dos días habían sido un ejercicio de paciencia y cautela. Parte de ello estaba ligado a los hechos inmediatamente después de la muerte de Allison y su búsqueda por el paradero de Kenyon, pero la mayor parte estaba relacionada con Cassandra y su relación en ciernes.

Había florecido en los últimos días, alimentada por una intimidad recién descubierta, pero aún había territorio virgen por conquistar. Mientras que él había evitado hablar acerca de la familia, ella había evitado discutir sobre el futuro, lo que había puesto a ambos al borde de su paciencia.

Trevor tenía la certeza de que sus sentimientos hacia ella eran tan sólidos y reales como pudieran ser. No había duda en su mente al respecto. Quería más. Lo quería todo con ella. Deseaba seguir construyendo sobre los cimientos que su situación de trabajo forzoso había creado, y los sentimientos y deseos que habían esas bases estaban acercando cada vez más a la superficie.

El problema era conseguir hacérselo ver y entender sin hacer que saliera corriendo por la madriguera del conejo más cercano. Era una chica voluble. Ella le había hecho cuestionarse su propia percepción de lo que estaba pasando entre ellos cuando había huido de su habitación solo para volver y echarse sobre él. Fue entonces cuando por fin comprendió que ella estaba, posiblemente, luchando con sus propios sentimientos y reacciones ante él.

Una vez que entendió eso, Trevor comenzó a notar los signos. Su inquietud cuando hablaban de volver a los Estados Unidos y las sombras que llenaban sus ojos cada vez que él hacía algo agradable por ella. Recordaba haber visto unas sombras similares cuando hablaba de su madre y cómo su muerte había afectado a su padre. Trevor presentía, que era como si ella esperaba que le pasara algo malo a él, a ambos.

Como el paciente hombre que era, Trevor estaba esperando que ella se diera cuenta de que no iba a desvanecerse en el aire ni a dejarla sola a su propia voluntad. En lo que a él concernía, quería una especie de compromiso a largo plazo—a muy largo plazo. Solo tenía que encontrar una manera de demostrarle que hablaba en serio. Una vez que ella aceptara que iba a ser parte de su futuro, podrían discutir el lado complicado de su vida—sus padres—y el impacto que podrían tener en ellos como pareja.

Mientras tanto, él seguiría las reglas y se haría indispensable para ella. Era de esperar que eso la ayudara a ver que estaban destinados a estar juntos. Miró a Cassandra por encima la pantalla de su portátil, y sonrió al verla cabecear. No le sorprendió. Sus días habían estado completos de actividad, investigación y rastreo de los pasos de Kenyon; y las noches las habían pasado en los brazos del otro. No era necesario decir que no habían dormido demasiado.

Él cambió los engranajes en su cabeza y desvió su pensamiento al trabajo que habían realizado en un breve periodo de tiempo. Cassandra había usado sus buenas habilidades para crear un perfil psicológico lo más preciso posible de Kenyon. Lo único que faltaba era algunas imágenes actuales del mismo. Aparte de unas cuantas fotos viejas sacadas de sus registros médicos—que mostraban a un muy magullado y maltrecho hombre—y una antigua fotografía de un permiso de conducir, en realidad no había más imágenes por ahí. La única cosa inteligente que Kenyon había hecho jamás.

Trevor había estado multi-empleado—manteniéndose en contacto con George mientras que al mismo tiempo se inmiscuía en los sistemas necesarios para recopilar la información que Cassandra había utilizado para su propia investigación. Hacían un gran equipo a nivel general, tanto dentro como fuera de la cama.

Se aclaró la garganta y esperó a que ella levantara los ojos de su pantalla, pero no respondió, absorta en su propio mundo, tal como se perdía en su propia cabeza al concentrarse en el trabajo.

"¿Necesitas algo?" Se puso de pie y se estiró para liberar la tensión en sus músculos después de haber estado sentado durante mucho tiempo, y se dirigió hacia el teléfono para pedir el almuerzo.

"Encontrar a Kenyon. Eso es lo que necesito."

Él se rio de su tono casi alcista. "Voy a pedir algo de comer. No podemos vivir solo de aire y sexo," bromeó, tratando de aligerar el ambiente. Una sensación de satisfacción le llenó cuando ella le recompensó con una sonrisa.

"No sé. Creo que he leído en alguna parte que se puede vivir solo de eso, ya sabes. De sexo, quiero decir." Su tono humorístico hizo que se sintiera feliz. Trevor quería hacer lo mismo por ella—hacerla feliz y asegurarse de que esa sonrisa no abandonara nunca su rostro.

Trevor hizo el pedido y se acercó a su silla. Vio cómo trabajaba durante un rato antes de acariciar su mejilla con el dorso de los dedos.

"Tendremos que probarlo a lo largo del camino." Su referencia al futuro limpió lentamente esa sonrisa de sus labios que tanto adoraba, y Trevor quiso maldecirse por no haber tenido más precaución.

"Ya lo estamos probando, ¿no te parece? Qué curioso—ahora sí que tengo hambre." Cassandra desvió hábilmente la conversación de la bomba que acababa de ser lanzada sobre su regazo.

"He pedido tu plato de patatas favorito con queso fundido y jamón a la plancha—crujientes, como a ti te gustan. Estará aquí en unos quince minutos."

Trevor se dio cuenta de las sombras que nublaron sus ojos de nuevo. La mujer lo confundía. Verla pasar por sus vaivenes emocionales era como estudiar atentamente un código cifrado, en busca de la clave para descifrarlo. A ella le gustaban sus caricias. No había ninguna duda al respecto. Trevor estaba casi seguro de que también le gustaba trabajar y reír con él. Lo único que le desorientaba era su reacción cada vez que aludía a una relación más seria.

Cuanto más trataba de descifrar las pistas, mas señalaban hacia ese momento crucial de su vida—ese que oscurecía sus ojos cada vez que ella lo mencionaba. Trevor se preguntaba si sería la reacción del padre de Cassandra a la muerte de su madre la causa de que ella temiera tener una conexión más profunda con alguien.

Mientras que continuaba explorando esas preguntas en su mente, Trevor oyó el pequeño pitido desde su ordenador que indicaba que había recibido un e-mail. Corrió a su portátil y encontró un correo de George con las coordenadas de la última señal recibida desde el móvil de Kenyon.

"¡Bingo!" Su sonrisa lo decía todo.

"¿Qué pasa?" Cassandra se acercó y miró la pantalla por encima de su hombro.

"Hemos recibido más información," dijo Trevor mientras tecleaba, introduciendo furiosamente los nuevos números proporcionados por George. "Tenemos la ubicación del teléfono."

Identificaron la zona y pusieron el zoom para que pudieran tener una mejor vista de la misma. La imagen de satélite mostraba una visión estática de Monte Carlo, Mónaco, la tierra de los ricos y famosos, donde la gente iba a vivir la gran vida o a apostárselo todo.

"¿Eso es Mónaco?" Cassandra podía ver la imagen de satélite en su pantalla.

"Desde luego que lo es."

"Basándonos en el perfil de Kenyon, Monte Carlo es sin duda su tipo de lugar. Es curioso, sin embargo," dijo Cassandra; "el área no cuenta con ninguna de las sedes de las compañías farmacéuticas. Parece extraño que las partes involucradas en el robo eligieran Mónaco para hacer el intercambio del disco duro. Tal vez solo necesitaban un lugar neutral; Monte Carlo, sin duda, encaja a la perfección."

Otro pitido sonó en el equipo. Era George de nuevo, pero esta vez estaba conectado en un chat seguro.

¿Deduzco que has recibido mi correo electrónico?

Sí. Las coordenadas y la ubicación. ¿Algún detalle más?

Es curioso que lo preguntes. Acabo de encontrar algo en las últimas transcripciones de las conversaciones que mantuvo dentro de las últimas veinticuatro horas. Algo es realmente extraño, Trev. Creo que se ha convertido en el artífice de la operación, el muy bastardo.

¿Qué quieres decir?

Cassandra, que había estado leyendo el diálogo mientras que él tecleaba, inhaló profundamente ante la nueva pieza de información y sus implicaciones.

Tú dijiste que había sido contratado por alguien para reunirse con Allison y recuperar el disco duro, ¿no?

Eso es lo que nos dijo Allison. Era básicamente un intermediario. ¿Por qué?

Si ese es el caso, entonces parece estar haciendo las cosas por su cuenta tratando de vender los archivos al mejor postor. Ha estado haciendo llamadas a los contactos clave de las compañías farmacéuticas. La última que se puso en contacto con él le ha indicado que tienen las personas interesadas para quitarle los archivos de las manos.

Maldita sea…el tipo es una babosa. Pero esto podría ser una buena señal. Esto significa que todavía está en posesión de los archivos.

Eso es lo que estaba pensando, por eso quería informaros de inmediato. Encontrad a Kenyon y encontraréis los archivos.

Perfecto. Gracias.

Bueeeeeno…¿cómo van las cosas con Cassandra? ¿Aún B-E-S-Á-N-D…

Trevor cerró rápidamente la aplicación de chat antes de que

George pudiera terminar su diatriba. Cassandra se rio detrás de él. Trevor cerró los ojos y dejó caer la cabeza mientras que consideraba seriamente qué tipo de tortura le estaría esperando por parte de George cuando volviera a casa.

"Entonces, ¿siempre habláis de mí cuando estáis solos? ¿Tú y George, quiero decir?" Preguntó ella con una cara seria, pero Trevor podía ver el humor chispeante en sus ojos.

Él negó con la cabeza, ignoró la pregunta, y abrió su navegador para ver qué opciones de transporte estaban disponibles para Monte Carlo. Tenían que llegar de la manera más rápida posible. "Deja de reírte, señorita, o no tendré más remedio que dejarte atrás."

"Como si pudieras," se burló ella y dijo con una cantarina y suave voz, "Crees que soy guapa...quieres besarme...quieres abrazarme...quieres amarme...."

Trevor se echó a reír. "Vamos. Tenemos trabajo que hacer. Por mucho que admito querer hacer todas esas cosas, tenemos que reunir todas nuestras cosas y salir a la carretera."

Cassandra pareció tomarle la palabra. Durante la hora siguiente, él no escuchó absolutamente nada de ella mientras que todo el juego era olvidado y Cassandra abordaba los preparativos para su partida.

ALIVIADOS DE TENER POR FIN algo para seguir adelante, y después de una cuidadosa discusión, decidieron quedarse con la habitación de Trevor en París y que Cassandra dejara la suya para que pudieran utilizarla como una base de operaciones de nuevo en caso de que necesitaran volver a hacer alguna ronda de vigilancia e investigación.

Se dirigieron a la estación para coger el tren de alta velocidad a Monte Carlo. Si hubieran ido en coche, no hubieran podido contactar con George en al menos, once horas, el tiempo que habrían tardado de París a Mónaco por la autopista A6. El tren no solo les daría tiempo para reagruparse y planear su estrategia, sino que también permitiría que estuvieran en contacto con George a través del acceso inalámbrico del tren. George podía mantenerles informados sobre el paradero de Kenyon y darles la capacidad de reaccionar ante cualquier cambio en la dirección de la señal. Ya llevaban por lo menos dos días de retraso con respecto a Kenyon, y mantener un control férreo sobre su posición mientras que ellos se desplazaban era crítico.

Cassandra dejó escapar un profundo suspiro cuando el tren salió de la estación Gare de Lyon. Finalmente, ellos estaban en camino y muy probablemente se dirigían a algo grande.

Con las prisas por coger el primer tren disponible, habían reservado un par de asientos en clase económica sin tener en cuenta la necesidad de una mayor privacidad durante el largo viaje. Estaban trabajando con datos privilegiados y la clase económica dificultaría su libertad para crear una estrategia y compartir la información.

Cassandra sacó su portátil y al igual que Trevor, inició sesión gracias al servicio Wi-Fi del tren. Estableciéndose en modo operativo, comenzó una investigación adicional sobre el hotel al que se dirigían y sus alrededores. Lo utilizarían para crear una estrategia que respaldara sus planes. Podía ser que no lo necesitasen, pero a Cassandra le gustaba siempre guardarse un as bajo la manga. Así era cómo funcionaba, siempre un paso por delante.

El viaje de siete horas de París a Montecarlo les llevó a través de la hermosa campiña francesa, pero ninguno de los dos tenía ganas de disfrutar de las vistas de estilo rústico. Trevor y George habían estado hablando durante la mayor parte del viaje.

"Recuérdame que reservemos una cabina con cama para nuestro viaje de regreso," se quejó Trevor en su silla, al otro lado de la de ella.

"Oye, mira el lado bueno, no estamos conduciendo y puedes estar conectado. Gracias a Dios, por cierto—de lo contrario, probablemente estarías subiéndote por las paredes."

"'El hábito, si no te resistes, pronto se convierte en una necesidad.' San Agustín," bromeó Trevor de nuevo.

"Qué pensamiento más profundo. Me gusta este chico católico

que hay en ti," se burló ella. Luego, en un tono más serio, añadió, "la verdad es que no me importaría nada no tener que mirar por encima del hombro cada vez que abro un archivo."

"Un poco de privacidad no estaría mal. Siempre podemos pasar el viaje de vuelta abrazados en una de esas camas increíblemente estrechas que tienen en estas cabinas," bromeó él. "¿Has visto esas cosas? Si no fuera por la cerradura de la puerta, no merecerían la pena."

Cassandra se rio mientras disfrutaba del lado más suave de Trevor. Se había infiltrado en su vida hacía muy poco tiempo y se estaba convirtiendo rápidamente en una parte muy importante de ella.

En tan pocos días, su relación había evolucionado y florecido sorprendentemente en muchos niveles. Él había expuesto su lado friki y, a su vez, Cassandra había soltado las riendas de su lado más metódico. Ambos lo habían hecho sin temor a ser ridiculizados. Habían trabajado juntos sin problemas desde el principio. Era como si se hubieran conocido y hubieran estado haciendo lo mismo desde siempre—terminar los pensamientos y las frases del otro. Para ella, la intimidad añadida se había convertido en una extensión natural de su amistad.

Los ojos de Cassandra lo recorrieron de arriba a abajo y su corazón tronó en su pecho. Ella recordó los momentos en sus brazos—pasando los dedos por su rebelde pelo, el roce de su barba sin afeitar—y los escalofríos corriendo por su piel. Las noches que había pasado bajo las manos y el cuerpo de Trevor habían sido mucho más de lo que había imaginado. Se había sentido querida, pero al mismo tiempo, salvaje y expuesta. La cariñosa atención de Trevor había desmentido su creencia pasada de que jamás sería incapaz de entregarse al acto. Él la dejaba temblando de deseo, con ganas de más, y completamente satisfecha. Sentía la necesidad de dar tanto como recibía. Eso de por sí la asustaba casi tanto como la pérdida de control sobre sus emociones—y las noches que había pasado con Trevor habían demostrado que no tenía demasiado control sobre las mismas, donde a él se refería.

Incluso con todo lo que habían compartido y experimentado, el instinto de Cassandra le decía que Trevor le estaba ocultando algo, como había ocurrido ese primer día que se habían enfrentado. No parecía tener problemas para hablar sobre las experiencias del trabajo. Era cuando las cosas derivaban al ámbito personal, cuando se resistía.

Mientras que Cassandra había compartido hechos y acontecimientos de su infancia antes de la muerte de su madre, Trevor evitaba el tema de su propia familia con la habilidad de un jugador de balón prisionero profesional. Cassandra se preguntaba qué clase de vida habría vivido en Irlanda que hacía que se mantuviera en silencio cada vez que ella se interesaba al respecto.

Cassandra volvió su atención a su portátil y consideró escribirle una carta de dimisión a su padre. Había pensado largo y tendido sobre el futuro y sobre su papel dentro de la compañía. De alguna manera, sabía que su padre la quería; Sin embargo, al final del día, todo se reducía al respeto que ella se ganara con su trabajo. No había mucho más esperándola. Que ella se quedara en la empresa significaría resignarse a un trabajo sin salida y lleno de frustraciones.

Estas semanas le habían demostrado que no quería eso. Ella disfrutaba del trabajo de campo y de la emoción de la persecución. Ya no podía conformarse con un trabajo de oficina, que era probablemente lo que le estaba esperando cuando volviera. Había estado explorando algunas opciones y las consideraría más de cerca una vez se hubieran quitado a Kenyon de encima.

CASSANDRA SALTÓ DESPIERTA Y SE incorporó de inmediato, en busca de Trevor, solo para encontrarlo exactamente donde había estado desde el inicio del viaje—escribiendo en su portátil. Ni siquiera se había dado cuenta de que se había quedado dormida. El agotamiento de los últimos días le estaba pasando factura. Permitió que la tensión fluyera por cuerpo y se echó hacia atrás para verle trabajar.

"¿Aún no hemos llegado?" Preguntó un par de minutos más tarde, con una pequeña sonrisa.

Devolviéndole una humorística mirada de las suyas, Trevor respondió, "Casi, dormilona. Otra media hora, y deberíamos estar llegando a Niza."

Poco a poco, la sonrisa de Cassandra se desvaneció. Haber ubicado a Kenyon en Monte Carlo solo resolvía un problema. Aún tenían que verificar que seguía teniendo el disco duro y recuperarlo. La estratégica caza se había convertido en una carrera contra el tiempo. Sabían que era solo cuestión de tiempo antes de que el disco duro volviera a cambiar de manos.

Para añadir más asuntos a su lista de preocupaciones, Cassandra tenía que considerar su propia seguridad, así como la de Trevor. Kenyon ya había demostrado que mataría, literalmente, por los datos de ese disco duro. Su mano se desvió a su lado y tocó la cicatriz, que había estado irradiando una dolorosa picazón desde que habían salido de París. Le había estado molestando con regularidad desde que huyeron del apartamento de Allison, y Cassandra no sabía si el dolor estaba relacionado directamente con la amenaza que representaba Kenyon o con los estragos que Trevor había creado en su corazón y su mente.

De cualquier manera, tenía que tener cuidado. Ambos tenían que tener cuidado. Una vez aclarado eso, apartó tales pensamientos de su mente, por temor a gafar su misión. Pronto el aviso de que estaban llegando a Niza se escuchó a través del intercomunicador, alertando a todos los pasajeros de su llegada, y proporcionando instrucciones con respecto a las conexiones con otras ciudades.

★ ★ ★ ★ ★

CUANDO EL TREN PASÓ POR la costa hacia el Monte Carlo, el Mar Mediterráneo les dio la bienvenida con su espuma de un profundo color azul mientras que las olas rompían contra la rocosa costa. Su tonalidad hizo que Cassandra pensara en los ojos de

Trevor—penetrantes y, a veces, tormentosos.

Media hora más tarde, llegaron al Principado de Mónaco bajo un hermoso atardecer. Cogieron un taxi hasta el magnífico Hôtel Métropole, estancia por cortesía de la Visa Platino de Trevor. La tarjeta era otra parte incongruente de la imagen que ella tenía de Trevor. Cassandra sabía que los agentes del gobierno no ganaban mucho—por lo menos, ese había sido su caso mientras que había estado trabajando con la CIA.

"Te daré mi parta tan pronto como estemos de vuelta. Lo sabes, ¿verdad?" Cassandra se sentía incómoda dejando que Trevor se ocupara de todos los gastos a lo largo del viaje, además de la habitación de hotel que habían dejado reservada en París. La estancia en Monte Carlo sin duda iba a hacer mella en su tarjeta.

"Tenemos que estar cerca de Kenyon, y si este es el lugar donde se hospeda, entonces aquí es donde nos hospedaremos nosotros también," respondió Trevor, un poco irritado.

"Sí, pero yo…"

"Quieres pagarme. Lo sé. Estás empezando a sonar como un disco rayado. Te dije que te relajaras y no te preocuparas tanto por eso. Déjalo estar, Cassie." La forma en que su acento hizo hincapié en su apodo, le hizo saber que no iba a dar su brazo a torcer.

El taxi los dejó en la entrada del hotel. La suntuosidad del lugar hizo que se le cayera la quijada; estaba bastante segura de que había visto ese mismo recibidor en un montón de películas. Trevor la tomó de la mano y tiró de ella hasta la recepción para registrarse rápidamente. Ella permaneció de pie a su lado y dejó que sus ojos absorbieran cada detalle de lo que la rodeaba. Estaba bastante segura de que jamás volvería. Era un hotel totalmente fuera de su presupuesto.

Un botones los acompañó a una suite del cuarto piso y abrió sus puertas dobles, permitiendo que Cassandra entrara primero mientras que Trevor le daba una propina. La suite estaba ricamente decorada en tonos burdeos y oro. La tela floral en el sofá y los cojines era un femenino contraste con la audacia de los colores utilizados en el enorme cabecero de la cama de matrimonio y en ciertos detalles de la habitación.

Mientras que Cassandra exploraba la gran sala y las vistas con asombro, se dio cuenta de que Trevor no mostraba ningún indicio de que el extravagante entorno le hubiera afectado lo más mínimo. Dejó su portátil en el escritorio y se puso a lo suyo como si fuera algo a lo que estaba acostumbrado—otra bandera roja para explorar más tarde.

Trevor se sentó frente a su ordenador, se conectó a la red del hotel, y, sin perder el ritmo, hackeó el sistema de reservas del hotel. Aunque la señal de Kenyon les había llevado hasta esa área inmediata, podía haberse hospedado también en el hotel, ya fuera por negocios o por placer. Tenían que estar seguros de que se estaban alojando en el mismo hotel, o tendrían que modificar el plan que habían trazado en el camino.

Infiltrándose en la lista de huéspedes, Trevor accedió a las llegadas del último día. "Solo tres personas se registraron desde que la señal de Kenyon llegó a Monte Carlo. Veré a ver qué puedo averiguar sobre las tres," dijo Trevor riendo disimuladamente.

"¿Y ahora qué?" Preguntó Cassandra mientras salía del dormitorio con su portátil. Lo puso sobre la mesa de café y se unió a Trevor. Apoyó la mano en su hombro y le dio un ligero apretón. Su corazón se calentó ante tal inconsciente gesto, otra señal de que cada vez se encontraba más y más a gusto con él.

"De los tres invitados, dos son pareja."

"Bueno, puede haber conocido a alguien y habérsela traído al hotel," comentó Cassandra, haciendo de abogado del diablo.

"Es cierto. Pero el muy *idiota* se ha inscrito con su propio nombre. O es tonto o tiene un par de pelotas. Supongo que no está demasiado preocupado por apuñalar a su propio jefe por la espalda, ¿no crees?"

Ella se echó a reír. "Tienes razón. Es un idiota. ¿En qué piso está?"

"Dos pisos más abajo. Tengo el número de habitación. Permíteme que aproveche el sistema de vigilancia para ver si puedo recuperar los vídeos de la noche anterior. Tenemos que saber cómo es para que sepamos con quién estamos tratando."

Con unos rápidos comandos, Trevor se infiltró en el sistema de vigilancia y se descargó los vídeos disponibles de la planta de Kenyon con fecha de las últimas veinticuatro horas.

"Es usted un hombre muy peligroso, señor Bauer," dijo Cassandra, arrastrando las palabras.

"¿Eh?"

Ella sacudió la cabeza con humor. "No me voy a machacar más por saber cómo te infiltraste en los servidores de EXClinic. Parece que no importa de qué tipo de sistema se trata o lo alta que sea su seguridad, jamás estará a salvo de ti."

"Admítelo. Estás contenta de que esté en tu equipo," bromeó él, esperando que ella entendiera el significado más profundo de sus palabras.

Por primera vez, Cassandra no rehuyó. "Sí. Me alegro de tenerte...en mi equipo."

La sutil pausa hizo que el ritmo del corazón de Trevor se acelerara, aunque sabía que aún no era el momento adecuado para sacar a relucir la conversación que quería tener con ella Volvió su atención al trabajo que tenían entre manos. "Tenemos que coger a Kenyon entrando en su habitación."

"¿Por qué no separamos los archivos? Así terminaríamos más rápido. Trabajo en equipo." Cassandra se separó de él, se instaló en el sofá cómodamente con las piernas apoyadas en un cojín sobre la mesa de café, y se zambulló en el trabajo.

Varias horas más tarde, Cassandra jadeó y Trevor miró inmediatamente en su dirección. "¡Oh, Dios mío...estuvimos muy cerca!" Sus ojos estaban muy abiertos y su rostro, blanco como el papel.

Trevor se unió a ella en el sofá y miró la escena congelada en su pantalla. Mostraba a un hombre bastante grande, un poco más alto y pesado que Trevor, entrando en la habitación del hotel que sabían que estaba ocupada por Kenyon. El vídeo se detuvo en el punto en el que el hombre estaba abriendo la puerta, y su rostro era claramente visible. Las fotos que Cassandra había encontrado mientras investigaba su perfil diferían enormemente de la que estaba ahora en su ordenador.

Los ojos de Cassandra se clavaron en el hombre que aparecía en su monitor. Ella había visto esa cara con anterioridad, y podía recordar con claridad la primera vez que eso había sucedido. Era el hombre con el que se habían cruzado a la entrada del apartamento de Allison en la horrible noche que la habían encontrado golpeada y desangrándose. En ese momento, el vello de la nuca de Cassandra se había puesto de punta; había estado extrañamente afectada por el tipo cuando no se intercambiaron ni una mirada ni palabra. Su rostro se había quedado grabado a fuego en su memoria desde entonces—el mismo rostro que ahora estaba congelado en la pantalla de su portátil.

"¡Es él! ¡El hombre que salió del edificio de Allison!" Cassandra miró a Trevor, y se dio cuenta de la tensión en sus labios, la mirada fija en su rostro, y la estrechez de sus ojos mientras miraba la imagen fijamente.

"¡Hijo de puta!" Maldijo duramente. "Estuvimos tan cerca de salvarla…si hubiéramos llegado unos minutos antes…."

Cassandra podía ver la lucha en sus ojos; el sentimiento de culpa por no haber llegado allí a tiempo.

"No fue culpa nuestra, Trev. No te castigues," instó ella suavemente. "No podríamos haber hecho nada. Allison ya se estaba muriendo cuando llegamos. Era su momento. No hay nada que se pueda hacer cuando el momento para partir de alguien ha llegado," dijo, casi hablándose a sí misma.

Trevor inhaló profundamente y volvió a concentrarse en el trabajo. "Sabemos cómo es, quién es. Tenemos que ver sus idas y venidas para que podamos seguir avanzando conforme a nuestro plan."

Cassandra sacó sus notas y comprobó los elementos que había listado. "¿Podríamos confirmar si ha registrado algún artículo para guardar en la caja fuerte del hotel?"

"Puedo comprobarlo. No hay problema."

"Mientras que tú haces eso, yo voy a comprobar la seguridad de nuestra caja. Es muy probable que todas las habitaciones tengan el mismo modelo. Si puedo entrar en la nuestra, podré entrar en la de su habitación."

"¿Está segura de que quieres hacerlo de esta manera? Siempre podríamos denunciarle a la policía para que le vinculasen con el asesinato de Allison."

"¿Y qué prueba tenemos de que lo hizo, además del hecho de que Allison nos haya hablado de él previamente? Una vez que la policía se entere de que estábamos con ella en el momento de su muerte, van a considerarnos sospechosos a los tres. Tendríamos dificultades para explicar qué estábamos haciendo allí, así como por qué abandonamos la escena del crimen antes de que ellos llegaran. Seríamos igual de sospechosos que Kenyon." Cassandra negó con la cabeza. "Esta es la forma más fácil de conseguir el disco duro sin ponernos en peligro. Sin enfrentamientos. Conseguiremos lo que queremos y saldremos ilesos."

"¿De verdad quieres que ignore el hecho de que el hombre ha matado a una mujer inocente?" Espetó Trevor con incredulidad, mirándola fijamente a los ojos con un feroz brillo en los suyos.

"No. No quiero que lo ignores ni que te olvides. No podemos olvidarnos. Encontraremos la manera de solucionar eso una vez nos hayamos hecho con el disco duro. No va a salirse con la suya, Trev."

Trevor frunció el ceño con fuerza, pero finalmente aceptó la lógica en sus palabras y, después de algunas vacilaciones, volvió a su silla.

Mientras que él abordaba otro truco para acceder al sistema del hotel, ella comprobó la seguridad de la caja de la habitación en busca de formas de violarla. Afortunadamente, aprender a abrir cajas fuertes había sido parte de su formación en la Granja. Había recibido algunos conceptos básicos sobre cómo abrir una caja sin una llave o una combinación. Algunas cajas de seguridad requerían de un equipo pesado, herramientas avanzadas, otras—como el modelo más común del hotel—eran tan fácil como sumar dos más dos. Al saber lo inútil que esas cajas eran en realidad, Cassandra no había vuelto a usarlas siempre que se había hospedado en algún lugar nunca más. Las medidas de seguridad de un hotel estaban demasiado supra valoradas.

Ella descubrió lo que tendría que romper y regresó a la sala de estar con una sonrisa en su rostro. "Bueno. Si eso es todo lo que tienen que ofrecer, va a ser un paseo por el parque."

"De acuerdo, chica. Tú ocúpate de eso. No existen registros de artículos guardados en la caja fuerte bajo su nombre. Debe tenerlo en la habitación. Podemos suponer que lo ha guardado en la caja fuerte—aunque, teniendo en cuenta lo arrogante que ha sido hasta ahora, puede que lo haya dejado a la intemperie sobre la mesa de café."

Cassandra se rio entre dientes.

Trevor se quedó pensando. "En primer lugar, necesitamos una manera de entrar en su habitación."

Trevor continuó revisando los vídeos, en busca de nuevas instantáneas de Kenyon, y se encontró con el carrito de la limpieza una de las mañanas. Rebobinó el vídeo a las nueve en punto, cuando el ama de llaves había comenzado su turno. La vio estacionar el carro fuera de una de las habitaciones, cogió la tarjeta que colgaba de lo que parecía ser una cuerda elástica unida al mango, y abrió la puerta de la habitación. Luego procedió a entrar en ella para completar su rutina de limpieza. Trevor pasó la cinta para adelante y la vio repetir la misma operación con cada una de las habitaciones de la planta. Las únicas que no tocó fueron las que tenían la señal de *No molestar* colgando de los pomos. Un batallón de ideas inundó su mente. De repente, supo exactamente qué hacer para asegurar el acceso seguro de Cassandra a la habitación.

Capítulo Veinticuatro

La Que Se Avecina

~~~

*H*ABÍAN PASADO LA NOCHE OBSERVANDO cada movimiento de Kenyon. Basándose en la geolocalización de la señal de su móvil, George le había rastreado a través de la señal del satélite en directo. Una vez que George había determinado que Kenyon había entrado en el Monte Carlo Casino, Trevor se había infiltrado entonces en sus sistemas de seguridad para seguir sus movimientos en el interior del edificio. Le había observado durante todo el tiempo que se detuvo en las mesas. Kenyon había pasado toda la noche jugando, bebiendo y riendo con otros jugadores hasta las primeras horas de la mañana.

Durante la larga noche, Trevor también había obtenido vídeos adicionales de seguridad de las operaciones típicas de los hoteles de cinco estrellas, y había observado que cada planta tenía un ama de llaves asignada. Había estudiado la rutina de limpieza en todas las plantas y había seleccionado secuencias de vídeos de los pasillos para utilizarlas como bucles que anulasen la señal del vídeo mientras que se preparaba para el pequeño truco que planeaba realizar con el fin de ayudar a Cassandra a invadir la habitación.

Cassandra había salido temprano esa mañana para comprar los

artículos que necesitaría para abrir la caja fuerte, mientras que Trevor se quedaba durmiendo un poco más. Se levantó a tiempo para acceder al sistema de seguridad y pillar al ama de llaves llegando al piso de Kenyon y comenzando sus rondas de la mañana.

Trevor aumentó el zoom y contó el número de habitaciones sin señales de *No molestar* colgadas de los pomos para determinar el número de habitaciones que la mujer tenía que limpiar esa mañana. Entonces, la vio moverse de habitación en habitación de una manera casi automática, empleando la misma cantidad de tiempo en el interior de cada una. Cuando solo le quedaba una habitación por limpiar, Trevor anuló las cámaras de seguridad, tanto la del hueco de las escaleras como la del piso de Kenyon con los bucles de vídeo que había trucado. Puso el temporizador en su portátil, se deslizó fuera de la habitación a escondidas, y colgó el cartel de *No molestar* en la puerta antes de bajar por las escaleras a la planta de Kenyon.

Esperó en el hueco de las escaleras al momento adecuado. Cuando vio que el ama de llaves abría la puerta de la última habitación, dejando la tarjeta colgando del carrito, y caminó en el interior para terminar con su rutina, él comenzó a dirigirse casualmente hacia el carro.

En base a todos los vídeos que había revisado, Trevor sabía cuántas veces saldría el ama de llaves de la habitación para recuperar más suministros de limpieza. Sabiendo eso, pasó justo por al lado del carro después de que la mujer hubiera salido al pasillo por última vez. Una vez que volvió a entrar en la habitación, él soltó la tarjeta de la cuerda elástica colgando del carro y se la guardó en el bolsillo trasero.

La mujer apareció en la puerta de forma inesperada. "¿Puedo ayudarle, señor?" Preguntó sutilmente.

"Mi esposa ha usado todas las toallas de nuestra habitación. ¿Me podría dar alguna extra?" Respondió en francés, en un intento de desviar la atención hacia la parte delantera del carro, donde las toallas estaban ordenadamente apiladas.

"Por supuesto." Ella agarró un par de toallas de la cesta y lo miró de arriba a abajo con un apreciativo brillo en sus ojos.

Él tomó las toallas de sus manos luciendo una amistosa sonrisa. "Gracias."

Se dirigió por el pasillo. Cuando llegó a la última habitación antes de hueco de la escalera, puso su mano en la manija, fingiendo que iba a abrirla. Comprobó que ella ya no estuviera mirando y, cuando la costa estuvo despejada, bajó corriendo las escaleras hacia su habitación.

LA NOCHE ESTABA AVANZANDO, trayendo consigo la inminente operación de la recuperación del disco duro.

"Cassie," dijo Trevor acercándose a ella. "Ten cuidado. Ante la primera señal de que algo no va bien, saca tu precioso culo de allí. Prométeme que lo harás."

Cassandra se echó mano a la tarjeta de la habitación que Trevor había sustraído temprano esa mañana, el mini destornillador, los cables y la batería de nueve voltios que llevaba en su bolsillo. "Va a ser un paseo por el parque, Trev. Tengo todo lo que necesito y Kenyon pasará las próximas horas en el casino. Tengo tiempo de sobra."

Cuando se dio la vuelta para irse, Trevor la agarró de la mano y la hizo girar de nuevo en sus brazos, capturando sus labios en un salvaje beso. "Solo te estaba advirtiendo." Él la soltó, vacilante, volvió a su ordenador, y le dio el toque de salida. "Preparada, lista, ¡ya!"

Cassandra asintió y tragó saliva antes de salir de la habitación. Al cerrar la puerta, se apoyó contra el marco por un minuto para recuperar el equilibrio. Con un profundo suspiro, se apresuró hacia la escalera, siguiendo el plan que Trevor había trazado para su pequeña infiltración. Los bucles del vídeo le darían un montón de tiempo para bajar por las escaleras, llegar a la puerta de Kenyon, y entrar en la habitación. Trevor estaba de espaldas, ejecutando un vídeo en paralelo para vigilar los ascensores y los pasillos, mientras que ella estaba trabajando con la caja fuerte.

Cassandra comprobó los dos extremos del hall mientras sacaba la tarjeta y entraba en la habitación. En el vestidor, rápidamente encontró la caja fuerte en el armario junto a la entrada, sacó todo de su bolsillo, y empezó a desenroscar la placa que ocultaba la llave de emergencia de la caja fuerte.

Pasando el cable de la batería través del orificio del tornillo de la placa con un clip doblado, lo sujetó con el destornillador antes de unir los dos cables—ya sujetos a la batería—al propio cable interno. Cuando los polos negativo y positivo entraron en contacto con el cable principal, se escuchó el chasquido que reveló que la puerta acababa de abrirse. Una vez desbloqueada, ella la abrió y dio un suspiro de alivio. El compacto disco duro estaba dentro. Miró su teléfono para ver el tiempo que le quedaba. Se había subestimado. Sonrió mientras se embolsaba la unidad, invertía el proceso, y volvía a cerrar la caja fuerte. Kenyon no tendría forma de saber que la caja había sido forzada y, a ojos del personal responsable del hotel, tendría la misma apariencia que si hubiera sido abierta con una llave regular, cubriendo su intrusión muy bien. Sonriendo para sus adentros, comentó en voz baja, "Justo como había dicho, un paseo por el parque."

Cassandra se había guardado las herramientas en el bolsillo y se dirigía hacia la puerta cuando un golpe en su contra y el sonido del pomo girando hicieron que su corazón se disparara y trepara hasta su garganta. Mierda—*¡ha vuelto antes de tiempo!* Se metió dentro del dormitorio. Con un rápido análisis de la habitación, se dio cuenta de que no tenía ningún lugar donde esconderse, excepto bajo la cama. Se zambulló debajo de ella y tiró del faldón de la colcha en su lugar.

El sonido de unos suaves pasos avanzando por el corto pasillo hizo que se pegara más contra la cabecera de la cama. El corazón le latía con fuerza en su pecho mientras se ponía en posición fetal, haciéndose lo más pequeña posible. Metió la mano en el bolsillo lo más silenciosamente que pudo, sacó el móvil, y lo apagó. Una sola llamada comprometería su posición.

Cassandra se dio cuenta de que todo estaba en silencio y que no había ninguna luz encendida. Era casi como si el que hubiera entrado en la habitación fuera producto de su imaginación. El vello en su nuca se erizó y su cicatriz pulsaba en tándem con la sangre corriendo rápidamente a través de sus venas. ¿Sabría el intruso que estaba allí? ¿Estaría jugando al gato y el ratón? ¿Estaría esperando a que ella tuviera un desliz?

NO ESTÁ MAL, PENSÓ CARL, mientras salía del ascensor y entraba en su habitación. Las cosas estaban mejorando a lo grande. Justo después de haber llegado al casino para probar suerte en las mesas, había recibido una llamada de un comprador serio. Carl decidió que era más inteligente tener esa conversación en privado, y le pidió al hombre que volviera a llamarle en quince minutos—el tiempo que le llevaría volver a la habitación y gestionar la llamada de su vida en la intimidad de su propia habitación, sin cualquier posibilidad de ser escuchado.

Estaba en racha: un viaje agradable, con todos los gastos pagados a Europa, su golpe de suerte anoche en el casino más grande de Mónaco, y un comprador potencial de la fórmula. Desde luego, no podía quejarse de su suerte.

Carl había llegado en un tiempo récord, con unos minutos de sobra. Dejó caer su chaqueta en la silla de frente, lanzó las fichas que aún no se había jugado esa noche, las llaves y el teléfono sobre la mesa, y caminó a través del cuarto oscuro hasta el ventanal de pared a pared. Permaneció de pie admirando la impresionante vista de Monte Carlo iluminado en las últimas horas de la noche. Estaba en la cima del mundo.

Él vio un borrón de movimiento reflejarse en el cristal y, antes de que pudiera reaccionar, un frío cañón fue presionado contra su sien. Su boca se secó y al instante levantó las manos y las separó del cuerpo, asegurándose de no hacer ningún movimiento brusco. Pasaron unos segundos mientras los dos se quedaron allí en el silencio. Estaba claro que quien fuera que estuviera sujetando la pistola contra su cabeza, no querría verle muerto de inmediato, de lo contrario, ya lo hubiera ejecutado.

Carl corrió mentalmente a través de las causas que podrían haberle llevado a la posición en la que se encontraba—la muerte de Allison, su suerte en las mesas y el fajo de dinero que había ganado en ellas, los asuntos pendientes que aún tenía con algunos clientes del pasado, y cualquier otra cantidad de plumas que podían haber volado durante el transcurso de sus actividades—demasiadas para ni siquiera tratar de identificar la fuente. Una cosa era cierta: tendría que averiguarlo antes de deshacerse del idiota que estaba sosteniendo el arma.

Una voz con un leve acento poco familiar por fin habló. "Camina sin darte la vuelta hacia la silla y siéntate. Despacio. Nada de movimientos temerarios."

Carl hizo lo que le dijo. Una vez sentado, recibió el siguiente comando. "Los brazos detrás de la espalda de la silla."

Cassandra escuchó con atención y trató de regular su respiración. Todo su cuerpo se congeló cuando la puerta de la habitación del hotel se abrió de nuevo. La segunda persona que entró no era tan tranquila como la primera. Oyó la puerta cerrarse y lo que sonó como una cartera y unas llaves fueron lanzadas sobre la mesa—su primera pista de que el recién llegado tenía que ser Kenyon. ¿Quién era entonces el primero? *¿Qué demonios?* Haciendo un esfuerzo por escuchar, trató de imaginar lo que estaba sucediendo.

"Camina sin darte la vuelta hacia la silla y siéntate." Un destello de calor la atravesó, y Cassandra se tapó la boca para no jadear en voz alta.

Carl hizo lo que el tipo le ordenó, anticipando lo que vendría después. No fue ninguna sorpresa cuando el hombre ató sus manos detrás de la silla y las piernas a las patas de la misma. Carl estaba familiarizado con la rutina; él mismo la había empleado varias veces.

Una vez que Carl estuvo asegurado, el intruso encendió la luz al lado de la silla. Carl evaluó clínicamente al hombre de pie delante de él, en busca de defectos que pudiera utilizar como ventaja cuando se enfrentaran—y no había ninguna duda de que lo harían. El hombre era impresionante. Altura y complexión media, vestido con un traje de buen corte. Fue la frialdad en sus ojos, los guantes de látex, y el gorro de ducha transparente sobre su pelo rubio platino lo que hizo que Carl se quedara congelado y empezara a sudar. Rápidamente comprendió la gravedad de su situación—esto era una lucha por su vida.

Pero entrar en pánico en ese momento no le serviría de nada. Tenía que mantener la calma y buscar una oportunidad para escapar. Tendría que ser tan fuerte y mortal como el hombre delante de él.

Tirando de una silla y sentándose frente a Carl, el hombre cruzó las piernas y se quitó una pelusa imaginaria de los pantalones. Le dio a Carl una fría y calculadora mirada. "Al fin podemos conocernos," comenzó, como si estuvieran sosteniendo una conversación informal en una de las mesas de juego del casino. "Mi nombre es Niklas, y tienes algo que yo quiero."

"Las fichas están sobre la mesa." Dijo Carl, asintiendo hacia ellas.

Niklas rio. "No quiero tu dinero, Carl."

El estómago de Carl se contrajo. No había muchas personas que supieran dónde estaba, sobre todo que tuvieran relación con sus pecados pasados. Solo le había revelado su paradero a un par de compradores serios con los que se había puesto en contacto en los últimos días. Eso significaba que Niklas había sido enviado específicamente en su búsqueda.

Para ganar tiempo, preguntó, "¿Qué puedo tener yo que sea de interés para alguien a quien jamás he visto, y que sin embargo, sabe cómo me llamo?"

"Carl, Carl. No es momento para juegos. Los dos sabemos por qué estoy aquí. Necesitábamos un cara a cara. Hablemos de París."

París. Carl se quedó helado. *¿Cómo sabe lo de París? Ni siquiera la policía lo sabe.* La adrenalina corría por sus venas y Carl trató de moderar su expresión.

"Ah, París. Bonita ciudad. ¿Sabes lo difícil que es encontrar una buena hamburguesa allí?"

A Niklas no le hizo ninguna gracia y vociferó, "Corta el rollo. ¿Dónde está el disco duro?"

"¿Qué disco duro?" *Hijo de puta.* De ninguna manera iba a dejar que este imbécil se hiciera con su huevo de oro.

"No me hagas tener que trabajar para conseguirlo, Carl. Créeme, no vas a querer que lo haga."

No tengo ni idea de lo que estás hablando. Me encantaría darte—" El fuego ardió a través de su pierna. "¡Joder!" Gritó, con los hombros hacia delante mientras intentaba respirar con fuerza por la nariz. Levantando la cabeza, le lanzó una asesina y desafiante mirada a Niklas justo cuando el teléfono comenzó a sonar. Sorprendido, la cabeza de Carl giró hacia el aparato sobre la mesa y lo miró sin poder hacer nada, sabiendo que su futuro se estaba deslizando entre sus dedos.

Cassandra permaneció lo más quieta posible en su posición apretada debajo de la cama. Sentía miedo y frustración, sabiendo que no había nada que pudiera hacer para ayudar a Kenyon. Su doloroso grito le trajo recuerdos de su pasado. Su boca se secó al reconocer el "woof" sordo de un silenciador, y supo de inmediato que Kenyon había recibido un disparo. Deseaba poder ayudarle, pero estaba con las manos vacías, no tendría ninguna posibilidad si salía de su escondite.

Sabía que Kenyon era hombre muerto. Una vez que él cediera, Kenyon y Niklas descubrirían que la unidad no estaba en la caja fuerte. Presionó su cabeza contra el suelo y trató de ver por debajo del faldón de la colcha para calibrar donde se localizaban ambos, pero no tuvo suerte. Apoyó la cabeza en la alfombra y miró fijamente la cara inferior de la cama, tratando de oír su conversación. El sonido del teléfono hizo que su corazón se sobresaltara, y rezó para que no fuera Trevor llamando para ver cómo estaba. Cuando nadie contestó y el aparato dejó de sonar, Cassandra ahogó un suspiro de alivio.

"Te he dicho que cortases el rollo. Dime dónde está o no tendré más remedio que llenarte de agujeros. Puedo colocarlos estratégicamente para maximizar el dolor sin matarte." El tono de Niklas era frío, calculador, y confiado.

Sus acciones y comentarios confirmaron los peores temores de Carl: no era un aficionado. Niklas era un magistral profesional que no daría su brazo a torcer hasta que no tuviera lo que quería. Carl se dio cuenta de que sus opciones se habían reducido a dos: una muerte lenta y dolorosa o una rápida. *Menuda mierda ha sido todo este trato. Tanto trabajo y problemas, a cambio de nada.*

"En la caja fuerte," dijo a través de sus dientes.

"Combinación," exigió Niklas.

Carl le dio los cuatro dígitos que había programado en la caja de seguridad y observó a Niklas caminar hacia la unidad, inclinarse y abrir la puerta. Niklas se agachó y miró dentro. Una maldición llenó la habitación. Niklas blandió su arma en dirección a Carl y apretó el gatillo. Carl gritó de dolor cuando una bola de fuego se estrelló contra la otra pierna. Cassandra agonizaba mientras escuchaba sus alaridos de dolor. La visión del hombre se volvió negra, sus pensamientos, borrosos, y él trato de jadear en busca de aire.

Rezó para que alguien, cualquiera, hubiera escuchado sus gritos y hubiera alertado a la seguridad del hotel. Aspiró el aire a través de los dientes para tratar de aliviar el dolor. Unas imágenes de Allison Davis volvieron a atestar su mente—recuerdos de las muchas veces que ella había clamado y pedido ayuda. Nadie le había ayudado. Había muerto sola. ¿Sería también ese su destino?

El tecleo de los dígitos de la caja fuerte y otro disparo amortiguado seguido por los gritos de Carl, hizo que Cassandra comenzara a temblar. La sentencia de muerte de Kenyon había sido sellada. Probablemente mucho antes de esta noche, pero cualquier esperanza que pudiera tener el hombre de escapar se había evaporado tras su intromisión en la caja fuerte. *Oh Dios, tengo que hacer algo.* Buscó debajo de la cama tratando de encontrar algo que pudiera usar como arma, pero sus esfuerzos fueron inútiles. No había nada. Ella misma se lo había dicho a Trevor: no hay nada que se pueda hacer cuando el momento de marcharse de alguien ha llegado.

"¿Dónde está el jodido disco duro?" Gritó Niklas entre dientes mientras agarraba a Carl por el pelo y tiraba de su cabeza hacia atrás para mirarle. La ira en su rostro se estampó con la cara de Carl, y este supo que la paciencia de Niklas pendía de un hilo.

"¿De qué coño estás hablando?" Gimió Carl.

"¿*Dónde está* el jodido disco duro?" Gruñó Niklas.

Carl se sacudió cuando el silenciador fue presionado contra su ingle, y una nueva oleada de dolor irradió de las heridas en sus piernas. "¡Te he dicho la verdad! ¡Está en la caja fuerte!"

"No hay nada ahí, salvo tu maldito pasaporte y dinero."

"¡No! ¡Tiene que estar ahí!"

"¿Dónde cojones lo has escondido?" Vociferó. "¿Eres un jodido escocés o algo así y lo has escondido bajo el colchón?" Dijo entre dientes, dirigiéndose a toda prisa hacia la cama y levantando la esquina del colchón antes de dejarlo caer de nuevo en su lugar.

El aliento de Cassandra murió en sus pulmones y su cuerpo se tensó. *Oh, Dios, estoy jodida,* pensó cuando vi el ascenso del faldón. Se preparó, a la espera de que Niklas pudiera ponerse de rodillas para mirar por debajo, o para que quitara de encima el colchón y el somier directamente. Cuando el colchón y la colcha volvieron de nuevo a su lugar, ella soltó el aire lentamente.

"No estoy mintiendo. Lo puse en la caja fuerte antes de salir para el casino esta noche. Debería estar allí. Compruébalo de nuevo. *¡Compruébalo de nuevo!*"

Niklas regresó a la caja fuerte, metió la mano dentro y sacó su contenido, arrojándolo a los pies de Carl, "¿Ves? Ningún. Jodido. Disco. Duro. De mierda."

Carl miró los objetos esparcidos por la alfombra. Su corazón latía sin control y su visión se oscureció ante la realidad delante de él—el disco duro había desparecido. Realmente se había ido.

"No lo entiendo. ¡Estaba ahí! ¡Te lo juro!"

"Vas a tener que fingir mejor, Carl." Negó Niklas con la cabeza. Con una sonrisa de disgusto, presionó el cañón con más fuerza contra su ingle.

Carl trató de apartarse del cañón que se estaban clavando en su piel. "¡Te lo estoy diciendo! ¡Estaba ahí cuando me fui! No lo entiendo."

"¿Dónde está tu compañera? ¿La mujer?"

La pregunta le tomó por sorpresa y Carl escupió, "No sé de qué estás hablando."

Niklas se dio media vuelta y salió de su campo de visión. Carl le escuchó hurgar algo y luego le vio regresar con un rollo de cinta adhesiva y uno de sus calcetines.

Carl supo al instante lo que iba a hacer con ello y empezó a protestar, "Está bien, está bien. La maté en París. Está muerta. Joder. No hagas esto, hombre."

"No la muerta, imbécil. Estoy hablando de la viva. A la que deberías haberle entregado el disco duro. Me dijeron que estabais conectados, pero ahora no estoy tan seguro. ¿Es tu folla-amiga, tal vez?"

"Solo sé lo que te estoy diciendo. ¡No tengo ni idea de quién estás hablando!" Gritó Carl en estado de pánico. "Tienes que creerme. ¡No hay ninguna otra mujer!"

Cassandra se quedó atónita mientras que las preguntas giraban en su cabeza. *¿Otra mujer? ¿Quién podría ser? ¿Estaría Carl protegiéndola? ¿Quién le había dado a Niklas la información respecto a ambos?* Un ruido como el de una cinta adhesiva y el pánico en la voz de Carl volvió la atención de Cassandra al presente, y ella se resistió a un nuevo impulso de acercarse.

Niklas metió el calcetín en la boca de Carl y la selló con la cinta adhesiva. Luego caminó hasta el pequeño mostrador y encendió la cafetera. De pie junto a ella, esperó a que la placa se calentara mientras le estudiaba.

"Vas a decirme todo lo que quiero saber." Los ojos de Carl se salieron de sus órbitas cuando vio a Niklas meter la mano en el bolsillo de la chaqueta y extraer una pequeña navaja, que luego dejó sobre la placa. Varios minutos después, levantó la navaja y se dirigió de nuevo a Carl.

Unos sonidos de emergencia surgieron de la garganta de Carl, y su esperanza de que la seguridad del hotel viniera a su rescate murió. ¿A quién estaba engañando? La mayoría de las habitaciones del hotel estaban ocupadas por jugadores o turistas que muy probablemente se encontrarían todavía fuera tirando los dedos. No había nadie alrededor para escuchar sus gritos.

"Vamos a intentar esto de nuevo, ¿de acuerdo? ¿Tuviste en algún momento el disco duro?"

Carl asintió desesperadamente.

"¿Sabes dónde está ahora?" Insistió Niklas, ajustando el cuchillo en la palma de su mano con la hoja hacia afuera.

Carl negó con la cabeza. Niklas se encontró con su mirada y la sostuvo. Carl realmente pudo ver un atisbo de alegría en sus ojos. Se corazón se detuvo y luego vibró en su pecho cuando Niklas levantó la hoja y se la puso en su mejilla sin dejar de mirarle a los ojos.

La navaja se deslizó por la carne de su cara, y milímetro a milímetro, se hincó lentamente en ella, cortando y separando su piel en dos. El mundo de Carl estalló en una explosión de color rojo mientras gritaba, se resistía y convulsionaba tratando de escapar de la tortura de Niklas. El dolor de la quemadura, la profunda rebanada, y la humedad a lo largo de la cara donde la sangre manaba de la herida, acabaron con su último resquicio de coraje.

"La mujer. ¿Sabes dónde está?"

Las lágrimas se derramaron por las comisuras de los ojos de Carl. Él negó con la cabeza una y otra vez. Niklas se burló, le agarró por la entrepierna, y le apretó las pelotas con fuerza. Carl gritó y gritó detrás de la cinta adhesiva, ahogándose con su propia saliva. El dolor pulsante se irradió a través de su cuerpo y supo que estaba a punto de perder el conocimiento.

Niklas esperó a que se recuperase antes de hacerle la misma pregunta y recibir el mismo movimiento de cabeza.

"Eres un estúpido idiota. No tienes ni idea, ¿verdad? No tienes nada para mí."

Niklas soltó su agarre, y Carl dejó caer su barbilla sobre el pecho mientras trataba de succionar aire a través de la nariz. Una esperanza por fin estaba floreciendo en él. Finalmente Niklas había comprendido que estaba diciendo la verdad. Tal vez podrían llegar a un entendimiento después de todo. Carl levantó la cabeza y se encontró con los ojos de Niklas. Una mirada a su inexpresiva cara, y supo que había llegado el fin de su suerte. Los segundos pasaron en cámara lenta. Niklas buscó su arma de nuevo. El cañón fue presionado contra la sien de Carl. El rostro de Allison brilló delante de él y la escuchó pedir ayuda.

Niklas apretó el gatillo con precisión militar. Sin dudar y con una firme mano. Primero en el pecho de Carl y luego en su frente. Su muerte fue rápida. Su cuerpo se desplomó hacia adelante, manteniéndose aún en la silla por las ataduras. Niklas le disparó de nuevo en la parte posterior de su cráneo—una medida de seguridad. La mitad de su trabajo había terminado. Se enfundó el arma bajo el brazo y contempló el caos en el que Carl se había convertido. Era una lástima que el tiempo fuera oro. Le hubiera gustado jugar un poco más con él. Enderezando los puños de su camisa y chaqueta, Niklas se quitó el gorro y los guantes, y, con una última mirada al cuerpo ensangrentado de Carl, salió de la habitación. Colgó el cartel de *No molestar* en el mango de la puerta y se metió los guantes y el gorro de ducha en el bolsillo de la chaqueta.

Estaba de vuelta en acción. Todo apuntaba a que la señorita James estaba en posesión de la unidad. Sacó la foto de su bolsillo y la estudió mientras esperaba el ascensor. La mujer había sido pillada mientras se reía. Pasando el pulgar por el acabado brillante de la imagen, contempló lo que iba a hacer una vez pusiera las manos sobre ella.

Cassandra escuchó los repetitivos disparos amortiguados. Un silencio inquietante fue seguido por pasos y el sonido de una puerta al cerrarse. No se movió. Necesitaba estar segura de que el asesino se hubiera marchado realmente antes de salir de su escondite. Permanecer debajo de la cama había sido una de las cosas más difíciles que había hecho en toda su vida. Su corazón aún galopaba dentro de su pecho y sus entrañas se retorcían. Se volvió hacia su móvil y, tapando la luz de la pantalla, miró la hora. Había pasado menos de una hora, pero le parecía que había transcurrido una eternidad desde que entró en la habitación.

Esperó diez minutos y luego salió de debajo de la cama. Hizo una mueca ante el sangriento cuerpo de Carl Kenyon. Se sentía mal por no haber podido hacer nada por él, pero al mismo tiempo, una sensación de reivindicación la llenó—reivindicación por Allison. *Lo que va, siempre vuelve*, pensó mientras se levantaba y se acercaba silenciosamente a él.

"Patético bastardo," comentó en voz baja, y, dejándose llevar por la fuerza de la costumbre, le buscó el pulso. Sabía que era un acto inútil, dadas las espantosas heridas en las piernas, la cabeza y el pecho, pero su arraigada formación la impulsó. Sacudiendo la cabeza por la destrucción que el disco duro había causado, Cassandra cerró los párpados sin vida del hombre y poco a poco caminó hacia la puerta, lista para hacer un sprint de nuevo hasta la cama ante el más mínimo indicio de que Niklas hubiera regresado a la escena del crimen.

Ella miró por la mirilla para asegurarse que la costa estaba despejada y salió de la habitación. La sangre le palpitaba en los oídos y el corazón le latía con fuerza en el pecho. Se quitó los guantes quirúrgicos mientras caminaba rápidamente hacia la puerta de la escalera. Con las manos temblorosas, sacó su móvil y golpeó la marcación rápida para llamar a Trevor. Sabía que él podía verla en vídeo, pero necesitaba oír su voz, necesitaba restablecer la conexión con él.

UNA CONGELACIÓN ÁRTICA SE APODERÓ de las entrañas de Trevor. En una fracción de segundo, el cuidadoso plan que habían elaborado había sido lanzado por la borda tras la súbita aparición de un nuevo jugador en su peligroso juego.

Trevor observó al hombre bajarse del ascensor en el piso de Kenyon. Su corazón había dejado de latir cuando vio le vio sacar una tarjeta de acceso y entrar furtivamente en la habitación de Kenyon. No tenía ni idea de qué debía hacer. Cassandra estaba en esa habitación. Estaba casi seguro de que el desconocido no estaría allí para una distendida visita.

Le envió un mensaje de texto. Ninguna respuesta. Su mente giraba mientras trataba de pensar qué más podía hacer. No podía llamarla. Recordó el ruidoso tono de su móvil la primera noche que habían hecho el amor, y el recuerdo del sonido envió escalofríos a través de él. Llamar a la puerta no serviría de nada. Era más que probable que el intruso no respondiera. Su estómago empezó a arder cuando se dio cuenta de que irrumpir en la habitación la podría aún en un peligro mayor. Lo único que podía hacer era ver cómo pasaban los minutos, confiando en que la experiencia de campo de Cassandra, sus instintos, y habilidades, la mantendrían a salvo.

Trevor esperó ansiosamente a que el hombre se marchara. Tan pronto como lo hiciera, se plantaría allí en una milésima de segundo para comprobar que Cassandra estuviera bien. De repente Kenyon apareció en el canal del vídeo, caminando hacia su habitación. ¿Sabría que le estaba esperando alguien? ¿Sería por eso por lo que había vuelto tan pronto?

Su preocupación por la seguridad de Cassandra le estaba comiendo vivo. Unos recuerdos de su tiempo juntos—de los momentos que habían compartido durante los últimos días, sus sonrisas, sus caricias—inundado su mente y un puño se apretó alrededor de su corazón. No podía perderla. No cuando estaba tan cerca de derribar sus muros.

Trevor estaba a punto de perder la cabeza. Se puso rígido en su silla cuando vio al hombre salir con calma de la habitación, colocar un cartel en la manija de la puerta, y sacar algo de su bolsillo mientras caminaba hacia el ascensor. Mientras que esperaba, miraba lo que parecía ser, una foto en su mano. Antes de que Trevor pudiese conseguir un buen ángulo en él, el hombre se guardó el objeto y entró casualmente en el ascensor. Esperando que Cassandra saliera de la habitación, Trevor siguió al hombre a través de la transmisión de la cámara hasta que abandonó el hotel.

"Vamos, vamos, Cassie." Su pulso se aceleró salvajemente y su corazón palpitaba tan fuerte en el pecho que creía que si alguien le estuviera viendo de frente, podría verlo dando saltos a través de su camisa.

Estaba a punto de perder la calma e irrumpir en la habitación de Kenyon cuando Cassandra salió. Su rostro estaba pálido y sus ojos, enormes, pero parecía ilesa. Estaba a salvo. Él la observó mientras que ella sacaba su teléfono y marcaba un número. Un segundo después, su teléfono comenzó a sonar.

"¡Cassie!" La tensión y la ansiedad se reunieron en que una simple palabra.

"Ya voy para allá," susurró ella.

"¿Qué ha pasado? He visto a un extraño entrar en la habitación de Kenyon. ¿Dónde está Kenyon? ¿Estás bien?" Exhaló en un apuro.

"Sí, estoy bien. Dime que *tienes* alguna instantánea de ese hombre. Cualquier cosa que podamos utilizar. Una imagen de su rostro, ¿tal vez?"

"Sí. ¿Por qué?"

Cassandra abrió la puerta de la escalera y empezó a subir los escalones de dos en dos. "Está muerto, Trev. Carl está muerto."

Trevor la miró por la transmisión del vídeo, manteniendo la conexión con ella a pesar de que solo estaban a un minuto de distancia—una vida de distancia hasta que pudiera tomarla en sus brazos.

Capítulo Veinticinco

Revelación Total

C ASSANDRA CORRIÓ ESCALERAS ARRIBA. El corazón le latía con tanta fuerza en su pecho que pensó que iba a tropezarse en cualquier momento. La imagen de Kenyon desplomado en la silla cruzó por su mente y lo único que quiso era sentir los brazos de Trevor a su alrededor. Estaba casi sin aliento cuando salió por la puerta de las escaleras a la carrera. Antes de que pudiera dar un paso fuera, unos fuertes brazos la envolvieron como una banda apretada y la levantaron.

Trevor no podía esperar en la habitación ni un solo segundo más. Cuando la vio salir al rellano del piso por debajo de ellos, corrió hacia las escaleras y, cuando ella salió, la tomó en sus brazos. Su corazón latía rápidamente mientras cubría su cintura con los brazos y la apretaba contra él. Pasó los dedos por su pelo, la agarró de la nuca, y aplastó su boca contra la de ella, metiendo la lengua en su boca en un beso cargado de emociones. Una mezcla de alivio y desesperación le recorrió cuando Cassandra envolvió sus brazos alrededor de su cuello y chupó su lengua profundamente dentro de su boca.

Separándose un poco, Trevor escudriñó su rostro mientras le apartaba el pelo de la cara. Tenía una buena idea del peligro en el que había estado y su estómago se hundió aún más al ver la palidez de su cara. Podría haberla perdido esta noche. La realidad de todo lo sucedido martilleaba su cabeza y un gran alivio se apoderó de él.

"Cassie," suspiró en su oído, abrazándola de nuevo con fuerza contra él.

Cassandra se aferró a él. Hundió la cara en su cuello y respiró su cálido y embriagador aroma, esperando que borrase el olor de la pólvora, el sudor, y la sangre de sus sentidos. Sus manos se colaron bajo su camisa y se clavaron en su espalda, agarrándole con todas sus fuerzas. La tensión en su cuerpo disminuyó un poco. Tan pronto como Cassandra soltó el férreo control que había mantenido sobre sus emociones, su cuerpo se estremeció y un sollozo escapó de sus labios.

Trevor ahogó su sollozo con la boca y trazó sus labios con la lengua con la intención de aliviar su mente. El llanto de Cassandra se transformó en unos suaves gemidos. Rápidamente, él la levantó del suelo lo suficiente para poder dar de nuevo los pocos pasos que les separaban de su habitación. Una vez en la puerta, Trevor la abrió rápidamente y, a medio camino de la gran cama, aflojó su agarre, permitiendo que el cuerpo de ella se deslizara a lo largo del suyo. Antes de que sus pies tocaran la alfombra, ya estaban enfrascados en otro apasionado abrazo—sus bocas se unieron en otro profundo y húmedo beso, mordiendo desesperadamente y chupando los labios del otro mientras luchaban desde los confines de su ropa.

Una vez libres de toda barrera, Cassandra capturó la cara de Trevor y volvió a probarle de nuevo. Trevor clavó las manos en sus caderas, presionando su ingle contra la de ella. Mientras que la besaba ferozmente, Trevor les dio la vuelta para que ella estuviera de espaldas a la cama. Sin ceremonia, la empujó contra ella y se subió encima, cubriendo su cuerpo con el suyo. Al entrar en contacto, ambos gimieron y sus manos se convirtieron en un borrón mientras se tocaban y acariciaban entre sí.

Los juegos preliminares fueron olvidados en una ola de necesidad. Trevor, apoyándose sobre sus manos, se apartó de Cassandra, le sostuvo la mirada, y la llenó con una rápida y profunda embestida. Ambos se volvieron uno, y rápidamente cayeron en un trepidante ritmo. Cassandra envolvió las piernas alrededor de sus caderas y los brazos alrededor de su espalda, abrazándole con fuerza mientras que las caderas de él se balanceaban contra ella. La fricción y el movimiento de sus cuerpos unidos les hicieron alcanzar un fervor que ninguno de ellos quería sofocar. Necesitaban quemarlo tanto como pudieran. Lo hicieron. Su amor adquirió vida propia.

TREVOR Y CASSANDRA ESTABAN TENDIDOS en la cama tratando de recuperar el aliento tras su brutal encuentro. Trevor estaba trastornado, reducido a unas emociones en carne viva que no había experimentado en mucho tiempo. Los acontecimientos de la noche anterior habían hecho que viera claro sus sentimientos. La quería. Nunca se imaginó que lo haría con la intensidad que estaba sintiendo en este momento—con todo su ser. La idea de que podía haberla perdido trajo la realidad a la superficie. No podía guardárselo para sí mismo. Cuando le había mirado a los ojos mientras hacían el amor, aceptó que tenía que arriesgarlo todo si quería ganar.

Él se puso de costado para mirarla. La visión de ella desnuda a su lado hizo que su corazón diese bandazos por segunda vez.

"¿Cassie?"

"Hmm," susurró ella sin abrir los ojos.

"Tenemos que hablar."

El cuerpo de Cassandra se tensó y él realmente esperó que sus palabras sosegaran las plumas que acababan de echar a volar. Ella giró la cabeza y le miró, pero el pequeño destello que él vio en sus ojos no era fácil de descifrar.

"¿Sobre qué?"

"Nosotros. El futuro."

Cassandra se deslizó fuera de la cama, buscó su ropa en el suelo, y al encontrar la camisa de Trevor, se la metió por la cabeza mientras se dirigía hacia la sala de estar.

Trevor saltó de la cama, se puso los pantalones y la siguió. Sin estar dispuesto a que ella pasara por alto sus palabras o pusiera más distancia entre ellos, la agarró por el brazo y la giró para hacer que le mirase a la cara cuando sus respectivos ojos se encontraron.

"Tenemos que averiguar qué significa todo esto, Cassie."

"No hay nada que averiguar."

"Oh, por supuesto que lo hay, chica. No puedo seguir ignorando lo que siento por ti, ni esperando pacientemente a que te des cuenta de que tú te sientes de la misma manera."

Cassandra sacudió el brazo, pero él se aferró a ella, tal como tenía intención de hacer durante el resto de su vida.

"Te quiero, Cassandra."

Su voz temblaba mientras la miraba profundamente a los ojos y desnudaba su alma. "Estoy muerto de miedo de a dónde va esto, pero no puedo ignorar que está ahí." Respiró profundamente, "Tú también me quieres. Y estás tan asustada como yo."

Cassandra tiró de su mano y dio un paso atrás. Él no estaba diciendo nada que no supiera ya. Tampoco podía negarlo por más tiempo. Lo supo inmediatamente después de haberle oído exclamar *mierda* tras haber sido descubierto su flagrante delito.

Cuando se escondió debajo de la cama de Kenyon, Cassandra se había dado cuenta de que todo lo que realmente quería era sobrevivir, volver a Trevor, y aferrarse a él con todas sus fuerzas. Podía recordar claramente el pensamiento que había cruzado por su mente: si estaba destinada a morir en ese momento, se sentía muy agradecida por todo lo que habían pasado juntos en las últimas semanas, y de que Trevor hubiera sido suyo, al menos por un rato.

Cassandra había luchado contra su debilidad por él y había perdido. Él ya tenía su corazón, pero estaba segura de que no podría darle lo que quería—una relación a largo plazo. Ella sabía lo que era amar a alguien tan profundamente que sus vidas se entrelazaban, se volvían interdependientes, como las dos vigas de apoyo de una estructura, y cuando una de las dos personas se marchaba, el alma de la otra se derrumbaba, incapaz de soportar el peso de la vida sin la otra viga junto a ella.

Sus padres habían sido así, el apoyo del otro. Siempre juntos para hacer frente a los acontecimientos y situaciones que no habrían sido capaces de manejar por separado. Cassandra tenía recuerdos de cuando su madre aún vivía. Buenos recuerdos. Su padre sonreía mucho por ese entonces. Y luego, el vacío, el vacío de la vida después de que su madre se hubiera ido. Su padre se había convertido en un hombre hermético. Sin sonrisa. Solo el trabajo había impedido que perdiera la cabeza.

Esos recuerdos trajeron sus miedos de vuelta en un abrir y cerrar de ojos. Ella negó con la cabeza y dio un paso hacia atrás, creando la distancia física que necesitaba para mantener sus pensamientos a raya. Por mucho que quisiera a Trevor, no estaba segura de merecerse el lujo de tenerle—no estaba segura siquiera de tener el valor de darse una oportunidad como pareja solo para luego quedarse debilitada, incluso discapacitada, una vez que él se marchara de su vida.

Cassandra trató de analizar los pros y los contras de una relación, pero los pros fueron eclipsados automáticamente por el contra más grande de todos—la certeza ineludible de que un día uno de ellos moriría primero. En su corazón sabía que nunca sería capaz de sobrevivir a su pérdida. Ahora entendía la pura fuerza mental que había necesitado su padre para haber asimilado algo así.

Cassandra luchó para encontrar cualquier cosa, lo que fuera, para mantenerse alejada de Trevor, así que se aferró a la única cosa que sabía que él no podría refutar: "No te conozco lo suficiente para quererte. Eres un extraño con tus secretos e *información clasificada*. No funcionaría, Trevor."

El corazón de Cassandra dio un vuelco cuando su rostro palideció y sus ojos se oscurecieron al color azul negruzco de un mar turbulento.

Trevor había esperado poder combatir la razón que Cassandra fuera a darle por la que no podía quererle, pero nunca había previsto que fuera a utilizar la única que no estaba dispuesto a revelar como excusa para no poder quererle de verdad. Habían estado en esta aventura juntos durante un par de semanas. En realidad, no se conocían, pero sabían lo que sus corazones les dictaban. Habían estado hablando alto y claro desde la primera vez que habían puesto los ojos en el otro. Trevor y Cassandra pertenecían juntos. Eso era todo lo que importaba.

Él no quería que ella le viera como un completo lunático, obsesionado por algo que no podía cambiar. Temía que no fuera a entender sus motivos o todo el tiempo y el esfuerzo que había empleado en la búsqueda de la verdad sobre la desaparición de sus padres. Era lo suficientemente inteligente como para saber que a ninguna mujer le gustaría estar por detrás de unos fantasmas.

Las escasas pero significativas ocasiones en los últimos días, cuando habían revelado fragmentos de sus vidas al otro, brillaron en su mente. La fuerza y la determinación por terminar las tareas que ella mostraba, la vulnerabilidad ante la idea del fracaso, las muchas habilidades sorprendentes que había perfeccionado en los últimos años, obligada por su padre y su formación con la CIA—todo era una señal de que ella era la mujer idónea para él, estaba seguro de ello. Era todo lo que necesitaba. Su otra mitad. No podía imaginarse volviendo a su trabajo de oficina y viviendo su vida sin ella. Trevor tomó una decisión—una que haría o desharía su futuro juntos.

"Mis padres desaparecieron frente a la costa de África, hace cuatro años."

El silencio se extendió entre ellos. Por la manera en que ella le estaba estudiando, Trevor supo que era un libro abierto brillando a través de sus ojos mientras que analizaba sus propias razones para ocultar parte de su pasado.

Esa primera frase fue como si se hubieran abierto las compuertas, y Trevor compartió con ella toda su historia—su pasado, sus orígenes, quién era en realidad, y su conexión con Brennan Enterprises. Habló de la vida de sus padres en Sligo, su amor por la vela, su desaparición, las suposiciones ridículas hechas por los investigadores, sus muchas preguntas y dudas sobre el caso, y, finalmente, la pesadilla de hace unos meses que era lo que había hecho que sus caminos se hubieran cruzado. Todo salió de él como una gigantesca ola mientras que las imágenes en su mente permanecían tan claras como el día que le habían sobresaltado de su sueño. Las condiciones meteorológicas, el estado de El Morrígan—el yate de sus padres—y los elementos encontrados en su interior. Esa pesadilla había sido una réplica exacta del informe de la investigación realizada por la Gárda—con una única diferencia: en su pesadilla, sus padres aún estaban en la nave.

Cuando El Morrígan había sido descubierto a la deriva en alta mar después de una tormenta, las autoridades habían encontrado las camas sin usar y las posesiones que sus padres habían llevado consigo—ordenadores portátiles, teléfonos móviles, las llaves de casa y del coche, ropa—intactas. Los chalecos salvavidas del yate y la balsa de emergencia nunca habían sido desplegados. Aparentemente, sus padres se habían desvanecido en el aire.

Trevor le habló de todo tal como a él se lo habían contado. No había señales de forcejeo ni de destrucción de la propiedad. A pesar de que algunos artículos estaban esparcidos alrededor, el caos se había atribuido a la violencia de la tormenta. No había señales de ningún juego sucio. No se descubrió nunca el ADN ni otros elementos de la pareja. La única explicación lógica era que habrían sido lanzados por la borda por la salvaje tormenta, o que se habrían suicidado juntos, por lo que era más que probable que sus cuerpos no fueran encontrados jamás.

Trevor sabía que sus padres sabían navegar en su gran yate. Su padre, un viejo lobo de mar, era un marinero muy experimentado. Pensar que Conor Brennan cometería un error tan grave era casi demasiado increíble de creer. Se estremeció al pensar en sus padres experimentando una muerte tan horrible, pero sabía muy dentro, que podría ser la cruda realidad.

Cassandra le miró con atención. Escuchó en silencio, le estudió de cerca, y analizó sus gestos, todo ello sin una sola interrupción durante la confesión de la historia de su vida. Él se dio cuenta de que ella estaba tratando de descifrarle.

"El nombre en clave de la fórmula fue la razón por la que hackeé los servidores."

Los ojos de Cassandra se estrecharon y ella por fin habló. "¿Cómo puede el nombre en clave de una fórmula tener algo que ver con la desaparición de tus padres?"

Él respiró hondo y soltó el aire. "No tiene nada que ver. Cuando escuché el nombre en aquel momento, pensé que sí. El Morrígan era el nombre del barco de mis padres. Se lo pusieron a partir de una leyenda irlandesa. Yo estaba intrigado por el hecho de que la fórmula se llamara igual, por lo que me puse a buscar una conexión entre la desaparición de la fórmula y la de mis padres."

"¿Y?"

"Nada. Mi padre era el jefe de desarrollo del software biométrico creado para medir la eficacia del nuevo fármaco. No sé cómo se eligió su nombre, pero podría haber sido una simple coincidencia. De cualquier manera, me alegro de haberlo hecho, de lo contrario, nunca te hubiera conocido."

Trevor terminó su relato y exhaló un profundo suspiro. El resto de la historia le correspondía a ella escribirla. Él le había dado todo. Había desnudado su alma. Esperaba que ella se acercara a él, tocara su cara, o dijera algo para tranquilizarle, para hacerle saber que había estado en lo cierto respecto a sus sentimientos, pero esos gestos o palabras jamás se produjeron.

Cuadrando los hombros, Cassandra se frotó la cara. Se sentía inconexa, perdida, y un poco fuera de control. "Tengo que pensar."

Ella pasó junto a él antes de que pudiera decir algo más y entró en el baño. Cerrando la puerta, se miró en el espejo, y se acordó de haber hecho lo mismo no mucho tiempo atrás cuando se había cuestionado su propia cordura por haberle pedido ayuda a Trevor. No se arrepentía de ello; si tuviera que hacerlo todo de nuevo, lo volvería a hacer desde el principio.

El cuerpo sin vida de Kenyon se reflejó en el espejo, y ella tuvo que reconocer lo que Jessica había estado tratando de decirle todo el tiempo—la vida era demasiado corta. Tenía que salir de la sombra de la roca bajo la que había estado viviendo durante demasiado tiempo y caminar hacia el sol.

Con una temblorosa mano, abrió el grifo de la ducha. Cuando el vapor llenó la habitación, dejó caer la camisa de Trevor sobre la alfombra y se paró debajo del espray de agua.

EL CORAZÓN DE TREVOR SE rompió en mil pedazos al ver a Cassandra alejarse de él. Cada paso que daba era como si estuviera poniendo un kilómetro de distancia entre ellos. Mirando a la puerta del baño cerrada, rezó por que se abriera de nuevo y ella volviera corriendo a sus brazos. Bajó la cabeza cuando no se abrió finalmente, y trató de comprender lo que acababa de suceder.

Había pensado que desnudar su alma le daría a Cassandra todo lo que necesitaba, el último pedazo de él. En lugar de ello, se había creado un abismo entre ellos—uno que no estaba seguro de poder cruzar.

Trevor se metió las manos en los bolsillos del pantalón y lentamente se acercó a la ventana. Se quedó mirando la vista de las calles de Monte Carlo bordeadas por el mar, todas bajo el resplandor de la luz, con el casino brillantemente iluminado en el fondo. Era una vista de romance y belleza, pero él era inmune a su encanto. Era el cielo oscuro por encima de la hermosa vista lo que hacía juego con la oscuridad que estaba creciendo en su interior.

Frunció el ceño cuando pensó en cómo sería su existencia a partir de este momento. Podría volver a su ordenada y tranquila vida, su trabajo de escritorio algo estimulante, y la casa que compartía con George, pero Cassandra había permeado cada aspecto de la misma. No sabía si alguna vez sentiría lo mismo por otra mujer. La imágenes de ella—impaciente de pie junto a su escritorio, su mirada furiosa mientras que agarraba su brazo en la sala de reuniones, el fuego que ardía en sus ojos cuando él respondió con la misma vehemencia, ella apoyada en el coche con esas gafas de sol, y más tarde, reclamando su masculinidad en su sala de estar—pasaron rápidamente por su cabeza. Esos recuerdos nunca se desvanecerían. Serían los fantasmas de un fallido sueño que le perseguirían durante el resto de su vida.

Sus pensamientos vagaron hacia la búsqueda de sus padres. Tenía un objetivo y planeaba hacerle frente con todas sus fuerzas. Quizás Irlanda sería la cura para todos sus males. El tiempo era todo lo que le quedaba para poder aceptar que su sueño de compartir una vida con Cassandra acababa de desvanecerse ante sus ojos. Esperaba que regresar a su tierra natal para continuar con la investigación le mantuviese ocupado. Rezaba porque así fuera. Era lo único a lo que podía aferrarse.

PASÁNDOSE LAS MANOS POR LA cara, Cassandra dejó que el agua lavara las imágenes de Allison, Kenyon, y su madre. Mientras se enjabonaba el pelo, se enfrentó al hecho de que jamás podría cambiar a su padre. Cogió la esponja y decidió que no volvería a trabajar para él. Ya era hora de seguir adelante. Trevor también había sufrido una gran pérdida—una pérdida mucho más difícil de digerir, debido a las circunstancias que la rodeaban, y sin embargo, había logrado seguir con su vida—una que quería construir junto a ella. Dándole la espalda al espray de la ducha, se enjuagó el pelo y decidió darse una oportunidad con Trevor. Cuando su mano rozó la cicatriz en su cadera, fue como si una compuerta hubiera sido abierta a la fuerza.

Las lágrimas comenzaron a mezclarse con el agua y ella se desplomó en el suelo de baldosas. Rodeó las piernas con sus brazos, tiró de ellas contra su pecho, y dejó caer su frente en sus rodillas. Abrumada por todo—su lesión, el escrutinio de su padre, su encuentro con Nathan, su falta de protección de la fórmula, los asesinatos de Allison y Kenyon, y la trágica historia de los padres de Trevor—no pudo evitar que unos sollozos empezaran a atormentar su cuerpo.

Todo tenía sentido ahora. El motivo de la infiltración de Trevor en el servidor no había sido robar ni causar daños. Él había dicho la verdad desde el primer día. Su curiosidad por el nombre y la posibilidad de encontrar alguna pista sobre sus padres, fue lo que le impulsó a hacerlo. Nunca había tenido ningún interés personal por la fórmula. Esa era la razón por la que no había encontrado ninguna conexión entre él y el mundo farmacéutico cuando comprobó su historial. En ese momento, sus instintos le habían dicho que le estaba ocultando algo, pero nunca imaginó que sería algo tan completamente distinto de lo que buscaba.

Todas sus preocupaciones habían sido resueltas de un plumazo. Todas las barreras que había creado y alimentado durante las pocas semanas que habían estado viajando juntos, y durante toda su vida, se habían derrumbado a sus pies. Trevor era todo lo que siempre había querido y nunca pensó que encontraría. Un hombre cariñoso, respetuoso, que admiraba su inteligencia, que nunca tomaba su fuerza moral ni física por sentado, que la quería por quien era, que se fijaba en lo que había en su interior, y confiaba en sus opiniones y juicios tanto como en los suyos propios.

Ella era suya, al igual que sabía que él era de ella. No tenía sentido seguir huyendo. Si evitaba el compromiso por miedo al vacío de perderle, no tendría la oportunidad de vivir toda una vida plena con él mientras que aún le tuviera.

El frío del agua la sacó de su introspección. Cassandra cerró el chorro, salió y se secó. Envolvió la toalla a su alrededor y, con una última mirada en el espejo, fue en busca de Trevor. Lo encontró de pie junto a la ventana mirando hacia la oscuridad, aparentemente perdido en sus pensamientos. Se acercó hasta él y ahuecó su mejilla para llamar su atención. Él cubrió su mano con la suya, cerró los ojos y soltó un profundo suspiro. Cassandra puso su otra mano sobre su corazón, y sintió el frenético latido bajo sus dedos—un ritmo que hacía juego con el suyo propio.

"Por favor, di algo." Trevor, con miedo a abrir los ojos, no estaba seguro de lo que significaba su toque. ¿Sería que finalmente habría perforado su caparazón? ¿O que sentiría lástima por su locura?

"Tienes razón."

Los ojos de Trevor se abrieron de golpe y chocaron con los de ella.

"Wow. Te has quedado sin palabras, ¿eh?" Ella sonrió suavemente. "No te acostumbres a oír 'tienes razón' todo el tiempo. Puede que no ocurra en el futuro con la frecuencia que esperas."

Los ojos de Trevor se abrieron un poco más ante la mención de un futuro. "¿Qué me estás queriendo decir, Cassie?"

Ella se echó a reír a carcajadas. "¿Sois todos los irlandeses tan obtusos? Tenías razón. Estaba asustada, pero ya no lo estoy. Te quiero, Trevor. Lo creas o no, te he querido desde la primera vez que dijiste *mierda* delante de mí."

Trevor la estrechó entre sus brazos. Una suave risa retumbó profundamente en su pecho antes de que reclamara su boca.

Cassandra se apartó. Sin aliento, apoyó la frente en el pecho de Trevor, jadeando. Su beso había dispersado sus pensamientos y había acelerado su pulso fuera de control. Le necesitaba; esta vez no era un deseo alimentado por el peligro, sino por el deseo que nace del amor.

Poco a poco, Cassandra levantó la cabeza y se encontró con su inquisitiva mirada. Tomó su mano y le instó a que fuera a la habitación con ella. Trevor siseó cuando ella dejó caer la toalla al suelo y agarró la cremallera de sus pantalones. La deslizó, y posteriormente puso las manos en sus caderas y empujó sus pantalones hacia abajo. Cuando Trevor salió de ellos, Cassandra tomó su mano de nuevo y tiró de él hacia la cama.

Los ojos de Trevor brillaban mientras que ella se movía hacia el centro, tirando de él con ella hasta que ambos estuvieron acostados de lado, frente al otro. Ella le estudió, tratando de memorizar sus rasgos. Cassandra notó la pregunta que seguía al acecho en sus ojos. Con un suspiro tembloroso, dejó descansar la mano en su cadera, luego la deslizó a lo largo de su muslo, y otra vez hacia arriba. No se detuvo. Siguió recorriéndole con su mano por la cintura.

Le encantaba la sensación de sus apretados músculos bajo el peso de su mano. Cuando se encontró con su codo, ajustó su camino, y continuó su toque plumoso lo largo de su bíceps y el hombro hasta que finalmente ahuecó la columna de su cuello. Pasando el pulgar por la línea de su mandíbula, sus ojos siguieron el movimiento, disfrutando de la sensación de la barba que había crecido en su rostro desde su afeitado matutino. Pasó la mano a lo largo de su cuello hasta llegar a su mejilla, y el pulgar por su labio inferior—un labio que estaba deseando sentir en su boca.

Mientras que había permanecido atrapada debajo de la cama de Kenyon, se había abstraído de todo, excepto de lo que estaba pasando en la habitación para poder prepararse para lo peor—para defenderse. Haber liberado sus emociones hubiera sido su muerte. Ahora que estaban corriendo enloquecidamente, Cassandra se estaba ahogando en su amor por él.

Cuando Trevor puso un dedo bajo su barbilla y la levantó para que los ojos de ella pudieran encontrarse con los suyos, el corazón de Cassandra clamó a gritos en su pecho y el deseo ardiente bajo su piel la dejó sin aliento. Atraída por su mirada, ella pasó un brazo por debajo de Trevor, extendió la mano a lo largo de su columna vertebral, y apretó su cuerpo contra la longitud del suyo.

Cuando Trevor rodeó su cintura y la atrajo con más fuerza contra él, ella lanzó un suspiro lleno de necesidad. Su rostro estaba tan cerca que cedió a la tentación y humedeció sus labios, delineándolos con la lengua y jugando con la comisura de su boca. Un suave gemido escapó de su garganta y por sus labios, una sensual invitación para que ella empujara la lengua entre ellos, que Cassandra aceptó con gusto.

El corazón de Trevor se detuvo por un momento y contuvo el aliento mientras la mano y los dedos de Cassandra se arrastraban a lo largo de su piel y cada centímetro de él ardía bajo sus dedos. Movió el brazo por su cintura y deslizó su mano en la curva de su espalda baja, corriendo las yemas de los dedos a lo largo de sus dos pequeños hoyuelos antes de agarrar su firme culo y tomar el control del beso. No podía saciarse de ella. Su beso se hizo más intenso y el cuerpo de ella se moldeó contra el suyo, atrapando su tiesa erección entre ellos.

Con cada pulsación de su pelvis, su eje se agitaba. Trevor gimió y chupó sus carnosos labios mientras pasaba la mano por su muslo hasta llegar a la curva de la rodilla. Él tiró de su pierna sobre su cadera y la penetró con fuerza hasta el fondo.

Cassandra se dejó caer contra la almohada, y un profundo gemido vibró en su pecho mientras se mecía en su contra. Alcanzando la parte posterior de su cabeza, envolvió su largo y sedoso pelo en un puño y tiró de su cabeza más hacia atrás hasta que su espalda se arqueó elegantemente, elevando sus pezones al alcance de sus labios. Enganchado uno rápidamente, tiró de él entre sus dientes y luego lo succionó con fuerza.

"¡Dios!" Gritó Cassandra mientras se apretaba contra él.

Él continuó moviéndose dentro y fuera de ella, aumentando su profundidad con cada penetración. Cassandra hundió los dedos en su pelo y tiró de él mientras que Trevor continuaba su asalto, lamiendo su pecho hasta que llegó al otro pezón y lo chupó dentro de su boca.

Con cada succión, las caderas de Cassandra se disparaban, y pronto pudo sentir sus músculos apretándose a la vez que su orgasmo se acercaba. Trevor soltó su seno y tomó su boca de nuevo. El cosquilleo en la base de su columna vertebral y el endurecimiento de sus pelotas hizo que no pudiera reprimir sus gemidos de placer por más tiempo. Trevor la hizo girar sobre su estómago y apoyándose en sus brazos, siguió pulsando dentro de ella, "Córrete conmigo, Cassie."

"¡Sí!" Gritó ella mientras alcanzaba su liberación. Cuando sus músculos internos acariciaron y estrujaron su pene, él la siguió.

Segura entre los brazos de Trevor, Cassandra sintió su cuerpo temblar y como si estuviera flotando. Mientras que esperaba que su ritmo cardíaco y su respiración volvieran a la normalidad, podía sentir cómo las preguntas sin respuesta de Trevor la golpeaban. Unas preguntas que sabía, giraban en torno a los acontecimientos que habían tenido lugar mientras que había estado atrapada en la habitación de Kenyon.

Casi como si le leyera el pensamiento, Trevor preguntó, "¿Quieres decirme lo que pasó en la habitación?"

Ella se resistía a romper su cómodo silencio, pero sabía que tenía que hacerlo. Suavemente, Cassandra desembuchó, "Fue horrible. No había nada que pudiera hacer."

Trevor no cesaba de acariciar su espalda. "Cuéntamelo todo."

Ella se tomó un segundo para ordenar sus pensamientos. "Todo iba como un reloj, tal como lo habíamos planeado. Pude abrir la caja fuerte y recuperar el disco duro sin problemas. Estaba a punto de marcharme cuando me di cuenta de que alguien estaba tratando de abrir la puerta, así que corrí a la habitación. El único lugar que había para esconderse era debajo de la cama, así que me zambullí. La persona que entró en la habitación no era Kenyon, como ya viste en el vídeo."

Respirando profundamente, Cassandra se acurrucó más cerca de él, y Trevor la apretó con más fuerza a su alrededor. "Continúa."

"El hombre pilló a Kenyon por sorpresa. Se presentó como Niklas. Sabía lo de Allison y el disco duro. Le estaba buscando, Trev. Kenyon intentó defenderse, pero Niklas le disparó. Kenyon luego confesó que el disco estaba en la caja fuerte. Cuando Niklas la abrió y la encontró vacía, disparó a Kenyon por segunda vez. Parece que Kenyon tenía pareja, una mujer. Niklas le preguntó sobre ella y al ver que no iba a revelar cuál era su paradero, le mató. Un disparo en el pecho y dos en la cabeza. Sabía cómo ejecutar a alguien."

"¡Mierda!"

Cassandra salió de su abrazo y se levantó de la cama. Buscando sus pantalones por el suelo, cogió el disco duro de su bolsillo y volvió a sentarse en la cama junto a él. Le dio la vuelta en sus manos y luego miró a Trevor con pesar y tristeza en sus ojos. "Le he matado. Tomé esto de su caja fuerte y por eso le dispararon."

"Cassie, mírame." Él la atrajo de nuevo en sus brazos y la metió debajo de las sábanas con él. "Por lo que me acabas de decir, el hombre estaba perdido de todos modos. Estaba muerto incluso antes de que Niklas abriera la caja fuerte."

"Eso no cambia el hecho de que haya dejado morir a un hombre. Ni siquiera traté de ayudar."

"Chica, habrías muerto si lo hubieras intentado. Yo te hubiera perdido," le susurró, metiendo la cara entre su cuello.

Cassandra se estremeció ante el recuerdo de los gritos de Kenyon. "Lo sé, tienes razón. Me di cuenta al escuchar la voz de Niklas que el hombre disfrutaba con su trabajo. Se regodeaba de sus habilidades. Lo hubiera pasado en grande si me hubiera encontrado debajo de la cama." Ella cogió aire y lo dejó escapar lentamente. "Tenemos que averiguar lo que está pasando. Descubrir quién es ese Niklas y para quién trabaja."

"Lo sé, *a ghrá*."

Trevor le quitó el disco duro y lo dejó sobre la mesita de noche. "Duerme primero. Lo necesitas. Ha sido una noche muy dura."

"Pero deberíamos…."

Callando a Cassandra con un beso, él presionó el interruptor junto a la cama y apagó las luces. Los círculos oscuros bajo sus ojos le habían dicho todo lo que necesitaba saber—la chica estaba exhausta.

"¿Trev? Me acabas de llamar una cosa. ¿Qué era?" Preguntó ella con un soñoliento bostezo.

"*A ghrá*. Es una palabra cariñosa irlandesa. Significa, 'mi amor.'"

"Hmm, me gusta. Al menos no es un sinónimo de idiota."

Trevor se rio entre dientes. "Duerme, Cassie."

"Sí…*a ghrá*."

Demasiado despierto y excitado para dormir, Trevor se quedó en la oscuridad escuchando el sonido de las suaves respiraciones de Cassandra, y se regocijó en el simple hecho de que estuviera a salvo en sus brazos. Era finalmente suya. Su cuerpo se asentó fuertemente en su contra y su respiración se fue volviendo cada vez más profunda. Trevor, sintiendo que ella ya estaba dormida, salió lentamente de la cama y la vio acomodarse en el lado de la cama que él había calentado. Una vez quieta, se dirigió a la sala y cerró las puertas de ambas habitaciones para no molestarla.

En su ordenador, rápidamente exploró el vídeo que había grabado esa noche, buscando los fragmentos que mostraban a Niklas. Solo podía verle de perfil en el momento en que entraba en la habitación, pero su rostro era completamente visible cuando se había vuelto para colgar el cartel de *No molestar* en la salida. Trevor congeló la pantalla y tomó una captura de la imagen.

Le llamó la atención una vez más la señal colgando del pomo. Sabía que el personal del hotel no la respetaría una vez que el cuerpo empezara a oler. Él y Cassandra tenían que marcharse antes de que eso sucediera. Lleno de una determinación por mantenerla a salvo, Trevor abrió el navegador y reservó un par de asientos de tren de Monte Carlo a Niza y una cabina con cama de primera clase de Niza a París. Tendría tiempo de sobra para reservar el vuelo de vuelta a los Estados Unidos desde el tren. Podrían centrar su atención en el seguimiento de Niklas y encontrar cualquier conexión con el caso desde la seguridad del territorio de los EE.UU.

Trevor bostezó y sintió una imperiosa necesidad de irse a la cama junto al cálido cuerpo de Cassandra. Rápidamente descargó la imagen que había capturado. Sabía que iba a ser más improbable acertar que disparando en la oscuridad, pero aun así, se la envió a George en un correo electrónico cifrado con una petición de ayuda en la identificación de quién demonios era Niklas y si tenía algún socio conocido.

Una vez que hubo terminado, recogió sus pertenencias y guardó la mayoría de las cosas de ella. Puso la alarma y volvió al dormitorio, deslizándose bajo las mantas junto a Cassandra. Tiró de ella suavemente, haciendo la cuchara, y enterró su nariz en el hueco entre su hombro y cuello, inhalando su dulce aroma mientras que esperaba que el sueño le reclamara.

Capítulo Veintiséis

Búsqueda

CASSANDRA SE DESPERTÓ PARA ENCONTRARSE envuelta en un confortable calor. Trevor estaba pegado contra ella; eufórica, se dio cuenta de que no había otro lugar en el mundo en el que prefiriese estar en estos momentos. Un sonido rompió el silencio de la habitación, y finalmente cayó en la cuenta de lo que había perturbado su sueño.

Volviéndose un poco, frotó el brazo de Trevor. "Oye, tú, ¿dónde está tu teléfono?"

Cuando Trevor no reaccionó a su caricia, ella le dio un cachete en el muslo y lo intentó de nuevo, "Trevor. Tu alarma está sonando."

Ella se echó a reír cuando Trevor levantó la cabeza de golpe y trepó por la cama en busca de su móvil. Después de unos segundos de hurgar en su mesita de noche, maldijo y corrió hacia la sala de estar. Por el silencio que siguió, Cassandra supuso que lo habría encontrado.

"Te estás riendo de mí, ¿verdad?" Gruñó él desde la puerta.

"No," se rio ella.

Mientras que él se acercaba a la cama, ella admiró los contornos y las crestas de su cuerpo desnudo, y se echó a reír aún más cuando

Trevor tiró de las sábanas y se las quitó de encima de golpe. Ella se las quitó de las manos y las envolvió alrededor de su cuerpo a la vez que le lanzaba una sonrisa. "Eso ha sido muy gracioso. Necesitaba una buena risa."

Frotándose la cara con las manos y pasándose los dedos rápidamente por el pelo, él se encogió de hombros. "A su servicio, señorita. Mi objetivo es agradar."

"¿A qué venía la alarma?"

La risa se esfumó de sus ojos y sus labios se estrecharon. Su pregunta había acabado con su buen sentido del humor. Ella se puso inmediatamente en estado de alerta.

"Tenemos que salir de aquí, Cassie. Podrían encontrar el cuerpo de Kenyon en cualquier momento y debemos estar lejos para cuando eso suceda."

Ante la mención de Kenyon, todo lo que había sucedido la noche anterior cruzo por su mente. Sujetándose la sábana a su alrededor, Cassandra se acercó a él.

"¿Quieres que me encargue de hacer las reservas mientras que tú estás en la ducha?"

Él esbozó una arrogante sonrisa.

"¿Qué?" Ella estaba haciendo todo lo posible para ignorar la visión que se estaba reproduciendo en estos momentos en su cabeza de ella empujando su cuerpo desnudo sobre la cama y dándole su merecido. Ni siquiera su imaginación había sido tan despreocupada ni aventurera jamás en su vida.

"No es necesario, *a ghrá*. Ya me encargué de ello anoche."

Trevor se rio al ver su expresión de desconcierto. "No podía dormir, así que me puse a trabajar un poco. Le mandé a George la foto de Niklas por e-mail. Por desgracia, no creo que sea suficiente. George necesitará más que una imagen para rastrear a Niklas. Algo así como una dirección o un número de teléfono que pueda ser rastreado de forma digital. Espero que la imagen sea al menos, un dato más a nuestro favor. Una vez que se envié el correo electrónico, reservé los asientos de tren."

"¿Cuánto tiempo tenemos?"

Trevor miró su móvil. "Unas cuantas horas. No había plazas disponibles para los trenes que salían por la mañana, así que reservé los primeros asientos que pude encontrar. Tenemos tiempo para almorzar antes de irnos."

"Eso no es mucho tiempo, Trev. Tenemos que ponernos en circulación. Todavía tengo que guardar todas mis cosas."

Él se inclinó y le dio un beso en la mejilla. "No. Ya me he encargado yo de eso. Solo necesitamos una ducha y un bocado. He recibido la carta de confirmación. Nuestras tarjetas de embarque nos están esperando en la estación."

La familiaridad con la que Trevor se había ocupado de guardar sus cosas, hizo que Cassandra se sintiera como si hubieran estado haciendo esto mucho tiempo. Una vez más, una calidez maravillosa se extendió en su interior. Se sentía como en casa. En ese momento, se fijó en su móvil y una idea la golpeó. Era muy posible que el pequeño dispositivo pudiera darles los pequeños detalles que George necesitaría para rastrear a Niklas—pero le preocupaba usar esa opción. Miró a Trevor a los ojos. "Trev, ¿me puedes enviar la imagen que has enviado a George?"

Con una inquisitiva mirada, Trevor tomó sus pantalones vaqueros y la siguió hasta la sala de estar. "¿Qué pasa?" Preguntó mientras se los ponía y se sentaba frente a su portátil.

"Creo que deberíamos aprovechar todo recurso adicional posible." Ella arrancó su portátil y le observó mientras transfería el archivo a través de su red. "Quiero enviarle la foto a Nate. A ver si puede desenterrar cualquier cosa sobre Niklas según las bases de datos de la CIA. Si es capaz de encontrar algún rastro digital, George podrá tomarlo desde ahí."

"Sí, George es tenaz y será capaz de oler a Niklas. Gran idea, por cierto."

Cassandra le miró tras su alabanza y vio la sinceridad en sus ojos, entonces, le recorrió de arriba a abajo con su mirada. Admiraba la vista de él recién levantado y con un par de pantalones vaqueros desabrochados, sentado frente a su ordenador portátil. *Maldita sea, eso sí que era un friki.*

Cassandra volvió su atención a la tarea en cuestión, componiendo el mensaje que iba a enviar a Nathan. "Bueno, no hay ninguna garantía de que vaya a aceptar. Digamos que no está muy contento conmigo en estos momentos. Esperemos que entienda lo importante que es esto."

Mantuvo sus ojos pegados a la pantalla mientras reflexionaba sobre cuál sería la mejor manera de acercarse a Nathan. Se decidió por un correo electrónico directo sin mencionar el fiasco de su última conversación telefónica en el que le enviaba una breve solicitud sobre cualquier información que pudiera encontrar, pasada o presente, sobre Kenyon y Niklas. No entró en detalles acerca de la muerte de Kenyon, pero le pidió que comprobara si tenía algún socio que fuera mujer.

Agregó la foto de Niklas y los pocos detalles que recordaba de él—su acento europeo, muy probablemente austríaco o alemán, y que era un tirador experimentado. Concluyó el e-mail haciendo hincapié en la urgencia de obtener información, por insignificante que pudiera parecer, en las próximas horas.

Cassandra contuvo el aliento y golpeó la tecla de envío. En su corazón sabía que Nathan tenía todo el derecho del mundo de ignorar su mensaje. Se aferraba a la esperanza de que su larga amistad prevaleciera por encima de todo.

Trevor notó que Cassandra estaba molesta por algo. Frunció la frente y se mordió el labio inferior. Su vacilación sobre si debía o no enviarle el correo a Nelson espoleó su curiosidad. Recordó la posesividad del hombre durante su primer encuentro de vuelta en la NSA y la llamada telefónica que Trevor había respondido la noche que él y Cassandra habían hecho el amor por primera vez. Su conjetura era que Nelson estaba enamorado de Cassandra. Las palabras de ella hacia él habían sido bruscas y no habían revelado mucho sobre lo que sentía por él, pero no parecía haber nada más entre ellos que una buena amistad.

Su curiosidad finalmente sacó lo mejor de él. "Bueno, ¿qué hay entre tú y Bruce Banner?"

"¿Quién?" Distraída con los documentos en su pantalla, Cassandra no cayó de inmediato. Entonces se dio cuenta de que así era como Trevor se había referido a Nathan de vuelta en Maryland.

Ella se echó a reír. "Será mejor que tengas cuidado como se entere de que le llamas así." Trevor le dio una mirada divertida, y ella se echó a reír de nuevo.

"Ahora en serio," dijo él; "¿Por qué estás tan preocupada por pedirle ayuda? Sin duda podría ser una gran ventaja en el caso."

Cassandra se debatió sobre qué contarle a Trevor sobre Nathan. Nathan había sido el único error en su vida que ella no cometería de nuevo si pudiera retroceder en el tiempo. Por un segundo, consideró eludir la pregunta, pero no quería que él se quedara con ninguna duda acerca de sus sentimientos. Si iban a continuar construyendo sobre los cimientos que ya habían establecido, tenía que seguir el ejemplo de Trevor—contárselo todo.

Mirando a Trevor directamente a los ojos, así lo hizo. "Nos conocemos desde hace mucho, desde mi comienzo con la CIA. Nos conocimos en mi primer día de trabajo y hemos permanecido en contacto desde entonces. Siempre le he visto como un hermano mayor, pero hace poco me enteré de que estaba enamorado de mí."

"Es bastante obvio que el chico se preocupa por ti. Casi me mata aquel día en la sala de conferencias."

"Sí, perdió un poco los papeles—Nathan es así. Piensa que estamos hechos el uno para el otro."

"Bueno. Los dos sabemos que eso es imposible. *Nosotros* estamos hechos el uno para el otro," sonrió suavemente.

"Sí." Cassandra bajó la voz. "A pesar de que Nate sabe que nunca he tenido esa clase de sentimientos hacia él, casi logró convencerme de lo contrario."

Trevor podría enumerar una serie de razones por las que estaba loco por Cassandra. Era increíblemente obstinada, decidida, inteligente, amable, cariñosa, hermosa…su lista podría no tener fin, y estaba bastante seguro de que la lista de Nelson sería un reflejo de la suya propia. Nelson no podría dejar de quererla.

El tono de Cassandra se hizo sombrío y las sombras regresaron a sus ojos. "Sucedió justo antes de que tú y yo nos conociéramos. Nate había venido a San Francisco por asunto de negocios y nos reunimos una noche para cenar. Terminamos en su habitación y tomamos una copa. Una cosa llevó a la otra y…nos acostamos."

Si bien la historia de Trevor con Cassandra había sido ardiente desde el primer día a pesar de que hacía muy poco que se conocían, él sabía en lo más profundo de su corazón, que Cassandra le estaba diciendo la verdad. Ella no sentía nada por Nelson, aparte de amistad, y se sorprendió al escuchar que había intimado con él.

Trevor sabía que tenía que terminar con la conversación y cambiar de tema. Después de todo, no era asunto suyo. Pero una opresión extraña se formó en su pecho, como si estuviera siendo inmovilizado bajo un peso pesado. *¿Será eso lo que se siente cuando se está celoso?* La intensidad de la sensación era algo nuevo para él. No estaba seguro de gustarle adquirir el papel de un novio o marido celoso, pero ahora podía entender por completo su reacción.

Estudió el rostro de Cassandra; estaba claro que no guardaba buenos recuerdos de aquella noche. La decepción y el arrepentimiento acechaban en las sombras. Su expresión y sus inesperados y ardientes sentimientos le instaron a preguntar, "Él no te obligo, ¿verdad?"

"No. Pensé que podría darle una oportunidad. Esa noche me demostró, sin lugar a dudas, que no podía. Desafortunadamente, Nate no ve las cosas de la misma manera. Él cree, ahora más que nunca, que debemos estar juntos."

Trevor se dio cuenta de que lo que había visto en sus ojos había una profunda decepción por la decisión que ella tomó aquella noche. Le molestaba que Nathan estuviera siendo una piedra más pesada a lo largo del camino que lo que había pensado en un principio. La conversación que había escuchado entre ambos ahora cobraba sentido. Ella le había dicho a Nathan que no había nada más entre ellos, además de su amistad. *Será mejor que Nathan lo acepte.* Trevor esperaba que el hombre entrara en razón y que asimilara el hecho de que ella no había sido nunca suya y jamás lo sería. Algo oscuro hirvió dentro de él, algo que nunca había sentido antes. La idea de liberar ese lado desconocido le daba miedo. No estaba seguro de cómo reaccionaría si Nathan no dejaba de acosar a Cassandra, pero estaba seguro de que no sería demasiado sutil.

La turbulencia en los ojos de Trevor hizo que la garganta de Cassandra se cerrase, lo que hizo que tuviera dificultades para respirar. Sujetándose la sábana a su alrededor, se acercó hasta donde él estaba sentado y le miró. "Créeme cuando digo esto, Trevor. Nadie me ha hecho nunca sentir cómo tú haces. Ahora me doy cuenta de que estaba esperando al hombre *definitivo* que llenara el vacío que había en mi vida. Tú."

Las acaloradas emociones en los ojos de Trevor se desvanecieron, y una sonrisa brilló en ellos cuando él la atrajo hacia su regazo y la tomó en sus brazos. "Sí, *a ghrá*, nos estábamos esperando mutuamente."

Trevor agarró a Cassandra por la nuca, giró su cara hacia él y la besó. Su beso le trasmitió que daba la conversación por finalizada. Ella había sido marcada irrevocablemente de una manera que nunca podría ser borrada. Cassandra le devolvió el beso. No había nada que no hiciera por el hombre que ahora significaba el mundo entero para ella. Un enorme peso había sido levantado de sus hombros. No pudo evitar sonreírle como una tonta.

"Por mucho que me estás tentando con este varonil despliegue de tus activos, y estés intentando hacer que pierda mi improvisada toga, creo que tenemos que poner nuestros traseros en movimiento, señor Bauer, o perderemos el tren. Creo recordar alguna mención sobre nosotros acurrucados en una estrecha cabina en el viaje de regreso a París."

Con una pícara sonrisa, Cassandra se levantó del regazo de Trevor y se dirigió a la ducha. Él no pudo evitar sonreír ampliamente— hasta que ella dejó caer la toalla al pasar junto a la cama. La imagen de su figura llena de curvas le dejó sin aliento. Nubló todos los pensamientos de su mente y decidió unirse a ella en la ducha. Era su espíritu por ahorrar tiempo—al menos, esa era la excusa que se dio a sí mismo mientras caminaba hacia el baño.

NATHAN SE DESPERTÓ CON EL sonido de la vibración de su teléfono en la mesilla de noche. Instantáneamente alerta, lo cogió y vio que el icono de un nuevo correo electrónico recibido estaba parpadeando. Frunció el ceño al ver el nombre del remitente: Cassandra. Se sentó en la cama y miró la hora, dándose cuenta de que era de madrugada en Francia. Se quedó mirando el correo electrónico sin llegar a leerlo, todavía enojado con el recuerdo de su última conversación.

Su ceño se hizo aún más profundo al recordar la voz del hombre cuando contestó el teléfono. No había duda de que estaban juntos en la cama. Con un gruñido, tiró su teléfono de nuevo sobre la mesita de noche y se dio la vuelta, dándole la espalda. Por mucho que intentara ignorarlo con todas sus fuerzas, su mente seguía desviándose a ella hasta que finalmente, se sentó maldiciendo y lo agarró de nuevo, abriendo su correo electrónico.

Preocupado, sintió una fuerte presión en el pecho. El tono del mensaje era formal—pero, a decir verdad, no podía haber esperado otra cosa después de su último intercambio. Ella necesitaba información privilegiada; aunque no daba más detalles, lo cual daba a entender que algo demasiado importante se estaba yendo a pique. La ira aún ardía en sus entrañas al pensar en Cassandra en los brazos del friki de la NSA. Tendría todo el derecho del mundo de ignorar su petición.

Se recostó en la cama mientras jugaba con el teléfono en sus manos, tratando de decidir qué hacer. Justo cuando estaba a punto de borrar el correo electrónico, se dio cuenta de que no podía. Si ella resultase herida porque él le hubiera ocultado información crítica, nunca podría vivir consigo mismo. *Maldita sea, Cass.*

Se dirigió a su despacho en Langley antes de lo habitual. Desenterraría cualquier cosa que pudiera encontrar y se lo enviaría. Si eso le ayudaba a terminar lo que estaba haciendo y la traía de vuelta a casa más pronto, mejor. Una vez que estuviera de vuelta, esa actitud aventurera se acabaría—estaba seguro de ello. Entonces él estaría allí, como siempre había estado, para tomarla de vuelta.

DESPUÉS DE SU SATISFACTORIO ENCUENTRO pero sin éxito con Carl Kenyon, Niklas se había cortado el pelo, con la esperanza de cambiar un poco su aspecto. Ya era hora de rastrear a la señorita James para que pudiera salir de Monte Carlo y centrarse en su siguiente asignación. Había aceptado esta en concreto pensando que estaría resuelto en dos días. *Una simple recuperación y eliminación, y una mierda.*

Sabía, en base a la reacción de Kenyon, que el tipo debía haber sido traicionado. En algún momento mientras que había permanecido fuera jugándose el dinero en el casino, el disco duro había desaparecido de la caja fuerte. Eso solo podía significar una cosa: la persona que lo sustrajo estaba cerca. Muy cerca.

Teniendo en cuenta el expediente que había recibido sobre la señorita James, estaba convencido de que la mujer era sabuesa, como él, capaz de cualquier cosa. Su amigo estaba seguro de su participación. Sus instintos señalaban una lógica conclusión: ella tenía el disco duro. Tenía que encontrarla para recuperarlo, terminar su trabajo, y pasar página.

Al pensar en su próximo trabajo, una mirada maliciosa cruzó su rostro, haciendo que varios turistas huyeran de su camino al verle. Se rio para sus adentros. *Si lo supieran.* Se hizo crujir los nudillos y aceleró el paso. Primera parada, el Hôtel Métropole para ver si podía conseguir una pista sobre ella.

NIKLAS ESTABA SENTADO EN LA zona del vestíbulo, bajo la apariencia de un visitante regular. El lugar tenía el trasiego habitual de los huéspedes que iban y venían. Él estaba regodeándose en el conocimiento de que ninguno de ellos tenía ni idea de lo que había dejado en una habitación del segundo piso. Niklas rio ruidosamente dentro de su cabeza. Estaba claro que nadie había encontrado el cuerpo durante la noche. No había ninguna cinta policial ni conmoción en la zona. Le encantaría poder quedarse y ver el espectáculo cuando la señora de la limpieza finalmente se encontrara con el cuerpo de Carl. Sonrió ante la idea. Era una verdadera lástima. Podrían pasar un par de días antes de que el personal del hotel se diera cuenta de que tenían un lío con el que tratar, y no podía esperar tanto. Tenía cosas más importantes que hacer.

Había pasado las últimas horas vigilando el vestíbulo, observando a la encargada de servicio al cliente mientras trazaba el curso de su próxima acción. Ella era del tipo de mujer a las que les gustaba flirtear, y sabía exactamente cómo manejarla para obtener la información que quería—averiguar si la señorita James estaba hospedada en el hotel.

Niklas estaba a punto de hacer su movimiento, cuando de repente ahí estaba—la escurridiza señorita James—saliendo del ascensor. Él permaneció en su asiento mientras la adrenalina corría por sus venas y la veía caminar hasta el mostrador de registro. Finalmente la tenía en sus manos. Pero su alegría duró poco cuando vio al hombre que se aproximó a ella.

Se dio cuenta del aire de intimidad informal entre los dos mientras dejaban su habitación. Sus ojos vagaron por Cassandra James. Era una mujer hermosa, incluso más que en la foto que tenía. Hermosa o no, pagaría por hacer su trabajo más difícil de lo que debería haber sido.

Cuando salieron del hotel, él los siguió hasta la estación de tren, donde observó con disimulo mientras se acercaban a la taquilla y luego se marchaban con sus tarjetas de embarque. Una vez que estuvieron fuera de su vista, Niklas se acercó a la cabina.

"¿Puedo ayudarle, señor?" La chica detrás del cristal le preguntó en francés.

"Espero que sí," sonrió mientras se mostraba totalmente encantador. Era un hombre atractivo, o eso le habían dicho, y ese detalle había sido una herramienta muy útil en su línea de negocio.

"¿Sabe usted si una pareja de turistas estadounidenses ya han comprado sus billetes? Se suponía que debía reunirme con ellos para su viaje de vuelta a casa. El hombre mide un metro ochenta, aproximadamente, y tiene el pelo castaño. Está acompañado por una mujer. Ella es de mi estatura, cabello castaño, un poco largo. Son una llamativa pareja."

"No creo que hayan salido ya." Cuando la mujer vaciló, añadió con una tímida sonrisa, "Soy tan torpe. He derramado café en mi blusa y me he distraído mientras me cambiaba."

La mujer se miró la blusa y se tragó el anzuelo. Siempre sucedía cuando Niklas mostraba su faceta más encantadora. "Creo que sé a quiénes se refiere. Han pasado por aquí hace solo un minuto."

"Genial." Fingió una coqueta sonrisa. "Es realmente importante que les localice. ¿Puedo comprar un billete para el mismo destino, por favor?" Sonrió ampliamente, proyectando un aire de entusiasmo por haber encontrado a sus amigos. Ella le devolvió la sonrisa e inició el proceso de compra. Dándole los billetes, ella señaló hacia donde debía reunirse con ellos.

NIKLAS SUBIÓ AL TREN CON destino a Niza y partió en busca de la señorita James y su compañero para mantener un ojo sobre ellos durante el corto viaje. Con cuidado, se dirigió por el pasillo central, comprobando de forma encubierta cada fila antes de pasar al siguiente vagón. Estaba a punto de pasar a otro cuando los vio sentados justo al otro lado de la puerta.

Él nunca había fracasado en ninguna misión anteriormente; de ninguna manera iba a dejar que esta fuese a ser la primera. La presencia del hombre era un acontecimiento inesperado, y Niklas decidió que era hora de saber exactamente qué debía hacer antes de seguir adelante con su plan.

"Dime que tienes mi disco duro," su viejo amigo le preguntó tan pronto como contestó la llamada. Su voz era ronca, como si hubiera estado durmiendo. Niklas había olvidado que había nueve horas de diferencia entre ellos. Se encogió de hombros. Incluso si lo hubiera recordado, le hubiera llamado igualmente. Necesitaba instrucciones sobre cómo manejar al nuevo jugador que había entrado a formar parte del juego.

"Todavía no, pero estoy cerca. Hay novedades. La señorita James tiene un compañero con ella."

"¿Quién es?"

"No tengo ni idea. Están en el tren de vuelta a París. ¿Cuál es el estado del nuevo objetivo?"

"Él es prescindible, al igual que ella—una vez que hayas recuperado el disco duro, quiero decir."

"Afirmativo. Eso es exactamente lo que quería oír. Estoy en el tren con ellos. Te mantendré informado."

Niklas terminó la llamada y se quedó mirando por la ventana a la pareja mientras planeaba su siguiente movimiento. Metió la mano en su chaqueta y ajustó la Glock 17 enfundada bajo el brazo. Tenía ganas de poner su silenciador SWR Trident a trabajar de nuevo.

DESPUÉS DE COLGAR CON NIKLAS, él dejó caer la cabeza sobre la almohada y cerró los ojos. La situación se estaba volviendo cada vez más extraña. ¿Podría realmente la señorita James estar en París por motivos personales? ¿Un viaje romántico con su novio? Si era así, la coincidencia había sellado su destino. Niklas se haría cargo de ambos, independientemente de si ella estaba en posesión de la unidad, o no. La cifra de muertos seguiría aumentando hasta que tuviera el disco duro y su valioso contenido en sus manos.

Nunca imaginó que un plan se pudiera convertir en algo tan jodido. Su idea había sido consolidar su puesto, demostrar que era el mejor hombre para hacer su trabajo. De este modo, cuanto más tiempo tardara en llegar a una resolución con respecto a los archivos, más negativamente se reflejaría en él, haciéndole parecer patético e incompetente a ojos de su jefe. *Necesitaba* esos archivos ya.

Sus sienes latían por la tensión que había acumulado en los últimos días. Esperaba que su día se coronara con buenas noticias de Niklas. El hombre ya tenía un charter privado preparado mientras permanecía en alerta para reunirse con Niklas en los Estados Unidos en cuanto recibiera la noticia de su éxito. Encontrarse con su amigo en persona para el intercambio podría no ser la decisión más sabia, pero era la mejor manera de evitar la aparición de un nuevo intermediario. La tensión provocada por la inminente reunión aumentó su dolor de cabeza al nivel de una migraña.

Caminó hasta el lujoso baño italiano de mármol que compartía con su esposa, tomó un par de pastillas para la migraña, y regresó a la cama. Cerró los ojos de nuevo, espantando mentalmente el dolor. Le esperaba un día plagado de reuniones y no sería correcto aparecer allí con una moribunda apariencia mientras discutía sobre sus demorados planes con su director general. Sonrió. Incluso fuera de control, su plan ya estaba trabajando a su favor. Ahora era solo cuestión de esperar a que el trabajo diera sus frutos.

NATHAN HABÍA UTILIZADO LA INFORMACIÓN y la foto que Cassandra le había proporcionado para reunir todo lo que pudo encontrar sobre Niklas y Carl Kenyon. Ninguno de ellos eran candidatos para entrar a formar parte del club Mickey Mouse, eso seguro.

Kenyon, un hombre de mala vida, no tenía socias conocidas. Era un solitario y solo un jugador de poca monta en el mundo. Nathan no pudo encontrar nada sobre él en las listas de la bandera de la CIA.

Niklas, por otro lado, era un matón de primer grado. Había sido capaz de identificar la foto que Cassandra le había enviado con un hombre llamado Niklas Möeller. Nacido en Estados Unidos, de ascendencia alemana. Psicópata era el mejor término para describirlo. Su expediente era muy amplio y estaba en varias listas de vigilancia.

Sabía cómo encargarse de sí mismo y mantenía un perfil muy bajo; sin embargo, su historial era horripilante. Ex-militar de baja por motivos menos que honorables. Varios informes en su expediente describían acciones no autorizadas que lo relacionaban con masacres cometidas bajo la cobertura de operaciones militares. Al hombre le gustaba a infligir dolor.

Sus acciones habían sido descaradamente encubiertas por sus superiores debido a la naturaleza de las operaciones, pero se había tomado nota en sus registros de servicio. Su lista de títulos era algo aterrador, teniendo en cuenta su historial. Era un experto en municiones y explosivos, tal como Cassandra había supuesto. Aún más interesante era el hecho de que Möeller había tratado de unirse a la CIA, pero había sido rechazado. Su evaluación psicológica en la Granja lo había calificado como un riesgo, alguien que muy probablemente se cambiaría de bando con la motivación correcta. La evaluación también señalaba su limítrofe naturaleza psicópata.

Un escalofrío recorrió a Nathan mientras leía el informe. Entendía más que nunca que había tomado la decisión correcta. Cassandra necesitaba saber con quién estaba tratando. Agrupando la información, encriptó el mensaje y se le envió el correo. La pregunta sobre cómo se habría involucrado Cassandra con ese tipo de psicópata giraba en su mente. *Mierda, Cass. ¿En qué te has metido esta vez?*

Capítulo Veintisiete

Y Destrucción

~~~◯~~~

ASSANDRA Y TREVOR SUBIERON AL tren. Tan pronto como se sentaron, accedieron a la red Wi-Fi del tren y se pusieron a trabajar. Aunque la primera etapa del viaje era rápida, querían estar conectados en caso de que recibieran algo nuevo por parte de George o Nathan. Pero la falta de privacidad de la clase turista significaba que no iban a ser capaces de discutir sobre los detalles de cualquier información que recibieran hasta la siguiente etapa del viaje, cuando estuvieran en una cabina privada.

Las piezas del rompecabezas que habían reunido, no acababan de encajar completamente. Cassandra tenía en su poder la pieza más importante de todas—el disco duro—y el conocimiento de que su contenido aún estaba intacto. Varias otras preguntas todavía seguían sin respuesta, incluyendo quiénes demonios eran los autores intelectuales de todo el calvario en el que se encontraban—los responsables de dos muertes.

Cassandra vio el momento en el que el correo de Nathan golpeó la bandeja de entrada y la emoción la embargó cuando lo abrió y comenzó a examinar toda la información. Nathan había optado por ayudarla, proporcionando un expediente completo sobre Niklas, que incluía su última dirección conocida, algunas fotografías, y evaluaciones psicológicas. La información recogida por Nathan confirmaba su hipótesis—Niklas era temiblemente mortal.

"¡Trevor!" Gritó Cassandra. "He recibido noticias de Nate. No hay mucho más sobre Kenyon aparte de lo que ya sabemos. Niklas, por otro lado, es un tipo bastante colorido. Te estoy enviando el correo ahora mismo."

Trevor asintió. "Recibido. Voy a reenviárselo a George."

Pronto oyeron la llamada que anunciaba su llegada a Niza. Reunieron sus pertenencias y salieron del vagón, fusionándose con el flujo de pasajeros. Era verano, y los turistas llenaban la estación. Trevor la agarró de la mano y la mantuvo cerca de su cuerpo en su camino hacia la plataforma.

Fueron los primeros en subir, encontraron su camarote y se asentaron, guardando sus maletas en un pequeño maletero, y dejando los maletines de sus portátiles a mano. Un poco más tarde, el aviso de salida se escuchó por los altavoces y el tren arrancó sin problemas, acelerando poco a poco hasta que comenzaron a viajar a toda velocidad.

Trevor creó su espacio de trabajo y de inmediato enganchó su ordenador portátil a la red—su tabla de salvación con el mundo exterior. Tenían seis horas por delante y no parecía como si fueran a relajarse y a disfrutar del paisaje. No tendrían más remedio que subestimar las posibilidades que ofrecía la cabina.

Mientras lo observaba, los pensamientos de Cassandra volvieron a la noche anterior. Había sido una sorpresa, un verdadero regalo. A pesar de que las circunstancias habían sido trágicas, guardaría el recuerdo del resultado final para siempre en su memoria. Había encontrado su destino a través del caos y la violencia. Había recuperado su corazón.

Cruzó los dedos para que la información que Nathan les había proporcionado fuera suficiente para que George pudiera localizar a Niklas y exponer sus conexiones. El último comentario de Nathan en su correo electrónico le aconsejaba que vigilara sus espaldas. No era necesaria ninguna advertencia. Definitivamente ya estaba vigilando sus espaldas, y las de Trevor. Él debió sentir el peso de su mirada, porque en ese momento levantó la vista hacia ella.

"¿Hay algo más que podamos hacer con la información que nos han enviado Nate?" Preguntó ella.

"Desafortunadamente, no. George se hará cargo. Me gustaría tener una puerta furtiva para acceder a Echelon en este momento y hacer algo de investigación por mi cuenta. Una vez que sepamos qué compañía organizó la copia, podremos dar nombres. Sabemos que Kenyon era el intermediario. Es solo cuestión de tiempo antes de que George encuentre algún tipo de conexión."

"¿No hay nada que pueda hacer, aparte de estar pendiente por si Nate manda algo más? No estoy acostumbrada a quedarme sentada de brazos cruzados."

"En realidad no. Sé que tienes ganas de llegar a casa y cerrar el caso. He reservado un vuelo nocturno a París esta noche. Eso nos dará tiempo para recoger las cosas que dejamos en el hotel y devolver la habitación. ¿Te parece bien?"

"Perfecto." Sonrió Cassandra. Por primera vez, no se sentía ansiosa por no estar en control de toda la planificación. Siempre había sido muy estricta sobre el manejo de esos detalles, pero le gustaba la idea de ceder un poco de ese control a George. De la misma manera que le gustaba el hecho de que Trevor fuera lo suficientemente considerado como para pedir su opinión, a pesar de que sus opciones eran limitadas.

Dejándole que se pusiera en marcha como el friki de ordenadores que era, Cassandra se limitó a observarle en un cómodo silencio. Después de un rato, decidió estirar las piernas. Ir corriendo para todos lados le había pasado factura, y se moría por una botella de agua.

"Voy a buscar algo de beber. ¿Quieres algo?"

Los ojos de Trevor se encontraron con los de ella y él sonrió. "No, estoy bien. Gracias."

Ella nunca soñó que podría enamorarse con tanta fuerza, ni tan rápido, pero había sucedido. Tal como Jessica predijo. Sin embargo, todavía temía las consecuencias de amar a alguien tal como estaba empezando a amarlo. Por difícil que le resultase aceptarlo, tenía que admitir que tenía mucho en común con su padre en ese sentido.

Cassandra no podría asimilar la pérdida de Trevor. La cruda realidad era demasiado perra y la muerte, la única certeza en la vida. Ahora podía comprender mejor lo que Robert había experimentado al perder a su madre. Pero por mucho que temiese perder a Trevor, la idea de alejarse de él, después de haber probado cómo la vida con podría ser a su lado, le resultaba más doloroso que la vida de luto en un futuro.

Cassandra se detuvo en la puerta para mirarle de nuevo y se rio de su desaliñado aspecto. Tendrían que darse otra larga y buena ducha tan pronto como llegaran a París. Ya tenía ganas de explorar más ese placer recién descubierto.

Ella cerró la puerta al salir y caminó a través de las próximas dos cocheras en busca del pequeño restaurante. Nunca había estado en un tren de alta velocidad y caminar en contra del sentido en el que viajaban le resultaba muy extraño, a pesar de que casi no podía percibir que se estaban moviendo dada la gran velocidad.

TREVOR SE NEGABA A RENUNCIAR a su búsqueda de información sobre el asesino de Kenyon. De alguna manera, toda la historia tenía los ingredientes de un retorcido cuento de hadas. Una sensación persistente de que Cassandra había pasado algo por alto, lo carcomía.

Su mente trató de darle sentido a la información que se desplegaba delante de él. La copia de los archivos, la que, a su juicio, había salido demasiado bien, los gastos pagados de Allison por un viaje a Europa para un simple intercambio, la participación de Kenyon, un asalariado de Nueva York con una adicción al juego, y ahora un asesino profesional—una ingenua empleada, un intermediario, y un asesino. Tratar de averiguar cómo estaban conectados era la clave para resolver el rompecabezas.

Los comentarios de Cassandra con respecto a Niklas tratando de encontrar a una mujer cruzaron por su mente. La supuesta cómplice de Kenyon. El asesino sabía que Allison estaba muerta, y estaba buscando a otra persona. Trevor había leído el estudio en profundidad que había realizado Cassandra sobre Kenyon, sus finanzas, conocidos, hasta la vida personal, y no tenía ningún vínculo con ninguna socia, lo cual fue corroborado por el informe de Nelson.

Un nuevo pensamiento provocó una teoría más irrevocable. ¿Qué pasaba si otra persona con acceso a información privilegiada en EXClinic hubiera planeado desde el principio que Allison pagara los platos rotos? ¿Qué pasaba si la intención no era dar la copia a un competidor?

Cassandra había revelado su extensa revisión de los empleados conectados directamente a los datos de los ensayos, pero nunca había mencionado nada acerca de los viscerales sentimientos de ninguno de ellos. ¿Sería porque no tenía información al respecto, o por haberse distraído tratando de organizar su equipo de investigación lo mejor posible para destacar en su cargo?

Perdido en sus pensamientos, Trevor se perdió el primer par de líneas que George escribió en el programa de chat que utilizaban para comunicarse.

No vas a creer lo que he encontrado...

¿Trev? ¿Estás ahí?

Trevor tecleó rápidamente, *Sí. ¿Qué pasa?*

¿Recuerdas el teléfono que rastreamos hasta Monte Carlo? He recibido el historial completo de las llamadas realizadas en el último mes, y he decidido investigar un poco más. Hemos dado en la diana, amigo mío.

¿Qué quieres decir? Escupe.

Las llamadas se han hecho a un jefecillo que debe ocupar el puesto cumbre de la pirámide, pero todo es demasiado raro. He descubierto algunas cosas sobre él, pero no entiendo qué conexión puede haber entre ambos. Tú también estarás confundido.

Deja de divagar, George. Envíame lo que tienes. Déjame que lo compruebe.

Trevor vio el aviso de descarga de archivos aparecer inmediatamente en la pantalla, y se guardó el archivo en su disco duro.

Lo abrió y hojeó el historial de llamadas y las transcripciones asociadas. Lo que leyó hizo que se le revolviera el estómago. Todas las pistas estaban allí. Miró ciegamente por la ventana, tratando de conectar todos los puntos. El flash de la ventana del chat en su pantalla le llamó la atención.

¿Trev? Hay más.

¿Qué?

¿Recuerdas el otro hombre que me pediste que rastreara? Él también ha estado en contacto con el mismo jefe. Me las arreglé para encontrar y rastrear un teléfono registrado a nombre de este tipo, Niklas. Ha hecho una llamada en el día de hoy. Todavía estoy esperando su transcripción. Mientras tanto, he puesto un bloqueo en la señal de su móvil. Trev, está actualmente viajando a mucha velocidad.

ESPERANDO EL MOMENTO OPORTUNO DURANTE el traslado al tren con destino París, Niklas había perdido de vista a la señorita James y a su compañero, pero estaba seguro de que estaban en el mismo tren. Embarcando en la cabina más cercana al motor, había esperado a que las puertas se cerraran para comenzar su búsqueda. Los dos tortolitos no podrían ir a ninguna parte durante las próximas seis horas. Eso sería más que suficiente tiempo para localizar y recuperar el disco duro y hacerse cargo de ellos.

Al pasar por al siguiente vagón, caminó por el estrecho pasillo junto a las ventanas mientras llamaba a las puertas de cada cabina, ofreciendo un casual, "Lo siento, me he equivocado de cabina," o "Lo siento, estas puertas son todas iguales," para verificar que los pasajeros en el interior no eran sobre los que quería tener sus manos.

Niklas estaba de nuevo en acción, y no podía estar disfrutando más de ello. Su anticipación se construía cada vez que llamaba a una nueva puerta y se detenía a esperar la respuesta. Para él era como estar flotando al borde de un clímax. Estaba seguro de que los encontraría pronto. Cuando lo hiciera, tendría lo que quería y más. Una sonrisa se dibujó en sus labios mientras planeaba el "y más" que tomaría de la señorita James. También tenía ganas de poseer el alma ya en deuda de su mejor amigo. Teniendo en cuenta su posición, podría llegar a ser muy útil en futuras relaciones comerciales.

Niklas continuó comprobando metódicamente cada vagón del tren. Sus pensamientos seguían apuntando a la señorita James. Su presencia en Monte Carlo, al mismo tiempo que la de Kenyon, la conmoción en el rostro de Kenyon cuando supo que el disco duro no estaba donde lo había dejado, el hecho de que la fórmula había estado bajo su protección cuando fue copiada, y—el cotilleo más interesante de todos—era una ex-operativa de la CIA.

En su mundo, no había coincidencias. Si algo olía mal, definitivamente estaba podrido. Y todo lo relacionado con este trabajo y la señorita James olía tan podrido como una descomposición de cadáveres—un hedor que conocía muy bien.

La envidia de Niklas estalló cuando sus pensamientos se dirigieron a la CIA de nuevo. Había querido unirse a la Agencia en sus días militares, pero fue despedido sumariamente. Nunca había conseguido librarse por completo de su frustración y furia cuando le dijeron que no era lo suficientemente bueno. Su odio se encendió. ¿Quiénes eran *ellos* para decir que *él* no era lo suficientemente bueno?

Sus puños se abrían y cerraba con ira. Tal vez pasaría un buen rato con la señorita James antes de matarla. Teniendo en cuenta su experiencia con la CIA, podría disfrutar de una "conversación" con ella para poner a prueba su determinación y sus habilidades y así comprender por qué ella sí había sido elegida, y *él* no.

Se imaginó el gran placer que sentiría al hundir a la mujer que había hecho que un simple trabajo de limpieza se hubiera convertido en una emboscada total. Una sonrisa se extendió por todo su rostro. Alguien iba a recibir una buena lección.

★ ★ ★ ★ ★

LA ÚLTIMA PIEZA DE INFORMACIÓN transmitida por George desató una alarma en la cabeza de Trevor, y este supo de inmediato que estaba a punto de desatarse una dolorosa guerra. Las piezas estaban empezando a encajar y por primera vez, estaba seguro de que Cassandra era la mujer a la que Niklas estaba buscando. Ella había estado en el punto de mira desde que Trevor había decidido ayudarla.

Tenía que advertírselo. Necesitaban encontrar un lugar más seguro en el tren en el que refugiarse, hasta que llegaran a París. En la cabina privada estarían mucho menos expuestos que en la clase turista, pero tampoco sería lo suficientemente seguro, teniendo en cuenta que el que iba tras ellos estaba también a bordo. Cerró rápidamente el portátil, lo apartó a un lado y se dirigió a buscarla. Irrumpiendo por la puerta, se encontró con alguien y miró hacia abajo para reunirse con unos fríos, calculadores y temibles ojos azules. Su estómago se tensó. El cazador acababa de encontrarles.

La puerta de la cabina se abrió y Niklas reconoció al instante al tipo que salió fuera. Se mantuvo firme y se rio para sus adentros cuando el hombre—el compañero de la señorita James—chocó contra él. Pareció sorprendido durante solo una milésima de segundo y luego pudo ver en sus ojos que le había reconocido. De alguna manera, el hombre sabía quién era. Eso intrigó a Niklas aún más.

Niklas sacó la pistola de su chaqueta, la apuntó hacia él, y le obligó a volver a la cabina. Le hacía gracia que el tipo estuviera tratando de considerar sus opciones cuando en realidad, no tenía ninguna.

"No te molestes. No hay nada que puedas hacer."

Trevor sabía exactamente lo que Niklas quería. Deseó poder detener el tiempo. "¿Quién eres? ¿Qué quieres?"

"Saltémonos el juego del gato y el ratón, ¿te parece? ¿Dónde está la señorita James?"

Trevor apretó las manos en puños. "Ella no está a bordo."

"Corta el rollo, quienquiera que seas. Sé que está aquí. La vi embarcar en Monte Carlo."

Trevor trató de desviar la atención de Niklas. "¿La viste subir a bordo en Niza?"

"No, pero estoy bastante seguro de que si tú estás aquí, entonces ella no estará demasiado lejos."

Cassandra. Trevor rezó porque se demorara tanto como fuera posible de camino desde el restaurante, pero su suerte se había agotado. Por el rabillo del ojo, vio movimiento en la puerta y sus peores temores fueron confirmados. Cassandra estaba de vuelta. *¡Mierda!*

Cassandra entró en su cochera con las bebidas y el sándwich que planeaba compartir con Trevor. Al principio pensó que había avanzado demasiado cuando observó a un hombre desconocido de pie en el interior. Miró el número por encima de la puerta y confirmó que estaba en el lugar correcto.

Se inclinó hacia adelante y pudo ver el reflejo de la cabina en la ventanilla frente a ella. A través de ella pudo ver que el hombre sostenía algo en sus manos. Algo con lo que estaba apuntando a Trevor. Una descarga de adrenalina la golpeó. *¡Mierda!* Tan pronto como el alarido se hizo eco en su cabeza, su arraigada formación—primero por parte de su padre, y luego por la CIA—surtió efecto. Su pulso se aceleró; Cassandra bloqueó todas sus emociones y reaccionó. Dejó caer las bebidas y su sándwich para liberar las manos. El ruido distrajo al hombre. Su cabeza giró en su dirección y una leve sonrisa amaneció en sus labios. Un revolver en la cabina atrajo la atención del hombre de nuevo y fue cuando se desató el infierno. Cassandra oyó un fuerte impacto, el hombre se sacudió violentamente, y hubo otro fuerte golpe en el interior de la cabina. Los instintos de Cassandra hicieron que se lanzara hacia adelante para cargar con el hombre y sujetar su peso mientras que este se caía hacia atrás a través de la puerta. Su ímpetu los llevó a ambos sobre el estrecho piso del pasillo.

Cassandra cayó encima del hombre, a quien ahora conocía como Niklas. Luciendo un corte en la mejilla y aturdido por el golpe, se quedó sin aliento. Ella se aprovechó de su condición y golpeó su muñeca contra el duro suelo para liberar el agarre de la pistola. El arma de gran calibre cayó entre sus dedos y ella se deslizó por el suelo tratando de cogerla.

Niklas blandió el codo en su cara, pero ella echó la cabeza hacia un lado y el codo entró en contacto con su hombro. Ella gruñó de dolor, pero antes de que pudiera recuperar el aliento, Niklas la agarró por la camisa y la giró para después subírsele encima. Cassandra cayó duramente de espaldas. El impacto hizo que el aire de sus pulmones saliera despedido entre sus dientes. Un rayo de dolor la atravesó. A lo lejos, oyó a Trevor gritar su nombre.

Todo en lo que Trevor podía pensar era que tenía que encontrar un modo de desviar la atención de Niklas para que Cassandra tuviera tiempo de echar a correr. Un repiqueteo sonó fuera y distrajo a Niklas. Sin pensarlo, Trevor agarró su portátil Jack, lo giró y estampó contra el rostro de Niklas, quien se tambaleó hacia atrás por la puerta. Cassandra se convirtió en un borrón de movimiento mientras se apresuraba y lo abordaba antes de que cayera al suelo.

"¡Cassie!" Trevor se metió en el cuerpo a cuerpo a tiempo para ver a Niklas caer hacia atrás sobre Cassandra y a ella caer al suelo y rodar cerca de sus pies. Trevor sintió que la ira le inundaba cuando Niklas levantó su pie para pisarla. Apuntando directamente a Niklas, Trevor cogió impulso con su puño cerrado. Sus nudillos conectaron con el lado de la mejilla y Trevor gimió cuando una corriente de dolor se disparó desde la muñeca hasta su codo. La cabeza de Niklas apenas se balanceó, como si Trevor no le hubiera tocado siquiera. Con una sonrisa maliciosa, el matón agarró a Trevor por el cuello y lo golpeó contra la ventana. Él volvió a gemir por el impacto. El sonido de las grietas de cristal se hizo eco en sus oídos mientras que las fracturas se astillaban a través de la ventana. El dolor se extendió como una ola en su rostro y su visión se hizo borrosa.

Apoyándose contra el cristal, Trevor se empujó hacia un lado en un fluido movimiento, y se giró para mirar a Niklas. Con un gruñido, Niklas llevó su mano a la cara de Trevor. Enjauló su mandíbula con los dedos y los clavó profundamente en su carne. Trevor empujó con fuerza contra su muñeca e hizo palanca con su brazo. Él movió su otro puño que conectó con la barbilla de Niklas. Su cabeza se tambaleó hacia atrás y Trevor le agarró del brazo para después acercarse y clavar sus propios dedos en la cara de Niklas.

Riachuelos de sudor corrían por sus respectivas sienes en el esfuerzo de la lucha, mientras que cada uno continuaba manteniéndole la mirada del otro. Unos fuertes gruñidos llenaban el aire mientras luchaban por alzarse con la victoria. Trevor metió el dedo pulgar en el ojo de Niklas. Él rugió con rabia, separó a Trevor del cristal y estampó su cabeza contra la pared mientras que le abofeteaba. Una nueva oleada de dolor se apoderó de Trevor, y todo se volvió negro.

Cassandra vio lo que Niklas le estaba haciendo a Trevor y su corazón cayó a sus pies. Luchando por respirar, buscó el arma y lo vio en el suelo, cerca de la puerta de la cabina vecina.

El ruido de cristales rompiéndose y el ladrido de dolor que lo siguió, aclaró su mente. Ella levantó la vista para ver a Niklas presionando la cabeza de Trevor contra la ventana. La mirada de determinación en la cara de Trevor la instó a seguir con su plan. Se puso de rodillas y gateó en busca del arma. La feroz pelea detrás de ella renovó sus esfuerzos para tomar posesión de ella.

Un sentimiento de esperanza la inundó cuando sus dedos acariciaron la pistola, pero justo antes de pudiera agarrarla, fue embestida por detrás y clavada contra el suelo. Ella silbó entre dientes cuando él tiró de su pelo hacia atrás y le apretó la tráquea con su otra mano. Ella se resistió y se retorció intentando hacer palanca con su brazo.

El aliento caliente de Niklas acarició su mejilla, y su piel se erizó cuando esa voz de sádico quemada en su memoria, le susurró al oído. "¿Es esto lo que le enseñaron en la Granja, señorita James? Patético. Verdaderamente patético."

Niklas se rio de sus forcejeo y tiró de su pelo con más fuerza, haciendo que la mitad superior de su cuerpo se separase del suelo. "¿Dónde está el disco duro que Kenyon te dio?"

"No sé de qué estás hablando," contestó ella apenas sin aliento.

Unas vidriosas lágrimas llenaron sus ojos mientras que se apoyaba en sus propios brazos para liberar algo de la tensión en su espalda.

"El disco duro, señorita James. ¿Dónde está el disco duro? Lo quiero ahora."

"Ya te lo he dicho. No tengo ningún disco duro."

El corazón de Cassandra corrió fuera de control ante el pensamiento de que Trevor pudiera estar gravemente herido. No podía verlo ni oírlo. Luchando, ella se estiró hacia atrás para agarrar la muñeca que le estaba retorciendo el pelo.

Oyó a Niklas reír y chasquear su lengua ante sus esfuerzos. "¿Eso es todo lo que sabe hacer, señorita James? Toda una decepción. Había esperado mucho más de nuestro encuentro. No veía la hora de que llegase."

El hombre aflojó el agarre en su cabello y el dolor disminuyó bruscamente, pero el alivio de Cassandra fue de corta duración. El dolor floreció desde el cuello cuando él clavó los dedos profundamente en su piel, presionando contra su tráquea de nuevo, lo que hizo que le resultara aún mucho más difícil aspirar aire. En ese momento, todos los recuerdos de lo que Niklas le había hecho a Kenyon, la golpearon, y su único pensamiento era escapar de su agarre.

Cassandra se abstrajo de todo a su alrededor, y estrelló su cabeza hacia atrás contra la cara de Niklas. Oyó un crujido de esos que dan asco, seguido de un grito de agonía. Un insoportable dolor explotó en la parte posterior de su cabeza y la oscuridad invadió su visión, aunque ella no se rendía.

Niklas apretó los dedos alrededor de los mechones de su pelo. "¡Perra! ¡Me has roto la nariz! ¡Estás muerta!"

El pulso de Cassandra corrió a toda marcha. Con una oleada de adrenalina y sin aliento, se llevó la mano a la garganta y puso los dedos por debajo de los de él, que ya se habían aflojado un poco por el impacto. Con la otra mano, ella agarró dos de sus dedos y tiró de ellos con todas sus fuerzas.

"¡Joder!" El grito retumbó en su oído y él soltó definitivamente la cabeza de Cassandra. Ella gruñó mientras que él se apartaba y continuaba maldiciendo tras su tormenta de dolor.

Ella oyó el sonido de sus pies arrastrándose hacia ella de nuevo. Cassandra le dio una patada en la pierna y le puso la zancadilla para desestabilizarle. Cuando Niklas cayó al suelo, rodó a sus pies, y Cassandra corrió hacia la puerta que conectaba con la siguiente cochera para poner distancia entre ellos.

Al intentar llegar a la manija, Niklas agarró su mano y la golpeó contra la puerta de metal para luego estampar a Cassandra contra ella, lo que hizo que gritara cuando el dolor explotó en su cara y se expandió por todo su cuerpo.

Gritos y alaridos de dolor llegaron a los oídos de Trevor cuando volvió en sí. ¡Cassandra! Negando con la cabeza, se puso de pie, y se lanzó de nuevo a la lucha, alcanzando a Niklas antes de que pudiera hacerle más daño a Cassandra. Los moretones que pudo ver en el rostro de ella quemaron su mente y desplegaron su ira. Todo su enfoque se redujo a su resolución de acabar con Niklas. Se sentó a horcajadas sobre su pecho y furiosamente, le dio un puñetazo en la cara. Sus gruñidos llenaron el pasillo mientras intercambiaban golpe tras golpe. Niklas sangraba profusamente de la herida que Jack había abierto en su mejilla y el daño que Cassandra había infligido en su nariz. *Esa es mi chica.*

La risa maníaca de Niklas resonó en el pasillo cuando el hombre pareció perder totalmente la cabeza y empezó a machacar a Trevor como si fuera su propio saco de boxeo. De repente, Niklas agarró a Trevor por la camisa y lo lanzó por encima de su cabeza. Aterrizó sobre su espalda, pero rápidamente se puso de pie y volvió hacia Niklas.

Los dos forcejeaban para derrocar al otro, pero los años de Niklas de entrenamiento militar le dieron ventaja. En el último minuto, Niklas se giró, clavó los dedos en la parte posterior del brazo y el codo de Trevor, y lo envió volando contra la pared del tren. El sonido del cuerpo de Trevor golpeando el piso fue muy ruidoso en ese espacio tan reducido.

Cassandra vio a Trevor tendido en el suelo y se le secó la boca. Por el rabillo del ojo pudo ver el arma cerca de la puerta de la cabina. Se lanzó hacia ella, pero Niklas la echó hacia un lado con una patada en el estómago. Ella gruñó y cayó al suelo con un brazo envuelto alrededor de su cintura. Niklas agarró el arma y apuntó a Trevor, que se había puesto de pie al mismo tiempo que Cassandra. Miró a Trevor desafiantemente.

"El tren ha llegado a tu destino," dijo Niklas fríamente.

Al darse cuenta de las implicaciones de las palabras de Niklas, Cassandra se lanzó delante de Trevor. "¡No!"

Un dolor abrasivo atravesó su hombro mientras se dejaba caer al suelo. Su cabeza rebotó en las tablas y lo último en lo que pudo pensar fue Trevor. Su mayor temor se había hecho realidad. Acababa de perderle. Su corazón se rompió en mil pedazos y las lágrimas pasaron entre sus pestañas mientras que la oscuridad envolvía sus brazos alrededor de ella.

"¡Cassandra!" Gritó Trevor con incredulidad. Pudo ver su perplejidad reflejada en los ojos de Niklas. Ninguno de ellos había anticipado ese movimiento. La agonía de ver a Cassandra sangrado a sus pies le destrozó, y el animal que había en él, el que se había encontrado al acecho debajo de su piel mientras escuchaba a Cassandra hablar sobre Nelson, salió a la superficie en una explosión de pura e incontrolable rabia. Trevor atacó a Niklas con todas sus fuerzas; su altura le dio ventaja mientras estrellaba a Niklas de cara a la pared y le daba un puñetazo como si no hubiera mañana. Un golpe de suerte en la garganta de Niklas lo dejó sin aire y Trevor le echó al suelo, tratando de arrebatarle el arma.

"Será mejor que no está muerta, hijo de puta," gruñó.

Mientras luchaban por el control del arma, Trevor aumentó sus esfuerzos y tiró de sus dedos hacia atrás hasta que Niklas gritó de dolor, aunque eso no hizo que Trevor se detuviera. El chasquido de los dedos rompiéndose se hizo eco en el pasillo y trajo una profunda sensación de satisfacción para Trevor. Quitándole el arma a Niklas, Trevor apuntó hacia él y fue rápidamente hacia Cassandra.

Oyó una puerta abrirse al final del vagón y unas risas que derivaeon hacia él. Sin apartar los ojos de Niklas—que se había puesto de pie y ahora estaba apoyado contra la pared mientras se sujetaba la mano lesionada—gritó en francés, "¡Ayuda!"

Niklas hizo un gesto hacia adelante y Trevor le miró a los ojos. "Yo que tú no lo haría."

"No tienes agallas."

"Ponme a prueba, gilipollas…"

Niklas se abalanzó. Trevor le apuntó. Esta vez pudo oír el susurro de su padre en su oído: *Respiración constante, Trevor. Apunta bien al objetivo. Respira mientras aprietas el gatillo. Tranquilo, hijo.*

El sonido sordo del disparo llenó el pasillo y Niklas se tambaleó y cayó al suelo de espaldas. El aliento de Niklas se entrecortó y una sonrisa psicótica curvó su boca mientras que giraba la cabeza y miraba a Trevor directamente con un atisbo de respeto en sus ojos vidriosos.

"Te lo advertí," murmuró Trevor con disgusto.

Él cayó rápidamente de rodillas al lado de Cassandra, quitándose la camisa y presionándola contra el derramamiento de sangre de su hombro. Salía demasiada. *Dios, está muy pálida.*

Le apartó el pelo de la cara y dijo con una voz entrecortada, "Vamos, Cassie. Mírame, chica."

Sus párpados se abrieron ligeramente y el corazón de Trevor galopó en su pecho al ver lo vidriosos que tenía los ojos. Para cuando los cerró de nuevo y su cuerpo se relajó contra el suelo, Trevor estaba muerto de miedo, desesperado, y furioso. "¡*No* te atrevas a dejarme! ¡Quédate conmigo, Cassandra!"

Capítulo Veintiocho

Caída En Gracia

~~~~~~

OBERT ESCUCHÓ EL TELÉFONO CUANDO estaba a punto de salir para la oficina. Pensó en un primer momento dejar que sonara, pero nadie le llamaba tan temprano a menos que algo necesitara de su atención inmediata. Dio marcha atrás dentro de biblioteca y cogió la llamada.

"¿Robert James?" Dijo la voz al otro extremo.

"¿Sí? ¿Quién es?"

"Mi nombre es Trevor Bauer. Llamo en relación a su hija Cassandra, señor." La voz del hombre tenía un particular acento y una inflexión tensa que la coloreaba.

"¿Cassandra? ¿Ha pasado algo?" Robert se puso en alerta máxima. "¿Quién es usted? ¿Es amigo de ella? No creo haber escuchado su nombre anteriormente."

"Fuimos atacados en el tren de regreso a París. Cassandra ha recibido un disparo."

"¿De qué coño está hablando? ¿París? ¿Es esto algún tipo de broma?" Robert sintió que su control se le escapaba. La última vez que había hablado con Cassandra, ambos habían dejado muchas cosas sin decir. Sabía que le había herido sacándola del caso Bristol, y

Robert le había dado espacio, pensando que sería lo mejor para ella. Por lo que sabía, ella todavía estaba en casa. Si este tipo Bauer, le estaba diciendo la verdad, su hija había salido del país sin ni siquiera decirle una palabra al respecto.

"No, señor. Esto es muy serio. Cassandra está siendo operada en estos momentos. Tendré que volver a la habitación para esperar noticias de ella, pero tenía que llamarle y hacerle saber lo que estaba pasando. También pensé que le gustaría saber quién es el responsable de que ella resultara herida. Está relacionado con el caso Bristol."

"¡Por supuesto que sí! ¿Qué demonios está usted haciendo con ella en Francia?"

"Hablaremos de eso cuando llegue. Supongo que querrá venir."

"Tomaré el primer vuelo. Necesitaré la dirección del hospital. Espere un segundo. ¿Acaba de decir que todo esto está relacionado con el caso Bristol?"

"La persona responsable de la infracción, el que orquestó la copia de los archivos, se encontraba bajo sus narices todo el tiempo.

"¿Quién? ¿Quién ha sido?"

"El Director de Seguridad de Bristol, Drew Caldwell."

"¿Caldwell? Eso no es posible. Es uno de los pilares de la empresa. Sé de buena tinta que es un gran profesional respecto a la vigilancia de la seguridad."

"Tengo las transcripciones de sus llamadas a los dos hombres que contrató para recuperar los archivos copiados por la empleada a la que contrató para que se infiltrara en los servidores e hiciera el trabajo sucio por él. La chica no fue nada más que un peón. Se dio cuenta de que algo iba mal, y Carl Kenyon, uno de los hombres al que contrató, la mató en París."

Robert escuchó la tristeza en su voz y un profundo suspiro sonó sobre la línea antes de que Trevor continuara, "Asumimos que Kenyon se debió dar cuenta del valor de los archivos que tenía en su poder y decidió traicionar a su jefe. Se puso en contacto con otras empresas farmacéuticas justo antes de que Caldwell introdujera a un matón en la escena conocido con el nombre de Niklas Möeller.

También tengo transcripciones de su conversación con Möeller en las que específicamente le da luz verde para eliminar a Kenyon y Cassandra. De alguna manera, Caldwell debió haber averiguado que Cassandra estaba en Francia y sigue trabajando en el caso."

"Hijo de puta." Maldijo Robert entre dientes. Trevor fue muy preciso en su rápida explicación de lo que había pasado y no dejó ninguna duda de que le estaba contando la realidad de lo sucedido.

"Las interceptaciones y las transcripciones no nos dan una visión completa de los motivos de Caldwell, pero sí muestran a un hombre muy enfermo tras la máscara. Alguien tiene que detenerle, señor."

"Oh, así será. No se preocupe por eso. Lo mejor de haber servido en el ejército es que ganas una gran familia. Siempre nos cubrimos las espaldas. Voy a necesitar copias de las transcripciones y cualquier otra cosa que tenga. ¿Cuándo podría mandármelo todo?"

"Ya va para allá, señor. El e-mail debe aparecer en su bandeja de entrada mientras que hablamos. Busque un correo electrónico de George Miller. Es un amigo de confianza."

Robert estaba alarmado. "Espere un minuto. Nunca le he dado mi correo."

"Trabajamos para la NSA. Somos los dioses de la era digital." Robert pudo oír la chulería y el humor en el tono de Bauer.

"Veo que tenemos mucho de qué hablar, señor Bauer—incluyendo la forma en que la NSA encaja en todo esto. Tendremos un serio cara cara en cuanto llegue a Niza."

"Lo espero con interés, Robert," Respondió Trevor con calma, y desconectó la llamada.

Robert estaba extrañamente intrigado por el hecho de que Trevor no pareciera tenerle miedo a su amenaza tácita. Le gustaban los hombres que mantenían la firmeza. Robert llamó de inmediato a varios amigos militares que ocupaban puestos muy altos. En un par de horas, el FBI se había movilizado y una orden para arrestar a Drew Caldwell había sido emitida. *El muy hijo de puta se va a llevar una gran sorpresa.* Robert sonrió y tomó el teléfono de nuevo.

DREW CALDWELL, INCAPAZ DE VOLVER a dormirse después de la llamada de Niklas, había llegado al trabajo muy temprano ese día. Esperaba ansiosamente la próxima llamada de Niklas para notificarle su posesión de los archivos y confirmar que había terminado el trabajo de acuerdo a sus instrucciones. Era imperativo que recibiera esa información antes de la reunión con la junta más tarde esa mañana.

La televisión en su oficina mostraba los informes de la bolsa de la mañana, su volumen era un leve zumbido en el fondo. Echando un vistazo hacia ella, vio las palabras *Niza, Francia* en la pantalla. Cogió el mando a distancia de su escritorio, subió el volumen, y rebobinó la noticia hasta el principio. Un reportero estaba de pie delante de un tren de alta velocidad detenido en las vías.

En las noticias de ámbito internacional, un tiroteo ha tenido lugar en el tren de alta velocidad de Niza a París, una persona ha muerto. Un segundo pasajero ha sido trasladado en helicóptero al hospital de Niza. No hay detalles disponibles sobre el tirador en este momento; Sin embargo, sabemos que la segunda víctima, una mujer, está en estado crítico. Se cree que ambas víctimas son turistas estadounidenses; Sin embargo, no podemos corroborarlo en estos momentos.

La risa de Drew se hizo eco en la habitación. Se levantó de su silla y caminó con entusiasmo. Todo estaba cobrando sentido. Si seguía a este ritmo, en menos de cinco años estaría ocupando el puesto de trabajo de Edward Bristol. Conseguir poner sus manos en el disco duro era la clave para hacer que todos sus sueños se hicieran realidad.

Drew se recostó en su sillón de felpa y sonrió ampliamente. Estaba casi seguro de que el tren en cuestión era desde el que Niklas le había llamado y la mujer herida, Cassandra James. Eso solo podía significar que el pasajero muerto era su compañero. Una satisfacción le llenó sabiendo que su plan se había ejecutado correctamente. Todo lo que faltaba era que Niklas se pusiera en contacto con él para poder ponerle en un avión de regreso a los Estados Unidos.

Un golpe en la puerta lo sacó de sus pensamientos. "Adelante," gritó.

"Drew." Edward Bristol, dueño y director general de Productos Farmacéuticos Bristol, se acercó a la mesa de Drew y se sentó en la silla de enfrente.

"Ed," dijo Drew, con una sonrisa de satisfacción por la familiaridad de Edward.

Drew había trabajado bajo la dirección de Edward durante años y se había forjado una relación muy estrecha entre ambos. Drew se había esmerado mucho desde el comienzo, tejiéndose a sí mismo con astucia en el círculo íntimo de Edward y muchas veces él y su esposa le habían invitado a cenar—otro juego de poder estratégico.

"¿Le gustó a Melissa el vino?" Drew obsequió a Edward y a su esposa con una buena botella de su bodega la última vez que habían cenado juntos.

"Sí, gracias. Melissa me preguntó esta mañana si nos íbamos a ver pronto. Le encanta hablar con Lorraine."

Drew sonrió ante su comentario. Lorraine era la mejor anfitriona—otro de sus muchos talentos. "Le diré a Lorraine que llame a Melissa para que acuerden un día. Sé que a las mujeres les encanta planificar ese tipo de cosas."

"Me parece bien."

Drew notó la vacilación de Edward y casualmente le preguntó, "¿Algo más?"

"A decir verdad, sí, hay algo más. ¿Cuál es la situación con respecto a tus esfuerzos en la recuperación de los archivos copiados? ¿Has recibido más noticias sobre la investigación de la muerte de la señorita Davis? ¿Ha aparecido el disco duro entre sus cosas?"

"No, Ed. Envié a nuestra gente a casa de sus padres; se aseguraron de que la policía no les hubiera entregado aún sus pertenencias. Su otra hija, quien voló a París para seguir la investigación y reclamar el cuerpo, está al corriente de qué estamos buscando." Drew evitó compartir la información que Niklas le había dado—un As bajo la manga para utilizarlo en el momento adecuado.

Drew miró a Edward a los ojos. "Ya sabes lo que pienso de todo esto. Podríamos haber hecho un mejor trabajo protegiendo los archivos de la fórmula y los datos de los ensayos, si nos hubiéramos encargado de su seguridad nosotros mismos. Si hubiéramos utilizado nuestros propios recursos para asegurar nuestro propio proyecto."

"Sé que estabas en contra de la contratación de una empresa externa para ejecutar la seguridad desde el principio, Drew, pero la junta hizo lo que creyó conveniente. Tu presupuesto estimado para implementar la seguridad extra fue mayor de lo que habían previsto."

"La contratación de James Security está costando mucho más ahora, ¿no? Si hubierais confiado en mi opinión, en primer lugar, nunca habríamos sufrido una infiltración. Tengo más experiencia en mi dedo meñique que las dos personas que James Security asignó al caso juntas. Otra razón por la que deberíais haberme confiado el trabajo."

La mirada de Edward se endureció. "Eso es agua pasada. Tú tienes tu propia visión del asunto. ¿Te has reunido con alguien de James Security desde que ocurrió la violación?"

"Sí, a decir verdad, así es; La semana pasada me reuní con el chico nuevo que lleva el caso. Creo que su nombre es Dillon. Sí. Jeff Dillon. ¿Por qué lo preguntas?"

"¿Hablasteis sobre el caso?"

"No. Vino para presentarse en persona. Durante todo el tiempo que estuvo aquí arremetió contra la mujer que había llevado anteriormente el caso. No se les da nada bien el trabajo en equipo. Hay malos rollos por ahí."

"¿Ah, sí?" Preguntó Edward con curiosidad, "¿Y eso a qué se debe?"

Drew sonrió y luego continuó con arrogancia, "Parece que hay algún tipo de animosidad entre los dos. Siguió contándome sobre cómo la mujer se había retirado del caso y, de repente, había viajado a París. El hombre se disculpó por la falta de profesionalidad de la mujer. ¿Puedes creerlo? Mira quién habló."

Edward se levantó de repente. "Eso explica muchas cosas."

Drew ladeó la cabeza, tratando de entender qué quería decir. "¿A qué te refieres con que eso explica muchas cosas?"

"Creo que estás familiarizado con la lealtad forjada durante años al servicio de las fuerzas armadas, ¿no es así, Drew?"

"Por supuesto que sí, Ed." Drew aún no entendía dónde quería llegar Edward y cómo la conversación había derivado hacia la lealtad.

"No estoy seguro de si eres consciente de que serví a mi país durante mucho tiempo. Fui un Navy SEAL, Drew. De hecho, Robert James y yo nos conocemos. Servimos juntos en la Marina. Fuimos uña y carne desde nuestros primeros días de agotadores entrenamientos."

La mención del dueño de James Security hizo que Drew se detuviera. El hombre entrecerró los ojos. ¿Sería una simple coincidencia que Edward hubiera elegido ese momento para contarle esa historia?

Drew se dio cuenta al instante de que estaba caminando sobre cáscaras de huevo. Nunca se le había ocurrido estudiar las conexiones entre el propietario de Bristol y el jefe de James Security. Edward nunca había expresado su opinión ni había formado parte del proceso que determinó contratar tal agencia. Él supuso que se había basado en sus méritos propios, no por hacer ningún favor. Drew no había tenido ningún motivo para creer que podría existir alguna relación entre los dos hombres.

Los ojos de Edward mostraban cierta dureza mientras estudiaban a Drew. "¿Sabes? Cuando Bob se acercó a mí con nueva información relacionada con el caso, realmente pensé que había perdido el juicio. Pensé que estaba equivocado y que era imposible que tú supieras que, Cassandra, la niña a la que solían sentar sobre mis rodillas, se había marchado a París con el propósito de recuperar los archivos por nosotros. Diablos, ni siquiera su propio padre lo sabía. Sin embargo, tenía algunas pruebas bastante contundentes. Las grabaciones de las conversaciones entre tú y un hombre llamado Niklas Möeller. ¿Te suena el nombre de Carl Kenyon?"

Drew entró en pánico y empezó a sudar. "No tengo ni idea de

qué me estás hablando."

Drew no podía entender qué había salido mal. Basándose en las noticias que tenía y en la conversación que había tenido con Niklas temprano esa mañana, su amigo debería estar ya en posesión de los archivos. *¿Le habrían cogido? ¿Le habría delatado con tal de salvarse el culo?*

"Eres un hijo de puta. Sé que enviaste a Möeller a Francia con el fin de perpetuar una matanza. Lo tenemos en papel, audio, y mucho más. Estás jodido. Lo que no entiendo es por qué lo hiciste.

"¿Ibas a vendérsela a uno de nuestros competidores?" La cara de Edward mantenía una mezcla de rabia y confusión. "Siempre fuiste tan leal. ¿Qué coño ha pasado?"

"¡No!" Se apresuró a explicar; "¡No tenía en mente venderla! No la iba a vender. ¡Todo lo contrario! ¡Quería demostrar que podía mantener su seguridad! Pensé que iba a bajar de puesto en la empresa cuando se abrió la puerta a la externalización. Me estaba volviendo obsoleto."

"Eres un tonto del culo, Drew. Te hubiera proclamado mi sustituto. Ya lo tenía todo pensado. Me tenías en el bote. Ibas a ser ascendido. No tenías por qué haber llegado a tal extremo."

Drew se quedó atónito. En un momento estaba en la cima del mundo, y al siguiente, estaba cayendo en desgracia más rápido que la velocidad de la luz. Edward lo sabía todo. Su avidez por el prestigio y la influencia le había dado una lección de humildad. Habría conseguido lo que quería sin tener que ensuciarse las manos. No había mucho más que pudiera decir o hacer, aparte de salir de allí.

Sin una palabra más a Edward, Drew llamó a su secretaria, "Susan, ¿puedes por favor enviar un par de cajas vacías?"

Su voz sonó por el intercomunicador. "Ahora mismo, señor Caldwell."

"No tienes que recoger las cosas de tu oficina, Drew." El tono de Edward era frío, carente de emoción.

Drew sintió un gran alivio al escuchar sus palabras. Edward iba a dejar que se quedara, incluso después de todo lo que había hecho.

Drew permitió que una pequeña sonrisa se extendiera por sus labios. "¿Entonces vas a dejar que me quede?"

"No, Drew." Observó a Edward tome su teléfono y hacer una llamada. "No te pues llevar nada. El FBI está esperando fuera para inspeccionar tu oficina en busca de más pruebas."

Segundos después, un par de hombres bien vestidos entraron en su oficina y se acercaron. El ritmo cardiaco de Drew se aceleró y todos sus sentidos se entumecieron.

"¿Drew Caldwell?" Preguntó el más alto de los dos.

"Sí."

Inmediatamente el otro hombre le rodeó y puso sus manos detrás de su espalda. Él sintió el frío y duro metal de las esposas cerrándose alrededor de sus muñecas.

"Queda detenido por la conspiración de asesinato, dos cargos de asesinato y de robo industrial. Tiene derecho…"

Drew apenas podía dar sentido a lo que los hombres estaban diciendo mientras le leían sus derechos bajo el escrutinio de Edward. Todo lo que había trabajado para asegurarse su porvenir se había derrumbado bajo sus pies. El ceño fruncido de Edward lo decía todo. Estaba arruinado.

Drew había pensado que era intocable. Había perdido el juicio. Solo tenía ojos para el ascenso. Su retorcido sentido de su autosuficiencia no lo había preparado para la caída. Jamás había previsto el fracaso.

Lo que quedaba de su vida después de este naufragio no era nada alentador. Un matrimonio débil, construido sobre las cuerdas frágiles del engaño, el dinero y la fama, todo se había desvanecido. Sus hijos—a quien tanto había querido proteger del lado oscuro de la vida—se avergonzarían por la divulgación de sus acciones. El ceño fruncido de los miembros de la junta cuando la verdad saliera a la superficie. Todas esas imágenes chocaron con el recuerdo de desprecio de su madre y el sonido de sus duras palabras, "No sirves para nada, perdedor. Al igual que tu padre." Espetó. No podía soportarlo.

Drew se liberó del agente que sujetaba sus brazos. En un maníaco intento por recuperar su libertad, corrió hacia el otro extremo de su oficina, hacia la ventana. La realidad se reprodujo a cámara lenta. Oyó voces gritando, exigiendo que se detuviera. No lo hizo. En su lugar, corrió cada vez más, ganando velocidad mientras cruzaba la habitación, se impulsó en su silla de cuero, y lanzó su cuerpo contra el cristal, que se rompió con el impacto.

La corriente de aire le hizo sentir como si estuviera en una atracción del parque de atracciones, cayendo libre hacia el suelo. Estaba volando. En un último consciente desafío, Drew retorció su cuerpo rápidamente para poder mirar el inmaculado cielo azul. Todavía estaba en control, pensó para sí mismo, justo antes de que una terrible explosión de dolor estrujara su cuerpo cuando este se estrelló contra el pavimento.

Capítulo Veintinueve

Vuelve A Mí

ROBERT LLEGÓ A LA SALA DE ESPERA DEL HOSPITAL la tarde del día siguiente, despeinado y con el ceño fruncido.

"¿Trevor Bauer?"

"Sí, señor. Usted debe ser el padre Cassandra," respondió, extendiendo su mano.

Robert James ignoró la mano de Trevor y lo estudió de arriba a abajo. "¿Cómo está? ¿Qué han dicho los médicos?"

Trevor dejó caer la mano. "No pudieron darme muchos detalles, pero sí sé que la han operado de la herida de bala. No hay órganos ni arterias afectadas. Le suturaron la herida y, en función de su evaluación, debería estar bien."

"¿Qué quieres decir con 'debería estar bien'?" El ceño de Robert se profundizó.

"Ella no ha despertado aún, y ya ha pasado el efecto de la anestesia. Les he escuchado hablar y sé que han realizado varias evaluaciones neurológicas. Está inconsciente. Parece que no pueden averiguar qué la está manteniendo así. Supongo que a ti te podrán contar más dado que eres su padre. Yo lo intenté, pero no soy considerado miembro de la familia."

"¿Cuándo podré verla?"

"Los médicos están en la habitación con ella en estos momentos. Nos llamarán una vez hayan terminado."

Robert se sentó en una silla frente a Trevor y exhaló profundamente.

Después de unos minutos de silencioso escrutinio, Robert dijo con enojo, "¿Así que tú eres el hombre que ha metido a mi hija en este lío?"

"No, señor. Soy el hombre en quien ella confió para que vigilara sus espaldas en su vuelta al caso."

"Ya veo lo bien que has hecho tu trabajo."

La acusación de Robert le hirió. Trevor sabía que básicamente había firmado la ejecución de Cassandra cuando se había puesto a él mismo y sus recursos a disposición de ella, pero también sabía que ella hubiera llegado hasta allí, con o sin él.

"Si yo no hubiera accedido a ayudarla, ella habría encontrado otra manera de localizar a Allison. Tu hija es condenadamente tenaz. Terca como una mula, me gusta más." Trevor vio una breve chispa de humor en los ojos de Robert. "Se hubiera encontrado a sí misma bajo el cañón de la pistola de Niklas mucho más temprano. Al menos yo estuve allí para ayudarla. Para protegerla."

"¿Protegerla? Y una mierda. Hiciste que la dispararan. Resultó herida por tu culpa."

"Resultó herida porque optó por salvar mi vida. Lo mismo que yo habría hecho por ella. La quiero y estoy muy seguro de que ella también me quiere a mí."

"¿Cómo puede ser eso? Os conocéis desde hace solo unas semanas. ¿Cómo puede quererte? Apenas sabe quién eres." Robert desestimó los comentarios de Trevor con un gesto de la mano.

Los ojos de Trevor se estrecharon. "De la misma manera que tú te enamoraste de Cecilia. Rápida y profundamente." Los ojos de Robert disparaban dagas en su dirección. "Cassandra me ha hablado de los dos. Tú, más que nadie, deberías saber que no hace falta más que un par de segundos para saber que necesitas a alguien en tu vida más que necesitas el aire para respirar."

Las palabras de Trevor llevaban un halo de verdad que ni siquiera Robert podía negar. Sus ojos se estrecharon y él ladeó la cabeza, estudiando a Trevor más de cerca. Después de unos minutos de más silencioso escrutinio, le preguntó, "¿Y eso es lo que sientes por Cassandra?"

Trevor se sintió, una vez más, diseccionado y expuesto, pero esta vez por su padre. "Sí, señor."

"¿Cómo piensas mantenerla a salvo y hacerla feliz?" Desafió Robert.

Por su tono, Trevor podría decir que Robert no tenía confianza en su habilidad para mantenerla a salvo. Trevor no tenía ningún entrenamiento militar, lo que le hacía débil a ojos de Robert. El hombre hizo caso omiso del hecho de que Cassandra no necesitaba a nadie para mantenerla a salvo o apaciguada. Ella tenía sus propias habilidades y podía manejarse bastante bien, tal como lo había demostrado en su pelea con Niklas.

"Siendo sus alas para que pueda volar, y una muleta para cuando se tambalee. Definitivamente no tratándola como a una niña. Acepto lo que ella es: una mujer autosuficiente con una naturaleza intensa y una mente increíble para los detalles. Ya no es una niña, Robert, y no es su madre."

"Ya sé que no es su madre. Y, por supuesto, sé que no es una niña. ¿Olvidas que la crié yo solo? Yo soy su padre."

"¿Criarla? Ella nunca ha tenido un padre. Tenía un sargento de instrucción. Todo lo que siempre quiso fue poder llamarte 'papá;' en cambio, tuvo que conformarse con llamarte 'Señor.' Eso es algo que ningún niño debería experimentar jamás. Tengo que felicitarte. No solo la entrenaste físicamente, también la enseñaste a evitar el amor de la misma manera que tú has evitado enseñarle tu amor todos estos años."

"¿De qué estás hablando? Yo quiero a mi hija."

La ira de Trevor se encendió. Robert era completamente inconsciente de cómo sus acciones habían afectado a Cassandra. El miedo que tenía de amarle era un simple reflejo causado por años de condicionamiento.

Incapaz de contenerse, Trevor criticó a Robert. "Tú le fallaste. Te olvidaste de que ella perdió a su madre ese día, de la misma manera que tú perdiste a tu esposa. Necesitaba que fueras fuerte para ella, que le demostraras que no estaba sola y que la querías. Pero tuvo que conformarse con encontrar su propio camino a través de su dolor por la muerte de su madre y la falta de atención de su padre. Se convirtió en una huérfana el día que su madre murió, porque tú moriste con ella." Trevor vio cómo unas sombras cubrieron sus ojos azules—las mismas sombras que él había visto nublar los ojos de Cassandra demasiado a menudo.

Robert se sintió profundamente afectado por las palabras de Trevor. ¿Cómo había podido dejar que la relación con su hija hubiera llegado a ese estado? Finalmente entendió la magnitud del daño que le había hecho a Cassandra durante todos los años en los que el dolor y la pérdida fueron las únicas cosas que llenaron su mente. La había jodido. Había olvidado por completo que tenía una hija, alguien en extrema necesidad de su amor y afecto durante esos primeros meses.

Los años habían pasado, y cuando por fin había salido a la superficie de la bruma de su propio dolor, había estado perdido en cuanto a qué hacer con su hija. Él era un soldado; no sabía nada sobre cómo tratar con niñas. Cecilia se había ocupado de ese departamento con juegos, disfraces, y fiestas de té. Fue gracias a ese hombre de pie frente a él, un total desconocido, que pudo ver sus defectos.

Robert estudió a Trevor poco más. El hombre los tenía bien puestos. Nunca nadie se había atrevido a enfrentarse a él de esa manera. En las pocas semanas que este hombre había conocido a su hija, Trevor había aprendido más de ella que él, su propio padre, había hecho en todos estos años desde la muerte de Cecilia.

"¿Qué es lo que piensas hacer cuando se despierte?"

"Tengo la intención de abrazarla y no soltarla jamás."

"¿Qué pasa si yo no estoy de acuerdo con ello?"

"Lo que ella quiera es todo lo que me importa, Robert. Solo te estoy informando sobre mis planes por cortesía—no te estoy pidiendo tu bendición. Si las cosas fueran diferentes, le hubiera pedido a su padre su mano, como siempre me imaginé haciendo algún día. Pero, sabiendo la historia de vuestro pasado, no tienes ningún derecho a dictar sobre su futuro." La expresión de Trevor era tan dura como sus palabras.

Robert se sintió lleno de tristeza cuando la verdad fue arrojada a su propia cara. Tenía que aceptar una cosa: el novato tenía agallas. Robert no estaba orgulloso de la forma en la que había llevado el duelo por la muerte de Cecilia, y había hecho falta que otra persona le hiciera darse cuenta de ello. Sabía que necesitaba arreglar su relación con su hija. Solo esperaba que no fuera demasiado tarde.

Robert miró a Trevor más de cerca aún y mantuvo su sonrisa para sí mismo. Respetaba a un hombre que siempre decía lo que pensaba y nunca se contenía. Estaba seguro de que Trevor Bauer le estaría dando un pedazo de su mente con regularidad en los años venideros.

"Solo sé que te estaré vigilando, Bauer."

"No esperaría nada menos." Ablandándose un poco, Trevor añadió, "Aún estás a tiempo, ya sabes…de hacer las cosas bien."

"Eso espero," subrayó Robert. Se dimensionaron el uno al otro hasta que les avisaron para que pasaran a la habitación de Cassandra.

Ellos alternaron la vigilia sobre ella, observando cualquier cambio en su estado de inconsciencia. La determinación de Trevor por quedarse con Cassandra en su habitación hasta que se despertara estaba volviendo locas a las enfermeras. Él les había mentido, diciéndoles que estaban prometidos, y cuando todavía dudaron en permitirle el acceso, Robert sacó la cara por él antes de marcharse para registrase en su hotel, solo después de que Trevor le asegurara que le llamaría si había algún cambio.

TREVOR HABÍA ESTADO VIVIENDO UN infierno durante tres días. La espera había sido insoportable. Lo único que quería era ver los ojos marrón whisky de Cassandra abiertos de nuevo.

Sentado al lado de la cama, se inclinó hacia delante. Sosteniendo su mano, apoyó su frente contra la cama. Había tomado por costumbre hablar con Cassandra cuando estaban solos en la habitación. Charlaba con ella como lo hicieron en París, compartiendo historias divertidas de su infancia, los momentos felices con sus padres, y le decía que quería vivir todos esos momentos con ella. Necesitaba que se despertara. *La necesitaba*, así de simple. Siguió con su rutina, confiando en que finalmente podría romper el nuevo muro que Cassandra había construido, de la misma forma en que su amor había conseguido abrirse paso a través del antiguo.

Cassandra fue a la deriva, flotando hacia atrás y hacia adelante entre el sueño y la realidad. Oyó la voz de Trevor en sus sueños, pero cada vez que flotaba hacia la realidad, se alejaba de él. No quería despertar; eso significaría tener que enfrentarse al día en que perdería a Trevor. Quería permanecer en su propio mundo, donde él estaba vivo—donde era más grande que la vida—donde se lo podría quedar para siempre. Él le había enseñado tanto en tan poco tiempo. Le había enseñado a enfrentarse a sus miedos, a vivir el momento—y sin embargo, todavía no podía soportar la idea de perderlo. Era aún más insoportable de lo que nunca imaginó que podría ser.

Su voz le habló otra vez en sus sueños, ella escuchó sus historias y se deleitó con sus risas en los momentos divertidos que vivió con sus padres. También le dijo una y otra vez que la necesitaba. Ella también le necesitaba. Era su ancla, su brújula. El recuerdo de sus momentos juntos siempre sería parte de ella. La idea que había tenido ese día cuando estuvo escondida debajo de la cama, la golpeó de nuevo: si estaba destinada a morir en ese momento, se sentía agradecida por el poco tiempo que habían pasado juntos en las últimas semanas, y porque Trevor hubiera sido suyo, al menos durante unos días. Se dio cuenta de que él se hubiera sentido de la misma manera. Ella habría querido que hubiera seguido delante con su vida. Que fuera feliz y no viviera una vida a medias, como su padre había hecho.

El deseo de cumplir el deseo de Trevor la incitó a abandonar sus sueños y a enfrentarse al mundo real. Cassandra atravesó la niebla que la protegía de la realidad. Estaba incómoda. Trató de cambiar de postura, pero cada vez que se movía, algo tiraba de su mano. Sus ojos estaban pegajosos y no parecía capaz de abrirlos. Tragó saliva. Tenía la garganta áspera, reseca, incluso, y cuando se pasó la lengua por los labios, los notó agrietados y secos. Escuchando más de cerca, pudo oír una voz en la distancia. *¿Trevor?*

"Vamos, Cassie, abre los ojos para mí."

Apretando los ojos con fuerza, la necesidad de abrirlos para buscar el origen de la voz se hizo demasiado fuerte. Ella parpadeó rápidamente cuando notó la luz brillante sobre su cara.

"Apaga la luz y aparta este pitido de mi oreja—entonces tal vez me lo piense." Cassandra apenas reconoció su propia entrecortada voz.

Ella oyó una suave risa. Cuando fue capaz de concentrarse, se encontró mirando directamente a los ojos de Trevor, que parecían estar llenos de lágrimas.

"Hola," suspiró ella, fascinada. No estaba segura de si estaba realmente despierta o si su necesidad de él la hacía escuchar cosas, ver cosas.

Trevor apoyó su frente contra la de ella, lanzando un profundo suspiro de alivio. "Hola. ¡Dios bendito! Hola."

Cassandra levantó la mano a su cara y cepilló el rastrojo de su barba a lo largo de su barbilla con el pulgar. Tocó su caliente piel para confirmar que era real. Fue entonces cuando se dio cuenta de la vía que tenía en la mano y una oleada de recuerdos invadió su mente—la pelea, Trevor recibiendo un disparo, un dolor agudo, y cuando todo se oscureció.

Buscó en su rostro, observando las contusiones y los cortes en sus mejillas, boca y barbilla. Su voz se llenó de ansiedad. "¿Recibiste un tiro?"

Ella trató de incorporarse sobre sus codos para mirarle, pero una ola de dolor la dejó sin aliento.

"No, *a ghrá*. Despacio," instó, empujándola suavemente hacia la cama. "Eres tú quien me preocupa. ¿Por qué diablos tuviste que saltar delante de mí? He perdido años de mi vida en estos días."

El recuerdo de Niklas apuntando el arma hacia él apareció ante sus ojos. Se dio cuenta de que ella había recibido la bala que iba dirigida a él. Trevor había salido ileso. Ella capturó su mirada. "Volvería a hacerlo de nuevo, Trev."

"Disculpe, señor, ¿es usted familia? No puede estar en la habitación si no es un familiar." La enfermera—quien al parecer era nueva en la rotación y no había sido expuesta a la obstinada negativa de Trevor a dejar a Cassandra sola—le acababa de pedir que saliera de su habitación con un marcado acento. La mujer se acercó a la cama, escaneó su mano en busca de una alianza de boda, y lo miró expectante.

Trevor sonrió descaradamente y lanzó una mirada en dirección a Cassandra. "Lo seré, si ella acepta."

Cassandra no estaba segura de haber escuchado a Trevor correctamente y su corazón casi le dio un vuelco. "¿Qué acabas de decir?"

La sonrisa de Trevor se ensanchó y apretó su agarre en la mano. "He dicho que lo seré si me aceptas. ¿Lo harás?"

Semanas atrás, cuando Cassandra entró en el complejo de edificios de la NSA con el fin de capturar a Trevor, nunca en un millón de años se imaginó que al final, su corazón sería capturado por él en su lugar. Podría haber jurado en ese momento que podía escuchar la voz de Jessica en su cabeza diciendo, *¡Por fin! ¡Ya era hora!*

Cassandra miró a los ojos de Trevor y pudo ver su amor por ella reflejada en ellos. Con una amplia sonrisa, y los ojos llenos de lágrimas, ella le apretó su mano con fuerza. "Sí. Sí, Trevor. *Acepto.*"

Trevor apenas podía contener su ansiedad mientras esperaba su respuesta. Temía que ella echara a correr y se refugiara detrás de su pared. En su lugar, vio cómo una amplia sonrisa se dibujó en su rostro, lo que confirmó que su mayor sueño estaba a punto de hacerse realidad. Cassandra iba a convertirse en su esposa. Él se puso de pie y sacó la pequeña caja que llevaba en su bolsillo desde hacía dos días. La caja contenía el anillo de su abuela, Stephan se lo había mandado desde Irlanda. Trevor observó los ojos de Cassandra llenarse de lágrimas mientras abría la caja con cuidado y sacaba el anillo de compromiso irlandés meticulosamente tallado a mano.

Los propios ojos de Trevor se llenaron de lágrimas mientras miraba fijamente a los de ella, tomó su mano entre las suyas, y deslizó el anillo en su dedo. "Te quiero, Cassandra. Soy parte de ti y tú eres parte de mí. Ahora y siempre."

Trevor se dio cuenta de que la enfermera salió en silencio de la habitación, cerrando la puerta detrás de ella. Al fin solos, él cedió a su necesidad de Cassandra. Se inclinó y tomó su boca en un profundo y largo beso.

Cassandra llevó la mano izquierda a su mejilla y él la cubrió con la suya, cerrando los ojos con fuerza. Sus vidas muy probablemente se volverían caóticas cuando Trevor emprendiera su rumbo en la búsqueda de sus padres, pero estarían juntos, y eso era lo que más importaba.

Trevor rompió el beso y aspiró profundamente con resignación. "Será mejor que llame a Robert para hacerle saber que estás despierta."

Cassandra le miró sorprendido. "¿Bob? ¿Está aquí?"

"Sí. Llegó hace un par de días y ha estado rondando por los pasillos desde entonces. Lo envié de vuelta a su hotel para poder tener un respiro de su mal humor."

"¿Lo *echaste*? ¿Y él se fue?" Su tono de incredulidad añadió un aire cómico a la pregunta.

"Sip. Tuvimos nuestro pequeño cara cara."

"¿Qué quieres decir?

"No hay nada de qué preocuparse. Digamos que ya sabe lo que siento por ti. Hemos llegado a un pacífico acuerdo."

Ella le miró boquiabierta.

"Él quiere verte…hablar contigo," añadió Trevor.

"¿Lo sabe todo? ¿También lo del caso?"

"Sí. Tuvimos tiempo para hablar de todo eso. ¿Estás lista para verle?" Trevor observó las nubes que cubrieron sus ojos de nuevo.

"No estoy segura de qué decir...."

"Solo sé tú misma, no trates de ser alguien que no eres solo para complacerlo. Deberías darle una oportunidad, *a ghrá*. Se preocupaba mucho por ti."

Cassandra apoyó la cabeza en la almohada y cerró los ojos. "No creo que pueda, Trev."

"Sí, sí puedes. Haz las paces con él. Fortalece los vínculos que tengas con él. No dejes que se convierta en algo de lo que te arrepentirás algún día de no haber hecho." Su suave tono la obligó a considerarlo. Él acarició su cara y suavizó su tono de voz. "Además, querrás que te acompañe hasta el altar, ¿no?"

Ella asintió con la cabeza mientras las lágrimas llenaban sus felices ojos ante la mención de su unión. Trevor estaba seguro de que Cassandra se enfrentaría a sus miedos con un corazón valiente y conquistaría todos ellos, tal como hacía siempre. Lo harían juntos desde ese día en adelante. Como le había dicho a Robert, él iba a ser sus alas, su muleta—todo lo que ella necesitara que fuera.

Capítulo Treinta

Una Parte De Mí

6 de septiembre

"*Y*O PREDIJE QUE TE ENAMORARÍAS con fuerza, ¿no?" Se jactó Jessica mientras alisaba el velo de Cassandra y la falda de cóctel de su vestido de novia.

"Sí, es verdad…en realidad, jamás pensé que fueras a tener razón," sonrió ella. Sentada en el acolchado taburete, Cassandra se miró en el espejo y no pudo creer los muchos cambios que veía en sí misma—la chispa en sus ojos que no había estado allí antes, el brillo de su piel, la sonrisa que siempre permanecía en sus labios al pensar en Trevor. Unos pequeños cambios que, cuando se combinaban, hacían una gran diferencia en cómo se veía a sí misma y al mundo a su alrededor.

Las circunstancias que les habían juntado eran extrañas, como poco, y solo podían ser definidas como destino. Ella y Trevor eran definitivamente dos partes de un todo. *Yo soy parte de ti y tú eres parte de mí.* Esas palabras le habían dejado sin aliento cuando Trevor las dijo por primera vez. Todavía tenían el poder de hacerla sentir viva y, al mismo tiempo, asustarla de muerte. Sus inseguridades habían desaparecido en su mayor parte, su miedo al compromiso y a la pérdida era ahora una sombra en los recovecos de su mente que la atormentaba solo de vez en cuando. Los "qué pasaría si..." que habían sido demasiado ruidosos en el pasado, se habían reducido a un mero susurro, y permanecían totalmente en silencio cada vez que Trevor la tomaba en sus brazos.

De pie, Cassandra alisó las líneas de su vestido mientras que Jessica jugueteaba con su velo, enderezándolo.

"Cassie," respiró Jessica suavemente mientras miraba a los ojos de su amiga a través del espejo. "El vestido es la bomba."

El vestido—con su blusa sin tirantes de organza, abalorios cosidos a mano sobre el pecho y una falda lisa de la que fluía un tul—era suave y femenino. Cassandra se había enamorado del vestido de novia de cóctel de inmediato.

Inclinando su cabeza para ver el efecto completo en el espejo, los pensamientos de Cassandra continuaron corriendo por su mente. Las certezas de su futuro juntos eran escasas, sin embargo, ella sabía que todo encajaría mientras compartían el viaje de su vida en común—un viaje que ella sabía que Trevor no solo quería, pero necesitaba terminar. Su profundo amor por el otro—más de lo que ella jamás esperó amar a nadie en su vida—sería el viento de su vela.

"Es el momento, Cassandra," dijo Robert desde la puerta. Ella y Trevor habían optado por una boda muy pequeña, íntima. Su lista de invitados, reducida a unos pocos amigos cercanos y la familia, la componían Robert, Jessica, George, y Stephan Connellan, que había volado desde Dublín para el gran evento.

Jessica y George, sus amigos más cercanos, serían su dama de honor y padrino. Trevor le había contado que la noche de antes, George se había colgado las alianzas en una cadena alrededor del cuello por miedo a extraviarlas.

Los pensamientos de Cassandra volvieron a la familia y a la poca que tenían. Su corazón clamaba por Trevor. Sabía que él echaría mucho de menos a sus padres en este día tan importante, al igual que ella extrañaría a su madre. Confiaba en que, dondequiera que estuvieran sus padres, ya fuera escondidos o en el más allá, se alegraran de la decisión que su hijo había tomado, tal como esperaba que su madre aprobara la suya. George era como un hermano para Trevor, y ella se alegraba de que pudiera estar allí para él. Lo mismo se aplicaba a Jessica—no se podía imaginar dando un paso tan importante sin su mejor amiga a su lado. Robert estaba haciendo entrega de ella a su futuro marido, y Stephan había considerado un honor representar a sus buenos amigos, Conor y Maeve, en la boda de su hijo.

El único ausente era Nathan. Cuando Cassandra y Trevor volvieron de París, Nathan, sin ningún acuerdo previo, había estado en el aeropuerto para darle la bienvenida. El recuerdo de su enfrentamiento la envolvió.

Nathan había mirado a Trevor con rabia. *"Vamos, Cass. Tengo un coche esperando. Tenemos que hablar."*

Trevor había hecho intención de intervenir, pero Cassandra le había agarrado del brazo y había tirado de él hacia atrás. Nathan, dándose cuenta del anillo en su dedo, espetó, *"¿Qué demonios es eso? Tienes que estar bromeando."*

"Cuidado con cómo le hablas, amigo," había gruñido Trevor.

"¿Quién eres tú para decirme que tenga cuidado?" Nathan ignoró a Trevor y se volvió hacia Cassandra. *"Cass, él es la razón por la que resultaste herida—no supo protegerte."*

"Nathan, baja la voz. Todo el mundo nos está mirando," Cassandra se había inclinado hacia adelante y había susurrado en su oído, *"No necesito que nadie me proteja. Decidí llevarme yo el disparo para salvar la vida del hombre al que amo."*

Nathan sacudió la cabeza y la miró con incredulidad. *"Esto no puede estar pasando. Se supone que debes estar conmigo,"* dijo mientras se daba la vuelta y salía por la puerta giratoria.

Nathan se había negado a asistir a la boda. La pequeña nota que había escrito en respuesta a la invitación, decía, "No va a durar."

Tocando su mano, Jessica hizo que Cassandra regresara al presente y dejara atrás sus meditaciones. "Es la hora. Oh, Dios mío,

Cassie. No puedo creer que esto esté sucediendo." Girando a Cassie, Jessica la empujó hacia la puerta y por el pasillo donde Robert la estaba esperando.

Mientras observaba a Cassandra acercarse, Robert parpadeó varias veces y tuvo que luchar por contener sus emociones. En el ojo de su mente, no podía evitar imaginarse a la niña perdida de los años pasados, aunque ahora era una mujer segura y fuerte la que estaba frente a él. Podía ver claramente los pequeños cambios en su comportamiento—se había vuelto una chica un poco menos formal y un poco más relajada.

Había sido doloroso reconocer que Trevor había dicho la verdad cuando se enfrentó a él en el hospital de Niza. Ese descubrimiento le había perforado profundamente y había hecho sangrar a su corazón, pero las palabras que habían intercambiado ese día habían sido fundamentales para comenzar el proceso de curación de su relación, y habían abierto una nueva puerta a un camino que estaban aprendiendo a pavimentar juntos como padre e hija.

Desde entonces, él también había llegado a conocer a Trevor, y podía ver la luz en los ojos de Cassandra cada vez que le mencionaba o le veía. Robert sabía que estaban destinados a estar juntos. Cada vez apreciaba más la presencia de Trevor en la vida de su hija, a pesar de que todavía tenía preocupaciones acerca de su futuro juntos. No se conocían apenas, aunque Robert sabía que su unión implicaría que Cassandra dejaría James Security y se mudaría a Irlanda. Robert no estaba muy contento con eso, pero sabía que Cassandra era feliz, y no podía pedir nada más.

Robert se sintió nostálgico mientras que padre e hija caminaban por el santuario del siglo XVIII, con sus antiguas paredes con paneles de madera de nogal. Un nudo se formó en su garganta al pensar en cómo a su Cecilia le hubiera encantado ser parte de este día. En lo más profundo de su corazón, sin embargo, de alguna manera sabía que ella estaba allí con él, mirando y aprobando el camino elegido por su hija.

Robert tomó la mano de Cassandra, la colocó en su brazo, y se inclinó para susurrarle al oído, "Estás preciosa, Cassandra."

Las lágrimas brillaron en sus ojos cuando ella le besó en la mejilla a través del velo. "Gracias, papá."

Acariciando su mano suavemente para disfrazar el torrente de emociones que se apoderó de él ante el cariñoso gesto tan inusual de su hija, Robert le dio a Jessica una rápida inclinación de cabeza, indicándole que debía caminar delante de ellos. "Demos comienzo a este importante día."

GEORGE SE BURLÓ DE TREVOR despiadadamente. "¿Quién hubiera pensado que serías el primero de los dos en casarte?"

"¡Oye! Yo soy de los que se casan. Siempre lo he sido. Simplemente estaba esperando a Cassandra."

George se rio entre dientes, y luego, tras una pausa, una traviesa mirada apareció en sus ojos. "¿Sabe ella lo de la oferta de la NSA?"

"No he tenido aún la oportunidad de hablar con ella sobre ello. Apenas la he visto en los últimos días, con todos los preparativos de la boda y los viajes de los que hemos tenido que encargarnos."

Los ojos de George tenían un brillo especial. "Estoy deseando empezar."

"Vas a tener que esperar hasta después de la luna de miel, amigo mío. No voy a tocar un ordenador en toda la semana."

"¡Madre mía! Tus dedos van a atrofiarse. Te doy dos horas antes de que los temblores entre en acción," George se rio en voz alta.

"Nah. Voy a estar muy ocupado." Sonrió Trevor ampliamente.

George le dio una palmadita en la espalda. "Estoy seguro de ello. Será mejor que nos pongamos en marcha si no quieres hacer que tu futura esposa tenga que esperarte en el altar."

Trevor inhaló profundamente al oír las palabras de George. Cassandra iba a ser su mujer; compartirían lo bueno y lo mano, las sonrisas y las lágrimas. Esperaba poder hacer que lo bueno y las sonrisas prevalecieran. También sabía que juntos lograrían que todo funcionase.

En la iglesia, Trevor tomó su posición frente al altar y esperó a Cassandra. Su corazón estaba tan acelerado que sentía como si fuera a saltar de su pecho en cualquier momento. Escuchó el leve sonido de una conversación acercándose a la entrada y se puso inmediatamente en estado de alerta.

Cuando llegaron al santuario, Cassandra se quedó sin aliento. Estaba elegantemente adornado con velas encendidas, que hacían que pareciera como si las vidrieras tuvieran vida.

Robert le apretó la mano en su brazo con suavidad y le preguntó en voz baja, "¿Lista, Cassandra?"

Mirando a su padre y a Jessica, que estaba esperando su señal para proceder, Cassandra susurró con calma de nuevo, "Sí, papá. Estoy lista."

Cassandra respiró hondo y siguió a Jessica hacia el altar. Ella se maravilló al ver los bancos vacíos en un espacio que podría haber albergado fácilmente a doscientos invitados. Habiéndose asegurado previamente de que el evento fuera lo más privado posible, y rodeados de sus seres queridos, el hermoso lugar era una maravilla para la vista, y luego estaba la música. Sus ojos se empañaron cuando reconoció la canción que fluía a través de los altavoces, una que se había convertido en especial para ellos durante su estancia en París. Trevor había pensado en todo.

Y entonces él la vio. Cuando Cassandra entró en la iglesia y comenzó a caminar por el pasillo hacia Trevor, y su corazón se detuvo por un instante. Era la visión más hermosa que jamás había visto. Estaba preciosa con ese vestido, y su cabello era un oleaje de suaves mechones que flotaban alrededor de sus mejillas donde se habían soltado de los pasadores—un espectáculo que sitiaba sus sentidos. Pero lo que más le fascinó fue la luz que irradiaba. Eso la hizo extraordinaria.

Su sonrisa era contagiosa, y una de las suyas se extendió por su rostro cuando Cassandra, escoltada por su padre, conectó con sus ojos y le sostuvo la mirada.

"Por favor, haz que sea capaz de hacerla feliz durante el resto de su vida," murmuró Trevor para sí mismo.

La mano de Cassandra se cerró alrededor del ramo y ella no pudo evitar sonreír al ver a Trevor y a George en el altar. Trevor estaba vestido con un traje gris y una camisa blanca que lucía un pañuelo en el bolsillo. George, vestido de manera similar, puso una mirada de pánico y rápidamente se palpó los bolsillos. Cassandra se rio por dentro al ver a Trevor darle un codazo, y una expresión de alivio se apoderó de George cuando su mano sacó de su bolsillo una pequeña bolsa de terciopelo verde.

El paseo por el pasillo hacia el altar parecía interminable. Con cada paso, su corazón latía más fuerte en su pecho ante la expresión de los chispeantes ojos azules de Trevor mientras que ella seguía avanzando hacia él. *Es mío*, canturreó su corazón a medida que se acercaba.

Trevor se sobresaltó cuando George puso la mano sobre su hombro. "Eres un hombre realmente afortunado, amigo mío."

Trevor sonrió ante el comentario. Solo podía fijarse en el rostro de Cassandra; su sonrisa eclipsaba todo a su alrededor. "Lo sé," respondió en voz baja, más para sí mismo que para George.

Robert levantó el velo, puso la mano de su hija en Trevor, y la besó en la frente antes de apartarse. Trevor se encontró con su mirada y le guiñó un ojo juguetonamente mientras besaba el dorso de su mano. Cuando se volvieron para mirar al pastor, estrecharon sus entrelazadas manos. Su noviazgo había sido un romance relámpago, pero ambos sabían que estaban destinados a estar juntos y que esto era solo el comienzo de una vida en común.

Una vez que todo el mundo estuvo sentado, el pastor comenzó a presidir la contemporánea boda que Trevor y Cassie habían solicitado. "Nos hemos reunido aquí para presenciar y celebrar la unión de Trevor Joseph Brennan y Cassandra Cristina James en matrimonio, estar con ellos y regocijarnos con ellos en la realización de este compromiso. El matrimonio significa la promesa del amor; su fuerza se basa en unas bases imponderables de espíritu: la lealtad, la confianza, la alegría, risas y lágrimas. Es con todo eso que Trevor y Cassandra se encuentran aquí reunidos para sellar su unión."

El pastor dirigió sus comentarios a sus amigos y familiares. "El matrimonio de Trevor y Cassandra une a sus familias y crea una nueva para lo cual solicitan la bendición de sus allegados. ¿Le dais vosotros, su familia, vuestra bendición y promesa de vuestro amor y aceptación?"

Las cuatro personas presentes respondieron al unísono, "Sí."

Entonces el pastor se dirigió a Trevor y le pidió que procediera con sus votos.

Trevor apretó la mano de Cassandra con fuerza y respiró profundamente mientras mantenía su mirada fija en ella. "Cassandra, desde el primer momento en que te vi, supe que eras la persona con la que quería compartir el resto de mi vida. Me comprometo a ayudar a crear una vida que podamos cuidar como un tesoro, a cultivar tu amor por mí y el mío hacia ti. Me comprometo a ser sincero, cariñoso, y fiel, a amarte como eres, y envejecer a tu lado como tu pareja y mejor amigo. Prometo consolarte en los malos momentos, animarte a lograr todas tus metas, reír y llorar contigo, crecer contigo en mente y espíritu, contártelo siempre todo con la máxima honestidad, y amarte sin reservas durante el resto de nuestra vida hasta que la muerte nos separe."

Los ojos de Cassandra se llenaron de lágrimas al oír sus palabras. Ella sabía que venían directamente de su corazón. Cuando el pastor se volvió hacia ella y sonrió, las palabras que ella había practicado una y otra vez en su cabeza durante la noche volvieron a ella. Inhalando profundamente para calmar sus nervios, se encontró de nuevo con la mirada de Trevor. "Trevor, nunca lo vi venir, pero mi alma te reconoció incluso antes de conocernos. Te prometo con todo mi corazón compartir todo mi ser contigo, y tomarte tal y como eres. Estar contigo en las buenas y en las malas, apoyarte, cuidar de ti, y protegerte. Será mi mayor alegría ser capaz de hacerte reír, ser tu bienestar y darte un amor incondicional todos los días de nuestras vidas."

Cassandra se dio cuenta de las lágrimas que llenaron los ojos de Trevor. Él sostuvo su mirada en una silenciosa admiración. Oyó al pastor pedir los anillos y observó a George mientras se los entregaba con una sonrisa de alivio, por fin cediendo a su misión de custodiarlos. Ella le entregó su ramo a Jessica para liberar su mano y que pudiera ser bendecida con la adornada banda.

"Bendice este anillo así como a quien lo entrega y quien lo recibe para que puedan permanecer en paz, y continuar con este amor hasta el final de sus vidas."

Tomando su mano izquierda en la suya, Trevor deslizó el anillo en su tembloroso dedo mientras decía, "Con este anillo, yo te tomo, Cassandra Cristina James, como mi legítima esposa."

El pastor repitió las palabras, bendiciendo el anillo de Trevor, "Bendice este anillo así como a quien lo entrega y quien lo recibe para que puedan permanecer en paz, y continuar con este amor hasta el final de sus vidas."

La boca de Cassandra se secó, su pulso se aceleró fuera de control, y sus manos temblaron mientras que deslizaba el anillo por el dedo de él. Su voz se quebró. "Con este anillo, yo te tomo, Trevor Joseph Brennan, como mi legítimo esposo."

Al soltar la mano de Trevor, ella se volvió hacia el pastor de nuevo, pero antes de que el hombre pudiera proseguir, Trevor la tomó rápidamente entre sus brazos, la atrajo hacia sí, y la besó con fuerza en los labios. El pastor se aclaró la garganta y se rio entre dientes cuando Trevor la levantó en volandas y dio una vuelta con ella en sus brazos. "Ahora yo os declaro marido y mujer. Creo que no hace falta que te dé permiso para besar a la novia."

Trevor se rio en voz alta y tomó la mano de Cassandra de nuevo cuando volvió a dejarla sobre sus pies.

"Tengo el honor de presentarles al señor y a la señora Brennan." Ellos sonrieron ampliamente cuando se volvieron a su familia y amigos. Jessica, con lágrimas en los ojos, dejó escapar un gran vítor de alegría mientras le entregaba el ramo de nuevo a Cassandra, y lanzaba sus brazos alrededor de ella para darle un fuerte abrazo.

★ ★ ★ ★ ★

CASSANDRA LE DEVOLVIÓ EL RAMO a Jessica y esta lo aceptó con una sonrisa confundida y el ceño fruncido. "¿Qué es esto?"

"¿Acaso ves alguna otra mujer por aquí? Quiero que te lo quedes. Eso significa que tú serás la próxima, ya sabes," sonrió Cassandra. "Solo asegúrate de que me avisas con suficiente antelación cuando decidas casarte. Hay unas cuantas horas de camino desde Dublín a California."

"¡Ja! Qué graciosa eres, Cassie. No hay ninguna posibilidad de que eso suceda en un período corto de tiempo."

"Bueno, ya sabes lo que esto significa. Ahora me toca a mí acosarte para que encuentres a alguien con el que sentar la cabeza."

"Algún día lo haré. No te preocupes." Los ojos de Jessica se sintieron atraídos por el grupo de hombres reunidos. Sin apartar la vista de ellos, ella cambió de tema. "¿Te ha mencionado algo tu padre acerca de Jeff?"

"No. Han sido unos días tan locos que no hemos tenido tiempo ni para respirar, y mucho menos hablar. ¿Por qué? ¿Qué ha pasado?"

Jessica volvió la cabeza hacia su amiga y sonrió. "Tu padre le da dado órdenes para que se marchara. Jeff fue tan tonto como para decirle a tu padre que estaba mejor sin ti, y algo acerca de tus habilidades de aficionada para hundir la compañía," se burló.

Cassandra levantó las cejas. "Me sorprende que Bob no le estrangulara en ese mismo momento."

"Creo que estuvo a punto de hacerlo. El muy imbécil de Jeff no estaba por la labor de dejar su oficina cuando Bob le echó. Jake y Davis de seguridad tuvieron que transportarlo físicamente."

"Vaya, cómo me hubiera gustado haber estado allí. Supongo que en el fondo es mejor que no estuviera. Podría haber hecho mi pequeña fantasía realidad y haberle desencajado la mandíbula."

"Bueno, en ese caso, yo también me alegro de que no estuvieras allí." La mirada de Jessica volvió a los hombres y sus ojos deambularon un poco más sobre Stephan. Cassandra estaba a punto de decir algo cuando Jessica continuó. "¿Ya habéis tramitado la compra de la casa en Dublín?"

El entusiasmo de Cassandra era cristalino. "¡Sí!"

Stephan se había encargado de la compra de una bonita casa frente a St. Stephen's Green para ellos—su primera casa. La vivienda era como una visita al pasado con su hermosa puerta de estilo georgiano y su arquitectura, pero había sido eviscerada y modernizada en el interior con un concepto de diseño abierto que aprovechaba cada centímetro disponible de sus múltiples plantas.

A pesar de que ninguno de los dos había estado en la casa, era como si ya la conocieran al dedillo por dentro y por fuera. Stephan les había enviado decenas de fotografías y un video tomado durante una visita después de que la renovación hubiera sido completada. Pero la razón principal por la que se habían enamorado de ella era la espectacular vista del St. Stephen's Green desde la ventana de su dormitorio.

"Entonces, ¿qué vas a hacer ahora? Dudo que te conformes con la casa y te mantengas de brazos cruzados."

"Trevor y yo hemos hablado sobre la apertura de un negocio de recuperación de datos. Parece que tenemos un don para ello. Nos vamos a encargar de las operaciones de Bauer Enterprises desde Dublín. No se lo digas a Bob, pero si en algún momento decides cambiar de trabajo, házmelo saber." Jessica la miró pensativa, como si en realidad estuviera considerando la oferta, y Cassandra se echó a reír.

Ella se volvió para mirar a su padre y lo encontró en el círculo de los hombres, con una gran sonrisa en su rostro, y estrechando la mano de Trevor. Con Jessica sobre sus talones, Cassandra se acercó a su marido, envolvió su brazo alrededor de su cintura, y se apoyó en él cuando él tiró de ella para plantar un beso en sus labios.

Trevor miró su reloj. "Siento tener que interrumpir, pero tenemos que ponernos en funcionamiento o perderemos nuestro vuelo."

"No te preocupes," dijo George. "Tú y Cassandra podéis ir al aeropuerto conmigo. Creo que mi vuelo sale justo antes que el vuestro."

"Me parece muy bien. Solo tenemos que pasar por casa de Cassie para cambiarnos y recoger el equipaje y nuestros portátiles." Habían embalado y enviado la mayor parte de sus pertenencias a Irlanda en las semanas previas a la boda.

Robert se volvió hacia Jessica. "¿Lista para marcharnos? Puedo dejarte en casa."

Antes de que Jessica pudiera responder, Stephan espetó, "Creo que vives cerca de mi hotel. ¿Podría ofrecerte un viaje?"

Jessica vaciló, "¿Un viaje…? Oh…llevarme hasta allí, ¿no? Claro." Ella tropezó con sus propias palabras, sonrojándose ante la confundida mirada que él le dedicó.

Todos se intercambiaron besos y abrazos antes de que Trevor y Cassandra se dirigieran al coche de George donde Trevor ayudó a Cassandra a sentarse en el asiento trasero para después sentarse junto a su amigo en el asiento del copiloto y emprender el corto viaje hacia casa. A medida que se alejaban, Cassandra se volvió para echar un último vistazo a sus amigos y familia y les dijo adiós con la mano a la vez que suspiraba con alegría ante la buena imagen que hacían. Jessica sonrió ampliamente a Stephan—definitivamente había algo ahí en lo que indagar—y Robert se rio de algo que ellos dijeron. Incluso desde la distancia, Cassandra podía ver una nueva luz en sus ojos.

Dándose la vuelta para sentarse correctamente, ella captó los ojos de Trevor a través del espejo retrovisor, dándole una compresiva sonrisa. Cassandra se la devolvió. Su aventura en común acababa de comenzar.

Epílogo

Redención

E SPERANDO ABORDAR SU AVIÓN con destino a Dublín, Trevor cerró el ordenador portátil y una sonrisa maliciosa se dibujó en su rostro. Allison había logrado su objetivo, después de todo.

"Trevor Joseph, ¿qué has hecho ahora?" Cassandra se acercó a él con dos tazas en sus manos.

"Nada, *a ghrá*."

"Como si no pudiera ver la mirada del gato que se comió al canario en tu cara," se burló ella mientras se sentaba junto a él y le entregaba su té.

"Acabo de enviar el correo electrónico."

"Totalmente encriptado e ilocalizable, espero…"

"Sí, chica. Esa cosa ha sido desviada tantas veces que van a terminar en Tombuctú como traten de rastrearlo."

Cassandra se echó a reír ante su arrogante actitud. "¿Y ahora qué?"

"No mucho. Ellos tienen ahora los archivos. Esperemos que los utilicen como les hemos recomendado. De ser así, se cumplirá el sueño de Allison. Al final, va a lograr hacer el bien. Lástima que haya tenido que ser a través de nosotros."

Trevor tomó su mano y la llevó a sus labios, besándola suavemente. Cassandra le miró, y debió ver el brillo abandonar sus ojos. "Hay algo más, ¿no es así?"

"La NSA ha rechazado mi dimisión."

"¡¿Qué?! ¿Qué quieres decir con que ha rechazado tu dimisión? ¿Cómo se supone que vamos a indagar en la información que encontremos sobre tus padres si sigues trabajando en Maryland? ¿Qué hacemos ahora con la casa de Dublín?" Las preguntas de Cassandra salieron en rápida sucesión como las balas de una ametralladora.

Trevor le apretó la mano. "Espera, déjame terminar. No quieren perder a su principal experto en infiltraciones. Así que negociamos para llegar a un acuerdo. He aceptado permanecer en la empresa como consultor." Trevor levantó un dedo a sus labios cuando pareció que la ametralladora estaba a punto de estallar de nuevo. "Tendré que intervenir en los casos más complicados. Al parecer, les gusta mi método excéntrico. Se refieren a él como Operación Contramedida." La sonrisa de Trevor vibraba con entusiasmo. "Solo hay un inconveniente. Cuando digan "únete" tendré que enfocar todos mis esfuerzos al trabajo que tengamos entre manos, pero eso significa que el traslado a Dublín sigue en pie."

"¿Cuál es la ventaja de este acuerdo, Trev? Si la NSA se parece algo a la CIA, van a estar llamándote caso tras caso. ¿No es eso un obstáculo en el camino hacia nuestro objetivo?"

"En realidad, eso es lo mejor de todo, Cassie. Esto nos va a ayudar muchísimo." Cassandra le lanzó una mirada de asombro y Trevor prosiguió con entusiasmo. "Como consultor residente en Dublín, tendré un acceso completo a Echelon. Una dirección IP estática, códigos cifrados, y aquí viene lo mejor de todo, George va a ser mi coordinador. Vamos a seguir trabajando juntos."

Una chispa de comprensión apareció en los ojos de Cassandra cuando se dio cuenta de lo que Trevor estaba intentando decirle. "¿Estás pensando en inflitrarte en Echelon para encontrar pistas sobre el caso de tus padres?

"¿Quién? ¿Yo? ¿Hacer uso de la propiedad del gobierno y de los recursos de forma encubierta para reunir información para mi beneficio personal? ¿Lo dices en serio? Nah," bromeó, recordándole a Cassandra la propia frase que ella había dicho cuando se conocieron.

"Eres un afortunado, Trev."

"Ya te lo dije. La suerte de los irlandeses. ¿Qué podría ser mejor, chica? Nuestra sede estará en Irlanda. Seremos capaces de trabajar en lo que queramos, seguir todas las pistas que encontremos, y tener todos los recursos a nuestra disposición para poder analizar las potenciales pistas." Sus palabras tenían un toque nostálgico, hasta él se había dado cuenta.

Cassandra envolvió su mano alrededor de él con más fuerza. "*Averiguaremos* qué les pasó a tus padres." El corazón de Trevor se agitó al oír la seriedad de su tono de voz y al ver la determinación en sus ojos. Esto era lo que siempre había querido—alguien con quien compartir su vida y su misión. Alguien que abarcase todo su mundo. Sabía que cualesquiera que fueran las decisiones que tomara en su búsqueda de respuestas, Cassandra estaría a su lado a lo largo del sinuoso camino que ambos explorarían hasta el final.

FIN

NOTA DE LOS AUTORES

Esperamos sinceramente que hayas disfrutado de Contramedida. Agradeceríamos mucho si:

LO PRESTARAS – a amigos y familiares.

PUBLICARAS UNA CRÍTICA – en el lugar en el que lo compraste. Los comentarios positivos de los lectores tienen un gran impacto en el éxito de un libro.

LO RECOMENDARAS – a todos aquellos a los que crees que podría gustarle. Una recomendación positiva es un factor decisivo de compra para nuevos lectores, así como para darles una oportunidad a autores que aún son desconocidos para ellos.

SOBRE LOS AUTORES

CHRIS ALMEIDA Y CECILIA AUBREY

El afán por la escritura había marcado las vidas de Chris Almeida y Cecilia Aubrey de diferentes maneras a lo largo de los años, pero nunca había despegado hasta 2010, cuando Chris y Cecilia se conocieron y comenzaron a interpretar papeles en Internet como un hobby. Fue a través de estas representaciones de personajes de ficción en una especie de teatro improvisado, que la escritura se convirtió en el centro de sus vidas. La transición de la interpretación de personajes a la escritura de novelas fue fluida, y ambos atribuyen su facilidad para crear personajes realistas a su capacidad de vivir las escenas mediante sus juegos de rol.

Chris y Cecilia decidieron entonces publicar todos sus títulos de manera independiente. Tienen varias historias cortas y dos novelas publicadas bajo su propio sello, Éire Publishing, y son fieles defensores de la edición independiente bien hecha. Actualmente están trabajando en la próxima novela de su serie. A través del caos y las risas, todavía se mantienen fieles a sus raíces, dándole vida a los personajes e historias favoritos de sus juegos de rol.

¡Asegúrate de contactar con ellos!

Para mantenerte al día sobre sus nuevos lanzamientos, suscríbete a su boletín de noticias e para recibir notificaciones por correo electrónico sobre nuevos lanzamientos en español de la Serie Contramedida, por favor, inscríbete en:
http://chrisalmeida-ceciliaaubrey.com/about/newsletter

Puedes encontrar toda la información actualizada acerca de los autores y sus próximos libros en:
http://chrisalmeida-ceciliaaubrey.com
http://countermeasureseries.com/
http://www.facebook.com/Countermeasure.Series
https://www.facebook.com/Authors.ChrisAlmeida.CeciliaAubrey
http://twitter.com/CAlmeidaCAubrey